FEUER
WERKE
VERLAG

Das Buch

Sara hat innerhalb weniger Tage so ziemlich jeden Fehler begangen, den sie begehen konnte. Mit scheinbar kleinen, aber ausschlaggebenden Entscheidungen hat sie in ihrem Leben so eine Kettenreaktion in Gang gesetzt, die sie gerne wieder rückgängig machen würde.

Als sie inmitten dieses Chaos ausgerechnet Matt vors Auto läuft und wenig später im Krankenhaus aufwacht, ist plötzlich nichts wie zuvor. Die Uhren wurden zurückgedreht und all das, was in der Woche vor dem Unfall passiert ist, scheint ungeschehen.

Sara hat nun die unbezahlbare Möglichkeit, die wichtigsten Tage ihres Lebens noch einmal neu zu erleben. Um endlich alles richtig zu machen …

Die Autorin

Kristina Moninger wurde 1985 in Würzburg geboren und verbrachte ihre glückliche Kindheit in einem kleinen Dorf auf dem Land, in dem sie auch heute noch mit Mann, Kindern und Hund lebt. Nach einer kaufmännischen Ausbildung schloss sie ihr Übersetzerstudium ab. Dieses hat sie erstaunlicherweise nicht nur fremde Sprachen, sondern besonders ihre Muttersprache lieben gelehrt und war letztlich der Auslöser dafür einige schon lange in ihr schlummernden Ideen auf Papier zu bringen.

Und da sie das Schreiben nicht mehr losgelassen hat, stiehlt sie seither dem turbulenten Alltag mit Kleinkindern Minuten und verwandelt sie in Worte, aus denen Geschichten werden. Keine autobiografischen, aber doch solche, deren Themen ihren eigenen Emotionen entspringen.

„Wenn gestern unser morgen wäre“ ist nach „Nur eine Ewigkeit mit Dir“ der zweite Roman der jungen Autorin.

Für Teresa

Nichts geschieht so wie wir es fürchten, noch so, wie wir es hoffen.
Aber alles geschieht, so wie wir es wollen.

Marcel Proust

Mehr zur Autorin finden Sie auf
www.kristina-moninger.de,
www.facebook.com/InaMon85/,
www.instagram.com/moningerkristina/ und
www.feuerwerkeverlag.de/moninger/

Abonnieren Sie auch unseren Verlags- und Autoren-Newsletter und erfahren Sie so als Erster von unseren **Neuerscheinungen**, **Autorennews** und exklusiven **Buch-Gewinnspielen**:
www.feuerwerkeverlag.de/newsletter/

Originalausgabe Juni 2017

Maracuja GmbH, Laerheider Weg 13, 47669 Wachtendonk
Herstellung: Books on Demand GmbH
Printed in Europe
Umschlaggestaltung: Judith Jünemann unter Verwendung von 626495357 (shutterstock), 51748434 + 61158174 (istockphoto),
Typo: Nella Sue Demo Regular (dafont)
Lektorat: Ulrike Jonack
ISBN: 978-3-945362-29-7

Wenn gestern unser morgen wäre

Ein Roman von Kristina Moninger

Inhaltsverzeichnis

Kapitel ½

Samstag

„Sara, bis wann schaffst du es denn?“, Olivers Stimme klingt genervt, sogar durchs Telefon. „Du weißt doch, Nikolas und Samira sind ziemlich pingelig, was Pünktlichkeit betrifft.“

‚Nicht nur was Pünktlichkeit betrifft‘, denke ich. Als wir das letzte Mal bei Olivers Freunden eingeladen waren, musste ich nicht nur meine Schuhe ausziehen, sondern ein paar Einwegbaumwollhausschuhe überstülpen, um den Parkettboden zu schonen. Ich hüpfe auf einem meiner Pumps zur Garderobe und fische mit der freien Hand nach dem noch fehlenden Schuh. „Ja, ich brauch noch zwanzig Minuten, wir treffen uns am besten dort. Bin schon auf dem Weg zum Auto. Bis gleich, Schatz!“

Ich lege auf, ziehe den rechten Schuh an und haste hinaus ins Treppenhaus.

Im Erdgeschoss steht ein Mann mit dem Rücken zu mir. Der schon wieder! In den letzten Wochen bin ich dem Kerl mit den Locken fast täglich begegnet. Er scheint schon irgendwie zum Inventar des Treppenhauses zu gehören. Genauso wie die schief montierten Briefkästen. Entweder lehnt er sich lässig wie in einem 50er-Jahre-Film an die Wand und raucht oder er telefoniert oder er steht einfach nur da und sieht so aus, als hätte er auf mich gewartet. Dabei grinst er auf eine Weise, die mich an irgendjemanden erinnert.

Ich habe es eilig, Oliver wartet auf der Party auf mich und ich rechne schon den ganzen Weg durchs Treppenhaus nach unten, ob das Benzin im Tank meines Minis für eine Fahrt quer durch die Stadt ausreicht oder ob ich zu allem Überfluss auch noch tanken muss und mich dann definitiv verspäte. Ich versuche, völlig gleichgültig an dem Kerl mit der wilden Frisur vorbei zu sehen, aber dieses spöttische Lächeln streift mich dennoch und bohrt sich in meinen Rücken. Das unangenehme Gefühl, sein Grinsen auf meiner Haut spüren zu können, lässt erst nach, als ich wenig später die Autotür hinter mir schließe.

„Da bist du ja!“ Oliver sieht auf die Uhr.

„Entschuldige, ich war bis vor einer Stunde noch im Büro und bin dann schnell nach Hause, um mich umzuziehen. Hier bin ich!“ Ich lächele ihn an und werfe mein Haar kokett in den Nacken, drehe mich im Kreis und sonne mich in Olivers Bewunderung.

„Gut siehst du aus, Schatz! Perfekt!“

„Du auch“, sage ich und streiche ihm vorsichtig im Nacken über das kurz rasierte Haar. Oliver ist mehr als fünfzehn Zentimeter größer als ich und, obwohl er ein sportlicher Typ ist, ein wenig schlaksig. Er ist pedantisch mit seinen Haaren, weil er, insbesondere seit sich sein Haaransatz deutlich zurückzuziehen droht, in panischer Angst vor einer Halbglatze lebt. Dabei tut das seiner Attraktivität überhaupt keinen Abbruch. Oliver ist sehr auf sein Äußeres bedacht. Seit ich ihn kenne, habe ich ihn niemals unpassend gekleidet gesehen. Er hat für einen Mann ein exzellentes Gespür für Kleidung und Styling und ich versuche mich ihm, so gut ich kann, anzupassen.

In Samiras weiß getünchtem Flur stehen die Baumwollpantoffeln schon bereit. Ich unterdrücke ein Seufzen. Die Gastgeber gehören zu Olivers besten Freunden. Und als der Frau an seiner Seite eben auch zu meinen. Manchmal bin ich stolz darauf, manchmal würde ich lieber in diesem alten Nickischlafanzug mit den Löchern im Kragen – den ich verstecke, wenn Oliver bei mir übernachtet – auf der Couch sitzen, statt mit Leuten über political correctness, Skiwochenenden in der Schweiz und das UN-Völkerrecht zu diskutieren. Wie Oliver sind fast alle unserer gemeinsamen Bekannten Juristen. Manchmal komme ich mir neben ihnen wie ein kleines Kind vor, das sich zu große Kleider angezogen hat und Erwachsene spielt. Vermutlich liegt das einfach nur daran, dass sie mir überlegen sind und ich als studierte Wirtschaftswissenschaftlerin zwar sicherlich nicht dumm, aber juristisch nicht gerade bewandert bin.

Oliver stört das nicht. Der schöne große Mann mit dem einnehmenden Lächeln neben mir drückt meine Hand, dann begrüßen wir gemeinsam ein halbes Dutzend befreundete Pärchen.

Wenig später halte ich ein Glas Prosecco auf Eis in der Hand und unterhalte mich mit Natascha über ihre Hochzeit mit Jonathan in wenigen Wochen.

„Weißt du, die Location ist ein Traum! Eine alte österreichische Burg mit allem, was dazu gehört!"

„Gespenster, Pechlöcher und stinkende Burggräben?", scherze ich.

Natascha zieht die Augenbrauen nach oben und antwortet pikiert: „Ich dachte eher an Mittelalterromantik, meterhohe Decken und eine Aussicht, die einem den Atem stocken lässt!"

Ich nicke pflichtbewusst.

„Bei euch ist es doch bestimmt auch bald soweit, oder? Wie lange seid ihr jetzt zusammen?" Natascha weiß, wie lange wir schon zusammen sind. Ein Grund, gerade deshalb nochmals nachzufragen.

„Fünf Jahre."

„Na, dann würde ich dir raten, dir den lieben Oliver schnell zu sichern. Du weißt ja, je länger die Beziehung ohne Trauschein andauert, desto größer die Gefahr, dass er sich eine andere sucht und die innerhalb von wenigen Wochen zu seiner Frau macht."

Diese Logik ist mir zwar neu, aber wenn ich ehrlich bin, warte ich schon eine Weile darauf, dass Oliver sich zumindest zum Zusammenziehen bereit erklärt. Ich werde bald dreißig und wir sind sehr glücklich miteinander. Wir sind, wie meine Mutter immer sagt, „*das* Paar". Ich gebe meiner Mutter selten recht, aber in diesem Fall stimmt es. Wir sind beide erfolgreich, sportlich, attraktiv, wir verstehen uns hervorragend und ergänzen uns in den meisten unserer Interessen. Ich kann mich auf Oliver verlassen und er sich auf mich.

Jemand klopft an ein Glas und Oliver kommt durch den Raum auf mich zu, küsst mich auf die Wange und legt seinen Arm um meine Taille.

„Liebe Gäste! Wir haben euch etwas zu sagen!", erklärt Nikolas und deutet auf die Frau neben sich.

Samira kichert albern und wippt mit dem rechten Bein in ihren weißen Schlüpfschuhen. Unwillkürlich schaue ich nach unten. Das Bild all der Füße in den Textilschlappen auf dem Hochglanzparkett erinnert mich an den Wellnessbereich eines Fünfsternehotels. ‚Wie auf dem Flur Richtung Sauna‘, denke ich und mir entfährt ein kleiner Gluckser. Oliver räuspert sich.

„Mach du!“, sagt Samira.

„Nein du“, antwortet Nikolas.

„Gut, also … Nikolas hat mich vor zwei Wochen während unseres Mauritiusurlaubes gefragt, ob ich seine Frau werden möchte.“

„Und sie hat Ja gesagt und mich zum glücklichsten Mann Münchens gemacht!“, ergänzt Nikolas.

Daraufhin rufen die anderen Pärchen im Raum den beiden Glückwünsche zu. Einige klatschen. Ich kann nicht, ich habe den Prosecco auf Eis noch in der Hand, ohne einen Schluck getrunken zu haben, und konzentriere mich auf Olivers Gesicht. Wie Nikolas, Samira und der Rest hier aus der Wäsche kucken, kann ich mir vorstellen. Was mich interessiert, ist, wie Oliver reagiert. Er steht völlig unbeteiligt neben mir, nippt an seinem Wein und sieht nicht so aus, als reagiere er überhaupt. Ich seufze. Oliver liebt mich, da bin ich mir sicher. Und ich ihn. Aber so richtig vorwärts geht es nicht bei uns. Wir haben immer noch eigene Wohnungen mit Ersatzzahnbürsten, verschiedene Nachnamen und kein Wort über unsere Zukunft gesprochen. Er scheint keine Eile damit zu haben, mich zu seiner Frau zu machen, wie es gerade all seine Freunde mit ihren mehr oder weniger langjährigen Freundinnen tun.

Der Abend dehnt sich. Ich erwische mich dabei, mehrfach an meinen Schlafanzug zu denken, und komme mir dabei ziemlich dumm vor. Ein Gähnen unterdrückend lausche ich halbherzig Olivers Ausführungen über ein Tennisdoppel mit seinem Kollegen aus der Abteilung für Patentrecht, Nataschas Beschreibungen der geplanten Tischdeko und Isabelles Euphorie über irgendein Fitnessarmband, mit dessen Hilfe sie fünf Kilo abgenommen haben soll, und frage mich dabei, wo. Ich habe an ihr auch die letzten drei Jahre, in denen ich sie kenne, selbst bei genauer Betrachtung kein einziges Pfündchen zu viel entdecken können.

„Können wir gehen?“, raune ich Oliver gegen halb elf zu.

„Wärst du mir böse, wenn ich noch etwas bleibe? Doktor Volker Zeidel kommt nachher noch und ich hätte mich ihm gerne mal im privaten Rahmen vorgestellt. Du weißt ja, wie das so ist …“

„Klar, kein Problem. Dann fahre ich heim. Kommst du noch zu mir?“

„Ja, ich denke schon. Wenn es nicht zu spät wird, ansonsten sehen wir uns morgen, ja?“

„Ist gut. Bis dann. Viel Spaß noch!“ Ich küsse ihn zum Abschied flüchtig, weil er zu intime Liebesbekunden vor Zeugen nicht leiden kann, und verabschiede mich von den anderen Gästen.

Ich weiß, wie wichtig in Olivers Job die Kontakte zur Staatsanwaltschaft sind. Da ich ohnehin so gut wie keinen Alkohol trinke, kann ich genauso gut jetzt heimfahren. Nicht, dass ich noch auf einem der Ledersesselchen, die hier wohl mehr zu Dekorationszwecken als zum Sitzen herumstehen, einschlafe und mich und Oliver blamiere. Außerdem brauche ich den Schlaf, denn ich habe zwei harte Wochen vor mir, in denen es um alles geht: um einen sehr wichtigen Geschäftstermin, um eine mögliche Beförderung und meine gesamte Karriere. Ich werde Olivers Freunden zeigen können, dass ich mehr bin als die hübsche Begleitung an seiner Seite.

Kapitel 1

Knapp zwei Wochen später – Freitag, 9. September, 19:20 Uhr

„Sind wir schon da?“, frage ich. „Ich glaube, hier war ich noch nie.“

Miriam sieht mich an, als hätte ich gerade etwas unheimlich Schlaues von mir gegeben. Oder etwas unheimlich Dummes.

„Sie ist betrunken“, sagt Miriam zu Kirsten und schüttelt lächelnd den Kopf. Spricht sie von mir? Und wenn ja, wie kommt sie denn darauf? Ich hatte doch höchstens ein Glas.

„Ach was, sie ist nur ein wenig beschwipst. Lass mal! Ich mach auf“, beschwichtigt Kirsten leise und öffnet die Schiebetür des Taxis.

Jetzt erkenne ich das Haus und die Kneipe, vor der wir stehen. Ich wohne hier, im Obergeschoss. Auf einmal finde ich alles schrecklich lustig. Wie Kirsten aus dem Taxi steigt und Miriam hinterher! Ich muss kichern. Vielleicht hätte ich die zwei Gläser Sekt nicht trinken sollen, wenn eines schon zu viel ist. „Ich höre seeeehr gut, was ihr sagt, und ich bin überhaupt nicht betrunken, vielleicht ein bisschen angeschickert!“

„Sag’ ich doch“, grinst Kirsten und will ihren Arm unter meinen schieben. Als ob das nötig wäre!

Ich kichere immer noch. So sehr, dass ich Schluckauf bekomme. Ich krieche hinter den beiden aus dem Auto, stelle mich vor die zwei Moralapostel und hüpfe ein wenig auf der Stelle, direkt vor Miriams Nase, und fuchtele mit den Armen in ihrem Gesicht herum. Einfach, weil ich gerade Lust darauf habe. „Ladies, wir müssen sofort auf die Tanzfläche“, rufe ich und merke selbst, dass meine Stimme etwas schwankt. Nur ein ganz klein wenig.

Kirsten schaut Miriam an, Miriam schaut Kirsten an und sie haken mich beide unter und ziehen mich nach drinnen.

„Du weißt doch, dass sie keinen Alkohol verträgt! Was hast du da auch ständig nachschenken müssen?“, sagt Miriam. Sie sieht nicht so aus, als hätte sie Lust, mit mir zu tanzen.

Ich kann nicht aufhören zu lachen. Was soll's? Jetzt ist es sowieso zu spät! Ich vertrage wirklich keinen Alkohol. Aber er macht eben auch so schön leicht, so fröhlich. Und gesprächig, geschwätzig, redselig, manchmal auch rührselig. Wann habe ich das letzte Mal so gelacht?

„Meine Güte, sie ist heute befördert worden. Sei doch nicht so kleinlich!“

Ja, ich bin befördert worden. Endlich. Denn ich bin ein sehr professioneller, korrekter und um Perfektion bemühter Mensch. Vor zwei Stunden zum Beispiel habe ich dafür gesorgt, dass dreihundert Menschen in naher Zukunft entlassen werden. Es war notwendig. Und es wird mir ein Vielfaches an Bonus einbringen. Im Moment allerdings schleppen mich zwei Blondinen in schwarzen Etuikleidern in eine Kneipe. Zur Afterworkparty. Schleppen ist vielleicht ein wenig übertrieben, sie stützen mich ein bisschen. Sie sehen so lustig dabei aus! Kirsten schwitzt sogar, sie hat dicke Schweißperlen auf der Stirn. Ha, geschieht ihr recht, mir vier Gläser von dem Teufelszeug einzuschenken!

„Eben, sei doch nicht so kleinlich!“, pflichte ich Kirsten bei und gluckse vor Lachen.

„Sei froh, dass sie über der Kneipe wohnt! So können wir sie nachher einfacher hoch bringen!“, flüstert Miriam, Chefsekretärin, dauerhafter Stock im Hintern. Kann nicht lockerlassen.

„Sind Sie die Ladies von Umuc? Zur Afterworkparty?“

Vor uns baut sich ein Kerl auf. Für einen Türsteher hat er zu schmale Schultern. Sollte er allerdings der Chef sein, sollte er sich ernsthafte Gedanken über seine Garderobe machen.

„Ja, sind wir! Sagen Sie, wo finden wir die Häppchen?“ Miriam, die sonst nie etwas isst, hat es wohl heute besonders eilig, etwas zwischen die Zähne zu bekommen.

Der Kerl, der wahrscheinlich einer der Kellner oder Bartypen ist, zeigt auf einen Tisch gegenüber dem Tresen. Es ist alles braun hier, dunkelbraun. Soll schick sein, macht aber düster. Ich bin schon sehr oft hier vorbeigelaufen, auf dem Weg durchs Treppenhaus, aber drinnen war ich noch nie.

Den Kellner kenne ich doch irgendwoher? Ich lege meinen Kopf ein wenig schief, um ihn besser ansehen zu können. Irgendwie wirkt er amüsiert. Vielleicht hat er auch zu viel getrunken.

Kirsten bringt einen ganzen Teller mit gerollten und gewickelten und geschnittenen Teilchen an und ich stopfe mir ein paar davon wenig damenhaft in den Mund. Vielleicht hilft es ja, den Alkohol ein bisschen aufzusaugen. Ich schaue immer noch auf den Kellner und er schaut zurück.

Ah, jetzt hab ich's! Das ist der Kerl, der mich immer so anstarrt. Der aus dem Treppenhaus. Der, der immer zum Rauchen, Telefonieren oder sonst was draußen herumsteht. Vielleicht ist er ja doch Chef hier. Ich habe ihn an den Locken erkannt oder an den Augen. Sind ja beide nicht weit voneinander entfernt. Seine Augen sind wirklich interessant. Ich muss noch ein wenig genauer hinsehen. Sie funkeln grün und haben einen so forschen Ausdruck, dass einem auch ohne Alkohol schwindelig werden kann. Der Rest von ihm ist aber eher unterer Durchschnitt und irgendwie nicht sehr gepflegt. Dreitagebart und ein sehr einfaches, weißes T-Shirt. Darunter könnte ein Sixpack stecken, oder auch nicht. Und dann diese Haare …

„Sara, alles in Ordnung?", fragt Miriam besorgt.

Klar. Ich schaue mir nur gerade den Kellner an. „Ja, warum denn nicht?", antworte ich, ohne ihn aus den Augen zu lassen.

„Hier, trink das!" Miriam drückt mir ein Glas Wasser in die Hand.

Wo war ich stehen geblieben? Ach, ja, die Haare. Er hat Locken, die so frech von seinem Kopf abstehen, dass man ihn für einen Lausbub halten muss, aber nicht für einen erwachsenen Mann. Neeeeiiin, der ist nicht mein Typ. Er starrt mich immer noch an und grinst und ich sage, weil er eben absolut nicht mein Typ ist: „Uuuh, der Herr aus dem Treppenhaus, der mir immer auf die Möpse starrt!"

Jetzt glotzen Blondi-Kirsten und Blondi-Miriam mich an, als bräuchten sie Paketband, um es mir auf den Mund zu kleben. Ja, zugegeben, sie haben mich noch nicht beschwipst erlebt. Ich bin lustig, wenn ich etwas getrunken habe.

„Die sind ja auch sehenswert!“, antwortet er.

Ha! Das sind sie wirklich. Sehr sehenswert. Vor allem unverpackt. „Darf ich mich vorstellen?“

„Bitte sehr!“, sagt er.

„Ich bin Sara!“

„Matt, freut mich!“, sagt er. Seine Hand fühlt sich gut an. Groß, warm. Oliver hat Mädchenhände. Oliver benimmt sich manchmal auch wie ein Mädchen. Ich kichere schon wieder.

„Määt, also! Jetzt sind wir uns so oft begegnet und erst heute erfahre ich deinen Namen. Du hast wunderschöne Augen, wirklich wunderschöööne Augen!“

„Danke, du auch!“, sagt er und schaut mir direkt in den Ausschnitt. Dorthin, wo sich ein kleines Rinnsal gebildet hat. In meinem Büro ist die Klimaanlage ausgefallen und das ausgerechnet jetzt, wo der Hochsommer uns überrascht hat, jetzt, wo keiner mehr mit Hochsommer gerechnet hat.

„Drink?“, fragt er. Klar, er ist ja auch der Kellner.

„Unbedingt!“

Der Lockenmann/Kellner/Määt zieht in Richtung Tresen davon und dabei stelle ich fest, dass sein Hintern mehr auf einen Sixpack unterm weißen T-Shirt hindeutet als auf Bierbauch. Wenn man denn von einem Hintern auf den Bauch schließen kann.

Kirsten und Miriam haben es offenbar endlich aufgegeben, den Anstandswauwau für mich zu spielen, und begrüßen gerade die Kollegen aus Stockwerk 4, das sind die, die weniger verdienen als die aus Stockwerk 3, zum größten Teil nicht verheiratet sind oder eben bereits wieder in Scheidung leben.

Gut, so habe ich freie Bahn. Ich muss unbedingt diesen stressigen Tag heute hinunterspülen, wenn ich schon damit angefangen habe. Und den morgigen am besten gleich dazu. Weil ich den Kater schon schnurren hören kann, lauter als Oliver zu schnarchen in der Lage ist. Wenn Oliver heute Nacht überhaupt auftaucht. Er ist immer häufiger abwesend in letzter Zeit und schiebt es auf den Stress im Büro. Und ich finde es irgendwie einfacher, ihm zu glauben. Die Häppchen wirken langsam und es schleichen sich ein paar klarere Gedanken in meinen benebelten Kopf.

Ich habe heute erreicht, was ich immer erreichen wollte. Wofür ich ganz schön geschuftet habe. Es wird nur Zeit, dass das endlich anfängt, sich gut anzufühlen.

„Was gibt es denn zu feiern?“, fragt Matt. Er hat eine Kerbe im Kinn. Endlich weiß ich, an wen er mich immer erinnert hat. Er hat ganz klar eine Clark-Gable-Kerbe und diesen frechen Rhett-Butler-Blick gleich dazu.

Ich liebe Clark Gable, ich würde ihn heiraten, wenn ich könnte.

„Er ist seit über fünfzig Jahren tot, tut mir leid!“ Matt lacht laut.

„Scheiße, habe ich das eben laut gesagt?“

„Ja, hast du. Hier, trink erstmal was!“

„Was ist das?“

„Long Island Ice Tea. Meine Spezialität. Aber keine Angst, ich habe ihn deutlich abgeschwächt.“

„Warum denn? Ich will nichts Abgeschwächtes! Davon gibt es schon genug in meinem Leben!“ Warum sage ich so etwas?

„Mmh, gut, dann schauen wir mal, wie du den hier verträgst, und dann sehen wir weiter.“

„Deal!“, antworte ich.

Bevor ich ihm das Glas abnehmen kann, scharen sich ein halbes Dutzend Kollegen um mich und gratulieren, klopfen mir auf die Schulter, Küsschen hier, Küsschen da und selbst nüchtern würde es mir jetzt schwerfallen, aus diesem Wirrwarr an Sätzen, unterstützt von gedämpfter Hintergrundmusik, noch einen Sinn herauszufiltern. Also stehe ich einfach nur da und nicke und sage „Danke“ und stehle mir dabei immer wieder einen Blick auf den Mann mit den stechend grünen Augen, der meinen Drink geduldig hält und mich immer noch belustigt mustert. Von oben bis unten. So, dass ich rot werden würde, wenn ich mir das nicht vor sehr langer Zeit abtrainiert hätte.

Nachdem die Meute langsam abgezogen ist und sich zum Buffet bewegt, greife ich nach dem Glas und frage: „Bist du heute dazu abgestellt, dich um mich zu kümmern?“ Ich zwinkere ein bisschen.

„Warum nicht? Du scheinst ja heute die Hauptperson hier zu sein.“

„Nö."

Ich sage niemals „Nö." Dieser verdammte Alkohol befördert Dinge zu Tage, die besser in dunklen, sehr tiefen Katakomben ruhen sollten. Das kann ja heiter werden heute mit mir! Blöd ist, dass ich das zwar bemerke, aber gar nichts an den Dingen ändern will, die mir morgen todpeinlich sein werden.

„Ich habe meiner Firma heute nur ein ziemlich gutes Geschäft eingebracht. Aber die Party hier ist keine Siegesfeier, sondern unsere Afterworkparty." Mit dem kleinen Unterschied, dass ich heute das erste Mal dabei bin. Bisher habe ich mich erfolgreich drücken können. Es wäre besser gewesen, es wäre mir heute auch gelungen. Wenn Kirsten nicht mit ihrem blöden Sekt angekommen wäre.

„Okay, na, dann: Herzlichen Glückwunsch, Sara!"

Er sagt ihn schön, meinen Namen, ein wenig so, als würde er Sahara sagen. Langgezogen, irgendwie verführerisch. Aber möglicherweise bilde ich mir das auch nur ein. Meine Sinne haben auch schon besser miteinander kommuniziert. So ganz traue ich der Leitung vom Ohr zum Hirn gerade nicht.

„Sag mal, gibt es die Musik hier auch in laut?"

„Klar", lacht er, dreht sich um und ist weg. Etwa eine halbe Minute später ist die Musik dann laut. So laut, dass CEO Christofsen und mein direkter Vorgesetzter Wintermann schmerzhaft zusammenzucken. Matt kommt nicht zurück.

Na, super! Den habe ich vergrault. Dabei wollte ich das gar nicht. Noch nicht. Auch wenn seine Locken wirklich unmöglich sind. Unmöglich frech.

Kirsten und Miriam haben mich aufgegeben – dabei fange ich doch erst an! – und weigern sich, zu den Klängen von DJ Bobo mit mir die Tanzfläche zu stürmen. Entweder hat sich Matt einen kleinen Witz erlaubt oder aber einer aus dem Büro hat hier eine 90er-Party geordert. Die Kollegen von Stockwerk 4 jedenfalls sind voll dabei.

Auf DJ Bobo folgt Headaway, eine ganze Reihe Madonnasongs und die typischen One-Hit-Wonder, an deren Texte ich mich lückenlos erinnern kann. Fast so, als wenn ich erst gestern zwölf gewesen wäre und mit Tesafilm Bravoposter an meine Wand geklebt hätte. Ich schwitze schlimmer als Wintermann vor wichtigen Geschäftsentscheidungen und bin deutlich nasser als Kirsten vorhin an der Tür. Die rothaarige Sekretärin vom alten Wiesner hält ihr Handy auf mich gerichtet, als wolle sie mich damit bestrahlen. Seltsam. Aber ich lasse mir von einer karottenfarbigen Version von Kim Kardashian nicht den Abend verderben. Irgendwann zwischen Rednex und Ace of Base meint Walter aus Stockwerk 3 – zum dritten Mal verheiratet, vier Kinder –, mir politische Nachrichten nahe bringen zu können. Er labert etwas von Kaltem Krieg und Terroristen und schwenkt dann völlig zusammenhanglos zum FC Bayern und der Allianz Arena.

Als dann auch noch die Musik mitten in meinem schönsten Hüftschwung stoppt und Christofsen sich auf dem kleinen Podest vor der Tanzfläche zu einer seiner gefürchteten Reden bereit stellt, habe ich genug. Ich brauche eine Zigarette. Eigentlich rauche ich nicht. Eigentlich tanze ich nicht, außer wenn ich samstags zum Zumba gehe, und eigentlich bringt mich auch keiner dazu, mehr als ein Glas zu trinken. Schließlich weiß ich, was dann passiert.

Ich schiebe mich langsam durch die Menge und glaube dabei ein paar Mal, meinen Namen zu hören. Aber da, wie erwähnt, die Verbindung zwischen Gehörgang und Hirn durch die übermäßige Ansammlung von Ethanol deutlich gestört ist, gebe ich nicht viel darauf.

Die Tür nach draußen ist sauschwer und ich bekomme sie nicht auf, egal wie sehr ich mich dagegenlehne.

Plötzlich legt sich eine Hand auf meine Schulter und eine Stimme flüstert: „Verrat's nicht weiter, aber das hier ist der Küchenaufzug. Falls du die Tür nach draußen suchst – auch wenn ich mir nicht sicher bin, ob das eine gute Entscheidung ist – die ist hier drüben."

Es ist Matt. Alberner Weise schlägt mein Herz, das eigentlich für niemanden besonders schnell schlägt, gerade Purzelbäume. Es gibt wenige Männer, die wissen, wie sexy es ist, wenn man uns Frauen ins Ohr flüstert. Der letzte Rest nicht alkoholverseuchter Gehirnzellen hält mich davon ab, ihm das zu sagen.

„Ich komme mit raus, ich kann eine Pause brauchen. Und du eine Stütze."

„Gut, wenn du mir eine Kippe gibst, nehme ich dich mit."

Er fasst mich am Arm und zieht mich zum Hinterausgang hinaus in eine Art Innenhof. „Der Laden und damit auch die Hintertreppe gehören zu fünfzig Prozent mir, also nehme wenn dann ich dich mit."

Auch gut. Er ist also doch so etwas wie der Chef.

Ich setze mich vorsichtig auf die Steintreppe. Irgendwie dreht sich alles.

Er holt eine Zigarette aus der Tasche, zündet sie an und reicht sie mir dann. „Du hast einen grauenhaften Musikgeschmack."

„Was?", frage ich.

„Ja, ich hasse die 90er."

„Wer hasst denn die 90er? Niemand! Es hasst auch niemand Abba!", protestiere ich.

„Doch, ich." Er lächelt. Seine Frontzähne stehen ein wenig weiter auseinander, als es als schön gilt. Es gilt auch nicht als schön, wenn man das Zahnfleisch unter der Oberlippe beim Lachen sieht. So wie bei mir. Ich muss husten und lachen zugleich.

„Du rauchst eigentlich nicht, oder?"

„Nein. Ich tanze auch eigentlich nicht."

„Dafür sieht es aber gut aus!"

„Flirtest du mit mir?"

„Nein! Davon bin ich weit entfernt. Bürotussis wie du sind nicht meine Kragenweite. Von denen habe ich genug!"

Das war ehrlich. Sehr ehrlich. „Aber was sich unter meiner Kragenweite befindet, interessiert dich doch irgendwie?" Oh Gott, was führe ich hier für ein Gespräch?! Zum Glück sind wir allein mit den Mülltonnen und den streunenden Katzen und der Wäsche auf der Leine über uns. Es sieht ein wenig so aus wie in Rom.

„Warst du schon einmal in Rom?", fragt er.

Habe ich das etwa auch laut gesagt? „Nein. Leider nicht."

„Die ewige Stadt und ein Mädchen, das auf die 90er steht."

„Ich stehe nicht auf die 90er und Rom ist *nicht* die ewige Stadt!"

„Natürlich, welche Stadt denn sonst?" Er zündet sich nun auch eine Zigarette an und sieht wieder aus wie eine jüngere Kopie von Clark Gable. Ich muss nur daran denken, das nicht laut auszusprechen.

„Na, Paris!“, behaupte ich und bin mir gar nicht mehr so sicher, ob das stimmt oder ob das Ethanol inzwischen auch meine linke Gehirnhälfte annektiert hat.

Jetzt lacht er laut auf.

Wenn ich ausgelacht werde, werde ich trotzig. Zumindest wenn ich betrunken bin. „Wenn du mir beweist, dass Rom die ewige Stadt ist, dann beweise ich dir, dass ich absolut deine Kragenweite bin.“

„Puh, ist das eine Wette? Oder eine Drohung?“

„Beides!“, sage ich.

„Weißt du, dass ich mir immer, wenn ich dich im Treppenhaus gesehen habe, gewünscht habe, dein verstocktes Gesicht mal so richtig lachen zu sehen?“

„Nein, das wusste ich nicht.“ Verstocktes Gesicht. Ich will ihn fragen, wie er darauf kommt, dass ich ein verstocktes Gesicht habe, aber im nächsten Moment habe ich es schon wieder vergessen. Und so unrecht hat er vermutlich gar nicht.

„Du weiß ja auch nicht, dass Rom die ewige Stadt ist.“

„Was zu beweisen wäre.“

„Vielleicht will ich gar nicht wissen, ob du meine Kragenweite bist.“

„Warum nicht?“ Jetzt bin ich fast ein wenig beleidigt.

„Weil es manchmal besser ist, es bei der Fantasie zu belassen.“

„Fantasie mit Ph?“, frage ich.

„Wieso Ph?“

„Ph ist immer viel romantischer und erotischer. Fantasie mit Ph.“

„Also belassen wir es bei Fantasie mit Ph?“ Jetzt flirtet er definitiv mit mir.

„Das kommt darauf an, ob du das willst.“

„Ich würde es auf einen Versuch ankommen lassen.“

„Okay, wir machen einen kleinen Test! Wenn du die Augen schließen und mich trotzdem beschreiben kannst, dann hole ich mein Handy und wir googeln die ewige Stadt und sehen weiter. Wenn nicht, dann gehe ich rein, tanze weiter zu meinem schlechten Musikgeschmack und du machst eben das, was man tut, wenn einem der Laden zu fünfzig Prozent gehört.“

„In Ordnung.“

Er schließt die Augen und überlegt einen Moment. Was mir die Zeit gibt, ihn anzusehen und mich mit einem Mal völlig nüchtern zu fühlen. Nüchtern und gleichzeitig verdammt berauscht. Wenn die zu weit voneinander stehenden Frontzähne hinter dem zu breiten Mund verschwunden sind und sich die feinen Lachfältchen um seine Augen unter den kringelnden Locken geglättet haben, wirkt er sehr, sehr männlich. Gefährlich männlich. Ich finde ihn viel zu anziehend und mich selbst deshalb abstoßend.

„Du hast braune Rehaugen in Mandelform. Und deine Oberlippe, die übrigens zuckt, wenn du lachst, ist herzförmig. Dein Gesicht ist länglich, oval. Du hast relativ dichte Augenbrauen und eine hohe Stirn und Haare bis zum Kinn. Braune Haare, die du künstlich ein bisschen aufhellst. Du trägst kleine weiße Knopfohrringe, die wie Perlen aussehen, aber keine sind, und du schminkst dich zu stark. Du wärst hübscher, wenn du es einfach nicht machen würdest. Ach ja, du hast winzige Füße, sehenswerte Brüste und schlanke, aber muskulöse Beine. Sonst noch was?“

Mir bleibt die Luft weg. „Äh, nein. Und du bist dir sicher, ein Mann zu sein?“

Er lacht. Ein rauchiges, tiefes Lachen, das ein wenig heiser klingt. Überhaupt hat er eine sehr schöne Stimme. Etwas kratzig, aber melodisch. Kein erkennbarer Dialekt, kein Akzent, nicht zu laut, nicht zu leise. Ruhig, geerdet sexy. „Oder bist du schwul?“, rette ich mich.

„Ich bin ein durch und durch heterosexueller Mann, der drei Schwestern hat.“

„Drei?“

„Ja, meine Schwestern haben meinen Blick für die Details an Frauen so geschärft, dass mir nichts mehr entgeht, selbst wenn ich es wollte. Ein Erfolgsrezept fürs Leben! Merkt man sich, was ihr getragen habt, und erwähnt es zufällig, dann seid ihr begeistert, wie sehr wir uns für euch interessieren. Es ist euch doch wichtiger, dass wir wissen, was euch steht und euch gefällt, als dass es euch wichtig ist, was uns steht und uns gefällt.“

Das hört sich wie ein Vorwurf an und wahrscheinlich müsste ich jetzt widersprechen, aber der Nebel steigt mir gerade wieder ins Hirn. Ich gebe auf. „Das ist mir für heute zu kompliziert.“

„Das glaube ich dir sogar! Also, hol dein Handy raus – ich besitze zum Glück kein Smartphone – und dann finden wir raus, wer von uns dem anderen etwas schuldig ist!“

Ich tippe „Ewige Stadt“ in mein Handy und muss mich dabei zweimal korrigieren, die Tasten scheinen ein wenig ineinander verrutscht zu sein. Ich fluche leise und Matt beobachtet mich. Schaut mir völlig ungeniert weiter in den Ausschnitt.

Es dauert keine fünf Sekunden, dann steht da in großen Buchstaben „Rom“, „Rom“ und nochmals „Rom“.

Peinlich. Wieso wusste ich das nicht? Vielleicht habe ich es sogar gewusst und absichtlich Paris gesagt, weil ich flirten wollte. Aber warum sollte ich das tun?

Matt schaut mir über die Schulter und berührt meine nackte Haut dabei ganz leicht mit kratzenden, kitzelnden Bartstoppeln. „So, hier hast du deinen Beweis, dass Rom die ewige Stadt ist! Und wie beweist du mir jetzt, dass du meine Kragenweite bist?“

Und dann sage ich ihm, diesen einen Satz, auf den ich künftig jeden Abend meine Einschlafprobleme betten werde, diesen Satz, ohne den vieles vielleicht anders gelaufen wäre. Eigentlich irgendwie alles.

„Küss mich!“

Ich stehe auf und er gleichzeitig auch. Ich reiche ihm noch nicht einmal bis an die Schulter. Also steige ich auf eine der Steinstufen hinter uns und muss kichern, weil er mit seinem Kopf fast hinter den weißen Bettlaken über uns verschwindet. Er greift nach oben, zieht das Laken mit einem Ruck nach unten und wirft es auf den Boden. Er sieht ernst aus dabei. Überzeugt und gleichzeitig zweifelnd beißt er sich auf seine Unterlippe.

Dann lege ich meine Hände an seine Wangen, stelle mich leicht auf die Zehenspitzen und küsse ihn.

Und er küsst zurück, so dass sich Himmel und Erde berühren, so dass mein benebelter Kopf mitten in den Wolken zu stecken scheint und alles um mich herum explodiert. Ich kann mich nicht erinnern, jemals einen solchen Kuss bekommen zu haben. Einen, der die Welt anhält, die Zeiger stocken lässt und mich so völlig auf das Jetzt reduziert. In meinem ganzen bisherigen Leben gab es keinen einzigen Moment, in dem ich so gern das Falsche getan habe.

Leider ist es viel zu schnell vorbei, was an meiner fehlenden Balance liegt. Ich kippe leicht nach vorne, auf ihn zu, und er hält mich an den Schultern fest. Er schiebt mich ein Stückchen von sich und ich blicke in ein fremdes Gesicht. Auf einmal ein so fremdes Gesicht, zu dem diese weichen und warmen Lippen gehören. Ein Gesicht – so wird mir auf einmal klar –, das ich so gerne kennen würde.

„Wir gehen jetzt besser rein. Du bringst mich noch um Kopf und Kragen“, sagt er und sieht aus, als hätte ihn der Blitz getroffen.

Lächelnd sage ich: „Ging es nicht genau darum? Um deinen Kragen?“

„Ja, Sahara, genau darum.“

„Warum Sahara?“, frage ich.

„Heiß!“, antwortet er und grinst wieder, so dass sich seine Mundwinkel unendlich weit nach außen ziehen.

„Und jetzt?“

„Fantasie mit Ph?“

„Oder bessere Musik und du tanzt mit mir?“

„Da drinnen, vor all deinen Kollegen?“

Eigentor. Nein, das will ich ganz sicher nicht. Irgendwie verursacht mir der plötzliche Gedanke an Wiesners Sekretärin mit dem Handy Übelkeit, vielleicht ist das aber auch der Alkohol. Oder das Resultat eines Schwindels, der nur von seinem, unserem Kuss herrühren kann.

„Kennst du die Dachterrasse?“, fragt er.

Ich weiß, dass es eine Gemeinschaftsterrasse oben auf dem Dach gibt und dass sich einige der Mieter sehr viel Mühe damit gegeben haben. Es hing einmal eine Einladung zu einem Mietertreffen zur Einweihung der Dachterrasse im Eingang. Aber ich bin nicht hingegangen. Wozu auch? Ich werde nicht mehr lange hier wohnen. Wenn Oliver sich endlich dazu durchringen wird, mit mir zusammenzuziehen, werden wir eine Wohnung mit eigener Terrasse haben. Der Gedanke an Oliver ist gerade so daneben, dass ich beinahe den Halt völlig verliere.

„Komm!“, er greift nach meiner Hand.

„Ist das eine Einladung?“

„Nein, eine Bitte.“

Er geht kurz nach drinnen und bespricht irgendetwas mit dem anderen Besitzer des Ladens. Kurze Zeit später kommt er zurück, nimmt wieder meine Hände und zieht mich daran hoch.

Ich bin etwas wackelig auf den Beinen. Kein Wunder.

Matt scheint das zu bemerken und irgendwann im Treppenhaus, zwischen zweitem und drittem Stock, nimmt er mich hoch und wirft mich wie einen Sack Mehl einfach über seine Schulter. Es scheint ihm keine Mühe zu bereiten, mich zu tragen. Zum Glück bin ich noch immer zu betrunken, um mir wirklich bewusst darüber zu sein, dass er nun den allerbesten Blick auf meinen Allerwertesten hat.

Zwischen dem vierten und dem fünften Stock streicht seine Hand meinen Oberschenkel hinauf und stoppt unmittelbar vor dem Rand meiner Unterwäsche. Ich bin verrückt, völlig verrückt und saudumm. Aber ich kann nicht anders, als mir zu wünschen, dass er es wieder tut. Wieder und wieder und wieder. Bis ich endgültig den Verstand verloren habe. Stattdessen bewege ich mich gespielt unwillig, so dass Matt mich absetzt.

Wir steigen den engen Gang hintereinander hinauf, und kurz bevor er die Tür nach draußen öffnet, drückt er auf einen Schalter.

Auf der Dachterrasse ist die Luft deutlich erträglicher als unten im Innenhof. Eine leichte Brise weht uns entgegen und hunderte kleiner Lämpchen erstrahlen an gespannten Drahtseilen, die sich über unzähligen Töpfen mit Blumen, Sträuchern und Kräutern erstrecken. Das Pflanzenmeer und die gemütlichen, zusammengewürfelten Korbsessel, Loungemöbel, Hängematten und einfachen Alustühle machen aus einem tristen Flachdach eine Oase mitten in der Stadt.

Er fragt nicht, ob er mich berühren darf, wie Oliver. Er schaut mich nicht mit diesem Hundeblick an, wie Oliver. Nein, Matt greift mich an den Hüften und schiebt mich direkt an den Rand des Daches, an dem nur eine meterhohe Betonmauer dafür sorgt, dass wir nicht nach unten fallen. Ich habe keine Höhenangst, aber mit ihm hier oben bin ich auf einmal nicht mehr schwindelfrei. Er hält mich fest, während er mich an die Betonwand drückt und mich küsst, dass mir Hören und Sehen vergeht und ich nur noch fühle. Männerlippen, die sehr genau wissen, was sie tun. Und Hände, die sehr genau wissen, was sich gut anfühlt, blenden völlig aus, wer ich eigentlich bin und was ich will. Oder besser: Wollen sollte.

Wir sprechen kein einziges Wort. Nicht, als ich meinen Rock langsam und ein wenig ungeschickt, weil ich immer noch alkoholgeschädigt bin, ausziehe. Nicht, als er mir das Oberteil vom Körper reißt. Nicht, als ich ihm das T-Shirt über den Kopf ziehe und längst aufgehört habe, mich selbst stoppen zu wollen. Und auch nicht, als wir beide irgendwann – viel später – atemlos aufeinander auf einem der breiten Loungesofas liegen.

Auf dieser Dachterrasse, die ich nie betreten wollte, habe ich für einige Zeit völlig vergessen, wer ich bin.

Doch wie das so ist mit Erinnerungen, manchmal kommen sie sehr viel schneller und wuchtiger zurück, als es einem lieb ist. Und während ich noch auf ihm liege und seinen Puls rasen spüren kann, noch während seine Knochen an meine drücken und der Rhythmus, den wir so zwanglos miteinander gefunden haben, ausgeklungen ist, fühle ich mich namenlos. So, als wäre es eine andere Person gewesen, die all das getan hat. Eine ungewollte, unerbetene Fremde. Nicht Sara. Die um Perfektion bemühte Sara. Die war das nicht. Und den Mann unter mir, den kenne ich nicht.

Doch schneller als mir lieb ist, bricht auch dieses Gefühl weg. Es war keine Fremde, die sich so hat gehen lassen. Ich war es. Ich habe den dümmsten Fehler meines Lebens begangen.

Wie konnte ich nur?

Kapitel 2

Freitag auf Samstag, 10. September, 1:55 Uhr

Ich liege hellwach da, das Radio eingeschaltet, und fühle jede Faser meines Körpers überdeutlich. Einige Stellen betrügen mich, andere dagegen reagieren genauso, wie es sein sollte: mit Schmerz. Mein Kopf dröhnt und hämmert und mein Magen dreht sich immer wieder um sich selbst. Meine Lippen dagegen, meine Haut, die prickeln immer noch. Und lechzen nach mehr und machen mir schamvoll bewusst, dass ich auch noch weitere zwei Stunden so tun kann, als sei nichts passiert. Aber es ist etwas passiert: Ich habe gestern Abend um halb elf mit dem fremden Barkeeper aus dem Untergeschoss auf dem Dachgeschoss geschlafen. Und es war der Wahnsinn. Und es war falsch. So falsch.

Ich habe mich schneller aus dem Staub gemacht, als er seine Hosen wieder anziehen konnte. Er hat gegrinst und leise vor sich hin gekichert, während ich stümperhaft versucht habe, mich anständig anzuziehen. Schließlich habe ich es aufgegeben und bin halbnackt zur Tür gestolpert.

„Sahara, wann sehe ich dich wieder?“, hat er mir noch hinterhergerufen. Ich habe nicht geantwortet.

Seit ich meine Wohnung betreten und mich auf die Couch gelegt habe, weil ich mich zu schmutzig fühlte, um in mein Bett zu kriechen, warte ich auf Schritte. Darauf, dass Oliver kommt. Und ich frage mich, was ich dann tue. Es ihm sagen? So tun, als sei nichts gewesen? Ich hatte gehofft, wir würden endlich zusammenziehen. Ich hatte gehofft, er würde mir demnächst einen Antrag machen. Ich hatte befürchtet, dass er mich betrügt, wenn er so lange arbeitet. Und jetzt habe ich es getan. Der Alkohol ist keine Entschuldigung, ich erinnere mich nur zu gut an das Gefühl, es gewollt zu haben. Es sehr gewollt zu haben.

Grübelnd nicke ich irgendwann ein und als ich um zwei Uhr nachts erwache, bin ich schweißgebadet. Vor Angst, schlechtem Gewissen und Scham. Ich habe mich noch nie jemandem so hingegeben. Ich hatte noch niemals so guten Sex. Das liegt wohl daran, dass es verboten ist. Dass ich es mir selbst verbiete, mich so zu benehmen.

Auf meinem Handy blinkt eine Nachricht von Oliver: „Sorry, schaffe es heute nicht mehr. Ich melde mich morgen, schlafe heute zu Hause."

Gut, Galgenfrist.

Als ich ins Bad wanke, wird mir speiübel, schlecht vor mir selbst und meinem Verhalten. Und als ich mich vor meinem inneren Auge selbst sehe, mich, Sara Hendrich vor wenigen Stunden – tanzend zu albernen 90er-Songs, Leute vollquatschend, mich todpeinlich benehmend –, klappe ich schon einmal vorsichtshalber den Toilettensitz nach oben. Dann fällt mir Wiesners Sekretärin mit dem Handy ein und das gibt mir den Rest. Der Inhalt meines Magens – vornehmlich flüssig – ergießt sich in mein Designerklo von Villeroy und Boch.

Keuchend sitze ich wenig später mit meiner Zahnbürste auf dem Badewannenrand und denke nach. Ich bin gut im Nachdenken, ich muss eine Lösung finden. Darin bin ich für gewöhnlich auch gut.

Allerdings fallen mir im Moment nur Horrorszenarien ein und der abartige, perverse Wunsch, das Gefühl in meinem Körper dort oben auf dem Dach wiederhaben zu wollen. Vielleicht lässt es sich ja wegduschen, das Kribbeln.

Während eiskaltes Wasser über meinen schmerzenden Schädel läuft, wird mir bewusst, dass ich schnellstmöglich umziehen muss. Ich muss raus aus diesem Haus. Unmöglich kann ich ihm weiterhin fast täglich im Treppenhaus begegnen. Und was, wenn er Oliver sieht? Oliver ist meistens nur am Wochenende hier und ich bin noch nie mit ihm gemeinsam auf Matt gestoßen, aber was wenn?

Der Gedanke treibt mich fast in den Wahnsinn, so sehr, dass ich gar nicht klar darüber nachdenken kann, was ich eigentlich vorhabe. Oliver beichten? Oliver alles verschweigen? So tun, als wäre es keine große Sache?

Es war eine große Sache, eine sehr große Sache.

Aus dem Spiegel starrt mich eine fremde Person an, die mich an jemanden erinnert. An mich vor fünfzehn Jahren. Eine Person, die ich nie wiedersehen wollte. Und doch ist sie da. Älter, aber nicht schlauer. Aufgebrezelter und – wie sagte Matt? – „künstlicher", aber nicht hübscher. Eine, die dazugehören will und gerade schon wieder dabei ist, sich selbst ins Aus zu schießen. Nicht jetzt! Nicht mehr!

Ich schminke mich ab, um mich neu zu schminken. Ohne Make-up fühle ich mich nackt. Unbedeckter als ich es gestern Abend war. Ich schüttele mich bei dem schameinflößenden Gedanken, ziehe eine kurze Jeans und eine Bluse an und beginne meinen Gang nach Canossa, aus der Wohnung raus, die Treppen hinunter.

Unten ist es viel leiser geworden, das merke ich bereits im Treppenhaus. Dieses verdammte Treppenhaus, ohne dass das alles hier nicht passiert wäre!

Nichts wäre passiert, wenn ich blöde Kuh nicht behauptet hätte, Paris sei die ewige Stadt.

Es ist keine Musik zu hören, als ich mein Ohr an die Tür drücke. Nur leise Stimmen. Männerstimmen.

Ich drücke die Tür einen Spalt auf und sehe eine hübsche junge Frau mit schwarzer Schürze beim Aufräumen der Gläser. Keine Gäste mehr, zum Glück.

Als ich reingehe, sieht sie mich fragend an, und bevor sie etwas sagen kann, frage ich: „Ist Matt noch da?"

Sie lächelt, ein wenig schief, und kommt mir dabei bekannt vor, ohne dass ich mich erinnern könnte, sie bereits gesehen zu haben. Auch nicht am Abend. An einem Abend, der wenige Stunden zurückliegt und sich dabei so anfühlt, als hätte er in einem anderen Leben stattgefunden.

„Ja, hier drüben in der Küche. Soll ich ihn holen?"

Das wäre nett, danke! Ich nicke langsam.

Sie läuft zur Küchentür und ruft: „Matt, kommst du bitte mal!"

Als er heraustritt, sieht er so aus, als wäre nichts passiert. Und dabei doch lang nicht mehr so fremd wie vorhin. Er lächelt mit breitem Mund und den Grübchen, die sich dabei an seiner Wange bilden. Die gleichen Grübchen wie die des Mädchens mit der Schürze.

Als er mich sieht, wird das Lächeln ein wenig kleiner. „Sahara! Mit dir habe ich nicht gerechnet."

„Können wir reden?"

„Klar, worüber willst du reden? Über Paris und Rom oder deinen schnellen, überstürzten Abgang vorhin?"

Ich kann nicht aus ihm lesen. Aus Oliver kann ich lesen wie aus einem Buch. Aber aus Matt werde ich gerade nicht schlau. Eine Mischung aus Häme, Herablassung und Stolz schlägt mir mit seinen Worten entgegen. Möglicherweise missinterpretiere ich das aber auch.

Er läuft zum entferntesten Tisch und bedeutet mir, mich zu setzen. „Long Island Icetea mache ich um die Zeit nicht mehr, aber wie wäre es mit einem Kaffee?"

„Nein, danke."

„Okay. Was machst du hier? Ich hatte nicht das Gefühl, dass du meine Handynummer willst. Aber falls du mich doch etwas näher kennenlernen willst, können wir uns gerne morgen Abend treffen. Heute Abend, meine ich."

„Nein, danke, ich meine … Ich würde gerne jetzt etwas mit dir klären."

Sein Lächeln ist verschwunden, er mustert mich und da ist es wieder: das Männliche, Erwachsene, dass seinem Lausbubengesicht fehlt, wenn er lacht. Das erst auftaucht, wenn seine Züge sich glätten.

„Gut. Schieß los!" Er versucht, nach meiner Hand auf dem Tisch zu greifen, aber ich ziehe sie ruckartig weg. Das hat mir noch gefehlt! Wenn das Kribbeln wiederkommt, garantiere ich für nichts. Um nichts auf der Welt will ich zum zweiten Mal in weniger als zwölf Stunden diese Dachterrasse betreten! Und nichts auf der Welt will ich eigentlich mehr. Seltsam, wie Widersprüche sich manchmal absolut logisch ergänzen.

„Das vorhin war ein Riesenfehler", sage ich. „Ich habe eine feste Beziehung und feste Prinzipien. Ich bin eine erfolgreiche Frau und du …"

„Ich bin absolut nicht *deine* Kragenweite, richtig?"

Das ist es nicht, was ich sagen wollte, aber wenn es hilft, ihn davon zu überzeugen, dass das, was zwischen uns passiert ist, falsch war, dann gut. Dann spiele ich das Spiel mit. „Ja, genau!“

Jetzt lacht er laut auf. Ein heiseres, ein trockenes, ein sarkastisches Lachen. „Wenn du gewusst hättest, dass ich beruflich Ärsche abwische, hättest du dir meinen gar nicht erst angesehen, oder, Miss Business?“

Wovon redet er? „Wie auch immer. Es wäre mir recht, wenn wir es dabei belassen und ähm, ja vor allem, wenn es unter uns bleibt.“

„Für wen hältst du mich? Für die Bildzeitung? Danke nein, eine Schlagzeile bist du mir nicht wert.“ Mit diesen Worten steht er auf und verlässt den Raum.

Ich sehe ihm einen Moment lang nach. Wieder einmal habe ich genau das bekommen, was ich wollte. Und wieder einmal will und will es sich einfach nicht gut anfühlen.

Kapitel 3

Samstag, 10. September, 12:02 Uhr

„Sara, Schätzchen. Hier drüben.“

Emma winkt. Sie trägt eine dieser sündhaft teuren, dunklen, halbtransparenten Seidenblusen, die ihr so gut stehen. Einen kurzen Moment lang wünsche ich mir, dass Pastasoße darauf landen wird. Dabei isst sie gar keine Pasta. Sie ist mehr der Salatstocherer. Ich frage mich, warum wir immer wieder zu diesem blöden Trend-Italiener gehen müssen, wo der Service hier doch so schlecht ist und sie ohnehin nur Salat isst. Aber Emma hat ihre festen Prinzipien; meine Schwester ist ein einziges Prinzip auf zwei Beinen.

Und weil das so ist, treffe ich mich auch heute wieder mit ihr hier. Nach der unruhigsten Nacht meines Lebens, mit einem Schädel, dessen Brummen ich mittels zweier Migränetabletten halbwegs in den Griff bekommen habe, und mit einem miesen Bauchgefühl. Was daran liegen könnte, dass sich gähnende Leere darin breit gemacht hat und zu viel Luft scheinbar auf den Rest meines Körpers drückt und auf die Stimmung. Außerdem habe ich mir vorhin den Absatz abgebrochen, weil ich an einem Kanaldeckel hängen geblieben bin. Ich kann zwar mit dem Schuh noch laufen, aber er ist dennoch im Eimer. Ein 300-Euro-Schuh, der perfekt zu meiner Lieblingshandtasche gepasst hat. So viel also zur Laune!

Wieso winkt Emma immer noch so affektiert, mit Zeigefinger und Mittelfinger? So als wüsste ich nicht genau, wo sie sitzt. Wir reservieren immer den gleichen Tisch: Nummer sieben, am Fenster, gleich rechts. Jeden letzten Samstag im Monat. Egal, was das Leben uns zwischen die Beine wirft … Ich schüttele mich. Oh Gott, den ganzen Vormittag schon kann ich an nichts anderes denken! Egal, was das Leben uns *vor* die Beine wirft, wir treffen uns pflichtgemäß jeden letzten Samstag im Monat hier. So auch heute.

Ich glaube nicht, dass sie wirklich Spaß daran hat, mich zu treffen – nicht mehr und nicht weniger als ich selbst. Aber wir tun es immer noch. Weil Rituale bei Emma zu Prinzipien werden. Und weil wir uns vermissen würden, wenn wir es nicht täten. Auch wenn wir es meistens kaum erwarten können, wieder getrennter Wege zu gehen, wenn unsere Teller bis auf den Anstandshappen geleert, die Rechnung penibel geteilt ist und wir beide unter dem Tisch klammheimlich wieder zurück in unsere schicken Hacken gestiegen sind. Schwestern bleiben Schwestern. Dieses Zusammengehörigkeitsgefühl löst sich nicht einmal in der Säure unserer gegenseitigen, ständig hoch kochenden Ablehnung auf.

„Hallo, Emma! Schön dich zu sehen!“ Ich hänge meine Tasche an den dunklen, schweren Stuhl ihr gegenüber und umarme sie dann, flüchtig, kurz und beinahe ohne Körperkontakt. Pflichtgemäß und fast ein wenig mit schlechtem Gewissen ob meiner Gedanken. Sie ist meine Schwester, Herrgott, warum hat sie diese Wirkung auf mich?

Es braucht nur diesen einen, diesen von oben bis unten musternden Blick von Emma, bevor aus dem für Sekunden missbilligend zusammengezogenen Mund ein verkrampftes Lächeln wird und ich weiß es wieder: Sie hat diese Wirkung auf mich, weil sie so perfekt ist. Mein Leben lang versuche ich bereits, sie mehr schlecht als recht nachzuahmen, und bleibe doch nur die Kopie. Egal, wie teuer meine Kleider sind, wie hoch meine Schuhe und wie rasant meine Karriere: Sie ist mir immer einen Schritt voraus. Ihr wäre das nicht passiert, was mir gestern passiert ist. Ich würde mir lieber auf die Zunge beißen, als es ihr zu erzählen.

„Hallo, Sara, gut, dass du es pünktlich geschafft hast. Ich habe heute nicht viel Zeit.“

Wann hat sie das schon? Ich habe auch keine Zeit, ich brauche ein Lösungskonzept für mein Kopfproblem und ich brauche eine neue Wohnung. „Bestellen wir gleich? Weißt du, was du willst?“

„Ich esse heute nichts. Aber bestell du nur schon! Ich habe keinen Appetit.“

Oh, heute also nicht einmal Salat! Um sie zu ärgern und weil mein Kater nach Futter verlangt, um zahm und beherrscht schnurren zu können und seine Krallen eingefahren zu lassen, bestelle ich mir eine Saftschorle, Pizzabrot und den Pastateller mit Extrakäse.

Emma verzieht missbilligend das Gesicht, so dass ihre aristokratisch hohen Wangenknochen sich noch weiter nach oben ziehen. Ich mustere sie, auf die gleiche Art, wie sie mich immer mit ihren stechend blauen Augen abtastet.

Irgendwie ist Emma noch blasser als üblich, ihre Augen ein wenig blutunterlaufen. Ihr kantiges Gesicht teilt sich mit meinem die Lippenform, den hohen Ansatz unserer glatten, braunen Haare und die leichten, frühen Fältchen um die Mundpartie, die bei Emma fehlerhafterweise andeuten, sie würde viel lachen. Eigentlich ist nichts an ihr anders als sonst, außer eben, dass ihre Knochen noch heller durch die Haut scheinen. Und ein gewisses nervöses Zucken: Sie wippt mit den Füßen und hat vergessen, ihre Schuhe abzustreifen. Aber ich werde sie nicht fragen müssen, was es ist. So wie ich Emma kenne, erzählt sie mir entweder sofort, was los ist, oder aber ich werde auch bei Nachfrage keine Informationen aus ihr herausbekommen.

Sie checkt ihr Handy und ich lege meines neben dem Besteck auf den Tisch. Ich hoffe, Oliver ruft nicht an. Ich weiß immer noch nicht, was ich sagen und was ich nicht sagen sollte und werde.

„Ich muss dir was erzählen, Sara."

Wusste ich es doch! Sie hat mir also etwas zu erzählen. Trotz ihrer theatralischen Ankündigung vermute ich nichts Schlimmes, sondern irgendetwas in der Richtung von „Stefan und ich haben beschlossen, uns ein Ferienhaus in Zürich zu kaufen" oder so. Eine wichtigtuerische Ansage, die mir ziemlich am Allerwertesten vorbeigehen wird, zu der ich aber wohlwollend „Ah!" und „Oh!" und „Ich freue mich so für euch!" sagen werde. Einfach nur, weil es sich so gehört. Einfach nur, weil wir eben Schwestern sind und sie das von mir erwartet.

„Was gibt es denn Wichtiges?", sage ich und spiele mit der Serviette, während ich überlege, ob es sehr unhöflich wäre, mich nach einer halben Stunde zu verabschieden, um auf den letzten Drücker beim Immobilienmakler nebenan vorbei zu schauen. Letzte Nacht habe ich beschlossen, Oliver vor vollendete Tatsachen zu stellen, nicht mit meinem Ausrutscher, sondern damit, endlich zusammenzuziehen. Was er wohl zu einer Neubauwohnung draußen in …

„Ich bin schwanger!“, sagt Emma, greift nach dem San-Pellegrino-Wasser vor sich und schüttet völlig überraschend einen guten Teil davon bei dem Versuch zu trinken über ihre Bluse.

Damit habe ich nicht gerechnet. Mit der Schwangerschaft schon, aber nicht mit ihrem Verhalten. Statt zu schimpfen oder sich peinlich berührt die Bluse zu tupfen, wie sie es selbst von anderen mit solchen Missgeschicken erwarten würde, laufen auf einmal dicke Tränen ihre Wangen hinunter.

Und ich sitze da und bin unfähig mich zu rühren. Also sehe ich untätig dabei zu, wie meine Schwester auf wackeligen Beinen in Richtung Toilette läuft. Ich habe ehrlich keine Ahnung, wie ich mich verhalten soll. Vielleicht, weil ich mich nicht entsinnen kann, sie jemals weinen gesehen zu haben. Nicht mehr, seit wir aufgehört haben, uns die Knie zu schürfen.

Sie ist schwanger. So weit so gut. War das nicht der Plan?

Emma hat ihren Lebensplan bisher voll erfüllt: Sie hat mit achtundzwanzig Jahren geheiratet, mit dreißig war sie Besitzerin einer Eigentumswohnung und nun ist sie schwanger. Genauso wie sie es immer wollte. Mit zweiunddreißig. Kein Jahr vorher, keines danach. Bei Emma scheint immer alles so zu laufen, wie sie es sich vorstellt. Es ist fast so, als hätte Emma ihrem Leben beigebracht zu laufen. Ihr Leben ist ein Roboter, der streng nach Schema E funktioniert – nach Schema Emma! Aber warum heult sie dann?

Soll ich ihr hinterherrennen, sie fragen, was los ist? Sie in den Arm nehmen??

Ich bleibe sitzen und checke meine E-Mails und knabbere am inzwischen eingetroffenen Pizzabrot herum. Emma und ich reden selten über unsere Gefühle, eigentlich nie. Über Pläne, ja, Erfolge, sicher. Wir reden über Dinge wie die Blusen, die wir tragen, oder das Make-up, das am wenigsten Flecken auf diesen Blusen hinterlässt, aber niemals über die Flecken auf unserer Seele.

Zehn Minuten später ist sie wieder da. Frischer Lidstrich, das Gesicht wie gereinigt von allem, was sich vorher noch darauf abgespielt hat. Sie sieht mich ernst an, die spitzen Ellbogen auf den Mahagonitisch gestützt, die Finger ineinander gefaltet. Fast als würde sie beten. Irgendwie grotesk.

„Was ist los, Emma? Freust du dich nicht?“

„Nein, ich freue mich nicht. Nicht wirklich.“ Sie greift in ihre Tasche, zieht ein kleines weißes Blatt mit einem schwarz-weißen, verschwommen Aufdruck heraus und legt es vor sich auf den Tisch, schiebt es mir rüber. Ein Ultraschallbild.

„Weißt du was das ist?“, fragt sie mit ungewohnt schriller Stimme und deutet auf eine kleine weiße Linie, über der sich der winzige Pfeil einer Computermaus befindet. Eine weiße Linie auf einem erstaunlich gut erkennbaren Baby.

„Ein Baby“, sage ich, vielleicht etwas zu euphorisch, weil mich der Gedanke, dass dieses kleine teddybärenähnliche Kind da ziemlich nah mit mir verwandt ist und sich gerade im Bauch meiner Schwester befindet, doch unerwartet aufwühlt. Und weil mir gerade heiß wird und kalt und dann wieder heiß, als ich überlege, ob wir ein Kondom benutzt haben letzte Nacht. Manche Dinge sind ein wenig diffus in meiner Erinnerung, andere dagegen sehr scharf, gestochen scharf. Ich muss mich bemühen, Emma weiter zuzuhören, und zumindest für den Moment aufhören, nach Erinnerungen zu suchen.

„Nein, *das* hier ist Flüssigkeit. Mit abweichender Abmessung, mit sehr weit abweichender Abmessung. Das hier ist eine Katastrophe.“

Ich habe keine Ahnung, wovon sie spricht, aber da sie nun wieder weint, ist auch mir klar, dass mit dem Kind offensichtlich etwas nicht stimmt. Meine Hand schiebt sich etwas widerwillig zu ihrer hinüber und versucht, sie zu drücken. Aber sie schlägt die Hände vors Gesicht.

„Was bedeutet das?“, frage ich vorsichtig.

„Das bedeutet, liebe Sara, dass ich mit hoher Wahrscheinlichkeit ein behindertes Kind bekomme!“, zischt sie mir entgegen, als wäre ich die Ursache dafür.

Schwammig fällt mir etwas ein, was ich irgendwo gehört oder gelesen habe. Über vorgeburtliche Untersuchungen und die Möglichkeiten, Behinderungen mit Hilfe von Messungen irgendwelcher Falten festzustellen. Fakten und Werte, die bedeuten, dass ein Kind nicht so ist, wie es der Großteil der Bevölkerung gerne hätte. „Du meinst, dein Kind hat möglicherweise das Down-Syndrom?“

„Bingo!“, faucht sie.

„Aber … aber, es sieht doch ganz normal aus!“

Sie antwortet nicht, sie sieht mich nur an, als sei ich der dümmste Mensch auf Erden.

Ich hasse diesen Blick mehr als alles andere, ich hasse ihn so sehr, dass auf der Stelle jegliche Empathie für sie aus mir weicht wie heiße Luft. Zurück bleibt Kälte, dieses furchtbare, eisige Gefühl, das immer in mir zurückbleibt, wenn die Röte aus den Wangen verschwunden ist. Wenn Scham dem Gefühl von Demütigung weicht. Ich kenne diese Emotionen so gut. Ich bin ein Experte darin, mich minderwertig zu fühlen. Meine gesamte Kindheit und Teenagerzeit war geprägt davon. Bis ich mich davon befreit habe, bis ich die Kälte genutzt habe, um der hitzigen Röte des ewigen Mobbingopfers entgegenzuwirken.

„Aber gibt es da nicht noch ein paar Untersuchungen oder so, um das sicher festzustellen? Irgendwas mit Fruchtwasser?“

„Eine Fruchtwasseruntersuchung, ja, aber die ist veraltet. Es gibt einen Bluttest.“

„Ja, dann mach das doch! Dann hast du Gewissheit.“

„Denkst du etwa, den hätte ich noch nicht gemacht? Am Montag kommt das Ergebnis! Und hast du Schlaumeier dann auch eine Idee, was ich mache, wenn es den Verdacht bestätigt?“

Es gibt nur noch zwei Menschen, die mich an diesen Punkt zurückbringen können, mich dumm und klein zu fühlen. Emma gehört dazu. Und meine Mutter. Diese Herablassung in ihrer Stimme gibt mir den Rest an Wut zurück, der Mitgefühl gewichen war. Dazu mischt sich ein Funken Verzweiflung, weil mir immer noch nicht eingefallen ist, ob wir gestern ein Kondom benutzt haben. Deshalb sage ich etwas, was ich eigentlich gar nicht so direkt sagen wollte: „Dann lässt du es eben wegmachen, wo ist das Problem?“

Danach herrscht eine ganze Weile Stille zwischen uns. Aber stimmt es etwa nicht? Was will denn Emma, ausgerechnet die perfekte Emma, mit einem mehr als unperfekten Kind?

„Ja, du hast recht!“, sie setzt sich wieder gerade hin. So als hätte ich die Lösung all ihrer Probleme gerade eben vor sie auf den Teller gelegt. Sie winkt den Kellner heran und jede einzelne Pore, die vor wenigen Sekunden noch ein paar ihrer sonst so luftdicht verpackten Gefühle preisgegeben hat, ist nun wieder verschlossen. „Ich möchte zahlen, bitte!“

„Emma, ich …“ Ich weiß gar nicht, was ich sagen soll, und die angebrachte Entschuldigung will irgendwie so überhaupt nicht über meine Lippen.

„Schon in Ordnung, Sara. Ehrlich. Vielleicht musste ich das von dir noch einmal hören. Mutter sagt das gleiche, Stefan sagt gar nichts und irgendwie hatte ich seltsamerweise gedacht, du würdest etwas anderes sagen. Aber es ist okay, ich denke, es ist gut, dass du es auch gesagt hast. Dass ich weiß, dass du genauso denkst. Das macht es einfacher.“

Ich will es nicht dabei belassen. Wirklich nicht. Weil ich eigentlich finde, dass wir dazu viel mehr sagen müssten, als einfach nur: Dann lässt du es eben wegmachen. Wir müssten darüber diskutieren, Pros und Contras abwägen und uns informieren, ich müsste mit ihr zu einem Betroffenentreffen gehen oder wie so etwas heißt, ich müsste ihr meine Hilfe anbieten und einen Satz, der sich ein wenig wie „Wir schaffen das!“ anhört. Aber ich kann nicht. Weil wir so etwas nicht machen. Wir diskutieren nicht. Weil wir es gar nicht richtig gelernt haben, unsere Probleme zu bereden. In unserer Familie redet man nicht über Probleme, man löst sie. Also sage ich nichts, außer ein zweites Mal: „Emma, ich …“

„Sara, bitte, kannst du mir einen einzigen Gefallen tun?“

Sie hat mich noch nie um einen Gefallen gebeten. Emma ist es – wie mir – sehr wichtig, niemandem etwas schuldig zu sein. Nicht einmal unter Schwestern.

Ich nicke.

„Kommst du mit, wenn ich … wenn ich es …?“

„Ja, klar“, sage ich und wünsche mir, Nein sagen zu dürfen. Nicht, weil ich ihr nicht zur Seite stehen will, und auch nicht, weil ich nicht gerührt davon bin, meine Schwester schwach und um Hilfe bittend zu sehen. Sondern weil ich mir wünsche, ihr gar nicht erst geraten zu haben, ihr Baby abtreiben zu lassen.

Ich schaffe es, sie zu umarmen, und bekomme einen federleichten Druck ihrer Hände auf meinem Rücken zurück. So leicht, dass ich es mir auch eingebildet haben könnte.

„Ich rufe dich morgen an“, sage ich. „Vielleicht ist alles falscher Alarm.“

Sie nickt.

Und als ich schließlich allein am Tisch sitze, ist mir jeglicher Hunger vergangen. Der Kater hat sich in eine Ecke getrollt und ich bin allein mit all meinen Unüberlegtheiten der letzten vierundzwanzig Stunden. Wahnsinnsbilanz, würde ich sagen: ein Rat zur Abtreibung, dreihundert Menschen kurz vor der Arbeitslosigkeit und ein Seitensprung. Noch während mir Fragmente von Erinnerungsstücken der letzten Nacht schmerzhaft in die Seite schneiden, wie Glasscherben, noch während ich mich zu dem Kater in die Ecke legen möchte, um nie wieder in meinem Kopf die Worte „Fantasie mit Ph“, „Dachterrasse“ und „Sahara“ zu hören, noch während mein Kopf voll ist mit hausgemachten Problemen, klingelt mein Handy und Olivers Gesicht erscheint auf dem Display.

Kapitel 4

Samstag, 10. September, 12:40 Uhr

„Hallo, Schatz!“

„Hallo, Oliver!“

„Bist du noch beim Essen mit deiner Schwester oder hast du vielleicht in einer Stunde Zeit? Ich habe eine Überraschung für dich!“

Oh ja, ich auch. Ich habe gestern mit dem Kellner aus dem Knafes geschlafen. Überraschung!! Aber machen wir nicht alle Fehler … Kleine und große. Dumme und sehr dumme. Ich beiße mir auf die Lippen und unterdrücke mit Mühe, mit großer Mühe, jegliche Antwort, die in diesem Moment nur falsch sein kann.

„Schatz, bist du noch da?“

„Ja, entschuldige. Emma musste los. Ich … ja, ich hätte Zeit.“

„Wunderbar! Dann sehen wir uns in einer Stunde im Park am Schloss. An unserer Bank?“

Oliver bezeichnet die Bank mit Blick auf den Monopteros gerne als „unsere Bank“, obwohl es gar nicht die Bank ist, an der wir uns kennengelernt haben. Aber eine Bank im Park von Schloss Nymphenburg mit einem Blick wie aus dem Reiseführer klingt wohl einfach besser als eine am Parkrand gegenüber von einem heruntergekommenen Kiosk. Er erzählt die Geschichte gerne, oder besser gesagt, er erzählt gerne seine leicht optimierte Version der Wahrheit.

„In Ordnung“, sage ich und nichts ist in Ordnung.

Als ich bereits eine Viertelstunde vor unserer Verabredung im Park bin, weiß ich, dass irgendetwas anders ist. Einfach deswegen, weil Oliver bereits da ist.

Er ist nie zu früh, er sieht es als Statement, immer exakt fünf Minuten zu spät zu kommen. Ich lächele darüber, so wie ich über die Geschichte mit der Bank lächele.

Er steht vor der Bank und verdeckt schnell und hastig etwas hinter sich, nachdem er mich gesehen hat. Seine kurzen, braunen Haare sind wie immer perfekt gestylt. Er trägt ein helles Hemd, die Ärmel nach oben gekrempelt, und eine dunkle Anzughose. Etwas nervös, was irgendwie gar nicht zu ihm passt, rückt er seine schwarze Brille zurecht und reibt sich das Kinn. „Schatz, du bist zu früh."

Ich lache, besser gesagt, ich versuche ein Lachen. Die Erinnerung an letzte Nacht und die Scham, die mir wie ins Gesicht tätowiert sein muss, beim Anblick des Menschen, den ich betrogen habe, lässt keine passenden Emotionen zu. Ich fühle mich, als imitiere ich mich selbst.

„Du auch", sage ich. „Wieso? Du bist doch nie zu früh …" Es hört sich gereizt an und irgendwie fühle ich mich auch so. Warum muss der oberkorrekte, penible Herr Anwalt denn ausgerechnet heute auch noch früher hier sein als ich? So dass ich mich nicht auf die Situation einstellen und meine Worte und meine Mimik so lange üben kann, bis sie wieder mir gehören.

Ich sehe ihn an, diesen Mann, mit dem ich seit fünf Jahren zusammen bin. Mit dem ich doch glücklich bin, den ich liebe. Oder? Heute jedenfalls findet sich kein Gefühl ein. Nichts. Ich sehe ihn an und denke an weiße T-Shirts, ich betrachte seine gerade Nase, seinen schlanken, langen Körper und denke an das Gefühl von kräftigen, starken Männerarmen, die nicht zu ihm gehören. Wie machen das andere? Ich bin nicht die erste, die unter Alkoholeinfluss ihren Mann betrogen hat, aber ich hätte nicht gedacht, dass ich mich dadurch so völlig von mir selbst abgeschnitten fühle. Ich sollte Reue fühlen und mich in seine Arme stürzen. Ich sollte die liebevollste Person auf Erden sein und in all meinen Gedanken und Worten wieder gut machen, was ich verbockt habe.

Oliver steht noch immer wie versteinert da. „Mach mal die Augen zu, bitte, Sara!"

„Was, wieso?" Das sind Spielchen, die ich nicht von ihm kenne.

„Mach es doch einfach, bitte, Schatz!"

Gut, in Ordnung. Die Geheimnistuerei nervt mich. Dabei müsste ich eigentlich demütig vor ihm stehen. Wenn ich es ihm schon nicht sage, müsste ich wenigstens versuchen, nicht auch noch ein Biest zu sein. Aber ich kann nicht anders. Als er mich schon fast flehend ansieht, schließe ich die Augen. Und sehe Matt. Erschrocken reiße ich sie wieder auf.

„Schatz, bitte, es wird doch nicht zu viel verlangt sein, die Augen kurz zu schließen!“

„Ich verstehe einfach nicht, wozu das gut sein soll.“

„Ich habe eine Überraschung für dich und du verdirbst sie gerade.“

Nicht gerade, ich habe alles bereits gestern verdorben. Das weißt du nur noch nicht. „Okay, sorry. Schon gut.“

Als ich die Augen wieder schließe, versuche ich mir alles ins Gedächtnis zu rufen, was ich an Oliver schätze. Aber es funktioniert nicht, es kommen nur hässliche Bilder. Das ist unfair, wir hatten sehr schöne Zeiten miteinander. Hatten!??! ‚Haben‘, denke ich ausdrücklich und versuche, diese Zeiten heraufzubeschwören, aber ich sehe nur seine dominante Art, ich höre ihn mich mitten im Satz unterbrechen, ich sehe seine Missbilligung, wenn Klamotten in meiner Wohnung herumliegen. Fast schon panisch versuche ich daran zu denken, dass er mich stets in meinen Karriereplänen unterstützt hat, an seine Überraschungseinladungen zu Wellnesswochenenden, seine Angewohnheit, mir sonntags Vollkornbrötchen und Kaffee ans Bett zu bringen. Aber jede meiner Bemühungen misslingt, weil sie einen negativen Beigeschmack bekommt. Seine Unterstützung wird in meiner Erinnerung zum Drängen, mehr zu arbeiten, immer mehr, um Ziele zu erreichen, von denen ich gar nicht wusste, dass ich sie hatte. Ich hasse Wellness, es ist mir zu langweilig; eigentlich stehe ich auf Action. Und eigentlich esse ich viel lieber Croissants mit Nutella und trinke Kakao. Kaffee beschleunigt meinen Puls auf unangenehme Art und Weise. Warum fällt mir all das ein, während …

… während Oliver mir zum denkbar ungünstigsten Zeitpunkt einen Heiratsantrag macht!

Als ich die Augen auf sein Kommando hin öffne, kniet er vor mir, mit geöffneter Ringschachtel in der rechten Hand, während im Hintergrund, abgespielt von seinem Handy, Bruno Mars' „Marry you“ läuft.

Ich mag Bruno Mars nicht. Ich mag das Lied nicht. Und ich mag gar nicht, was dieser Antrag – den ich doch eigentlich so sehnsüchtig erwartet habe – mit mir macht.

Auf die Bank hinter uns hat Oliver ein Herz aus weißen Steinen gelegt und eine Kerze darin angezündet. Das Schlimmste aber ist die Rose zwischen seinen Zähnen. Ich muss mich furchtbar zusammenreißen, nicht zu lachen, weil es mich so sehr an diese alberne RTL-Sendung „Bachelor" erinnert. Ich weiß, dass Oliver versucht, romantisch zu sein. Ich weiß auch, dass das eigentlich absolut nicht seins ist und er es nur für mich tut. Aber weil das alles zu viel für mich ist und ich meine Emotionen nicht unter Kontrolle bringen kann, lache ich dann doch. Ich lache Tränen. Dabei will ich eigentlich nur weinen. Ich habe mir das hier selbst versaut! Hätte ich gestern nicht mit Matt geschlafen, wäre ich jetzt der glücklichste Mensch der Welt! Wenn ich doch nur alles rückgängig machen könnte!

Wenn ich nur einfach wieder ich sein könnte …

Olivers Miene verdunkelt sich und er runzelt verärgert die Stirn. „Was ist los, warum lachst du?" Er ist nicht nur irritiert durch mein hysterisches, unpassendes Lachen. Nein, er ist stinksauer.

„Entschuldige!" Ich reiße mich zusammen und als ich mein Lachen endlich unter Kontrolle habe, kommt die Traurigkeit mit einem Schlag über mich. Jetzt weine ich.

Ich, Sara, die Kontrollierte, die mit dem verstockten Gesicht, die, die sich selbst eigentlich so gut zügeln kann, hat die Zügel abgegeben und findet sie nicht wieder. Sie hat sie verlegt, auf einer Dachterrasse im Mondschein.

Oliver sieht mich immer noch etwas skeptisch an, aber offenbar hält er die Veränderung auf meinem Gesicht nun für Rührung Er sagt, langsam und überbetont: „Schatz, liebe Sara, ich möchte dich fragen, ob du meine Frau werden willst."

„Nein", es kommt schneller, als ich es mir überhaupt überlegen kann. Es kommt so schnell, dass es nur von Herzen kommen kann. Und das weiß auch Oliver, dazu muss man kein Romantiker sein. Es reicht Realist zu sein und wenn Oliver etwas ist, dann das. Er sagt gar nichts und ich auch nicht. Ich schlage die Hände vor mein Gesicht. Um ihn nicht zu sehen und um die Welt auszusperren. Aber vor allem, um mich vor mir selbst zu verstecken.

„Verstehe ...“ Er hat die Lippen so schmal zusammengepresst, dass sie zu einer dünnen Linie werden.

„Oliver, ich … Das kam jetzt alles so überraschend. Emma, sie hat mir vorhin gesagt … und gestern … und der Job und … Es tut mir leid. Wirklich. Ich bin gerade irgendwie nicht ich selbst … entschuldige … ich … Was machst du da?“

Er hat sich umgedreht und sammelt die Steine zusammen, fein säuberlich, so wie er eben ist. Und dann knallt er sie mir vor die Füße, so wie ich ihm mein „Nein“ hingeworfen habe. „Ich finde, das hat sich *sehr* nach dir angehört … Nie weißt du, was du willst.“

„Was? Das stimmt doch überhaupt nicht.“

Er sieht mich an, kalt und abweisend. So als betrachte er jemanden, den er verachtet. Vielleicht ist es das, vielleicht verachtet er mich bereits jetzt.

„Ach ja, wer war es denn, der gerne heiraten wollte? Und jetzt sagst du Nein.“

„Aber das heißt doch nicht …“

Er unterbricht mich, wieder einmal. „Was heißt es nicht? Willst du jetzt doch noch Ja sagen?“

„Nein … ich meine … Lass uns vernünftig reden!“

„Danke, aber das ist nicht mehr nötig. Wenn du mich nicht heiraten willst, gibt es nichts mehr zu sagen. Das war’s Sara, das war’s.“ Er stopft all seine mitgebrachten Romantikartikel in seine Aktentasche und will weglaufen. Einfach weglaufen, nach fünf Jahren Beziehung.

„Warte doch, Oliver! Bitte!“

„Nein, Sara. Nein!“ Er steht mit erhobenem Zeigefinger vor mir, so als wäre ich ein kleines Kind, dem er erklären muss, dass es zu gehorchen hat. Nein, Sara, das war es jetzt mit Schokolade und Eis. Oliver hat dich nicht mehr lieb, weil du so böse warst.

Dabei weiß er gar nicht, *wie* böse ich war.

Ich muss schon wieder lachen. Weil es so grotesk ist. Ich warte schon so lange darauf, dass er endlich bereit ist, mit mir zusammenzuziehen. Dann betrüge ich ihn ein einziges Mal und keine vierundzwanzig Stunden später macht er mir einen Antrag. Verrückte Welt!

„Das findest du jetzt wohl auch noch witzig, was?“

„Nein, entschuldige! Ich habe gestern ein bisschen zu viel getrunken und ich …“

„Du hast getrunken?“, fragt er skeptisch.

„Nur einen Sekt!“ Und ein paar mehr.

„Wie auch immer, Sara. Das hier ist unter meinem Niveau!“

Unter seinem Niveau? Was – dass ich Alkohol getrunken habe, seinen Antrag abgelehnt habe oder was? Bevor ich fragen kann, ist er weg und ich werde ihm nicht nachlaufen. Er muss sich erst einmal abkühlen, dann wird er sich beruhigen und ich mich auch. In ein paar Stunden werde ich mich über seinen Antrag freuen und ihn um Entschuldigung bitten. Vielleicht sage ich ihm einfach, es waren drei Sekt zu viel und nicht nur einer. Er weiß, wie wenig ich vertrage. Ich muss einfach nur nach Hause und mich auf meine Couch legen, den restlichen Alkohol aus meinem System vertreiben und dann wird alles gut. Es muss einfach.

Zu Hause renne ich durchs Treppenhaus. Ich jage mich selbst die Treppen nach oben. Aus Angst, hinter irgendeiner Ecke vorwitzige Locken hervorstehen zu sehen, die zu einem viel zu männlichen Körper gehören. Ich renne wie eine völlig Verrückte. Ich bin verrückt. Erst schicke ich dreihundert Menschen in die Arbeitslosigkeit, weil ich das als Unternehmensberaterin eben manchmal mache, um eine Firma zu retten, und es vielleicht nicht der einzige, aber der sicherste Weg zur Beförderung war. Dann betrinke ich mich, was ich nie tue, und schlafe dabei mit dem erstbesten Typen. Was ich auch nie tue. Ich hatte zugegebenermaßen in meinem ganzen Leben noch keinen One-Night-Stand. Für meine Schwester habe ich keinen besseren Ratschlag, als ihr möglicherweise behindertes Kind abzutreiben. Und dann, dann macht mir mein Freund den heißersehnten Antrag und ich sage Nein!

Atemlos schließe ich die Tür meiner Wohnung hinter mir und lehne mich einen Moment verschnaufend an das Holz. Ich sauge den vertrauten Geruch in mich auf, schaue mich um. Hier ist alles wie immer: hell, großzügig und funktional, aber mit üppigen Pflanzen an der großen Fensterfront und ausgesuchten gemütlichen Elementen wie Großvaters Ohrensessel oder das alte Fell zu dessen Füßen. Und es ist aufgeräumt, so ganz anders als mein Leben im Moment.

Es wird mir wirklich schwerfallen, hier auszuziehen, aber was sein muss, muss sein.

Seufzend lege ich meinen Schlüssel auf das Highboard im Gang, streife meine Sandalen, Rock und Bluse ab und betrete mein Wohnzimmer barfüßig und mit all den gespaltenen Gefühlen, die gestern noch ganz waren.

Auf der beigen Couch fällt mir die braune Quiltdecke, die mir meine amerikanische Großtante zum 18. Geburtstag geschenkt hat, auf. Sie ist noch vom Morgen zerknüllt, normalerweise vergesse ich nie, sie zusammenzulegen. Merkwürdigerweise finde ich den aktuellen Zustand der Couch recht einladend und lasse mich mitten in das Chaos fallen. Ich greife nach dem hellgelben Kissen, das unter der Decke hervorlinst, und drücke es mir fest aufs Gesicht, so als könnte ich damit meine Gedanken zerquetschen wie lästige Fliegen. Was sie letztlich auch sind. Lästige Schmeißfliegen, die ihre Runden um den Mist drehen, den ich selbst fabriziert habe.

Keine fünf Minuten später klingelt es. Gedämpft durch das Kissen, aber doch so laut, dass es sich nicht so einfach ignorieren lässt.

Ich greife nach dem tragbaren Telefon auf dem Couchtisch, der einmal ein Tapeziertisch war. Meine Freundin Sabina hat ihn umgebaut und mir zum 25. Geburtstag geschenkt und auch wenn er irgendwie nicht zur Sterilität der anderen Möbel passen will, konnte ich mich bisher nicht von ihm trennen. Auch wenn ich Sabina nur noch sehr unregelmäßig sehe.

Als ich die Nummer sehe, runzelt sich meine Stirn ganz von selbst. Fast schon erschreckend reflexartig. „Hallo, Mutti!“ Ich sage niemals Mama zu ihr. Noch nie. Es passt auch gar nicht zu ihr.

„Hallo, Sara!“

Sara mit Ausrufezeichen. Das kenne ich schon. Entweder hat sich Emma bei ihr über mich beschwert oder aber Oliver hat sie in Kenntnis gesetzt über mein skandalöses Verhalten. Oliver hat einen besseren Draht zu meiner Mutter als ich. Und ich einen besseren zu seiner Mutter als er. Vielleicht sollten wir tauschen.

Ich könnte wetten, es folgt ein Satz, der mit „Was kommen mir für Sachen zu Ohren …“ beginnt. Und ich behalte recht.

„Was muss ich hören, Sara!“

Ich bin versucht, ihr zu antworten „Mich nicht!“ und aufzulegen, aber das habe ich mir schon so oft vorgenommen und es doch nie getan. Stattdessen warte ich einfach ab, was sie nach ihrer obligatorischen Redepause, die sie stets einlegt, wenn sie ihren Worten besondere Bedeutung verleihen will, zu sagen hat.

„Sara, ich bin begeistert! Marten hat es erzählt, er hat es heute Morgen von Leopold erfahren! Du weißt ja, die beiden spielen zusammen Golf und …“

Peng!

„Was war das, Sara? – Sara, bist du noch dran?“

„Ja, Mutti. Entschuldige, mir ist das Telefon auf den Boden gefallen. Einen Moment!“ Ich brülle es in Richtung des Hörers, der nach dem Aufprall auf den Boden mit einem Schlag unter die Couch verschwunden ist. Von dort klingt die Stimme meiner Mutter fast schon angenehm. Nicht so schrill und aufdringlich. Ich sollte das Telefon einfach dort liegen lassen. Dann aber fällt mir ein, dass sie mich ja eben gelobt hat. Und da ich die Gelegenheiten wie diese mühelos an zwei Händen aufzählen kann – um ein Haar würde eine dafür reichen – greife ich doch unter das Sofa und taste suchend nach dem Mobilteil.

Die Stimme meiner Mutter weist mir die Richtung. „Wie konnte das denn passieren?“

„Was?“, frage ich, als ich den Hörer endlich wieder in der Hand habe.

„Na, wie konnte das Telefon herunterfallen?“

„Ach so, ich dachte schon, du meinst, wie konnte es passieren, dass du mich lobst.“

„Dramatisiere jetzt bitte nicht schon wieder alles, Sara!“

Tue ich nicht. Ich realisiere es nur.

„Wie auch immer: Ich bin stolz auf dich! Ein großer Erfolg. Denkst du, sie machen dich nächstes Jahr zum Partner?“

Ach so, die Beförderung! Mein Chef kennt Mutters Bruder, meinen Onkel Leopold. „Keine Ahnung, Mutti. Möglich wäre es. Wenn alles weiter gut läuft.“

Komisch, dass mein Erfolg mir immer noch kein gutes Gefühl gibt. Das liegt alles an den verdammten Locken und dem Clark-Gable-Grinsen. Verdammt nochmal, Clark Gable ist tot!

„Ach, Schätzchen, das wäre ja ein Traum!“ Sie seufzt entzückt auf.

Ich hasse dieses „Schätzchen“, das sie und Emma so gerne benutzen. Ahja, Emma … Ich sollte vielleicht mit meiner Mutter darüber sprechen. „Mutti, wegen Emma …“

Sie lässt mich nicht ausreden. Ganz wie Oliver, möglicherweise verstehen sie sich deshalb so gut. „Ja, diese Sache! Äußerst unangenehm!“

Das wäre nicht der Ausdruck gewesen, den ich gewählt hätte, aber gut …

„Mal ehrlich, Schätzchen, sie soll froh sein, dass es heutzutage diese Möglichkeiten gibt! Was will sie denn mit einem behinderten Kind?“

Auch wenn das meine Gedanken waren, oder sind, irgendwie will ich das nicht von meiner Mutter hören. Irgendwie will ich, dass sie will, dass Emma das Kind bekommt. Warum eigentlich? Selbst ich habe ihr zum Gegenteil geraten. Mit einer Lässigkeit, die an Unverfrorenheit grenzt.

„Du hast ihr doch nicht etwa dazu geraten, es zu bekommen??“ Sie klingt so entrüstet, als hätte ich ihr gerade davon erzählt, was man auf Dachterrassen so machen kann.

„Nein.“

„Gut. Dann warten wir jetzt diesen Bluttest ab und dann kann sie sich entweder beginnen zu freuen oder aber, nun ja, sie kann ja jederzeit wieder schwanger werden. Ein Enkelkind, herrje, das wäre schon nett.“

Solange es deinen Vorstellungen entspricht. Und meinen? Und offensichtlich hat sie dabei vergessen, dass sie bereits ein Enkelkind hat. Anton, der zwei Jahre alte Sohn von Melanie und Lutz. Aber leider zählt Lutz, mein älterer Bruder, relativ wenig, gemessen an den fest regulierten Maßstäben meiner Mutter.

Ich will nicht mehr mit ihr telefonieren. Dieses Gefühl ruft sie häufiger in mir wach, aber meistens dauert es ein paar Minuten länger als heute. Ich will alleine sein mit dem Kater im Kopf und ihn streicheln und ihm gleichzeitig den Hals herumdrehen. Ich will vergessen, was letzte Nacht war, und gleichzeitig sagt mir mein Körper etwas ganz anderes. So etwas kenne ich nur von früher. Dieses Phänomen vom Verstand, der etwas anderes sagt als das Herz. Dabei hatte ich geglaubt, mir das abtrainiert zu haben. Verstand und Herz sind eigentlich eine Einheit.

Während ich noch überlege, wie ich meine Mutter abwimmele, klingelt es an meiner Haustür. „Entschuldige, Mutti! Es klingelt an der Tür. Kann ich dich zurückrufen?“ Was ich nicht werde.

„Sicher, geh’ nur! Und bitte, Sara, hör auf so zu tun, als würdest du mich wirklich zurückrufen! Wir sehen uns morgen zum Essen!“

Mit diesen Worten legt sie auf und mein „Tschüss, Mutti!“ verhallt ungehört im Raum.

Die Klingel röhrt wieder. Penetrant. Das elende alte Ding lässt sich nicht leiser, geschweige denn abstellen. Ich sehe auf die Uhr, es ist drei Stunden zu früh für meine samstägliche Zumbatrainingseinheit mit Kirsten, und auch sonst erwarte ich niemanden. Oder ist es Oliver? Ich sollte hoffen, dass es Oliver ist, aber alles in mir sträubt sich dagegen. Es ist noch keine Ruhe in meinem Kopf eingekehrt.

Also schleppe ich mich widerwillig zur Tür. Der Alkohol ist inzwischen in meinen Beinen angelangt und macht sie bleischwer. Auch meinen Kopf habe ich nicht richtig unter Kontrolle. Als ich durch den Spion schauen will, haue ich meine Rübe so hart an die Tür, dass ich laut aufheule.

„Alles in Ordnung?“, tönt es dunkel, gedämpft und gefährlich vertraut von der Gegenseite.

Jetzt weiß er, dass ich da bin. Jetzt muss ich auch öffnen. Jetzt muss ich mich dem Geist der letzten Nacht wohl stellen. „Ja, danke. Alles gut.“ ‚Ach was‘, versuche ich mir einzureden. ‚Er hat eine Kneipe, er macht so etwas vermutlich wöchentlich, wenn nicht deutlich häufiger. Was kann er schon wollen.‘

Ich entriegele die Tür und da steht er vor mir. Matt. Wenn meine Beine beim Aufstehen von der Couch schwer waren, so bestehen sie jetzt aus Zement. Ich bin mir sicher. Betonklötze statt graziler Rehbeine. Und Glubsch- statt Rehaugen.

Wir starren uns einen Moment lang an, dann lächelt er. Und ich versuche, das Gleiche zu tun. Ich bin mir aber sicher, dass es mir nicht sehr gut gelingt. Denn während ich noch versuche, Abscheu zu empfinden, reagiert mein Körper schon wieder völlig entgegengesetzt.

Er trägt abgeschnittene Jeans, ein verwaschenes Hemd und Flipflops, die Sonnenbrille hat er abgenommen und steckt sie sich jetzt in die Hosentaschen. Es wäre mir lieber gewesen, er hätte sie aufgelassen, so aber schaue ich wieder in dieses Grün, das mich völlig verrückt macht und mir Bilder vor Augen führt, die ich verdrängen muss. Schließlich will ich Oliver zurück und das Gefühl, das auch wirklich zu wollen. Ich will wieder Ich sein und nicht ein vertrotteltes Etwas, das nicht mehr weiß, was es denken und fühlen soll. Wären wir uns nur nie über den Weg gelaufen …

„Ich habe so etwas noch nie gemacht, aber einmal ist schließlich immer das erste Mal, nicht wahr?“ Er zwinkert.

Oh Gott, er zwinkert und ich frage mich, wie rot man werden kann, bevor einem der Schädel platzt. So richtig, mit Getöse. „Was meinst du?“, frage ich völlig verblödet und hoffe, er kommt mir jetzt nicht mit irgendwelchen Details von letzter Nacht. Es reicht mir, dass ich einen Stummfilm im Kopf habe, die Tonspur kann er gerne behalten. Und überhaupt: Wo ist die Ablehnung, das Abweisende von meinem zweiten Besuch unten in der Bar letzte Nacht geblieben?! Wie war das? Ich bin ihm keine Schlagzeile wert? Warum ist er dann hier?

„Keine Angst, ich werde dich nicht lange belästigen.“

Schade, sagt mein Körper mit jeder Faser. Zum Glück, sagt mein Verstand. Und ich bin dazwischen eingequetscht und weiß nicht, wohin mit mir.

Erst jetzt fällt mir auf, dass er seine Hände hinter dem Rücken versteckt hat.

„Ich hab’ hier nur etwas, das dir gehört.“

Mit diesen Worten zieht er meine Lieblingspumps hervor. Die, die ich letzte Nacht getragen habe. Offensichtlich war ich betrunken genug, um nicht zu merken, dass ich barfuß nach Hause gekommen bin.

„Oh ja, das sind meine …“

„Du hast sie oben vergessen."

Ich bin dankbar, dass er das Wort „Dachterrasse" vermeidet.

„Und ich dachte, dass du – deinem schnellen Abgang zufolge – so schnell nicht wieder hochgehen wirst."

„Ähm, ja. Danke!"

Er erwartet hoffentlich nicht, dass ich ihn jetzt auf einen Kaffee einlade?

Er grinst ein wenig, vielleicht sogar etwas schüchtern. „Gerne."

„Gut, dann … ja, ich weiß nicht."

„Gut, dann gehe ich mal wieder."

Er dreht sich um und eigentlich will ich sofort die Tür schließen, aber ich kann nicht. Irgendwie lässt mein verdummter, verzauberter Körper das nicht zu.

Er schaut zurück. Zu mir. „Sahara?"

Da ist es wieder. Beschleunigter Puls. Rasender Puls. Explodierende Venen. „Ja?"

„Es war schön mit dir. Sehr schön. Ich wollte nur, dass du das weißt."

Jetzt schlage ich sie zu. Die Tür. Schnell, ohne eine Antwort, völlig überstürzt. Einfach, weil er mich so aus der Fassung bringt.

Ich renne zurück zu meiner Couch und vergrabe mich in gelben Kissen und dem tiefsten Schamgefühl seit fünfzehn Jahren. Denn zu allem Überfluss habe ich erst auf dem Weg zurück ins Wohnzimmer, vorbei an meinem zweimeterfünfziggroßen Wandspiegel festgestellt, dass ich nur ein durchsichtiges weißes Top und eine Unterhose trage.

Kapitel 5

Samstag, 10. September, 17:55 Uhr

„Du meinst, ein wenig wie bei Aschenputtel?“

Ich starre Kirsten an. „Was hat das bitte mit Aschenputtel zu tun?“

„Na, der Schuh, Sara, der Schuuuuh!“ Sie fuchtelt mit ihren Trainingsschuhen vor meiner Nase herum, als wollte sie mit mir zum Fechten gehen, statt zum Zumba.

Nachdem ich die letzten Stunden damit verbracht habe, meinen Kater zu zähmen, habe ich irgendwann beschlossen, dass es besser ist, das Haus zu verlassen und mich abzulenken. Ein bisschen Zumba, ein alkoholfreier Cocktail und Frauengespräche mit Kirsten. Danach *muss* ich mich einfach wieder wie ich selbst fühlen.

„Bei Aschenputtel war es *ein* Schuh, okay? Er hat mir meine beiden Schuhe gebracht.“

„Was machst du dich eigentlich so verrückt, hä? Du hast mit ihm geschlafen, so what? Er ist nicht wirklich eine Konkurrenz zu Oliver, sind wir mal ehrlich. Ein Barkeeper ist spätestens nach deiner Megabeförderung absolut unter deinem Niveau. Und du warst betrunken. Was machst du dir für einen Kopf, Sara?“

„Es war gut. Sehr gut.“

„Ja, soll vorkommen.“ Sie rollt mit den Augen.

„Willst du mir damit sagen, dass du Moritz …“, ich breche den Satz vorzeitig ab.

„Klar ist mir das auch schon passiert. Ein-, zwei-, vielleicht auch dreimal. Und Moritz ist auch kein Unschuldslamm.“

„Aber *ich* bin nicht so!“, sage ich. Und ernte einen berechtigten, sehr vielsagenden Blick von Kirsten.

„Ach, ja?“

„So was wird mir nie wieder geschehen, nie wieder. Versprochen!“

Jetzt lacht sie, so dass die Sommersprossen auf ihrer Nase sich nach oben ziehen und aussehen, als würden sie tanzen. Kirsten hat eine finnische Mutter und einen deutschen Vater und sie ist eine Schönheit. Eine skandinavische Schönheit mit sehr deutschen Sommersprossen. Sie kann sie nicht leiden, ich finde sie toll.

„Wem versprichst du das? Dir? Mir? Oliver? Komm bloß nicht auf die dämliche Idee, es ihm zu sagen!“

„Er hat mir gestern einen Antrag gemacht.“

Sie reißt die Augen auf. „Was? Erst haust du eine saulangweilige Story über diesen kleinen, unbedeutenden One-Night-Stand raus und verkaufst sie mir als Skandal, und jetzt präsentierst du mir die eigentliche Neuigkeit so nebenbei, als würdest du mir sagen, Christofsen habe heute Morgen zwei statt drei Kannen Kaffee getrunken!“

„Ich habe Nein gesagt!“

„Ha! Hier haben wir den Skandal! – Bist du noch ganz sauber?“

Es wundert mich, dass sie mich noch nicht mit ihrem Schuh erschlagen hat. „Ja, ich habe heute Morgen geduscht!“

„Haha!“, macht sie. „Du sagst ernsthaft Nein zu einem Typen, der an die hundert Riesen im Jahr verdient …“

Es sind sogar hundertfünfzig Riesen.

„… der Anwalt ist und eine stinkreiche Familie hat, der dich auf Händen trägt? Und nebenbei gesagt: Wartest du nicht schon Ewigkeiten auf diesen Antrag? Ich erinnere mich noch sehr gut an dein Gejammer gestern. Bevor du Schaf es dir versaut hast!“

„Du meinst, ich habe es mir endgültig versaut mit meinem Ausrutscher?“

„Was? Nein, du hast es dir versaut, weil du Nein gesagt hast! Das wollte er bestimmt nicht hören!“

„Ich wollte das eigentlich auch nicht sagen!“ Oder?

„Warum hast du es dann getan?“

„Es war so eine Art Reflex.“

„Dann sieh zu, wie du diesen Reflex ausschaltest! Ruf ihn an und erzähl ihm, sie hätten dir gestern bei der Party was in dein Getränk gemischt!“

„Wieso das denn?“

„Das hat zwei Effekte: Zum einen erklärst du damit, warum du heute offensichtlich neben dir gestanden hast.“

„Und zum anderen?“

„Ganz einfach“, sie grinst hinterlistig, „wenn er irgendetwas herausfindet wegen diesem Barkeeper, dann hast du die perfekteste Ausrede schon vorbereitet.“

„Kirsten, das bring ich nicht!“

„Oh, ist dir das moralisch etwa zu verwerflich? Schon vergessen, dass du gestern dafür gesorgt hast, dass dreihundert Leute ihren Arbeitsplatz verlieren werden?“

„Ja, aber das ist doch etwas anderes. Es blieb mir ja nichts übrig!“

„Ach ja?“

Ich antworte nicht, schlucke aber zweimal, schwer.

„Verkauf mich nicht für blöd, okay? Ich war dabei, falls du dich erinnerst, wir haben das praktisch gemeinsam ausgetüftelt. Ich kann damit leben. Wirklich. Aber kannst du es auch? Mit den Konsequenzen leben?“

Unbeabsichtigt und obwohl sie ja gar keine Ahnung von meinen weiteren Verfehlungen hat – sprich: Emma –, hat sie den Nagel auf den Kopf getroffen und alles umrissen, was mich gerade innerlich zerreißt. Ich habe Entscheidungen getroffen und es ist gar nicht so wichtig, ob sie richtig oder falsch waren. Weil das immer Ermessenssache ist. Aber entscheidend an Entscheidungen ist die Frage, ob wir mit ihnen leben können. Und danach fühlt es sich im Moment nicht an.

Dann kommt Evangelina, die sicher einfach nur Eva heißt, unsere Zumba-Instruktorin mit Dauerwelle, pinkfarbenem Lipgloss und weißem bauchfreien Oberteil über Stretchleggins in Leomuster. Wie immer ist sie wie auf Kommando angeknipst und hüpft hüftschwingend in die Umkleide und winkt uns in die Halle. Die gesamte Gruppe und ich folgen wie jede Woche ihren Bewegungen und für einen kurzen Moment frage ich mich, wo mein Rhythmus ist, wo der innere Fluss ist und ob es ihn überhaupt gibt – denn alles, was ich hier tue, ist, etwas nachzuahmen. Nichts kommt aus mir selbst.

Als ich eineinhalb Stunden später tropfnass und müde unter die Dusche steige, sind die Gedanken vergessen. Ich denke nicht mehr an meinen inneren Rhythmus, sondern nur noch daran, dass ich zusehen muss, meine Beziehung zu Oliver wieder geradezubiegen. Was habe ich mir dabei gedacht? Kirsten hat recht: Auf was warte ich? Auf einen Barkeeper mit Locken wohl kaum. Oliver ist intelligent, attraktiv, erfolgreich und er will mich heiraten. Was will ich blöde Kuh denn mehr?

Ich setze mich draußen vor dem Fitnessstudio auf eine Bank, verabschiede mich flüchtig von Kirsten und ziehe mein Handy aus der Tasche. Meine Haare sind noch nass und es ist so heiß hier draußen, dass trotz der Dusche mein Kleid bereits wieder an mir klebt wie eine zweite Haut. Ich tippe auf „Oliver Meingart“ und es klingelt. Eine ganze Weile. Ohne, dass etwas passiert. Nachdem ich aufgelegt habe, atme ich zweimal durch und wähle dann wieder. Und dann ist sofort die Mailbox dran. Scheiße!

Mit jedem letzten Tropfen Alkohol, der aus meinem Blut weicht, kommt zum Vorschein, was für eine unglaubliche Dummheit ich da begangen habe.

Was, wenn er jetzt wirklich für immer weg ist? Mir wird heiß und kalt und ich schwitze wie verrückt. Im Park war ich mir bei meinem spontanen „Nein“ innerlich so sicher gewesen und jetzt will ich es einfach nur rückgängig machen. Der Gedanke, dass es das jetzt war und ich alleine bin und daran auch noch selbst schuld, bringt mich auf einmal völlig an meine Grenzen. Einfach so aus dem Nichts bin ich wieder ich. Völlig klar und ohne Zweifel. Ich will diese Nacht vergessen und am liebsten wäre es mir, ich könnte die Uhren zurückdrehen. Zurück auf Null. Oder zumindest zurück bis an den Punkt, an dem ich Nein gesagt habe.

„Alles in Ordnung, Sara?“

Evangelina alias Eva legt mir ihre Hand auf die Schulter und ich zucke zusammen.

„Ja, ja, schon gut. Private Probleme.“

„Willst du darüber reden?“

Mit Hüftschwung-Evangelina? Ganz sicher nicht. „Nein, danke, schon okay. Ich gehe dann jetzt mal heim.“

Auf dem Weg nach Hause versuche ich noch drei Mal, Oliver anzurufen, schreibe ihm eine Whatsapp-Nachricht und eine bei Facebook mit den gleichen Worten. „Es tut mir so leid! Wir müssen dringend reden! Ich will dich nicht verlieren."

Es ist nicht ganz die Wahrheit, ich *kann* ihn nicht verlieren. Ich stünde mit Ende zwanzig wieder am Anfang. Keine gemeinsame Wohnung, Single mit fast dreißig, keine Kinder in absehbarer Zeit und dann die Schande, zugegeben zu müssen, dass ich daran ganz alleine schuld bin. Ich denke an all unsere gemeinsamen Pärchenfreunde, bei denen ich nur noch wie Beiwerk, wie das fünfte Rad am Wagen dabeisitzen werde. Solange bis Oliver eine Neue hat und ich nicht mehr eingeladen werde. Ich fühle mich jetzt schon ausgestoßen und einsam, wenn ich nur daran denke.

Keine Kurztrips mehr am Wochenende, keine Einladungen zu Weinproben und Vernissagen. Nicht, dass ich daran so viel Gefallen hätte, aber es war doch immer schön, etwas vorzuhaben. Jemanden an seiner Seite zu wissen. Nicht nur Sara zu sein, sondern Sara und Oliver. Erst jetzt, wo alles in Gefahr ist, merke ich, wie abhängig mein Alltagsleben von Oliver ist. Aber das ist nicht schlimm, oder? Sofern ich alles wieder in den Griff bekomme. Ich muss einfach.

Zu Hause suche ich ewig nach einem Parkplatz für meinen Mini. Als ich endlich einen finde, steigt aus dem weißen Auto neben mir Matt aus. Ich ducke mich, mache mich klein wie eine Aushilfskommissarin im Undercovereinsatz und hätte dabei doch irgendwie Lust, sein Gesicht zu sehen. Eine Lust, die ich abstellen muss. Dringend. Am besten sofort.

Zehn Minuten später wage ich mich ins Treppenhaus und obwohl ich es so schnell wie möglich über die Treppe nach oben verlassen will, bleibe ich einen Moment stehen und horche auf die Stimmen aus dem Knafes im Erdgeschoss. Die dunkle, kratzige, melodische Stimme von Matt kann ich nicht heraushören.

Als ich mich umdrehe, sehe ich aus dem Augenwinkel heraus einen weißen Umschlag aus meinem Briefkasten spitzen. Ich könnte schwören, der war heute Nachmittag noch nicht da. Vielleicht eine Nachricht von Oliver? Hoffentlich kein vergessenes Höschen, das Matt in einen Umschlag gesteckt hat, um mir nicht wieder an meiner Haustür begegnen zu müssen. Ich laufe auf den Briefschlitz zu und will nach dem Umschlag greifen. Aber bereits als ich davorstehe, merke ich, dass irgendetwas überhaupt nicht stimmt. Ein beißender Geruch steigt mir in die Nase. Ekelhaft. Ein kurzer Blick nach unten zeigt mir, dass es keiner der Hundehaufen sein kann, mit denen wir vor ein paar Wochen Probleme hier hatten. Der Mieter mit den drei Riesenschnauzern ist ohnehin vor vierzehn Tagen ausgezogen. Also was zum Geier müffelt hier so? Einer Ahnung folgend schnuppere ich Richtung Briefkasten. Der Gestank kommt aus dem Umschlag! Mit spitzen Fingern greife ich danach und ziehe ihn vorsichtig heraus. Kein Absender, aber mein Name darauf, falsch geschrieben: Sarah mit H Hendrich. Ansonsten nur dieser durchdringende Geruch nach Exkrementen. Vorsichtig öffne ich den Klebestreifen oberhalb und ein kurzer Blick hinein reicht, um meinen Verdacht zu bestätigen.

„Paahh, was zum Teufel …!?“, entfährt es mir laut. Verzweifelt nach einem Mülleimer suchend, den es hier nicht gibt, drehe ich mich im Kreis und wäre fast mit Matt zusammengestoßen, der in eben diesem Moment mit einem Müllbeutel – wie passend! – aus der Kneipe kommt.

Er zieht die Augenbrauen nach oben und sagt nichts.

Ich murmele etwas von „ungebetener Post“, er schüttelt den Kopf und dann stürze ich in Richtung Hofausgang – dorthin, wo definitiv Mülleimer stehen.

Wer bitte steckt mir einen Briefumschlag mit Scheiße in den Briefkasten und was für eine im Wortsinne beschissene Wendung nimmt mein Leben gerade? Angewidert und wütend stapfe ich die Stufen nach oben. Dort wartet bereits die nächste böse Überraschung: Meine weiße Wohnungstür ist von oben bis unten bemalt. Mit schlechtem Graffiti in Knallrot. „Du dumme Schlampe“, steht da und „Fuck U“, und spätestens als ich das lese, reicht es. Es ist zu viel. Ich setze mich auf meinen Fußläufer und heule. Rotz und Wasser und Wasser und Rotz und das Ganze noch einmal von vorne. Ich kann mir nicht erklären, wer so etwas tun sollte. Es ist ganz und gar nicht Olivers Stil – zumal er ja nichts von meinem Ausrutscher weiß – und Matt bin ich viel zu gleichgültig, um so etwas Dummes zu tun.

Wenigstens scheint hier am Eingang zu meiner Wohnung Schluss zu sein, die Tür sieht intakt aus – wenn man mal von den nicht unerheblichen Farbveränderungen absieht – und es sind weder Kratzer am Schloss noch Einkerbungen am Rahmen zu erkennen, die auf einen Einbruch hindeuten könnten.

Kurz überlege ich, die Polizei anzurufen, aber irgendwie komme ich mir albern dabei vor. Außerdem ist es zu beschämend. Ich frage mich verunsichert, wer mich so sehr hasst. Oliver wüsste, was zu tun ist. Aber ich kann Oliver doch nicht bitten, sich darum zu kümmern! Nicht als Freund und nicht als Anwalt und schon gar nicht, wenn an meiner Tür „Schlampe" steht. Hat Matt vielleicht eine eifersüchtige Freundin, die uns beobachtet hat? Ich könnte nach unten gehen und ihn fragen, aber ich will nicht.

Ich könnte Emma anrufen, aber die hat andere Probleme und würde sich nur pikiert amüsieren über die Lächerlichkeit der meinen. Ich habe nicht vergessen, dass wir Probleme eigentlich nicht teilen. Ich könnte meinen Vater anrufen, aber der würde nur einen seiner Adjutanten schicken und ich schäme mich zu sehr, um das zu wollen. Ich sollte doch Oliver anrufen, aber nicht, bevor meine Tür sauber ist. Also bewaffne ich mich mit Eimer und einer Wurzelbürste, die ich im Keller gefunden habe, und schrubbe zwei geschlagene Stunden lang meine Tür. Solange, bis man zwar immer noch die Farbe daran sieht, aber zumindest nicht mehr erkennbar ist, was darauf gestanden hat. Dann rufe ich Oliver an. Zumindest versuche ich es, aber ich kann ihn immer noch nicht erreichen.

Bis spät in die Nacht liege ich wach und frage mich, wie alles so derart schief laufen konnte in den letzten vierundzwanzig Stunden. Und wie ich das alles wieder so hinbekomme, dass niemand mitbekommt, was für eine Scheiße ich da gebaut habe beziehungsweise neuerdings in meinem Briefkasten landet.

Die Liste der Verdächtigen ist gegen Mitternacht gewaltig angewachsen, erst da komme ich auf die gar nicht so unplausible Idee, dass der unerwünschte Besucher in meinem Zuhause möglicherweise auch etwas mit dem gestrigen Tag zu tun hat. Und zwar beruflich. Denn immerhin habe ich gestern ordentlich einen darauf getrunken, befördert worden zu sein. Das hat nicht jedem gepasst. Nicht Kirsten, nicht Johann aus dem Nachbarbüro und sicherlich auch keinem der dreihundert Leute, die ihre Entlassung meiner Idee zu verdanken haben.

Wie viel kann ein einzelner Mensch eigentlich in wenigen Stunden falsch machen?

Und wie viel davon kann ich noch rückgängig machen?

Kapitel 6

Sonntag, 11. September, 11:25 Uhr

„Oliver hat angerufen!“

Ich habe gerade erst, kurz vor der Einfahrt, die Musik leiser gedreht, geparkt, den Schlüssel gezogen und die Tür geöffnet, da empfängt sie mich bereits, laut und schrill wie gewohnt. Nun gut, dann weiß ich ja, was mich heute erwartet.

„Hallo, Mutti, ich freue mich auch, dich zu sehen.“

Sie steht wie ein Bulldozer in der Tür. Dabei ist sie sehr dünn und auch nur einen knappen Meter siebzig groß. Ohne ihren aufwendig frisierten Bob in hellem Blond könnten es auch nur eins sechsundsechzig sein. Eigentlich wollte ich gar nicht kommen, weil ich mit so etwas schon gerechnet hatte. Mit einer Sturzflut an Vorwürfen, die den Starnberger See zum Überschwappen bringen könnte. Nur vielleicht nicht gleich vor einer kurzen Begrüßung.

„Was hast du dir denn dabei gedacht? Der arme Junge!“

Jaja, der arme Junge. Was ist mit mir armen Mädel? Vor wenigen Stunden hat mir Oliver eine Nachricht geschickt. Mit Bild. Er mit seiner Kollegin Nina beim Essen in irgendeinem schicken Restaurant. Ich weiß, er will mich verletzen, weil ich ihn verletzt habe. Aber ich komme nicht umhin, es total lächerlich zu finden. „Darf ich erst einmal reinkommen?“

„Bitte!“, sagt meine Mutter kühl und macht Platz.

Immer wenn ich hierherkomme, denke ich, dass das eigentlich ein wundervoller Ort ist. Berg am Starnberger See. Das Anwesen meiner Eltern mit dem 70er-Jahre-Einfamilienhaus in der Größe eines Dreifamilienhauses. Die dunklen Fensterläden, der perfekt gepflegte Garten mit den Rosenbüschen dahinter, die langen Flure, die imposante Eingangshalle und die Holzfußböden. Wie kann ein so schöner Ort in bester Lage – fünf Minuten zu Fuß zum See, für rennende Kinderfüße nur drei – so kalt wirken und mich so einschüchtern?

„Wo ist Papa?"

„Noch im Büro!"

„Sonntags?"

„Ja, sonntags!", antwortet sie bissig. Vermutlich ist er geflüchtet, er macht das häufig. Meistens sitzt er dann in seinem Bötchen unten am See, während meine Mutter hier oben ihn in seinem Büro in Wolfratshausen wähnt.

Meiner Mutter ist das Haus hier schon lange nicht mehr standesgemäß und je älter sie wird, desto mehr verspürt sie den Drang, in die Stadt zu ziehen. Bei meinem Vater ist es unpassenderweise genau andersherum. Er hat mit dem Alter gelernt, das Boot seinem Bürosessel vorzuziehen, und seit er das auch kann, weil andere sich um das Tagesgeschäft seiner Baumarktkette kümmern, genießt er es richtig.

Mit den Jahren bin ich meinem Vater nähergekommen und meiner Mutter immer ferner. Ein trauriger Prozess. Aber leider ist Karoline Hendrich, die sich von niemandem Hausfrau schimpfen lässt, immer mehr Unternehmergattin gewesen als Mutter. Ich kann mich nicht erinnern, an einer ihrer Blusen jemals auch nur eine krumme Falte gesehen zu haben, dafür habe ich aber auch überhaupt keine Erinnerung an eine Mutter, die mit mir auf dem Boden sitzt und spielt. So, wie ich es von Freundinnen kenne.

Sie läuft mir voraus in Richtung Wohnzimmer, dessen bodentiefe Fenster den Blick auf ihren englischen Rasen freigeben. Der große dunkle Tisch mit den alten, schweren Stühlen ist gedeckt – mit verdächtig wenigen Tellern.

„Kommt sonst niemand?", frage ich misstrauisch. Ich kann mir gerade nichts Schlimmeres vorstellen, als hier mit meinen Eltern alleine am Tisch zu sitzen. „Was ist mit Emma und Stefan?"

„Emma hat abgesagt, sie fühlt sich nicht gut. Du kannst dir denken, warum." So wie sie das sagt, mit spitzen Lippen über kantigem Kinn, könnte man fast meinen, Emma leide an einer schlimmen, selbst verschuldeten Geschlechtskrankheit, statt einer Schwangerschaft mit möglichem Down-Syndrom-Kind. Aber vielleicht ist das für meine Mutter auch einfach dasselbe.

Ich weiß nicht, ob ich erleichtert sein soll, Emma hier nicht zu sehen, oder ob mir damit die Chance entgeht, etwas geradezurücken. Etwas im letzten Moment vielleicht noch zu verhindern, wovon ich noch nicht einmal weiß, ob ich es verhindern möchte. Über meinen eigenen kleinen Problemen habe ich recht gut verdrängt, dass meine Schwester gerade ein viel größeres hat. Möglicherweise liegt das aber auch einfach daran, dass wir noch nie gut darin waren, Schwestern zu sein. Mit meinem Bruder ist das einfacher und ich hoffe inständig, dass Lutz da sein wird. Ich liebe seine unangepasste Frau Melanie, die meiner Mutter den ordentlich gelegten Bob in die Luft stehen lässt mit ihren Ansichten zu vegetarischer Ernährung von Baby Anton und dessen windelarmer Erziehung, die dem guten Eichenboden bereits das ein oder andere dezente Fleckchen beschert hat. Ich habe mir schon oft gewünscht, so sein zu können wie Melanie. Bitte, bitte, lass wenigstens die beiden heute hier sein! „Und was ist mit Lutz und Melanie?“

„Die kommen später, vielleicht zum Kaffee“, antwortet meine Mutter unwirsch und zupft dabei ein paar welke Blätter vom Zimmerefeu.

„Hast du sie etwa gar nicht zum Essen eingeladen?“

Volltreffer. Meine Mutter – wenn schuldig ertappt – holt stets sofort zum Gegenschlag aus, so auch heute: „Ich denke nicht, dass ausgerechnet du, junges Fräulein, mir heute Vorhaltungen zu machen hast.“

„Habe ich ja nicht, ich wollte nur wissen, ob sie kommen.“

Wie immer, wenn sie diesen Ton an den Tag legt, fühle ich mich kleiner als ich bin – wozu schon einiges gehört – und ich hasse mich selbst dafür. In den letzten Jahren gab es viel mehr Anlass dazu, mich in den Himmel zu loben. Und irgendwie habe ich das genossen. Weil es Zeit wurde dafür. Lutz pfeift auf Anerkennung, für Emma ist sie Lebenselixier und ich, ja, ich habe immer darauf gewartet, damit an der Reihe zu sein.

„Ich würde mich gerne einmal zunächst mit dir alleine unterhalten!“ Sie hat noch kein einziges Mal gelächelt, seit ich hier bin.

„Wann hat Oliver angerufen?“

„Heute Morgen um zehn. Aber was tut das zur Sache?“

„Und wann hast du Lutz und Melanie ausgeladen?“

„Um halb elf!“, antwortet sie trotzig.

„Na, super!“ Ich lasse mich in einen der Sessel vor dem Kamin fallen und schaue missmutig hinüber zum Tisch und den drei Suppentellern, drei Suppenlöffeln und drei fein säuberlich gefalteten Stoffservietten – Modell Bischofsmütze. Als ich fünfzehn war, musste ich einen Serviettenfaltkurs besuchen, was meinem Bruder Lutz heute noch Lachtränen in die Augen treibt.

„Sara, ich möchte, dass du dich nächste Woche mit Oliver zusammensetzt. Wenn er aus Hannover zurück ist. Ich habe ihm schon meine besten Worte gegeben …“

„Wieso ist er in Hannover?“, unterbreche ich sie und ernte dafür einen strafenden Blick.

„Er wurde dort als Gastdozent an die Universität eingeladen und nach deinem Auftritt gestern ist er einen Tag früher gefahren. Du siehst, du könntest heute strahlende Verlobte eines äußerst erfolgreichen Anwalts sein. Stattdessen aber sitzt du hier alleine am Kamin.“

Sie betont das Wort „alleine“, als wäre es die Höchststrafe, allein mit ihr in einem Raum auf einem Sessel zu sitzen. Vielleicht hat sie damit gar nicht so sehr unrecht.

Wider meinen eigentlichen Willen, aber aus dem Wunsch heraus, zu erfahren, wie meine Chancen bei Oliver stehen, frage ich: „Was haben deine besten Worte denn bewirkt?“

„Er ist gekränkt – natürlich! Aber ich habe ihm versichert, dass du nicht bei deinen vollen geistigen Kräften warst, dass wir alle eine schwere Zeit durchmachen wegen Emma …“

Wir alle machen eine schwere Zeit durch wegen Emma? Das scheint mir etwas übertrieben. Aber für meine Mutter galt schon immer, dass der Zweck alle Mittel heiligt, auch die schärfsten und giftigsten.

„Nun ja, er meinte, er brauche etwas Zeit, sich die Sache durch den Kopf gehen zu lassen. Er wird sich bei dir melden. Versau das nicht, Sara! Versau es nicht!“

‚Und was wenn doch?', würde ich gerne fragen. Werde ich dann enterbt? So wie sie es Lutz immer androht? Lutz, der lieber auf einem Bagger sitzt und die Baugruben anderer Leute aushebt, statt einen Fuß in die Firma zu setzen und den Laden zu übernehmen, so wie sie es von ihm erwarten. Der bis heute nicht mit Melanie verheiratet ist, weil sie es beide nicht für nötig erachten. Der sich für die atheistische Geologin mit alternativen Lebensentwürfen entschieden hat, statt für das bayrisch-katholische Lieschen Müller von nebenan, die beim Finanzamt arbeitet, ihren Kindern Pampers anzieht und mit ihnen zum Pekip geht, statt sie überall nackig herumkrabbeln zu lassen und sie zwei Jahre lang zu stillen. ‚Man müsste mutiger sein', denke ich mir.

„Du willst ihn doch heiraten, oder?", fragt meine Mutter misstrauisch, während sie noch immer an ihren Zimmerpflanzen herumzupft und mich dabei durchdringend mustert.

„Natürlich!"

„Alles andere wäre auch ausgesprochen dumm von dir!" Damit ist das Thema für sie abgeschlossen und ihre Gesichtszüge werden ein wenig weicher. Klar, sie hat mich ja wieder da, wo sie mich haben wollte. Brave Sara!

Ich weiß nicht, warum mich das gerade innerlich so aufwühlt, aber ich fühle mich für einen Moment um die Anerkennung meiner selbst betrogen. Um es hochtrabend auszudrücken. Offensichtlich ist es meiner Mutter wichtiger, dass ich mit Oliver zusammen bin und ihr Repräsentationsbild nach außen hin aufrecht erhalte, als dass ich glücklich bin. Als ich das denke, wird mir bewusst, dass das Unsinn ist. Schließlich will ich Oliver ja wirklich zurück. Und ich bin ja glücklich mit ihm! Ich wäre nur unglücklich, wenn er seinen Antrag nicht wiederholt, damit ich Ja sagen kann.

„Ich habe Leberklößchensuppe gekocht, die magst du doch so gerne. Die könntet ihr auch als Vorspeise in euer Hochzeitsmenü aufnehmen."

Ich fasse es nicht! Sie geht wie üblich einfach zur Tagesordnung über, wenn sie mich so weit hat, wieder ihren allumfassenden, einzig gültigen Ratschlägen zu folgen. „Mutti, du hast vergessen, dass ich Nein gesagt habe!"

„Ach, papperlapapp, das wirst du doch wieder geradebiegen. Und Oliver wird es sich nicht entgehen lassen, in die Hendrich-Dynastie einzuheiraten!“

Wie bitte? „Eigentlich hatte ich darauf gehofft, dass er mich heiratet, weil er mich liebt, Mutti! Aber danke für die Blumen!“

„Aber selbstverständlich tut er das! Ich habe doch gar nichts anderes gesagt! Du bist ja heute fast so kompliziert wie Lutz! Sind das vielleicht die Hormone? Kind, möchtest du mir etwas sagen?“

„Nein, möchte ich nicht.“ Wenn meine Hormone in Wallung gekommen sind, dann auf sehr verbotene Art und Weise auf der Dachterrasse eines Münchner Mehrfamilienhauses. „Emma ist schwanger, Mutti, nicht ich.“

„Ja, sicher. Setz dich, die Suppe wird kalt. Wir essen. Wenn dein Vater wieder einmal nicht aus dem Büro kommt, so soll das nicht zu unserem Schaden sein.“

Also verbringe ich eine gute halbe Stunde mit Essen, weiteren unerbetenen Kommentaren und Anweisungen von Seiten meiner Mutter und bin ziemlich erleichtert, dass mein Vater zum Ziel ihrer Angriffe wird, als er endlich auftaucht.

Ich nutze die Gelegenheit und stehle mich nach draußen.

Im hinteren Bereich des Gartens, dem, der nicht repräsentativ genutzt wird, steht im Schatten der Garage noch immer unsere alte Kinderschaukel. Die, von der Emma einmal gefallen ist, weil Lutz sie zu heftig angeschubst hat. Sie hat sich das Handgelenk gebrochen und Lutz hat sich zwei kräftige Ohrfeigen eingefangen; von Mutter versteht sich.

Ich setze mich auf die linke der beiden Schaukeln, so wie immer. Meine Beine in die Luft gestreckt, die Augen geschlossen, versuche ich mir ein Gefühl einzufangen, das längst vergangenen Tagen angehört. Eines, das sich Freiheit nennt. Etwas, das ich hier draußen früher ganz gut spüren konnte. Das Haus dagegen hat mich trotz seiner weiten Flure immer eingeengt. Kein Wunder, mit einem Bulldozer an der Tür.

Jetzt gerade wünsche ich mir Emma hier her, hier draußen war es auch zwischen uns meist recht friedlich. Manchmal wäre es schön, noch einmal klein zu sein mit ihr und die Rivalitäten einfach auszumerzen, bevor sie mit Emmas Pubertät begonnen haben, unsere Beziehung irgendwie zu verfälschen. Mit noch immer geschlossenen Augen nehme ich ein Knirschen des Kieses wahr.

„He, Kleine!“

„Hallo, Lutz! Ich habe mir gerade gedacht, es wäre schön, wenn Emma jetzt hier wäre.“

„Ich kann auch wieder gehen.“

„Mein zweiter Gedanke war, dass es noch schöner mit dir wäre.“

Er setzt sich auf die Schaukel neben mich, was ich am Knacksen des alten Sitzes höre. „Alles klar bei dir? So sentimental heute …“

„Nein, eigentlich ist gar nichts klar. Bei dir?“ Ich öffne die Augen und sehe in Lutz’ haselnussbraune Augen unterhalb einer Stirn, die meiner überhaupt nicht ähnelt. Lutz’ Beine überragen die meinen um eine gefühlte halbe Autolänge, er ist ein Meter neunzig groß und bis auf seine straßenköterbraunen Haare haben wir äußerlich absolut nichts gemeinsam. Er mag ausgewaschene Jeans und die ewig gleichen blauen Hemden und es steht ihm besser, als die Anzüge, in die er sich Mutter zuliebe zu seltenen Gelegenheiten hinein quetscht.

Ich liebe meinen Bruder, mehr als meine Schwester, ganz einfach, weil es zwischen uns nie so etwas wie Konkurrenz gegeben hat. Außerdem gehört er zu den Menschen, die mich nicht unterbrechen, und er hat auch nicht die Angewohnheit, seine Stirn missbilligend in Falten zu legen. Er hört einfach nur aufmerksam zu. Und deshalb fällt es mir leicht, ihm alles zu erzählen. Fast alles. Das mit der Dachterrasse, Olivers Antrag und von dem Gespräch mit Mutti.

„Okay“, sagt er schließlich.

„Gar nichts ist okay!“, widerspreche ich.

Er lacht.

„Was ist daran so lustig?“

„Du! Du gefällst mir!“

„Es gefällt dir, dass ich Scheiße gebaut habe?“

„Ja, total! Ich bin hin und weg davon!“

„Was?“, frage ich entsetzt. Ich höre wohl nicht richtig!

„Natürlich nicht davon, dass es dir schlecht geht damit, aber irgendwie finde ich es absolut an der Zeit, dass du mal über die Stränge schlägst. Langweilig warst du lange genug."

„Ich würde viel lieber die Zeit zurückdrehen und alles anders machen."

„Sei vorsichtig mit solchen Wünschen! Meistens wiederholen wir unsere Fehler doch nur."

„Ich würde das ganz sicher nicht mehr wiederholen!"

Jetzt lacht er wieder laut.

„Echt nicht", beteuere ich.

Er legt mir seine Hand auf den Arm. „Schwesterchen, du bist süß. Du hast wirklich keine Ahnung, was …"

„Lutz, kommst du bitte!", unterbricht Mutters Stimme schrill unser Gespräch. Sie kommt auf uns zu gerannt. „Schnell! Melanie ist am Telefon!" Ich habe meine Mutter noch nie rennen sehen. Und selten so außer Fassung. „Lutz, schnell!"

Irgendetwas ist passiert, irgendetwas Schreckliches. Mit Melanie oder Anton. Es muss Anton sein, wenn Melanie am Telefon ist.

Mein Bruder springt so schnell von der Schaukel auf, dass die Sitzfläche nach unten kippt und die Seile unkontrolliert in der Luft schwingen. Seltsam, welche Details sich in einem Kopf festsetzen können. Wie unwichtige Nebensächlichkeiten das sind, was wir sehen, wenn wir Erinnerungen heraufbeschwören.

Lutz rennt wortlos an unserer Mutter vorbei und ich ihm hinter her. Mutter steht einfach nur da und hält die Hände vors Gesicht. So habe ich sie das letzte Mal gesehen, als sie die Nachricht vom Krebstod ihres Bruders erhalten hat. Es muss etwas Fürchterliches geschehen sein.

Im Wohnzimmer läuft mein Vater mit dem Telefon in der Hand auf und ab und sagt immer wieder: „Beruhige dich Melanie, beruhige dich!"

Lutz reißt ihm das Telefon aus der Hand und ich kann die Angst in seinen Augen sehen, ich kann sie hier im Raum beinahe tasten. Alles andere wird plötzlich so dumm und klein. Meine Sorgen werden nichtig angesichts dessen, was nun meinem Bruder durch den Kopf schießen muss.

Wie eben mein Vater läuft Lutz wie angestochen mit dem Telefon in der Hand herum und ich komme nicht umhin, in diesem einen kurzen Augenblick die Ähnlichkeit zwischen ihnen zu sehen.

„Was ist passiert, Melanie? – Melanie! Rede mit mir! Ist es Anton?“

Mein Vater setzt sich auf einen der Esszimmerstühle und stützt sich mit den Händen auf den Tisch. „Anton ist verletzt, Sara. Melanie war mit ihm auf dem Spielplatz. Ein Stützpfeiler des Klettergerüstes hat plötzlich nachgegeben und das ganze Ding ist mit einem Schlag zusammengekracht und hat Anton unter sich begraben. Er lebt, aber er ist offensichtlich recht schwer verletzt.“

Vater ist kreidebleich, während Lutz das Telefon so fest umklammert, als könne er die Antworten aus ihm herauspressen. „Ja, gut. Wo? – Ja, ich komme. Ich komme sofort.“ Lutz wirft das Telefon auf die Couch und stürmt aus dem Zimmer.

Ich ihm hinterher. „Ich fahre dich, Lutz! Wo müssen wir hin?“

„Die Kinderklinik – in Schwabing.“

Er holt seinen Schlüssel heraus, aber ich reiße ihn ihm aus der Hand. „Ich fahre, Lutz!“

„Wir kommen mit“, ruft mein Vater, aber meine Mutter, die inzwischen ihre Fassung zurückerlangt hat, hält ihn fest.

„Wir kommen nach, Kinder. Es ist besser, wenn wir noch einen Wagen dort haben, falls es etwas zu besorgen gibt oder wir irgendetwas anderes für euch tun können.“

Kinder, sagt sie. Und ich höre etwas, was ich in meiner Kindheit oft vermisst habe: pure Liebe.

Im Auto schnauft Lutz durch und kramt sofort sein Handy aus der Tasche. Er wählt Melanies Nummer, während ich den Wagen starte und mit quietschenden Reifen aus der Einfahrt fahre.

„Wie schlimm ist es, Lutz?“

„Verdammte Mailbox!“

„Lutz, wie geht es Anton?“

„Er … er … Ich weiß es nicht. Melanie ist total durcheinander. Sie hat etwas von Blut erzählt und Rippen und … Ich weiß es nicht. Herrgott Sara, gib Gas!“

„Du musst jetzt ruhig bleiben! Er ist dort in guten Händen. Ich werde nicht dein Leben riskieren, indem ich hier unsinnig rase.“

„Ich will zu meinem Sohn!“

„Das wirst du auch. Lutz, alles wird gut.“

„Nichts ist gut, hier geht es um mein Kind, Sara! Mein Kind und nicht um deine kleinen Liebesproblemchen.“

Autsch! Das saß. Und er hat recht.

Wortlos und jeder von uns mit seinen eigenen panischen Horrorszenarien im Kopf fahren wir weiter und sind nach einer gefühlten Ewigkeit endlich vor den drei Rundbögen der Klinik in Schwabing angekommen.

Eine Stunde später sitze ich noch immer zwischen meinen Eltern auf einem Krankenhausflur und warte.

Als Lutz endlich erscheint, sind wir alle erleichtert. Auch weil er so aussieht, als gäbe es keinen Grund zu großer Sorge mehr.

„Er hat Glück gehabt. Sehr viel Glück. Einer der Balken hat ihm eine Rippe gebrochen, das Schlüsselbein ist ebenfalls gebrochen und er hat einige Schürfwunden im Gesicht, aber ansonsten ist er fit. Der andere Junge ist deutlich schwerer verletzt, ihn hat der Holzbalken am Kopf erwischt.“

„Man sollte sie verklagen!“, schreit Mutter auf. „Alle miteinander! Die Stadt! Den Hersteller! Das ist ein Skandal!“

„Können wir zu ihm?“, fragt mein Vater.

„Nein, er schläft jetzt. Geht nach Hause! Ich bleibe hier, Melanie ist bei ihm. Ich soll euch grüßen.“ Mit diesen Worten dreht Lutz sich um und geht zurück durch die Schleuse der Intensivstation für Kinder.

„Ich werde wohl noch zu meinem Enkel dürfen!“, widerspricht Mutter empört und schreit ihm hinterher: „Oder möchte Melanie das etwa nicht?“

Ich hoffe sehr, dass er das nicht mehr gehört hat. Durch die Glastür kann ich ihn seine Hände unter das Desinfektionsmittel halten sehen.

„So ein Unsinn, Mutti! Es geht hier gerade nicht um dich, sondern um Anton."

„Du, junges Fräulein, solltest den Mund nicht zu voll nehmen! Ohne dich wären wir nicht hier!" Sie zeigt mit dem Zeigefinger anklagend auf mich. Mein Vater sieht verständnislos von mir zu Mutter und wieder zurück. Auch ich brauche einen Moment, um zu verstehen. Dann begreife ich. Sie gibt mir die Schuld. Hätte ich mich nicht mit Oliver verkracht, dann wäre das hier nicht passiert. Mutter hätte Lutz und Melanie nicht ausgeladen, Melanie wäre nicht mit Anton auf den Spielplatz gegangen und wir alle würden jetzt beim Essen sitzen statt in einer Klinik um Anton zu bangen. Und das alles, weil ich auf diese verdammte Dachterrasse gegangen bin.

Alles hängt immer wieder mit diesem verdammten Abend zusammen, den ich mehr bereue als alles andere. Mein Leben könnte noch so sein, wie es einmal war. Hätte, wäre, wenn. Ich hatte doch alles, was ich wollte. Wieso habe ich das nur so unbedacht aufs Spiel gesetzt? Wenn ich die Zeit nur zurückdrehen könnte!

Kapitel 7

Montag, 12. September, 7:30 Uhr

„Ich vermisse dich, Oli, melde dich bitte und lass uns reden!" Ich sende die Nachricht und lehne mich in mein Kissen zurück. Es ist halb acht morgens, montagmorgens, und eigentlich bin ich um diese Uhrzeit längst auf den Beinen. Um halb acht habe ich bereits eine halbstündige Joggingrunde, eine Dusche und mein Morgenkosmetikprogramm hinter mir und bin auf dem Weg zur Arbeit. Aber das Kissen ist heute so unglaublich weich und warm und die Welt da draußen so hart. Gerade jetzt vermisse ich Oliver wirklich. Wir sind beide nicht unbedingt die Menschen für große Liebesbekundungen. Keiner von uns sagt die drei berüchtigten Worte wirklich oft. Das ist mir nie groß aufgefallen, erst als Melanie gestern aus Antons Krankenzimmer kam und sie und mein Bruder sich umarmt haben, ist mir das klargeworden. Erst als ich – die mit ihrem neu erweckten schlechten Gewissen – gehört habe, wie sie sich mit ihren Kosenamen ansprachen, sich sagten, dass sie sich lieben, und sich damit gegenseitig Halt gegeben haben, wurde mir bewusst, wie reserviert Oliver und ich meistens miteinander sind. Ich möchte das gerne ändern. Ich will, dass wir so sind wie Lutz und Melanie. Ja, ich will Oliver zurück.

Mein Handy piepst und die sehnsuchtsvoll erwartete Antwort von Oliver ist da, nur nicht so wie erhofft. Er schreibt: „Was soll das?"

Was soll was? Seine Antwort kommt postwendend, fast so, als wäre es die erste Form von Kontaktaufnahme meinerseits gewesen, seit diesem ungewollten, reflexartigen, dummen Nein. Ich verstehe es nicht sofort, erst als ich meine Nachricht an ihn nochmals lese, fällt es mir auf. Aus Versehen habe ich Oli geschrieben. Er hasst das. Wir nennen einander Schatz, weil das so unglaublich einfallsreich ist, und Sara und Oliver. Er ist noch nie auf die Idee gekommen, mich Sahara zu nennen. Und ich habe nie zuvor Oli zu ihm gesagt. Vielleicht sollte ich wirklich auf Kirstens Idee zurückgreifen und mich vorübergehend für unzurechnungsfähig erklären lassen.

„Entschuldige, Tippfehler", schreibe ich.

„Schon gut", schreibt er zurück.

Und dann nichts mehr. Als ich versuche, auf seinem Handy anzurufen, hebt er wieder nicht ab.

„Bitte ruf mich nicht an!", schreibt er kurze Zeit später, während ich meine Zähne putze und das Handy neben dem Waschbecken liegt.

„Es tut mir leid, lass uns reden", schreibe ich, nachdem ich mein Gesicht gewaschen habe.

„Ich brauche Zeit", antwortet er, als ich auf dem Klo sitze.

Und als ich schreiben will „Das verstehe ich, wollen wir uns am Donnerstagabend treffen?", rutscht mir mein Handy aus der noch seifigen Hand und plumpst bei dem Wort „…abend" in die Toilette. Ich schreie kurz auf und suche dann hektisch in der Schublade unter dem Waschbecken nach den Einweghandschuhen aus der alten Haarfärbepackung, die ich nie benutzt habe, weil ihr ein Friseurtermin zuvorgekommen war. Angeekelt fische ich damit nach meinem Handy und versuche, es zu trocknen. Es hat sich ausgeschaltet und lässt sich auch trotz zehnminütigen Föhnens und allerlei weiteren Trocknungs- und Aktivierungsversuchen nicht wiederbeleben.

„Scheiße!", entfährt es mir. „Scheiße, scheiße, scheiße!"

Noch während ich vor mich hinfluche, erinnere ich mich plötzlich. Wozu es doch gut sein kann, sein Handy im Klo zu versenken! Wir haben ein Kondom benutzt! Matt und ich. Natürlich! Er hat leise vor sich hingeschimpft, so wie ich eben. Dreimal leise „Scheiße!", als er den Pariser aus seinem Geldbeutel ziehen wollte und er irgendwie feststeckte. Mir fällt ein, dass ich gekichert habe wie ein Schulkind beim Gummihüpfen auf dem Pausenhof. Weil Matt mich so sehr an meinen ersten Freund erinnert hat in diesem Moment und an die Ratschläge vom Bravo-Dr.-Sommer-Team. Haben die uns damals empfohlen, Kondome im Geldbeutel griffbereit aufzubewahren, oder davon abgeraten, weil es die Dinger kaputt macht? Egal, zumindest haben wir eines verwendet, mehr muss ich gerade nicht wissen. Fast hätte ich mein defektes Mobilteil geküsst. Vor Freude, wenigstens die elementare Gefahr von diversen Geschlechtskrankheiten und einer Schwangerschaft ausschließen zu können.

Nun muss ich nur noch das mit Oliver wieder hinkriegen und die Erinnerung an einen zu gutaussehenden Barkeeper aus meinem Gedächtnis löschen. Alles wird gut werden.

Als ich meine Wohnung mit einem etwas ängstlichen Blick auf den Gang verlasse, hoffe ich nur auf zwei Dinge: keine Hundescheiße mehr und kein Matt. Über die Reihenfolge bin ich mir nicht ganz im Klaren. Mit beidem habe ich Glück und als mein Mini zwanzig Minuten später auf dem Firmenparkplatz steht, habe ich so etwas wie Selbstsicherheit zurückgewonnen. Ich kann mich noch sehr genau an meinen ersten Tag hier erinnern, an die Nervosität und an meine hohen Erwartungen. Hohe Erwartungen, die sich erfüllt haben, was sich so langsam, ganz langsam gut anfühlt. Ich habe es nach oben geschafft, sogar meine Mutter ist stolz darauf und Oliver wird es auch sein, wenn wir das mit dem falschen Partikel geklärt haben und in unser persönliches „Happily Ever After" starten können. Es gibt keinen Grund für Gewissensbisse, es gibt keinen Grund für Reue – die Dachterrasse mal ausgenommen

Im Aufzug treffe ich auf Christofsen. Er telefoniert, wie üblich. Dabei grinst er mich süffisant an und ich bin sofort irritiert. Christofsen hat mich noch nie so angesehen. Kirsten, ja, die bekommt häufiger anzügliche Blicke. Ich fahre mit meiner Hand dezent meinen Rücken hinunter über den Hintern zu den Oberschenkeln. Aber alles sitzt. Der Rock hat eine züchtige Länge – anders als Kirstens – und auch der Blick nach vorne in den Spiegel zeigt nichts Auffälliges. Weil Christofsen nicht aufhört zu grinsen, schnüffele ich vorsichtig an meinen Händen – schließlich habe ich heute damit ins Klo gegriffen – und an meinen Achseln. Aber auch hier alles in Ordnung. Erleichtert steige ich unter seinem noch immer amüsierten Blick im fünften Stock aus dem Aufzug, winke kurz Kirsten in ihrem Büro zu und betrete dann mein eigenes.

Während mein Computer hochfährt, rufe ich Lutz an und bin sehr froh zu hören, dass es Anton zunehmend besser geht, er nach seinem

Bobbycar und Schokolade verlangt und das Herz aller Krankenschwestern im Sturm erobert.

Ich lege auf, bin zufrieden, dass mein Leben sich irgendwie wieder zu ordnen scheint, öffne Outlook und scrolle mich durch achtundvierzig neue Nachrichten, bis ich an einer hängen bleibe. Eine E-Mail mit einem YouTube-Link im Nachrichtenfeld und dem gleichen Zahlengewurstel im Betreff. Zunächst bin ich verärgert, schließlich ist die EDV-Abteilung dafür zuständig, so einen Mist auszusortieren. Diese beschissenen kleinen Links, die als Spam im Posteingang landen und einen dazu verleiten sollen, einen Hacker ins System zu lassen. Das wird mir nicht passieren. Ich bin kurz davor, einen der Müllers aus der EDV anzurufen, dann aber fallen mir auf einen Schlag zwei Dinge ein: Christofsens Blick im Aufzug und Wiesners karottenhaarige Sekretärin mit dem Handy auf der Afterworkparty.

Mit zitternden Händen klicke ich in den Betreff und da steht es, hinter Zahlen, Slash, Hashtag und Co.: „Unternehmensberaterin feiert die Entlassung von 300 Menschen."

Ich kopiere den Link und öffne den Internetbrowser.

Und da bin ich.

Da bin *ich*.

Wenige Augenblicke vor meinem verhängnisvollen Zusammentreffen mit Matt an der Hintertür. Zum zweiten Mal am heutigen Tag entfährt mir ein dreifaches „Scheiße!", diesmal leider ohne freudige Erkenntnis. Dafür mit der Gewissheit, dass 51.428 Menschen sich seit Sonntagmorgen angeschaut haben, wie ich mit dem Hintern zu Lucy Lectric wackele. Nicht sehr vorteilhaft, nicht sehr elegant, aber dafür ziemlich betrunken. Ich torkele sogar ein wenig auf dem Video und auch ohne die Lautstärke der Lautsprecher aufzudrehen, kann ich meine eigene Stimme unter dem Gegröle heraushören. Mein beiges Satinoberteil klebt so an mir, dass man nicht einmal genau hinschauen muss, um meine Nippel zu sehen. Ich kann mich erinnern, geschwitzt zu haben, aber so sehr? Gut, es war ja auch verdammt heiß da drin. Sahara-heiß ... Oh Gott, nein, nicht wieder diese Erinnerungen, die etwas mit meinem Körper machen, was nicht sein darf!

Ein Blick zurück auf den Bildschirm und die restlichen dreißig Sekunden Bildmaterial reichen, um jegliches Sehnsuchtsgefühl nach einem gewissen Barkeeper im Keim zu ersticken. Ich hatte vergessen, dass ich unter Alkohol auch beim Tanzen jede Hemmung verliere, und bis ich den Beweis hier gesehen habe, hatte ich auch vergessen, dass ich mich lasziv an einem der Betonpfeiler direkt vor den Augen oder besser, dem Handy von Wiesners Sekretärin gerieben habe. Ein balzender Truthahn ist ein schüchternes Mauerblümchen gegen mich. Pünktlich zum Refrain „Ich bin so froh, dass ich ein Mädchen bin" haut es mich dann auch noch mit voller Wucht auf meinen Allerwertesten, bei dem Versuch eine schwungvolle Drehung um meinen Tanzpartner Schrägstrich Betonpfeiler zu unternehmen. Dann endet das Video mit einer albernen – sicherlich dazu gemischten, an Amiserien erinnernden – Lachsequenz.

Und *das* hier, diese Ausgeburt an Peinlichkeit haben über fünfzigtausend Menschen gesehen. Das könnte mir ja noch relativ egal sein, wenn ich die 51.428 Menschen nicht kennen würde und sie mich nicht, aber da die Mail hier auf meiner Arbeit landet, bin ich mir sicher, dass das ganze Büro das Video gesehen hat. Auch die nette Überraschung im Briefkasten ist jetzt noch leichter nachzuvollziehen. Wenn einer der YouTube-Zuschauer zufällig auch einer der Entlassenen ist, dann dürfte das die Wut auf mich geradezu bombastisch gesteigert haben. Kirsten hatte mich noch gewarnt, so offen durch den Betrieb zu spazieren. Sie meinte, es wäre ein Leichtes für die Arbeiter, später darauf zu schließen, wer für Entlassungen und andere Sparmaßnahmen verantwortlich ist. Das habe ich nun davon.

„Du hast es gesehen?" Kirsten lehnt in der Tür und ich suche in ihrem Gesicht nach etwas, das Schadenfreude verrät.

„Ja!"

„Mach dir nichts draus, Sara!"

„Ich soll mir nichts draus machen? Bist du verrückt? Die halbe Welt sieht, wie ich mich abzappele, und lacht über mich und du sagst, ich soll mir nichts draus machen? Spinnst du?"

„Sara, 30.000 Klicks sind nicht die halbe Welt! Beruhige dich! – Ich finde dich darauf sogar irgendwie süß!" Jetzt grinst sie ein wenig. Nicht gerade schadenfroh, aber auch nicht wirklich mitfühlend.

„Es sind 51.428 Klicks! Nein, warte … “ Ich aktualisiere die Seite und sage dann: „Jetzt sind es schon 51.456.“

„Wow, das ging schnell!“

Ja, danke auch, das hebt meine Laune ungemein! Wenn ich etwas nicht wollte, dann zum YouTube-Star zu werden. Es gibt für mich seit Jugendtagen nichts Schlimmeres, als ausgelacht zu werden. Mit Grauen denke ich an meine Schulzeit zurück. Ich war diejenige, die immer mit den Knien an den Bock geknallt ist und es nie geschafft hat, darüber zu springen. Die, die als letzte in die Volleyballmannschaft gewählt wurde; die, die wegen der zu schnellen Röte im Gesicht von den meisten meiner Mitschüler in zwei ganzen, schrecklich langen, Schuljahren nur „Bloody Sara“ genannt wurde. Ich war die, über deren zu große Ohren man so lange gelacht hat, bis ich die richtige Frisur hatte, um sie zu verdecken.

„Hast du etwas mit dem Video zu tun?“, fauche ich. Sie wäre nicht die erste, die mir ins Gesicht lächelt und mich hintenrum in die Pfanne haut.

„Hast du sie noch alle? Ich bin deine Freundin, Sara!“

„Und?“, antworte ich bissig und meine damit gar nicht sie. Ich meine Jana, die mir in der neunten bei ihrer Pyjamaparty im Schlaf einen nassen Lappen auf die Hose gelegt und danach behauptet hat, ich hätte mich eingenässt. Dann war da noch Melli, die mich ins Kino eingeladen und dort dann absichtlich Nacho-Soße auf mein neues Top geschmiert hat. Nicht zu vergessen Vera, die mein Image aufpolieren wollte und der ich dann letztendlich zu verdanken hatte, dass der pickeligste, unbeliebteste Junge der Schule behauptet hat, er hätte mich rumgekriegt.

„Und das bedeutet, dass ich so etwas nie tun würde!“, antwortet Kirsten fassungslos.

„Was würdest du nie tun? Du wolltest doch den Job und jetzt rächst du dich an mir!“, schnaube ich, weil die Scham von damals und die Wut von jetzt gerade alles andere in mir verbrennt.

„Du bist ja total durchgeknallt! Ich habe damit nichts zu tun und wenn du das ehrlich glaubst, dann tust du mir leid.“

„Ach ja? Aber es käme dir doch gelegen, wenn sich nun alle über mich lustig machen!“

„Sara, es ist dir vielleicht entgangen, aber du bist nicht der Mittelpunkt der Welt. Da steht jetzt ein Video von dir beim Tanzen auf YouTube, na und? Hast du dem Laden hier eben endlich bewiesen, dass du nicht immer mit diesem Stock im Hintern rumläufst!“

„Stock im Hintern?“ Ich starre in ihr ungeschminkt hübsches Gesicht und warte auf eine Entschuldigung. Aber Kirsten zieht nur die Augenbrauen nach oben, klopft zweimal gegen die Tür und ist dann verschwunden.

Ich sehe ihr einen Moment lang nach. Stock im Hintern. Und wenn schon! Bislang hat er seinen Zweck jedenfalls recht gut erfüllt und dafür gesorgt, dass ich nicht negativ auffalle.

Mein Telefon klingelt und an der Nummer sehe ich, dass es Anna aus der Buchhaltung ist, die größte Klatschtante der Firma. Ich gehe nicht ran und lasse das Telefon vor sich hin klingeln. Beim nächsten Klingeln schaue ich schon gar nicht mehr aufs Display und als auch noch die Dame von der Telefonvermittlung anruft, lege ich den Hörer einfach neben das Gerät.

Ich arbeite ohne Unterbrechung den ganzen Mittag und Nachmittag durch und verlasse mein Büro nur für drei Toilettengänge – den Blick in den Spiegel meide ich – und einmal, um mir ein Sandwich aus dem Automaten zu ziehen. Erst um sechs Uhr abends mache ich Feierabend.

Im Treppenhaus stoße ich beinahe mit Soraya aus der Telefonvermittlung zusammen.

„Frau Hendrich, ich habe den ganzen Tag versucht, Sie zu erreichen!“ Vorwurfsvoller Blick.

„Ich war sehr beschäftigt“, antworte ich wichtig. Was will die denn?

„Ihre Schwester hat unzählige Male versucht, hier anzurufen, sie meinte, Sie würden auch nicht an Ihr Handy gehen. Jetzt wollte ich gerade mal bei Ihnen im Büro nachsehen, bevor ich gehe. Der PC hat mir angezeigt, dass Sie noch im Haus sind.“

Emma.

Der Termin.

Das Baby.

Ich habe es völlig vergessen.

Gerade als ich in meiner Tasche nach meinem Handy kramen will, fällt mir ein, dass ich eben jenes ja außer Kraft gesetzt habe. „Könnte ich kurz bei Ihnen telefonieren?“

„Ja, natürlich. Ich mache jetzt Feierabend. Wenn Sie danach den AB anstellen, ist das kein Problem.“

In Sorayas Büro wähle ich hektisch Emmas Nummer. Es klingelt eine Weile, niemand nimmt ab. Ich versuche es mit dem Festnetz. Wieder nichts. Noch einmal ihr Handy.

Keine Antwort. Ein wenig besorgt fahre ich nach Hause, setze mich an den Esstisch und versuche es mit meinem Festnetz erneut bei Emma zu Hause, auf Stefans Handy und schließlich noch einmal auf ihrem.

Nichts.

Der nächste Morgen fängt nicht gut an. Gar nicht gut.

„Darf ich mal?“, sagt Oliver. Ich trete zur Seite und lasse mich wie gelähmt auf die Couch fallen. Oliver beugt sich über den Tisch und angelt sein Feuerzeug aus dem kleinen Schälchen darauf. Ich frage mich, wann und wozu er das mal mitgebracht hat. Für die Kerzen wahrscheinlich. Wir haben tatsächlich manchmal Kerzen an, wenn wir kuscheln. ‚Hatten‘, korrigiere ich mich.

Olivers Blick streift durch das Zimmer auf der Suche nach weiteren Dingen, die ihm gehören. Mich lässt er dabei aus. Natürlich, ich mache im Moment ja auch wenig her. Er hat mich aus einem unruhigen Schlaf geklingelt und ich hatte keine Zeit, mein ramponiertes Äußeres zu richten. Er dagegen: perfekt gekleidet wie immer. Ich fühle mich nackt neben ihm und lege mir zum Schutz die braune Decke um die Schultern. Er ist nicht gekommen, um sich mit mir zu versöhnen, er ist hier, weil er seine Sachen packt. Diese Tatsache lässt mich frösteln, so dass ich mich noch ein wenig enger in die Decke wickele, wie in einen Kokon aus Schuld und Hilflosigkeit.

Oliver geht ins Schlafzimmer. Durch die angelehnte Tür höre ich ihn kramen. Ich denke plötzlich an unsere Tennismatches und wie sich Olivers drahtiger Körper dabei überraschend elegant bewegt. Und an seine weichen Hände auf meiner Schulter. Und an seine ruhige, angenehme Art. Seine Geduld mit Anton und Kindern überhaupt … Ich merke, wie die Tränen in meinen Augen brennen. Wieso denke ich jetzt daran? An all das Schöne. Warum habe ich nicht bei dem Antrag daran gedacht?

Oliver kommt ins Wohnzimmer zurück. Ich schlucke die Tränen herunter. Nein, ich weine nicht. Nicht vor ihm. Nicht zum ersten Mal, wenn wir uns vielleicht das letzte Mal sehen. Stattdessen schaue ich zu, wie er die große Reisetasche verschließt und sich den Rucksack, auf dem sein Tennisschläger festgeschnallt ist, aufsetzt. ‚Dafür, dass er nicht bei mir einziehen wollte, hat er ganz schön viel Zeug in meiner Wohnung', denke ich und merke, dass ich dabei irgendwas fühlen sollte. Tue ich aber nicht. Ich bin einfach nur leer.

Dann herrscht für den Bruchteil einer Sekunde völlige Stille in meiner Wohnung. Ich sitze reglos auf der Couch und Oliver steht ebenso reglos mitten im Wohnzimmer. Etwas in mir erwartet, dass Oliver den Rucksack wieder absetzt und zu mir kommt, mich ansieht und so etwas wie „Wir kriegen das schon hin" sagt. Aber nichts dergleichen geschieht. Er nimmt die Reisetasche, dreht sich um und geht aus dem Zimmer. Im Flur stellt er die Tasche kurz ab und greift in seine Hosentasche. Er legt etwas aufs Highboard. Es hört sich an wie ein Schlüssel.

„Wenn du noch etwas vergessen hast, ruf vorher an!", rufe ich ihm hinterher. Diesen Satz brauche ich für mein angeschlagenes Ego, das sich gerne selbst verprügeln würde.

Die Tür fällt ins Schloss, ohne dass ich eine Antwort erhalte.

Ein paar Sekunden lang sitze ich da und weiß nicht, was ich machen soll. Was ist in so einer Lage angemessen? Was ist denn überhaupt die Lage? Oliver hat nichts von Trennung gesagt, sondern er müsse nachdenken und bräuchte seine „Wochenendsachen". Aber er hat den Schlüssel dagelassen und zwar ungefragt. Wäre ja auch noch schöner, wenn ich ihn darum gebeten hätte! Als hätte ich nicht schon genug Mist gebaut! Wie konnte ich nur so dumm sein? Wie blöd kann man sein, mit Ende Zwanzig einen Mann abzuservieren, der doch offensichtlich so perfekt ist wie Oliver.

Als ich Oliver kennengelernt habe, auf dieser einfachen Bank am Kiosk, war ich eigentlich nicht auf der Suche gewesen, und dennoch bereits nach wenigen Wochen unglaublich froh, vergeben zu sein. An einen anständigen, treuen, gutaussehenden, liebevollen Typen. Oliver ist kein Ausbund an Spontanität – aber das bin ich ja auch nicht. Er ist nicht das, was man eine interessante Persönlichkeit nennt. Aber dafür ist er all das, was meine Freundinnen und Kolleginnen nicht gefunden haben in ihren One-Night-Stands und kurzen Beziehungen: Er ist verlässlich, bodenständig, hat keine Bindungsängste und er lebt für ein klares Ziel, er wirft sein Geld nicht aus dem Fenster heraus, er liebt, er unterstützt und respektiert mich, und für all das habe ich sehr gerne auf die ganz großen Schmetterlinge verzichtet. Die findet man vielleicht auf Dachterrassen und Hinterhoftreppen. Aber mal ehrlich: Was nützen einem so ein paar bunte Falter schon? Sie sind so vergänglich, und selbst wenn wir sie uns eine Zeitlang im Herzen bewahren können, so bin ich überzeugt davon, dass der Alltag zum Frühstück Schmetterlinge frisst. Und jetzt habe ich es versaut. Endgültig. Wenn ich Oliver nicht umstimmen kann, wenn ich ihm nicht beweisen kann, dass dieses „Nein“ der größte Fehler meines Lebens war, dann kann ich mich wieder auf den Singlemarkt werfen und frustriert feststellen, dass vielleicht der Alltag von Schmetterlingen satt wird, aber das zum kleinen, andauernden Glück doch viel mehr dazu gehört als ein paar Flattertiere im Bauch.

Vielleicht hat Kirsten einen Tipp für mich. Vielleicht weiß sie, wie ich Oliver zurückbekomme. Moment, Kirsten habe ich ja auch vertrieben mit meinen Verdächtigungen!

Es graut mir so unendlich davor, zur Arbeit zu gehen. Für den Vormittag ist heute ein Termin mit dem Großkonzern anberaumt, dem ich den Entlassungsvorschlag unterbreitet habe und dem ich meine Beförderung verdanke. Es wird kritische Stimmen aus der Personalabteilung geben, so viel ist klar. Vielleicht kommt irgendjemand auf die Idee, mich mit Tomaten zu bewerfen – oder mit Hundescheiße. Nach der Aktion hier im Haus ist mit allem zu rechnen. Danach ist ein Mittagessen mit der Geschäftsleitungsriege anberaumt und mein neuer Vorgesetzter will mit mir die Projekte der nächsten

Wochen besprechen, die ich nun in Alleinregie betreuen werde. Es wird höchste Zeit, dass ich loskomme.

Vorher muss ich es aber dringend nochmal bei Emma versuchen. Ich habe sie immer noch nicht erreicht. Gestern Abend habe ich es irgendwann genervt aufgegeben und hätte doch tatsächlich fast meine Mutter angerufen.

Ich wähle die Nummer. Emmas Handy klingelt zweimal, dann nimmt jemand ab und sagt leise: „Hallo, Sara.“

Es ist Stefan. Der Mann meiner Schwester hat eine dunkle, feste Stimme und eigentlich nennt er mich „Kleine“. Sein „Sara“ ist ungewohnt und irgendwie fehl am Platz. Der Klang seiner Stimme hat bei seinen nächsten Worten eine Zerbrechlichkeit, die ich nicht von ihm kenne. „Emma kann gerade nicht sprechen, Sara.“

„Was ist mit Emma, Stef? Was ist mit dem Baby? Ist es gesund?“

„Es gibt kein Baby mehr.“

Dann legt er auf und ich sitze noch lange mit dem Telefon in der Hand da und fühle mich schuldig.

Kapitel 8

Dienstag, 13. September, 8:32 Uhr

Vermutlich sind es nur wenige Minuten, aber es kommt mir vor wie eine halbe Ewigkeit, bis ich in der Lage bin, die Nummer vom Büro zu wählen.

„Frau Weiler? Sara Hendrich hier. Ich muss mich für heute leider entschuldigen, bitte geben Sie Herrn Christofsen weiter, dass ich wegen einer sehr dringenden Familienangelegenheit heute nicht zur Arbeit kommen kann."

„Um Gottes Willen, Frau Hendrich! Was ist denn passiert? Kann ich etwas für Sie tun?"

„Ja, melden Sie mich bitte ab! Danke."

Damit lege ich auf und stürme aus der Wohnung. Zu mehr ist keine Zeit. Atemlos haste ich durchs Treppenhaus. Meine Schwester und ich mögen nicht die besten Freundinnen sein, aber ich mag mir nicht vorstellen, wie sie nun leidet. Es ist das erste Mal, dass etwas in Emmas Leben schiefgeht. Insgeheim hatte ich immer gehofft, dass es irgendwann so sein wird. Dass die perfekte Fassade Risse bekommt. Man sollte vorsichtig sein mit seinen Wünschen. Vielleicht ist es auch das, nicht nur das Gefühl, ihr beistehen zu müssen, sondern die brutale Kraft meines schlechten Gewissens, die mich zu meiner Schwester treibt.

Ich nehme mehrere Stufen auf einmal, in den erstbesten Schuhen, die im Gang standen. Die vom Abend auf der Dachterrasse, der mir so abwegig und imaginär vorkommt in dieser Ausnahmesituation. Wie all die kleinen und großen Dramen meines Lebens verschwindet auch dieser Abend hinter dem Gefühl von Schuld und dieser seltsamen Ahnung, eine Kettenreaktion ausgelöst zu haben, mit einem kleinen Stupser, einem einzigen, winzigen Schritt in die falsche Richtung. Was wäre wenn …

Ich denke nicht im Hier und Jetzt, als ich nach draußen auf die Straße haste. Ich grübele über die vergangenen Tage nach und sehe es dabei nicht kommen. Ich hänge in dieser surrealen Vergangenheit der letzten Tage fest und dabei entwischt mir der Blick auf die Gegenwart.

Ich verpasse es, nach links zu sehen.

Die Geräusche mischen sich ineinander wie Farben auf einer altmodischen Malpalette. Das neongelbe, schrille Quietschen der Reifen mit dem dumpfen, grauen Ton des Aufpralls. Das Hupen, das dem Scheinwerferlicht folgt, mit dem abrupten Knirschen von beigen High Heels auf Asphalt. Das helle, schreiende Grün von verengten Augen mit dem lautlosen Schwarz, das mich kurze Zeit später umgibt.

Kapitel 9

Samstag, 3. September, 19:10 Uhr

„Hast du in der Neun die Bettpfanne für Herrn Wolf gebracht?“

„Ja, natürlich. Immer wieder eine Freude. Übernimmst du hier?“

„Klar, sie müsste bald aufwachen.“

Sie reden von mir, oder? Ich glaube es, irgendwie, aber die Worte passen gar nicht zu dem Blau. Und dem Wasser um mich herum. Aber warum gelingt es mir nicht, meine Augen zu öffnen? Drücken die Stimmen sie zu? Ich muss nach oben schwimmen, dorthin wo das Licht ist. Der Weg ist doch ganz einfach, er ist vertraut und immer gleich. Warum kann ich mich dann nicht daran erinnern? Egal wie sehr ich es versuche: Immer, wenn ich das Bild vor mir habe, ist es gleich wieder verschwunden und ich schwebe wieder in Blau mit geschlossenen Augen. Ich muss die Arme ausstrecken und mich mit den Beinen abstoßen. Ja, so funktioniert das immer, wenn ich träume. Und aufwachen will. Warum geht es heute nicht?

„Das ist doch völlig falsch! In die Tabelle gehören die Blutwerte, nicht Puls und Blutdruck. Wie oft muss ich ihr das noch sagen! Alles muss man selbst machen.“

Ein Knacksen, ein Knirschen. Wie von einem Stuhl. Dann Papierrascheln. Ich nähere mich der unbekannten Stimme, die vor sich hin schimpft. Und dann ist sie wieder weg …

So geht es lange, sehr lange. Immer wieder blau und wenn ich mich der Oberfläche nähere, die Stimmen und Geräusche. Irgendwann weiß ich, wie es geht. Mit einem kräftigen Stoß, der meinen ganzen Körper unendlich schmerzhaft durchdringt, bin ich angekommen und als das unerbittliche Stechen im Kopf einsetzt, wünsche ich mich nur zurück ins Blau.

Um mich herum ist jetzt alles weiß. Viel zu hell. Grell. Gedämpfte Laute, die mir auf einmal zu laut erschienen und deren Ursprung ich nicht zuordnen kann. Ein Brummen und Rauschen und Piepsen, alles mischt sich miteinander und verwirrt mich. Meine Augen wollen mir nicht gehorchen. Das Weiß bleibt weiß und hilft mir nicht weiter, mich zu orientieren. Trotz enormer Anstrengung kann ich die Geräusche nicht in eine Reihenfolge bringen. Wie einzelne Buchstaben, die wirr um mich herumflattern und kein Wort ergeben, entgleitet mir die Lösung immer wieder. Und ich entgleite mir selbst. Vielleicht schlafe ich immer wieder kurz ein. Vielleicht auch nicht …

Das Weiß bleibt eine Ewigkeit lang weiß. Erst als die Schmerzen stärker werden, wird alles schärfer. So als könne das feine, unnachgiebige Stechen in meinem Kopf dafür sorgen, dass meine Wahrnehmungen wieder einen Sinn ergeben. Als ich meine Augen endlich wieder öffnen kann, bekommt der Raum Wände, eine Decke, Konturen, einen festen Umriss. Das Weiß gehört den glänzenden Fliesen und das Licht ist auf einmal nicht mehr so grell wie noch vor Sekunden, Minuten oder vielleicht auch Stunden.

Meine Ohren haben bereits lange vor meinen Augen registriert, dass ich nicht alleine bin. Es raschelt wieder und als ich meinen Kopf ein wenig drehen will, um nach der Ursache dafür zu suchen, schießt mir der Schmerz so fest in die Stirn, dass ich ein lautes Stöhnen von mir gebe. Es spricht jemand aus der Richtung, aus der auch das Rascheln kam.

Und dann weiß ich, wo ich bin. Nicht wegen der Stimme, sondern weil meine Nase den Geruch wiedererkannt hat. Ich bin in einem Krankenhaus. Ich liege auf einem Bett und habe irrsinnige Schmerzen und die Stimme, die sanft sagt: „Wie geht es Ihnen? Der Schädel brummt, was? Sie brauchen sich keine Sorgen zu machen, Sie sind in guten Händen“, gehört einer Krankenschwester. Einer ziemlich voluminösen Krankenschwester, die sich mit wiegenden Brüsten schwerfällig aus einem Stuhl erhebt, das raschelnde Papier in ihren Händen zur Seite legt und zu mir herüberkommt.

Ich versuche mich zu bewegen. Vorsichtig, aus Angst, dass mir der Schmerz ebenso in jeden anderen Körperteil fahren könnte, wie eben in meinen Kopf. Ich konzentriere mich angespannt auf meine Beine und bin darüber erleichtert, all meine Zehen bewegen zu können. Meine Hände sind offensichtlich ebenfalls unversehrt, ich bewege sie zittrig an meinen Kopf und erschrecke. Eine dicke Bandage befindet sich über meinem Schädel, unter dem jede einzelne Hirnzelle pocht, klopft und hämmert.

Ich habe keine Ahnung, warum ich hier bin, und es ist so unglaublich anstrengend zu denken. Kurz bevor ich die Augen wieder schließen kann und mein Kopf sich wieder in weicher Watte vor den hässlichen weißen Fliesen und dem Gebrumme verkriecht, schneidet die Stimme der Krankenschwester erneut in mein Bewusstsein.

„Können Sie mir Ihren Namen sagen?“

Was für eine dumme Frage! Warum sollte ich das nicht können?

Die Krankenschwester streckt mir ihren üppigen Vorbau für meinen Geschmack deutlich zu nah an das Gesicht heran. „Können Sie mir Ihren Namen sagen?“, wiederholt sie.

„Ja“, krächze ich.

„Und der wäre?“, fragt die Schwester, deren Namensschild sie als Gudrun ausweist, und lächelt nachgiebig.

„Sara. Ich heiße Sara Hendrich.“ Das ist ein Fakt, einer, an den ich mich klammern kann. Wohingegen ich keinen blassen Schimmer habe, wie ich hier hergekommen bin. Außer einem sehr bedrückenden, unguten Gefühl in der Magengegend und dem Dröhnen in meinem Schädel natürlich kann ich nichts finden. Keine greifbare Erinnerung, die mir erklärt, warum und wie ich hier gelandet bin.

Gudrun weicht zufrieden einen Schritt zurück und nickt anerkennend. So, als wäre es eine besondere Leistung seinen eigenen Namen zu kennen. „Der Arzt wird gleich hier sein. So in einer halben Stunde.“

Eine halbe Stunde ist hier also gleich. Für meinen Geschmack dauert das viel zu lange, ich wüsste gerne jetzt, was los ist.

Gudrun drückt mir eine Tablette in die Hand und reicht mir ein Glas Wasser. „Das ist ein leichtes Schmerzmittel. Das sollte bald wirken.“ Ich nehme die Tablette, schlucke sie brav und spüle mit Wasser nach. „Wenn etwas ist, drücken Sie auf den Knopf hier, ich bin nebenan.“

Sie deutet auf einen roten Schalter neben meinem Bett. Dann ist sie verschwunden.

Die nächsten endlos langen Minuten suche ich in meinem malträtierten Kopf nach einer Erklärung. Aber alles, was ich sehe, ist Oliver mit dem Tennisschläger über seiner Schulter. Irgendwie seltsam verzerrt. Ich bin mir sicher, dass er mir keine übergezogen und mich hier her befördert hat. Warum sollte er auch? Aber was ist dann passiert? Wenn ich weiter zurück blättere in meinem Kopf, sind auch die Tage davor irgendwie verschwommen. Durchaus real, aber so, als lägen sie lange zurück und wären nun alte Aufnahmen einer VHS-Kassette, deren Bild meinem HD-geübten Auge weh tut.

Ich bin im gleichen Krankenhaus wie Anton, das verrät mir die Signatur auf der Bettwäsche. Sobald ich fit bin, kann ich zur Kinderstation runter laufen und nach ihm sehen. Vielleicht ein paar Witze erzählen und ihn aufmuntern. Bis dahin stellt sich ja vielleicht auch die Erinnerung an die Ursache meines Aufenthalts wieder ein.

Ich spiele mit dem Gedanken, tatsächlich auf den Alarmknopf zu drücken, wenngleich mir an Gudruns Gesellschaft nicht besonders viel liegt. Aber ich könnte mit Nachdruck verlangen, dass endlich ein Arzt nach mir sieht. Während ich langsam meinen Kopf hebe, damit der Schmerz mir nicht zu heftig in die Schläfen fährt, fällt mein Blick auf eine einfache, kleine Uhr mit der Werbeaufschrift einer Krankenkasse, die auf dem Schränkchen neben mir steht. Eine Weile beobachte ich, wie der kleine weiße Zeiger sich endlos langsam bewegt, dann seufze ich und schaue wieder auf das halbabstrakte Bild an der Wand gegenüber. Spannende Auswahl, eine hässliche Uhr oder ein noch hässlicheres Bild. Die Zeit vergeht. Und vergeht. Und vergeht … Außer dem leisen, nervtötenden Ticken kein Geräusch.

Langsam habe ich aber wirklich genug. Genug von diesem Zimmer, genug davon, nicht zu wissen, was los ist. Wo ist eigentlich mein Handy? Ich schaue an mir herunter und stelle erstaunt fest, dass ich meine Zumbaleggins trage. Und ein Sportoberteil. Verstehe ich nicht. An einem Dienstag? Es ist doch Dienstag, oder? Na gut, mit der Frage kann ich mich auch dann noch beschäftigen, wenn ich das Handy gefunden habe. Also, in den Leggins ist es nicht. Ich setze mich vorsichtig ein wenig auf und greife mit der Hand an meinen Rücken.

An der unteren Hälfte meines Oberteils ist eine Tasche mit Reißverschluss eingenäht. Ich fummele ein wenig daran herum, aber auch hier ist nichts. Hätte ich ja auch merken müssen, wenn ich auf meinem Handy liege. Ich ziehe mich noch ein wenig weiter nach oben und schaue mich im Zimmer um, aber hier ist keine Spur von einem Rucksack oder einer Handtasche. Seufzend lege ich mich wieder zurück. Ich hasse es, ohne mein Handy zu sein.

Weil es nichts Besseres zu tun gibt, knabbere ich an meinen Fingernägeln, eine Angewohnheit, die ich eigentlich abgelegt hatte. Abgelegt zusammen mit der Zahnspange und den langen Haaren und meiner – laut Lutz – liebenswerten aber hinderlichen Zurückhaltung. Meine Fingernägel haben ein ruhiges, gesundes und gepflegtes Leben genossen, die letzten fünfzehn Jahre. Und jetzt knabbere ich wieder an den Nägeln und daran, etwas verloren zu haben, wovon ich nicht weiß, was es ist. Vielleicht ist jetzt endgültig der Zeitpunkt gekommen, den Alarmknopf zu drücken, bevor ich auch noch anfange, vor lauter Langeweile am Daumen zu lutschen.

Exakt in diesem Moment klopft es endlich an der Tür und wenig später schiebt sich der hochrote Kopf eines blutjungen Assistenzarztes herein.

„Ah, schön, dass hier endlich mal jemand auftaucht!“, herrsche ich den Arzt an, der sofort zusammenzuckt und das Rot auf seinen Wangen intensiviert.

„Entschuldigen Sie, aber wir haben hier eine Menge Patienten, Sie sind …“

„… nicht die Einzige, schon klar. Also, verraten Sie mir bitte, was passiert ist?“

„Äh, tut mir leid, das weiß ich nicht, ich habe hier nur Ihre Krankenakte und da steht, dass Sie einen Unfall hatten.“

„*Was* für einen Unfall?“

„Ähem, so wie ich hier lese …“, er raschelt und blättert vor und zurück, bis es mir reicht und ich ihm die Akte aus der Hand zerre, sie drehe und selbst darin lese, während der junge Arzt verdattert und mit hängenden Armen vor mir steht.

Es steht nicht viel darin, aber das was dort steht, reicht mir, um in einem winzigen, sehr kurz anhaltenden Moment ein Bild zu bekommen. Ein Bild im Kopf, mit dem ich arbeiten kann. Eine Momentaufnahme, die mir weiterhilft. Sie passt allerdings so überhaupt nicht zu den Kleidern an meinem Körper. Nicht zu den Schuhen, die vor dem Bett stehen.

„Wo sind meine Sachen? Die beigen High Heels? Mein Handy? Mein Schlüssel?“, rufe ich und weiß dabei selbst, dass ich zu laut bin und ungerecht. Was kann der arme Kerl in dem viel zu großen weißen Kittel schon dazu.

„Sie haben Sportschuhe getragen, so viel ich weiß. Ihr Schlüssel ist im Schwesternzimmer. Und Ihr Handy, ja, keine Ahnung … Warten, Sie!“ Das Gesicht des Assistenzarztes leuchtet auf, als hätte er gerade höchstpersönlich die Glühbirne erfunden. Er fasst in seine Tasche und fischt ein kleines, altes Handy heraus. ‚Ärzte werden wohl auch immer schlechter bezahlt‘, denke ich dabei und sehe mitleidig auf das veraltete Gerät. Das eine Erinnerung an jemanden auslöst, der hier nicht hergehört, der überhaupt so was von gar nicht in mein Leben gehört.

„Geben Sie mir Ihre Nummer?“, fragt der Arzt.

Ich will gerade protestieren und mich ein wenig künstlich darüber aufregen, was ausgerechnet er mit meiner Nummer will, als ich verstehe. Ich sage ihm meine Nummer, er tippt sie ein und wir warten still auf eine Reaktion.

Es macht mich nervös, von der Welt abgeschnitten zu sein, ohne die Möglichkeit jemanden anzurufen. Sobald ich mein Telefon wiederhabe, werde ich … Moment mal, ich kann mein Handy ja gar nicht hier haben: Ich habe es schließlich gestern im Klo versenkt! Wie dumm, das zu vergessen.

Gerade will ich dem Jungspund im weißen Kittel sagen, dass er sich die Mühe sparen kann und auflegen soll, da höre ich es. Ganz leise. Und entweder ist es Zufall und jemand auf dem Flur hat den selben Klingelton wie ich oder aber es ist tatsächlich mein Handy.

Der Arzt öffnet die Tür und steckt seine großen Ohren auf den Gang hinaus. „Ah, da haben wir es ja! Der junge Mann hat es!“

Ich kann von meiner Position aus nicht sehen, wer da draußen sitzt, auch nicht, wenn ich meinen schmerzenden Schädel ein wenig nach oben recke, so weit es eben geht. Aber ich gehe davon aus, dass es Lutz ist. Wer sonst?

Ein wenig erleichtert lasse ich mich ins Kissen fallen.

Der Arzt wechselt auf dem Gang ein paar Worte, die ich nicht verstehen kann, und kommt dann mit meinem Handy wieder herein. Er drückt es mir in die Hand und erstaunlicherweise blinkt das Display sofort auf und zeigt das Foto von mir und Oliver beim letzten Wellnessurlaub, als ich es entsperre.

Das Datum ist falsch. Es zeigt Samstag, den 3. September an, dabei ist heute bereits der 13. Das lässt sich leicht umstellen.

„Mein Bruder ist handwerklich ziemlich begabt. Jetzt bekommt er es sogar schon hin, Handys mit Wasserschaden zu reparieren“, sage ich, woraufhin der offenbar überforderte Assistenzarzt noch überforderter aussieht.

„Mein Bruder, da draußen …“, wiederhole ich und zeige erklärend zur Zimmertür.

„Das … war Ihr Bruder??“

„Ja, wer denn sonst. Er ist mit seinem Sohn hier. Der liegt auf der Kinderstation, seit gestern, ach nein, stimmt nicht, seit vorgestern, Sonntag dem 11. September. Ist eben ein Unglückstag, nicht wahr?“

„Sind Sie sicher, dass es Ihnen gut geht?“

Mein Kopf brummt zwar, aber vom Verstand her bin ich doch offenbar noch schneller als der Blitzmerker hier. „Ja, bis auf die Kopfschmerzen, schon. Wieso fragen Sie so seltsam?“

„Das da draußen, ist der Mann, der sie angefahren hat. Er sagte, er wohne im gleichen Haus wie Sie, aber habe Sie vor dem Unfall nur flüchtig gekannt. Und außerdem haben wir heute den 3. September und nicht den 13.“

„Sie scherzen. Oder ist das ein Test?“ Wer aus dem Haus sollte denn draußen auf mich warten?

„Äh, nein, aber wenn Sie so fragen, sollten wir vielleicht ein paar neurologische Tests mit Ihnen machen. Sie haben eine

Gehirnerschütterung und eine Platzwunde, dass Sie sich an die Details des Unfalls nicht erinnern können, ist normal, aber …"

„Was aber?"

„Welches Jahr schreiben wir?"

Was für eine dämliche Frage. Ich nenne ihm das Jahr und er stimmt – offenbar schon etwas entspannter – zu.

„Sehen Sie doch in Ihrem Computer nach! Mein Neffe Anton Hendrich wurde am 11. September *diesen* Jahres hier eingeliefert. Das war der Unfall mit dem Klettergerüst. Haben Sie doch sicher in der Zeitung gelesen!"

„Wir haben heute den 3. September", beharrt er.

„Reden Sie nicht so einen Unsinn!" Langsam geht mir dieser kleine Spinner wirklich auf den Nerv. „So und jetzt schicken Sie mir den Herrn da draußen mal rein, dann klären wir das!", befehle ich.

Er trottet nach draußen, sagt ein paar Worte und wenig später blicke ich in das Gesicht, das ich am wenigsten hier erwartet hätte. Ein Gesicht, das mich tatsächlich so freundlich und unverfänglich, eigentlich fast ein wenig schüchtern und schuldbewusst ansieht, als hätte es mich noch nie gesehen. Als hätte es mich nicht schon völlig entblößt gesehen. Als hätten wir tatsächlich den 3. September und nicht zehn Tage später.

Als wäre es völlig normal, dass mein One-Night-Stand mich nach einem Unfall im Krankenhaus besucht.

Vor mir steht Matt und er sieht mich so an, als wären wir Fremde. „Hallo! Entschuldigen Sie, ich wollte hier nicht reinplatzen, aber …"

„Sie? Waren wir da nicht schon etwas weiter!", knirsche ich, weil es mir gar nicht gefällt, dass man mich hier offensichtlich für verblödet hält. Ich hatte der Akte zufolge einen kleinen Zusammenstoß mit einem Auto und wurde am Kopf genäht. Zudem hat man mir aus dem Arm einige Glassplitter entfernen müssen. Aber das heißt doch nicht, dass man sich nicht normal mit mir unterhalten kann! Das Schmerzmittel, das die Schwester mir vorhin verabreicht hat, beginnt zu wirken und ich fühle mich völlig klar und bei Verstand.

Matt sieht mich irritiert an, wirft dem Arzt einen Seitenblick zu, räuspert sich und sagt dann: „Herr Doktor …"

„Frieder", antwortet der Assistenzdoktor.

Will der jetzt etwa auch geduzt werden?

„Herr Dr. Frieder hier, meinte, Sie … äh du, wolltest mich sehen."

„Nein. Ja. Also nicht dich … Ich meine, ich hatte nicht mit dir hier gerechnet, ich dachte, mein Bruder wartet draußen, aber egal … Wenn du schon mal hier bist, was ja sehr nett ist …" Keine Ahnung, was ich eigentlich sagen will.

„Na ja, immerhin bin ich an deinem Unfall Schuld", sagt er.

Jetzt mischt sich der Arzt ein: „Der junge Mann hier hat Sie angefahren beziehungsweise laut Polizei …", er raschelt mit der Akte, die er wieder zur Hand genommen hat, „… sind Sie ihm mehr oder weniger vors Auto gelaufen."

Was? Ich bin ausgerechnet Matt vors Auto gelaufen?

Ich schaue in Matts grüne Augen und die Erinnerungen fallen wieder zurück an ihren Platz. Die Steinchen setzen sich zusammen und ergeben ein Bild. Ich sehe mich, wie ich aus der Tür stürme, mit den beigen High Heels an den Füßen. Raus auf die Straße, weil ich zu Emma will. Weil ich zu Emma *muss*. Mein fehlender Blick nach links und dann Matts grüne Augen aus einem weißen Auto, auf dessen Motorhaube ich lande. Das ekelhafte Geräusch meines Schädels auf dem Glas seiner Frontscheibe. Natürlich, ich bin ihm ins Auto gerannt. Aber das ist doch noch immer kein Grund, mich zu siezen. Und auch keine Erklärung für die fehlenden High Heels und die Zumbahosen, die ich nicht getragen habe. Weil ich sie gar nicht tragen konnte. Weil ich sie nämlich am letzten Samstag, von dem der Scherzkeks von Arzt hier behauptet, es sei der heutige Tag, an einem herausstehenden Nagel in der Umkleidekabine meines Gyms aufgerissen habe. Die sündhaft teuren Hosen mit dem Anti-Schwitz-Material.

„Okay, das tut mir leid", sage ich.

Er sieht mich ein wenig fassungslos an.

„Na ja, es ist schon ziemlich doof, dass ich ausgerechnet dir vors Auto laufe. Ich kann mich zwar nicht genau erinnern, aber das wollte ich mit Sicherheit nicht."

Erinnern kann ich mich dafür sehr gut an eine Nacht, in der mein Gegenüber mit dem frechen Locken nichts von der Schüchternheit an den Tag gelegt hat, die er jetzt auffährt. Ich werde ein wenig rot beim Gedanken an seinen festen Hintern, meine Hände darauf und die Dinge, die wir uns in Leidenschaft gesagt haben, jenseits von eingefahrenen Höflichkeitsfloskeln.

„Äh ja, ich war vermutlich auch etwas schnell unterwegs. Es tut *mir* verdammt leid. Kann ich … das ist vermutlich ein wenig blöd gesagt, aber wenn ich dir irgendwie helfen kann, lass es mich wissen."

„Du könntest dem hier", ich deute auf den Assistenzarzt, der wie ein begossener Pudel neben ihm steht, „mal sagen, was heute für ein Tag ist."

„Ernsthaft?"

„Ja, ernsthaft!"

So schwer von Begriff ist er auf der Dachterrasse nicht gewesen. Ich sehe große Hände, die mir mein Oberteil gekonnt herunterreißen, und erröte noch mehr.

„Gut, wenn es weiter nichts ist." Er fixiert mich und verengt die Augen dabei ein wenig, während ein leichtes Grinsen seine Lippen umspielt. Eines, das mich sehr an einen gewissen Hinterhof erinnert. „Heute ist Samstag, der 3. September!"

Haben die zwei sich gegen mich verschworen? Was läuft hier falsch?

Ich öffne meinen Mund, aber bevor ich etwas sagen kann, wird die Tür energisch aufgerissen und ein älterer Arzt mit grauem Vollbart kommt ins Zimmer. „Was geht hier vor? Wer sind Sie denn?" Er zeigt auf Matt.

„Ich bin der Unfallverursacher und ich …"

„Sie haben hier nichts verloren. Raus! Und Sie, Frieder, verlassen das Zimmer und warten in meinem Büro auf mich!"

„In Ordnung, entschuldigen Sie, Herr Dr. Hebel." Der Assistenzarzt ergreift augenblicklich die Flucht, nur Matt steht ein wenig desorientiert an meinem Bett.

„Matt, könntest du bitte … wiederkommen?" Ich weiß nicht, warum ich ihn darum bitte. Aber es fühlt sich richtig an.

„Woher weißt du denn meinen Namen?"

„Das können Sie alles später klären, von mir aus unten in der Cafeteria, aber nicht jetzt und nicht hier! Die Patientin braucht Ruhe und Sie gehen jetzt.“ Mit diesen Worten legt Dr. Hebel Matt seine Hände auf den Rücken und schiebt ihn aus dem Raum. Dann wendet er sich mir zu. „So und jetzt zu Ihnen! Sie hatten ziemliches Glück, junge Frau! Einfach auf die Straße zu rennen! Wir sehen jetzt mal nach der Wunde, dann bleiben Sie noch eine Nacht zur Beobachtung hier und dann können Sie wieder nach Hause. Mit fünf wunderbaren Stichen, die Sie bis zu Ihrem Hochzeitstag hoffentlich nicht mehr sehen werden, und dem dringenden Ratschlag meinerseits, künftig nach links und rechts zu sehen, wenn Sie eine Straße überqueren.“

Hochzeitstag, pah, den habe ich mir selbst mit zwei Buchstaben zu viel in weite Ferne gerückt.

Er nimmt mir vorsichtig den Verband ab und begutachtet die Wunde, die ich noch nicht gesehen habe und auch nicht scharf bin zu sehen. Ich kann nicht so gut mit Blut und mit Wunden schon gar nicht. Bei Arztserien schalte ich um, wenn es an den OP-Tisch geht. Apropos OP-Tisch …

„Warum hatte ich eigentlich eine Narkose, wenn ich so bald schon wieder nach Hause kann?“, frage ich.

„Deutsches Gesundheitssystem, die Leistungen der Kassen werden immer schlechter. Wenn es nach mir ginge, ich würde Sie auch gerne ein, zwei Wochen hierbehalten. Sie sind ein hübscherer Anblick als die meisten alten Krähen hier auf der Station.“ Er lacht schallend und fügt dann hinzu: „Nein, im Ernst. Sie haben einen furchtbaren Aufstand veranstaltet, als wir Sie nähen wollten, und waren überhaupt nicht zu beruhigen. Daher haben wir Sie betäubt. Aber halb so wild. Sie haben es ja gut überstanden. – Oder nicht?“, fragt er mit einem Blick auf mein Gesicht.

„Na ja, ich weiß nicht. Ich kann mich nicht erinnern, einen Riesenaufstand gemacht zu haben und …“

„Und was?“

„Dr. Frieder behauptet, wir hätten heute den 3. September …“

Jetzt lacht er wieder.

Ich kann gar nichts lustig finden.

„Das meiste, was Dr. Frieder, der übrigens gar keinen Doktortitel hat, behauptet, ist falsch. Aber damit liegt er ausnahmsweise richtig. Machen Sie sich keine Sorgen, es ist ganz normal, dass man nach einem solchen Schock ein wenig verwirrt ist und sich an nicht alles erinnern kann. Das kommt wieder. Meistens."

Er lacht wieder so laut, dass ich Angst habe, von den weißen Fliesen an den Wänden erschlagen zu werden. Und ich traue mich nicht, erneut nachzufragen. Vielleicht hat er auch einfach 13. September verstanden, als ich ihn fragte.

Er reinigt meine Wunde, sieht nach meinem Arm und erzählt mir noch dies und das und am Ende bin ich fast verwundert, dass er mir nicht seine Handynummer aufdrängt.

Wenig später kommt eine Krankenschwester, die fast kein Deutsch versteht, deren Gebrabbel ich aber entnehme, dass ich jetzt auf eine andere Station komme und sie heute – wenn ich nur wüsste, was genau dieses heute ist – für mich zuständig ist.

Als ich endlich allein bin, hole ich mein Handy heraus und wähle Lutz' Nummer. Seltsamerweise hat sich mein iPhone schon wieder automatisch auf den 3. September gestellt, so als wollte es mich verhöhnen.

Der AB geht ran. „Lutz hier, ich bin leider bis zum 6. September nicht zu erreichen, da ich mich mit meiner geliebten Familie im lange ersehnten und verdienten Urlaub befinde. Wer was von mir will, muss nach Kroatien kommen. Bier steht kalt."

Typisch Lutz! Er ist schon über eine Woche zurück und hat sein Handy noch immer nicht wieder eingeschaltet. Melanie wird es freuen. Bei den beiden zu Hause gibt es noch nicht einmal einen Fernseher.

Ich habe keine Ahnung, wen ich sonst anrufen könnte beziehungsweise will.

Meine Mutter scheidet naturgemäß aus.

Ich scrolle durch meine Nachrichten und bleibe an Oliver hängen.

Und schon wieder am Datum. Seit dem 2. September um neun Uhr morgens gibt es nämlich keine Nachricht mehr von Oliver. Sie sind weg. Alle. Die letzte, die noch da ist, ist jene, in der er mir von einem Geschäftstermin von Konstanz aus schreibt, dass er gut im Hotel angekommen ist und am Samstag zurück sein wird. Am Samstag den 10. September.

Jetzt haste ich durch die weiteren Nachrichten auf meinem Handy und allesamt datieren nicht später als 3. September. Das könnte noch ein Fehler meines wasser- und uringeschädigten Handys sein, aber das Fatale ist: Ich kenne die Nachrichten, ich kenne sie seit zehn Tagen, weil sie so alt sind. Und davon, dass mein Handy ins Klo gefallen ist, merkt man genauso wenig, wie man meiner Zumbahose ansieht, dass sie eigentlich einen langen Riss hat.

Ich stehe auf und laufe langsam und ein wenig zitterig ins Bad und sehe in den Spiegel. Meine Augen sind blutunterlaufen, mein Gesicht ist blass, geradezu weiß. Unter der Bandage steckt nicht nur eine Wunde, die ich nicht sehen kann, sondern auch ein Haarschnitt, der zehn Zentimeter länger ist, als der, den ich eigentlich tragen müsste. Einem Friseurtermin am 8. September zufolge.

Langsam werde ich leicht panisch. Mein Puls überschlägt sich und mir wird kurz so schwarz vor Augen, dass ich mich an dem Griff im Bad festhalten muss, bis sich die Umgebung wieder eingefärbt hat und ich das Gefühl habe, sicher stehen zu können. Was geht hier vor sich? Ich zwicke mir in den Arm und stelle fest, dass es schmerzt. Sehr sogar. Ich bin hier, ich träume nicht und dennoch fühlt sich alles irgendwie falsch an. Sollte jetzt jemand kostümiert hinter dem Duschvorhang hervorspitzen und wie dieser wasserstoffblonde Typ namens Guido aus dem Fernsehen aussehen, trete ich ihm in die Eier bevor er „Verstehen Sie Spaß?“ oder irgendetwas dergleichen auch nur ansatzweise aussprechen kann! Das ist nicht witzig! Ich kann mir das doch nicht alles eingebildet haben? Zehn Tage meines Lebens und dabei ein paar sehr bedeutungsvolle!

‚Sei vorsichtig mit deinen Wünschen!‘ Ist das möglich? Hat mir jemand die Uhr zurückgedreht? So ein Unsinn! Es gibt irgendeine logische Erklärung dafür.

Ich gehe vorsichtig wieder zurück ins Zimmer. Ich gebe dem Fernsehen eine weitere Chance zu beweisen, dass es nicht immer schlecht ist, in die Glotze zu schauen: Mit der Fernbedienung schalte ich das kleine Röhrengerät an der Wand gegenüber meinem Bett an und erwische passenderweise die 20-Uhr-Nachrichten.

„… das Erste Deutsche Fernsehen mit der Tagesschau." Den Gong und die Datumseinblendung habe ich knapp verpasst. Jan Hofer begrüßt gerade mit Brille, hellblauer Krawatte und schwarzem Sakko die Zuschauer und ich habe kein Déjà-vu, sondern die Gewissheit, genau diese Sendung schon einmal gesehen zu haben. Im Hintergrund des Moderators sind Militärflugzeuge zu sehen. Ich kann sogar die Sätze nachsprechen. „Im Streit mit der Türkei …" Es ist gespenstisch. Gruselig. Geradezu absolut unheimlich. Ich weiß, dass als nächstes ein Beitrag über eine Demo folgt und daraufhin ein Bericht über den Klimavertrag. Dann schalte ich aus und mein Herz rast.

Wenn das wahr ist …

Das kann nicht wahr sein! Es ist völlig unmöglich.

Mein Kopf brummt schlimmer als jemals zuvor, aber ich bin mir sicher, dass das nicht an meiner Verletzung liegt, sondern daran, dass ich nicht fassen kann, was mit mir gerade passiert. Dass eine Kopfverletzung einen Gedächtnisverlust auslösen kann, gut, davon haben wir alle schon gehört. Aber dass der Rest der Welt eine Amnesie hat und sich an die letzten zehn Tage nicht erinnern kann, ist vollkommen absurd.

Ich nehme wieder mein Telefon zur Hand, rufe in meinem Adressbuch die Nummer meiner Schwester auf und wähle. Es klingelt exakt vier Mal, so lange wie es eigentlich immer dauert, bis Emma an ihr Handy geht.

„Emma Jacobi."

Sie klingt gelassen und kühl und ihre Stimme ist so semi-monoton wie immer, wie immer, *bevor* sie mir gesagt hat, dass sie ein Baby bekommt. *Bevor* ich ihr raten konnte, es abzutreiben.

„Hallo? Sara?", klingt es aus der Leitung.

„Ja, ich bin's. Hallo, Emma."

„Was gibt's denn, Sara? Ich komme gerade aus der Dusche, es war ein langer Tag …"

Sie will mich abwürgen, ich bin mir sicher, dass sie nicht gerade aus der Dusche kommt, sie hat nur keine Lust, mit mir zu reden. Es macht mich traurig. Aber ich verstehe es auch. Immerhin war unser letztes Zusammentreffen nicht gerade so, wie es hätte laufen sollen.

Moment … Wenn es dieses letzte Zusammentreffen überhaupt gab! Es gibt nur eine Möglichkeit, das herauszufinden.

„Emma, ich wollte dich nur fragen …“, meine Stimme muss klingen, als versuche ich mit ihr über Glasscherben zu laufen, ohne sie dabei zu verletzen. „Wie geht es dem Baby?“

Stille in der Leitung. Stille, die nur durch mein heftig klopfendes Herz durchbrochen wird. Bumm, bumm, bummm. Sie kann es sicher durchs Telefon hören.

„Woher weißt du …?“ Sie schnappt nach Luft. „Sara! Ach Mensch, ich hatte mir das so schön vorgestellt, ich wollte es dir nächste Woche sagen. Bei unserem Italiener. Ich wollte noch den Termin am Dienstag abwarten und dann …“

Sie gluckst! Meine große beherrschte Schwester gluckst vor unbändiger Freude und mein Herzschlag verlangsamt sich, weil mein Herz mir so schwer wird, dass ich befürchte, es könnte mit einem Mal einfach aufhören, Blut durch meine Adern zu pumpen. Sie weiß es noch nicht.

„Sara? Bist du noch dran?“

„Ja“, antworte ich mühsam.

„Woher weißt du es denn? Hat Stefan etwa …?“

„Nein, ich … Ach, das war nur so eine Ahnung!“

„Und was sagst du?“, fragt sie und ich stelle mir ihr Gesicht in diesem Moment vor. Das seltene Lächeln um ihren sonst so ernsten Mund herum und leuchtende Augen. Dann wird mir schlecht.

„Toll, ich freue mich …“, bringe ich noch heraus. Dann stürze ich ins Bad und übergebe den Inhalt meines Magens in die Krankenhaustoilette.

„Sara? Um Himmels Willen, was ist denn los?“

„Ich bin im Krankenhaus, Emma. Ich hatte einen Unfall. Halb so schlimm. Habe nur eine Wunde am Kopf.“

„Was ist denn passiert?“

„Ich bin vor ein Auto gelaufen. Ziemlich dumm, ich war in Gedanken“, sage ich. In Gedanken deinetwegen.

„Soll ich kommen?“, fragt sie und ich höre den Widerwillen in ihrer Stimme.

„Nein, schon gut.“

„Wie du meinst, ich wäre gekommen. Aber wenn du nicht willst …“

Weil ich nicht will, dass du nur kommst, weil ich will, dass du kommst. „Bleib zu Hause und ruh dich aus!“

„Gut, wir sehen uns am Samstag. Dann haben wir etwas zu feiern. Mit alkoholfreiem Champagner“, sie lacht wieder und fügt dann noch hinzu: „Oder kann ich irgendetwas für dich tun? Dich abholen?“

„Nein, ist okay. Danke. Aber sag mal, Emma …“

„Ja?“

„Würdest du mich mitnehmen zu deinem Termin?“

„Meinem Termin am Dienstag? Beim Frauenarzt?“

„Ja.“

„Wieso willst du da mit?“ Sie klingt abwehrend und fast schon will ich mein Angebot zurückziehen, als sie sagt: „Warum eigentlich nicht. So unter Schwestern. Ja, ich glaube, das wäre schön. Stefan kann sowieso nicht.“

„Wann ist der Termin genau?“ Ich habe keine Ahnung, warum ich ihr anbiete, zu dem Termin mitzukommen, der ihr Leben ändern wird, so oder so. Vielleicht um mir etwas zu beweisen. Dass ich eine gute Schwester bin. Eine, die ihrer Schwester die Hand hält, wenn es um etwas geht. Eine, die nicht auf der Arbeit über Akten sitzt, während ihre große Schwester eine Abtreibung durchführen wird, zu der ich ihr geraten habe. Vielleicht auch, weil ich wissen will, ob ich mit einem einzigen Schlag auf den Kopf meinen Verstand verloren habe, die beste Gelegenheit meines Lebens auf dem Silbertablett präsentiert bekomme oder mir einfach nur eingebildet habe, zehn Tage erlebt zu haben, die es eigentlich nie gab.

Emma antwortet: „Um halb elf.“

„Am 6. September?"

„Ja, natürlich, Sara. Kommenden Dienstag, das habe ich dir doch gesagt!“

Wir verabschieden uns und ich logge mich mit dem Handy bei Facebook ein. Ich nutze es eher selten, aber ein letzter verzweifelter Versuch, mir selbst zu beweisen, dass heute zehn Tage vor morgen liegt, kann ja nicht schaden. Aber auch hier, keine Spur vom 4. bis 13.

September, nur Hinweise auf die kommenden Tage. Auf eine Zukunft, die eigentlich Vergangenheit ist. Das allwissende Netzwerk schlägt mir ein Konzert für heute Abend vor und ich möchte am liebsten dazu schreiben, dass das nicht stattfinden wird, weil die Sängerin eine Kehlkopfentzündung hat. Außerdem werde ich über die morgen stattfindenden Landtagswahlen informiert und könnte das Ergebnis bereits jetzt posten. Wenn ich mich recht entsinne hatte die SPD dreißig Prozent und die AfD über zehn Prozent mehr als die CDU. Wissen ist Macht.

Da sitze ich also. Auf einem Krankenbett mit einer Bandage um den Kopf und habe mit einem Schlag zehn Tage Lebenszeit gewonnen. Zehn Tage, die ich schon einmal erlebt habe, oder zehn Tage, die ich mir im kurzzeitigen Off-Modus meiner Gehirnzellen eingebildet oder erträumt habe.

Und in diesem einen ruhigen Moment, der irgendwie zwischen der Vergangenheit und der Zukunft liegt, beschließe ich, dass es egal ist, ob sich die Uhren tatsächlich zurückgedreht haben und ich offensichtlich die Einzige bin, die das bemerkt. Dass es egal ist, ob etwas wirklich geschehen ist oder man nur denkt, es sei geschehen. Denn was zählt, ist, dass zehn Tage pur und nackt und in der vollen Länge von zweihundert Stunden vor mir liegen und ich damit die größte, beste und einzigartigste Chance meines Lebens erhalten habe. Wenn ich weiß, was in den folgenden Tagen passiert, und niemand sonst, dann halte ich damit einen unbezahlbaren Schatz in den Händen. Die Möglichkeit, all meine Fehler der letzten Tage ungeschehen zu machen. Es besser zu machen. Es anders zu machen. Es richtig zu machen.

Kapitel 10

Samstag, 3. September, 21:05 Uhr

Es klopft. Erst leise, dann etwas kräftiger.

„Ja?“, sage ich schlaftrunken. Ich muss eingenickt sein, ohne es zu wollen. Verwirrt fasse ich mir an den Kopf. Aber da ist zum Glück keine Prinzessinnenkrone, sondern weiterhin eine Bandage und rundherum abstehende Haare.

Ich habe von meinem elften Geburtstag geträumt. Ein Riesenfest, das meine Mutter für mich ausgerichtet hat. Weniger aus Liebe zu mir, als aus Berechnung. Denn geladen waren nicht die wenigen Freundinnen aus meiner Klasse, die sich so wie ich in den Ecken des Pausenhofes herumdrückten und hofften, nicht beachtet zu werden, während sie über Bücher diskutierten, für die wir alle viel zu jung waren. Nein, meine Mutter hatte die Sprösslinge ihrer Geschäftsfreunde eingeladen, jene Mädchen, die auf dem Schulhof bereits wie kleine Frauen stolzierten, die wussten, dass ihr Hüftschwung, ihre leicht geöffneten Lippen und herausgestreckten, noch nicht vorhandenen, Brüste einmal ihr größtes Kapital sein würden. Mädchen, die niemals freiwillig lasen, sondern sich für Lippenstift und Armkettchen begeistern konnten. Diese Mädchen wünschten sich nicht wie ich auf einsame Inseln, um auszuprobieren, ob man es schaffen würde, alleine in der Wildnis zu überleben. Nein, einsame Inseln hatten für meine Geburtstagsgäste nur etwas mit Lagunen, Jungs und Brooke Shields zu tun. Ich hasste meine Geburtstage, aber diesen einen besonders furchtbaren habe ich so gut verdrängt, dass ich erst gegen ein Auto laufen musste, um mich wieder daran zu erinnern. An rosafarbene Tutus und Krönchen für alle und Nagelwettlackieren und Cremetörtchen und Duftsäckchen mit Patschuliduft als Gastgeschenke.

Das einzig Gute an diesem Tag war der einzige Wunsch, der mir erfüllt wurde: ein Mountainbike. Es ist auch das Einzige, was ich mir bis heute von all meinen wilden Mädchenträumen, die so gar nicht zu einem wohlerzogenen Kind aus reichem Haus passten, erhalten habe. Ich brettere immer noch gerne durch den Wald und springe über Äste und Wurzeln, wie damals. Auch wenn ich alles andere so angepasst habe, wie meine Mutter es wollte. Sie verzieht jedes Mal die Augen, wenn sie mein Fahrrad sieht, ein Neunundzwanzigzoller im Wert eines Kleinwagens, das in meinem Ankleidezimmer steht, weil woanders kein Platz ist. Warum fällt mir ausgerechnet das heute ein? Ein Prinzessinnengeburtstag und dieses Gefühl, anders sein zu sein und sein zu wollen, aber nicht zu dürfen. Soll mir diese Erinnerung irgendetwas sagen?

Es klopft wieder, recht energisch, und ich sage erneut, diesmal etwas lauter: „Ja!“

Dann schiebt sich ein unrasiertes Kinn mit Kerbe zur Tür herein und ich blicke in Matts Augen, die mich wieder völlig aus dem Takt bringen. Frisch aus einem Alptraum erwacht, noch viel mehr als im vollen Besitz meiner geistigen Kräfte. Ich habe einen komischen Geschmack im Mund und Angst, er könnte es riechen, dabei liegen noch gute drei Meter zwischen ihm und mir. Ich würde gerne ins Bad gehen, mich waschen und etwas schminken, aber fühle mich albern dabei. Außerdem habe ich Angst, dass mir wieder schwindelig oder schlecht wird, also bleibe ich sitzen.

„Ich dachte, ich sehe nochmal nach dir“, sagt er.

„Danke, aber das ist wirklich nicht nötig“, antworte ich ein wenig patzig.

„Doch, finde ich schon.“

Sein Blick ist so durchdringend und so anziehend, dass ich wegsehen muss, um mich nicht darin zu verlieren. „Nein, wirklich nicht. Ich werde bei der Polizei morgen aussagen, dass ich die alleinige Schuld an dem Unfall trage, damit ist die Sache erledigt“, sage ich kalt, während in meinem Inneren ein Feuer tobt, das ich verzweifelt versuche, mit meinen nackten Füßen auszutreten. Weil es gefährlich ist, weil es nicht sein darf. Weil ich keine zweite Chance bekommen habe, damit ich wieder in grünen Augen versinke.

Jetzt lacht er laut auf. „Ich glaube du spinnst!“

„Wie bitte?“ Habe ich das gerade richtig gehört?

„Glaubst du, damit hat sich die Sache für mich erledigt und ich lasse dich hier im Krankenhaus vergammeln, wenn ich zumindest teilweise daran schuld bin, dass du hier bist?“

„Was heißt hier vergammeln?“ Denkt der etwa, ich hätte sonst niemanden?

Er antwortet gar nicht, zumindest nicht direkt. „Das Essen hier ist ein elender Fraß. Ich war letztes Jahr mal hier, hatte mir den Arm beim Biken gebrochen. Und habe mir jeden Abend Pizza bestellt. So soll es dir nicht gehen. Ich hab’ dir was mitgebracht.“ Er hebt leicht die Plastiktüte an, die er in der Hand hält.

„Danke, aber das ist nicht nötig!“

„Dafür, dass du mich vor knapp zwei Stunden noch angefleht hast, wiederzukommen, bist du ganz schön störrisch. Oder erwartest du jemanden?“

Angefleht? So langsam kehrt wieder der Kerl zurück, als den ich ihn kennengelernt habe. Vor ein paar Tagen, die es gar nicht gegeben hat. Zumindest für ihn.

Ich muss ihn irgendwie loswerden, bevor es zu spät ist. Bevor dieses verdammte Kribbeln mir ein zweites Mal alles zerstört. „Ich bin verlobt!“, sage ich und würde am liebsten zur Bekräftigung ein lautes „Jawohl!“ und ein Fußstampfen folgen lassen. Wenn das nicht schrecklich kindisch wäre und eher zu einer elfjährigen Prinzessin passen würde, als zu einer ausgewachsenen Neunundzwanzigjährigen.

Er lacht. Schelmisch. Clark-Gable-mäßig. Dieser verdammte Clark Gable! Ich war zwölf, als ich das Buch gelesen und mich in Rhett Butler verliebt habe, bevor ich Clark Gable überhaupt jemals gesehen habe. Und jetzt, über fünfzehn Jahre später, projiziere ich da etwas total Dämliches in diesen frechen Typen, der sich jetzt einfach meinen Nachttisch geholt hat, ihn von Tablettenschieber, Telefon und Uhr befreit und den Inhalt einer riesigen Plastiktüte darauf verteilt. „Und? Was willst du mir damit sagen?“

„Womit?“, frage ich dumm.

„Damit, dass du verlobt bist.“

Was ja genau genommen, rein technisch und zeitlich gesehen, gar nicht stimmt und stimmen kann. Egal. „Dass mein Verlobter es nicht so gerne sieht, wenn ich mit fremden Männern esse."

„Noch isst du ja nicht und außerdem, wo ist er denn, dein Verlobter?"

Es riecht verdammt köstlich. Und es sieht auch lecker aus. Er packt ein kleines Schälchen nach dem anderen aus. Tapas: kleine Käseröllchen mit Schinken, Hühnchen in Tandoorisoße, Blätterteigtaschen und Antipasti.

„Auf Geschäftsreise."

Er grinst wieder. „Guten Appetit!" Matt steckt sich eines der Schinkenkäseröllchen in den Mund, nimmt ein weiteres in die Hand hält es mir vor die Nase. „Und wenn wir fertig sind, dann erzählst du mir, woher zum Teufel du weißt, wer ich bin!"

„Das geht nicht! Das würdest du mir nicht glauben", platzt es aus mir heraus.

„Warum denn nicht?"

Er sitzt so nahe neben mir, dass ich die Wärme seines Körpers spüren kann und auf einmal wieder weiß, wie es sich anfühlt, auf ihm zu liegen. Das geht nicht. Das geht überhaupt gar nicht. Er muss verschwinden! Am besten sofort. Aber ich sage nichts, außer: „Weil es total verrückt ist."

„Gut! Umso besser! Langweilig war es ja hier jetzt lange genug."

‚Langweilig warst du lange genug.' Lutz' Worte klingen mir in den Ohren.

„Außerdem ist mir der Wahrheitsgehalt einer Geschichte nicht so wichtig, so lange sie gut ist."

Er kaut und schmatzt dabei und ich muss unwillkürlich an Oliver denken und daran, wie er die Nase rümpfen würde bei dem Gedanken, dass ich mit den Händen esse und der Mann neben mir schmatzt. Ich muss beinahe laut auflachen, als mir bewusst wird, dass ihn die Essmanieren im Zimmer mehr stören würden, als die Tatsache, dass ich hier Haut an Haut und Herzschlag an Herzschlag mit einem anderen Mann sitze. Ich nehme mir einen Plastiklöffel und picke etwas in der Schale mit dem Tandoorihühnchen herum.

Matt neben mir nickt zufrieden. Mein ganzer Körper kribbelt, als hätten sich in meinen Venen Horden von Ameisen auf den Weg von meinen Beinen und Händen zu meinem rasenden Herzen gemacht. Er hat aufgehört zu essen und sieht mich an. Von oben bis unten. Ich versuche, so zu tun, als hätte ich es nicht bemerkt. Was ein Kraftakt an Willensbeherrschung ist.

„Du bist wirklich hübsch! Vor allem ohne Make-up."

„… und mit Bandage auf dem Kopf", sage ich mit vollem Mund und wundere mich über mich selbst. Ich wollte ihn rausschmeißen, aber die Wirkung, die er auf mich hat, hat auch in ihrer Wiederholung nichts an Zauberkraft verloren. Ich komme nicht dagegen an. Gut, dass es hier keine Dachterrasse gibt. Ich wäre durchaus in Gefahr. „Aber du findest, ich könnte häufiger lachen? Damit mein Gesicht nicht so – warte ich suche das richtige Wort – verstockt ist?", sage ich und komme nicht umhin zu grinsen.

„Wie kommst du denn darauf?", lacht er überrascht. „Nein, so etwas würde ich nie sagen, geschweige denn denken!"

Lügner! „Und was hast du dann so gedacht, wenn du mir im Treppenhaus hinterher geschaut hast?"

„Dass du einen verdammt heißen Hintern hast. Also von hinten. Und von vorne habe ich … mir gewünscht, dass du mal so richtig lachst, damit dein Gesicht aufhört, so verstockt auszusehen." Unverschämtes Grinsen, Lachgrübchen und ein durch und durch verschmitztes Gesicht.

Himmel, wir flirten schon wieder! Und das ganz nüchtern und ohne jegliche Ausrede. Aber ich kann nicht anders, als laut aufzulachen.

„Siehst du, steht dir gut! Und jetzt raus mit der Sprache, woher kennst du meinen Namen?"

Mir fällt nichts ein. Nicht auf die Schnelle. „Ich habe gehört, wie … ich habe ihn gehört, als der Koch aus deiner Kneipe nach dir gerufen hat."

„Aus meiner Kneipe?"

„Na ja, die Kneipe, das Restaurant, wie auch immer. Das Knafes eben. Der Laden, der dir zu fünfzig Prozent gehört."

„Okay … und woher weißt du das schon wieder?"

„Wieso? Ist das ein Geheimnis?“

„Nein, aber auch nichts, was wir an die große Glocke hängen.“

Mein Handy klingelt und rettet mich.

Es ist Oliver.

Matt muss gehen. Sofort!

Ich sehe ihn an und ich denke, er hat verstanden.

Es klingelt weiter. Und ich kann nicht rangehen, während ich in seine Augen sehe. Es geht nicht.

Matt steht langsam auf, sagt: „Ist in Ordnung. Ich gehe.“ Dann nimmt er den Stift, der auf dem Fensterbrett auf den Krankenhausunterlagen liegt, kritzelt etwas darauf und ist so schnell verschwunden, dass es mir fast schon wieder leidtut. Aber es ist besser so, er bringt mich durcheinander und es reicht, was dieser Tag heute an Durcheinander gebracht hat.

Ich gehe an mein Handy und versuche so zu klingen, wie ich vor zehn Tagen geklungen haben muss.

„Schatz, was machst du denn für Sachen!“

„Hallo, Oliver! Nichts Schlimmes. Alles okay. Ich habe Glück gehabt.“

„Deine Schwester hat sich vorhin bei mir gemeldet, ich wollte dich natürlich sofort anrufen, aber ich war mitten im Meeting. Wie geht es dir? Und warum meldest du dich nicht selbst bei mir?“

„Ganz gut. Ich bin ein wenig müde und habe Kopfschmerzen. Aber bis auf ein paar Stiche am Kopf und am Arm ist alles gut. Ich hatte die ganze Zeit Ärzte hier.“ Und einen fremden Mann. Der mir nicht so fremd ist, wie er mir sein sollte. „Entschuldige!“

„Schon gut, kein Problem. Wir werden den Fahrer verklagen! Hat er sich schon bei dir gemeldet?“

Genau genommen hat er gerade mit mir zu Abend gegessen und ich habe noch immer wohlige Gänsehaut. „Äh ja, äh, die Polizei hat es aufgenommen und er wird den Unfall seiner Versicherung melden.“

„Wir müssen sofort Schmerzensgeldforderungen einreichen!“

„Oliver, ich war vermutlich schuld! Ich bin ihm direkt vor den Wagen gelaufen.“ Aber ich merke schon, dass er das gar nicht hört, weil er es nicht hören will.

„Ich kümmere mich darum, Schatz, und wenn ich nächste Woche wieder da bin, dann besprechen wir alles.“

„Nächste Woche? Kommst du etwa nicht?“

„Ich würde so gerne, Schatz. Es ist nur nicht so einfach. Schlechtes Timing gerade. Du weißt ja, dieser Klient ist unheimlich wichtig, und du hast auch eine arbeitsreiche Woche vor dir. Aber wenn du unbedingt möchtest, komme ich natürlich. Es wird schwierig, aber …“

Schlechtes Timing? Sorry, dass ich meinen Unfall nicht an deinen Terminkalender angepasst habe! Ich bin furchtbar enttäuscht und überrascht darüber. Der Sarkasmus ihm gegenüber ist neu und doch schon zehn Tage alt. Ich kenne Oliver doch und es hat mich sonst auch nicht gestört. Ich war immer stolz auf seinen bedingungslosen Ehrgeiz, oder nicht?

„Nein, schon gut. Ich komme zurecht“, sage ich und wähle bewusst die Worte, die er von mir erwartet. Ich muss mich zusammenreißen, es geht hier um unsere zweite Chance, die ich doch will und von der er nichts weiß.

„Ich schicke dir meine Mutter vorbei.“

„Nein, danke, ist wirklich nicht nötig. Ich komme ja morgen schon wieder raus hier und wie du sagtest, ich habe eine arbeitsreiche Woche vor mir. Die Beförderung …“ Ich unterbreche mich selbst, weil ich schließlich laut aktueller Zeitrechnung noch gar nicht befördert bin. Es ist verrückt, sich selbst immer wieder daran erinnern zu müssen, dass es für die letzten zehn Tage keinen Beweis gibt. Nur eine Erinnerung, die ich auch einfach nur geträumt haben kann.

„Die Beförderung ist dir sicher, Schatz. Du musst einfach daran denken, dass es jetzt um dich geht und um niemanden sonst. Keine falschen Rücksichten und nur nach vorne sehen, das ist das Geheimnis des Erfolges!“

Wenn er wüsste, wie sehr es eben nicht nur um mich geht! „Ja, sicher. Danke, Oliver. Ich melde mich morgen.“

„Ja, bitte mach das! Ich lasse mein Handy angeschaltet, melde dich, wann immer du willst! Und wenn du etwas brauchst, dann kümmere ich mich, in Ordnung?“

„In Ordnung.“

„Schlaf gut, meine Schöne, und gute Besserung!“

„Du auch. Gute Nacht!“

Ich hätte Oliver gerne hier gehabt, um mich selbst zu vergewissern, mir selbst zu bestätigen, dass ich ihn liebe. Um zu wissen, dass diese zweite Chance für uns genau das Richtige ist. Und um in seine Augen zu sehen, um ein anderes Paar Augen endlich vergessen zu können.

Es ist nichts passiert, Sara. Nichts passiert. Du hast ihn nicht betrogen. Noch nicht.

Du hast deine Schwester nicht im Stich gelassen, dein Neffe ist nicht verletzt, niemand wurde deinetwegen entlassen und du hast nicht dein Leben so dumm auf den Kopf gestellt. Alles ist gut.

Ich muss an dieses alberne Gedicht von Christian Morgenstern denken. Die unmögliche Tatsache. Ein Mann, der von einem Auto angefahren wird und tot ist. Der aber feststellt, dass das Erlebte nur ein Traum sein kann, weil nicht sein kann, was nicht sein darf. Genau das trifft auf mich zu. Jetzt gilt es, das Richtige daraus zu machen.

Dennoch kann ich meiner eigenen Neugier nicht widerstehen und laufe vorsichtig hinüber zum Fensterbrett und lese Matts Nachricht: „Ich komme morgen früh wieder! Keine Widerrede, Frau! Du schuldest mir noch ein paar Antworten und ich dir eine ordentliche Entschuldigung dafür, meine Motorhaube auf dich gehetzt zu haben. Schlaf schön, Sahara!“

Kapitel 11

Sonntag, 4. September, 10:49 Uhr

„Das ist völlig unmöglich! Wenn es sein muss, werde ich Sie persönlich bei Ihrem Chef krankmelden.“

„Aber ich *muss* arbeiten, verstehen Sie das nicht, Dr. Hebel?“

Warum muss ich das eigentlich? Damit ich meine Beförderung bekomme? Wer sagt mir, ob das Teil des Plans ist. Wenn ich alles anders machen muss, dann möglicherweise auch das?

„Nein, das verstehe ich nicht. Sie sind schließlich nicht Ärztin und müssen Leben retten! Sie bleiben schön zu Hause und ich lasse Sie auch nur gehen, wenn Sie jemanden haben, der nach Ihnen sieht.“

Puh, Dr. Hebel war gestern schon anstrengend, aber nach einer Nacht, in der ich wesentlich mehr gedacht als geschlafen habe, ist er geradezu nervtötend. Um Mitternacht haben sie eine weitere Patientin in mein Zimmer gelegt. Die ältere Dame ist frisch operiert und hat so laut geschnarcht, dass es unmöglich war, längere Zeit in Schlaf zu versinken. Ich schnarche selbst, Oliver hat seine Probleme damit und ich kann es ihm ab heute nicht mehr verübeln. Überhaupt sollte ich ihm weniger verübeln.

„Es wird schon jemand nach mir sehen, keine Sorge“, behaupte ich.

„Das reicht mir nicht!“

„Was erwarten Sie denn?“

„Dass jemand Sie abholt und mir in die Hand verspricht, Sie die nächsten vierundzwanzig Stunden nicht aus den Augen zu lassen.“

„Und wie soll ich das bitte anstellen?“ Das ist keine Floskel, ich weiß es tatsächlich nicht. Meine Mutter länger als zwei Stunden am Stück zu ertragen, grenzt an Selbstkasteiung und dafür bin ich definitiv nicht katholisch genug. Meinen Vater überhaupt in die Stadt und weg von seinem Schreibtisch oder alternativ seinem Kutter zu bringen, ist so unrealistisch wie die Möglichkeit, dass ich und der Assistenzarzt von gestern Drillinge bekommen und bis an unser Lebensende glücklich sind. Emma kann ich nicht fragen, ohne bei jedem Satz Angst zu haben, die Katastrophe zu verraten, die lawinenartig auf sie zurollen wird. Oliver empfindet es als Zumutung, dass ich meinen Unfall nicht seiner Agenda untergeordnet habe. Und Kirsten, ja Kirsten wäre eine Möglichkeit. Aber Kirsten ist mit Moritz in Paris. Meine alte Freundin Sabina sehe ich zu selten, um sie um einen so großen Gefallen zu bitten. Meine gemeinsamen Freunde mit Oliver sind irgendwie mehr seine Leute als meine und ich fühle mich mit ihnen schon gesund nie vollständig wohl und warm. In diesem Zustand möchte ich keinem von ihnen begegnen. Mein Bruder Lutz, der, den ich am liebsten hier hätte, ist nicht erreichbar, weil er im Urlaub ist … Das war's. Keine besonders lange Liste von vertrauenswürdigen Menschen, die Lust und Zeit hätten, sich um mich zu kümmern. Traurig, irgendwie.

Dr. Hebel sieht mir mitleidslos in die Augen, zuckt mit den Schultern und sagt: „Dann bleiben Sie eben hier.“

„Auf gar keinen Fall! Ich muss hier raus, ich werde verrückt hier!“ Möglicherweise bin ich es schon. Aber besser wird es ohne anständigen Schlaf nicht werden.

„Dann muss jemand nach Ihnen sehen, Sie abholen und nach Hause bringen und bei geringsten Problemen wie Übelkeit, Erbrechen et cetera wieder hier herbringen.“

„Kein Problem!“, klingt es von der Tür her. „Ich übernehme das. Wo muss ich unterschreiben?“

„Du schon wieder!“ Ich kreische es fast. Matt tritt ins Zimmer und langsam komme ich mir verfolgt vor.

„Guten Morgen, Sahara! Gut geschlafen?“ Gut gelaunt streicht er sich eine Locke aus der Stirn und grinst mich an. Sind wir neuerdings beste Buddies, hat er ein derart schlechtes Gewissen wegen des Unfalls oder was soll das werden?

„Herr Doktor, glauben Sie mir, das ist die beste Lösung! Ich bin schuld an dem Unfall, wohne im gleichen Haus, wir sind befreundet und zudem habe ich medizinische Kenntnisse und bin absolut vertrauenswürdig.“ Bei seinen letzten Worten legt Matt theatralisch seine rechte Hand an die Brust und zwinkert mir heimlich zu.

„Na, also! Warum denn nicht gleich so? Wenn Ihnen das recht ist, Frau Hendrich, dann kann ich Sie in die Obhut Ihres Freundes entlassen."

„Wir sind keine …", beginne ich und unterbreche mich selbst, die Optionen gegeneinander abwägend. Wenn ich ablehne, stecke ich hier bis mindestens Montag fest und wer weiß, vielleicht bilde ich mir dann noch viel schlimmere Sachen ein, als nur zehn Tage Lebenszeit, die es möglicherweise nie gegeben hat. Auf der anderen Seite aber begebe ich mich in allergrößte Gefahr für Unterleib und Liebesleben, wenn ich mir ausgerechnet Matt für vierundzwanzig Stunden sprichwörtlich auf den Bauch binde. Ich werde allein beim Gedanken daran rot und schwitzig. Das Kribbeln ignoriere ich. Eine Frechheit, wie mein Körper meinen Verstand zu betrügen versucht!

„Keine was?", fragt der Arzt mit besorgtem Gesicht. Keine Ahnung, wie er meine Denkpause interpretiert.

„… keine direkten Nachbarn, meinte ich. Aber ja, ich denke, das ist eine gute Lösung! Danke, Matt, für das Angebot!", sage ich schließlich zu den zwei wartenden, fragenden Gesichtern vor mir und vermeide es, Matt direkt anzusehen. Zu verwirrend, zu schön, zu verführerisch. Stattdessen rufe ich mir Olivers Gesicht in Erinnerung.

Ich werde mich von Matt heimbringen lassen und ihn dann irgendwie abwimmeln.

Es wird schon alles gut gehen, ich fühle mich fit, halbwegs zumindest. Und ich bin sehr froh, dass ich Dr. Hebel nichts von meinem kleinen Brecherchen gestern Abend erzählt habe.

Alle Beteiligten nicken und so ist das wohl beschlossen. Ich muss nur darauf achten, dass sich mein Schicksal damit kein zweites Mal besiegelt. Nein, ich weiß, was ich will, und das ist sicher kein zweiter unbedachter One-Night-Stand auf Kosten meiner Beziehung und Liebe zu Oliver.

Während ich meine Sachen zusammenpacke, bespricht Dr. Hebel irgendetwas mit Matt. Vermutlich, auf was er zu achten hat, bei mir unzurechnungsfähigen Person, und ich bin beinahe etwas beleidigt, weil man mich hier wie ein Kind behandelt, das zu dumm ist, auf sich selbst aufzupassen.

Dann unterschreibe ich die notwendigen Papiere, Dr. Hebel wünscht mir gute Besserung und ermahnt mich, in der nächsten Woche nicht zu arbeiten. Er nimmt die andere Patientin zu einer Untersuchung mit aus dem Raum und damit sind Matt und ich wieder allein. Allein mit diesem verdammten Ungeziefer, das Romantiker Schmetterlinge nennen. ‚Das sind auch nur Raupen mit Flügeln', versuche ich mir einzureden.

„Wollen wir?", fragt Matt.

„Was?", antworte ich, völlig in Gedanken versunken.

„Na, zu dir nach Hause!" Er spricht es bewusst so aus, als hätte er Hintergedanken und ich versuche mir das feste Vorhaben, ihn spätestens an meiner Wohnungstür wegzuschicken, in mein zu weich geratenes Hirn zu zementieren.

„Was von deinen Schwindeleien vorhin war eigentlich die größte Lüge?", frage ich ihn im Aufzug, wobei ich mich dezent an den Spiegel hinter mir lehne und an Matt vorbeisehe. Er soll nicht merken, dass ich verdammt schwach auf den Beinen und mir nicht sicher bin, wer dafür verantwortlich ist. Der Unfall, der Schlafentzug oder seine Anwesenheit.

„Dass wir Freunde sind, vermute ich. Aber was nicht ist, kann ja noch werden", sagt er. Er reibt seine Hände an seinen zerrissenen Jeans und die Geste erinnert mich an etwas. An ihn vor zehn Tagen. Eine Marotte, die ich glaube, entdeckt zu haben.

„Was ist mit dem zuverlässigen Mediziner, der bei mir im Haus lebt und sich für meinen Unfall verantwortlich fühlt?"

„Wenn ich dir jetzt erzähle, dass ich beruflich Hintern abwische, interessierst du dich dann nicht mehr für meinen?"

„Wie bitte?" Ich verstehe keinen Ton. Außer Hintern – auf seinen habe ich auf dem Weg zum Aufzug ununterbrochen gestarrt. Der Satz aber kommt mir bekannt vor. Hat er das schon einmal zu mir gesagt?

„Ich glaube, du verstehst ganz gut."

„Wie kommst du darauf, dass ich mich für deinen Hintern interessiere?"

„Ach, nur so ein dummes Gefühl." Er grinst wieder.

Legt er dieses verdammte Grübchengrinsen eigentlich irgendwann mal ab? Zum Schlafen vielleicht? „Arbeitest du in einem Kindergarten?“

„Hä? Ach so, wegen der Hintern?“ Er lacht.

Ich zucke mit den Achseln.

„Nein, ich kümmere mich um die älteren Semester. Ich bin Altenpfleger, nebenberuflich.“

„Wenn du nicht kellnerst oder im Hinterhof Frauen verführst?“ Das ist mir rausgerutscht. Aber so was von! Scheiße!

Er legt den Kopf etwas schief und schüttelt ihn leicht. „Sahara, Sahara! Wir haben Gesprächsbedarf. Ich werde das Gefühl nicht los, dass du mich besser kennst, als mir lieb ist.“

Ich umgehe seine indirekte Frage und sage stattdessen: „Was ich meine ist, was machst du denn, wenn du keine … alten Menschen pflegst?“

Beinahe hätte ich auch „Ärsche abwischen“ gesagt, aber ich mag den Ausdruck nicht. Nicht, weil er abwertend gegenüber seinem Berufsstand ist, sondern weil ich das Gefühl habe, dass er mich damit abwerten will. Meine Einstellung dazu. Und so unrecht hätte er damit gar nicht. Ich kann mir nicht vorstellen, mit einem Altenpfleger zusammen zu sein. Aber das will ich ja auch gar nicht.

„Ich mache mal dies und mal das“, sagt er leichthin.

„Wie dies und das?“

„Sahara“, er sieht mir tief in die Augen und rückt dabei in dem engen Aufzug so nahe an mich heran, dass ich ihn riechen kann und mich augenblicklich wie zurückkatapultiert fühle. Es fehlt nicht viel und ich hätte meine Hände um seine Hüften gelegt. Ich räuspere mich. Kann ein Traum tatsächlich so weit führen, dass man Gerüche wiedererkennt? Es ist und bleibt verrückt.

„Sahara“, wiederholt er und sagt langsam und betont mit dieser unverwechselbar dunklen, heiseren Stimme, „eines solltest du über mich wissen: Ich mache grundsätzlich nur das, worauf ich Lust habe.“

Der Aufzug stockt und wir sind im Erdgeschoss angekommen, wo uns das Klimaanlagengebläse arktische Luft entgegenpustet. Ich blinzele gegen das helle Sommerlicht aus dem verglasten Foyer des

Krankenhauses an und in diesem Moment schlingen sich Matts Arme wie selbstverständlich um meinen Körper, heben mich hoch und tragen mich mühelos unter neugierigen und äußerst amüsierten Blicken hinaus aus dem Gebäude auf den Parkplatz. Zu perplex, um zu widersprechen, lasse ich es geschehen und erst, als er mich vor einem weißen Kleinwagen mit der Aufschrift einer ambulanten Pflegekette absetzt, hole ich wieder Luft. Aus Angst, wieder seinen Geruch einzuatmen und Dinge zu tun, die ich nicht tun will, war ich für ein paar Sekunden atemlos.

„Da soll ich mich jetzt also reinsetzen? In das Corpus Delicti?" Zweifelnd sehe ich den Fiat Panda an und suche nach Spuren meines Zusammenpralls. Nichts zu sehen, die Scheibe ist ganz.

„Nein, das ist mein Ersatzwagen. Wohl nicht ganz das, was die Dame gewohnt ist, was?", fragt er spöttisch.

„Nein, ach was, schon okay. Ich fahre einen Mini, der ist auch nicht viel größer."

„Hat aber sicher mehr unter der Haube, oder?", fragt Matt und öffnet mir die Tür. Galant!

„Mir ist es wichtiger, nicht wieder auf der Haube zu landen", antworte ich.

„Eins zu Null für dich."

„Hör mal!", sage ich, weil ich das Gefühl habe, hier etwas klarstellen zu müssen. „Ich bin keine Dame und ich habe weder ein Problem mit deinem Beruf noch mit deinem Wagen, okay? Für wen hältst du mich denn?"

„Ich weiß nicht genau, auf jeden Fall finde ich dich interessant!"

„Wenn ich nicht verstockt gucke!"

„Richtig! Also, willst du einsteigen oder wartest du auf den nächsten Rolls Royce, der um die Ecke kommt?"

Ich steige ein und weil es mich dazu verführt, zu sehr auf das Kribbeln meines Körpers zu hören, wenn wir uns anschweigen, versuche ich das Gespräch nicht abreißen zu lassen. „Wie ist das eigentlich passiert, mit dem Unfall?"

„Du bist mir direkt vor die Kiste gelaufen. Auf einmal warst du da. Aus dem Nichts! Beinahe hätte ich dich für eine Erscheinung gehalten, aber die sprengen für gewöhnlich keine Autoscheiben.“ Er parkt aus und verlässt das Krankenhausgelände.

Wir werden noch circa zwanzig Minuten miteinander sprechen können, bevor ich ihm klarmachen werde, dass seine weitere Hilfe nicht nötig ist. Schade eigentlich … Ich rufe mich zur Ordnung: Natürlich es nicht schade, sondern völlig in Ordnung! Ich will ja meine Chance nutzen, Oliver zurück zu bekommen. Und wie sagte Kirsten? „Ein Barkeeper ist unter deinem Niveau.“ Ich denke zwar eigentlich nicht in Gesellschaftsklassen, aber wenn es hilft, mir das Kribbeln abzutrainieren, ist jedes Mittel recht.

Ich muss das Thema wechseln und zwar schnell. „Das ist jetzt vermutlich eine seltsame Frage, aber kannst du dich erinnern, was ich getragen habe, als ich dir vor den Wagen gerannt bin?“

„Komische Frage, das stimmt. Du hast diese Sportschuhe – ich vermute Zumba? – getragen, die du auch jetzt anhast. Die Hose, die du jetzt trägst, und über dem Oberteil eine neongelbe Weste.“

„Nichts anderes?“

„Nein. Vermisst du etwas?“

„Nein, schon gut. Ich wollte das nur bestätigt wissen. Aber Männer sind für so was vermutlich auch nicht der richtige Ansprechpartner. Obwohl, du hast ja drei Schwestern, da ist das was anderes.“

„Woher weißt du das denn schon wieder? Langsam wirst du mir unheimlich, Kleine!“

Scheiße! Ich vergesse andauernd, dass es unsere bisherigen Gespräche nicht gegeben hat und er mich nicht so kennt, wie ich ihn kenne. Mehr Konzentration, Sara! „Stimmt das etwa?“, frage ich. „War nur geraten.“ Schlechter Versuch, miserabler Einfall.

„Ja, das stimmt. Maren, Sylvie und Kati. – Wer um Himmels willen rät, dass man drei Schwestern hat?“

„Ich“, sage ich und er lacht. Ich finde es schön, wenn er lacht. Ich fühle mich gefährlich wohl mit ihm.

„Irgendetwas verheimlichst du mir“, sagt er.

„Ist das eine Frage?“

„Ja. Willst du sie mir beantworten?“

„Ich denke drüber nach“, gebe ich zurück.

Er sieht unentwegt konzentriert auf die Fahrbahn, obwohl die Straßen heute am Sonntagvormittag wie leergefegt sind. So kann ich ihn ungestört beobachten. Sein Gesicht hat nichts von dem Feinen, das Olivers Gesicht so aristokratisch und attraktiv erscheinen lässt. Matt ist viel rauer. Sein Dreitagebart bedeckt nicht sein ganzes Gesicht, an der linken Wange hat er helle Schatten. Er ist eigentlich kein klassisch schöner Mann. Nicht so wie Oliver. Fast bin ich etwas beruhigt dadurch. Fast. Mein Blick bleibt an seinen Händen hängen, als wären sie der Schlüssel für diese Einschränkung. Sie sind nicht ungepflegt, aber man sieht ihnen den Umgang mit Desinfektionsmitteln an und die Fingernägel sind ein wenig dunkel.

Als könne er meine Gedanken erahnen, sagt Matt: „Ich habe heute Morgen schnell noch einem Freund im Garten geholfen. Jens, der Mitbesitzer unserer Bar. Seine Freundin hat sich zum dritten Mal von ihm getrennt und er hat sich in den Kopf gesetzt, zur Strafe die frisch gesetzten Gräser aus ihrem Garten zu reißen, die er ihr für ein kleines Vermögen zum Geburtstag gekauft hat. Daher die dreckigen Hände, auf die du mir schon seit fünfhundert Metern starrst, Prinzessin."

Das „Prinzessin" ärgert mich. Vielmehr aber, dass er meine Blicke offenbar doch bemerkt. „Wieso schmeißt ihr so teure Gräser einfach weg?"

„Haben wir nicht. Die kommen aufs Dach. Ihr habt doch diese neue Terrasse da oben. Ich war noch nie da, aber Jens hat mir schon davon vorgeschwärmt." Er grinst anzüglich. „Er musste mir für meine Hilfe beim Gärtnern versprechen, meine Schwester nicht nachts da hoch zu schleppen."

Die Erwähnung der Dachterrasse schießt heiße Lava durch meinen Kopf und er beginnt augenblicklich, wieder heftig zu pochen und zu schmerzen. Ich fasse mir an die Bandage und kneife die Augen zusammen.

„Alles okay?", fragt Matt und biegt dabei an der Kreuzung links ab. Noch fünf Minuten, wenn die Ampeln alle auf grün schalten, nur drei.

„Ja, mein Kopf tut etwas weh. Ich komme mir vor wie ein Vogel, der den ganzen Tag an einen Baum gehämmert hat. Wie machen die das eigentlich? Spechte, meine ich. Warum können Spechte den halben Tag an einem Baum herumklopfen, ohne dass sie sich schwere

Hirnschäden zuziehen oder mit hämmerndem Schädel den restlichen Tag in einer Höhle verbringen müssen?“, frage ich, weil alles besser ist, als weiter über die Dachterrasse zu sprechen.

„Das ist einfach: Ihr Gehirn sitzt nicht direkt hinter ihrem Schnabel, sondern weiter oben, so dass die Wucht der Schläge nicht direkt auf das Hirn trifft. Außerdem haben sie – so wie mein hübscher weißer Krankentransporter hier – Stoßdämpfer. Zumindest so ähnlich. Und das Spechthirn ist von weniger Flüssigkeit umgeben als das anderer Tiere. Es hat weniger Spielraum und kann deshalb nicht so leicht von innen gegen die Schädeldecke schlagen. Beantwortet das deine Frage?“ Er grinst, fast ein wenig süffisant.

„Ehrlich gesagt, wirft es neue auf. Woher zum Teufel weißt du solche Sachen?“ Ich muss lachen.

„Tierdokus. Das einzige Reality-TV-Format, das ich ertrage.“

„Spinner“, ich schüttele demonstrativ den Kopf, was das Hämmern in meinem Kopf verstärkt.

Er grinst immer noch über beide Backen. „Brauchst du ein Schmerzmittel?“

Ich bräuchte eine Apotheke voll Schmerzmitteln! Und am besten auch gleich einen Impfstoff, der mich immun macht gegen seinen Charme. „Ich habe daheim Tabletten, wird schon gehen.“

Matt fährt rechts ran und stoppt. „So, da wären wir.“ Er steigt aus, flitzt um den Wagen und hält mir mit übertriebener Verbeugung die Tür auf. Mir fällt wieder unser Gespräch über die Kragenweite ein und dabei denke ich, dass es ja eigentlich völlig egal ist, ob er mich für eine Prinzessin hält und was das für ihn bedeutet. Wichtig ist doch, dass er ja ganz klar nicht meine Kragenweite ist. Nicht weil er ein Altenpfleger, Barkeeper oder was weiß ich sonst noch alles ist. Sondern weil er etwas ist, das ich mir abtrainiert habe. Lebensfroh, spontan, fröhlich und kein bisschen verstockt. Ich dagegen passe besser zu den Olivers dieser Welt. Weil ich das so wollte. Und ich wünsche mir für einen winzig kleinen Moment, dass es anders wäre.

Ein Moment, der glücklicherweise schnell verfliegt, nur einen Hauch langsamer, als Schmetterlinge mit ihren Flügeln schlagen können.

Als ich aussteige, fährt mir der Schmerz wieder derart in den Kopf, dass ich mich kaum weiter rühren kann. Matt bemerkt es, nimmt meinen Arm, legt ihn um seine Hüfte und bringt mich nach drinnen. Die Luft ist bereits zum Schneiden, es ist unglaublich heiß für die frühe Uhrzeit. Ich lasse mich ohne Murren nach oben bringen und habe auch an meiner erstaunlich weißen Haustür keine Kraft, gegen sein Beharren, mit nach drinnen zu kommen, anzukämpfen. So viel zu den Plänen, ihn hier abzuwimmeln.

Er läuft mir nach durch den Flur in mein Wohnzimmer und stößt einen bewundernden Pfiff aus. „Wow, schön hier!“

„Danke, aber lange werde ich hier nicht mehr wohnen. Kannst dich ja als Nachmieter bewerben.“ Ich nehme mir eine Tablette aus dem Küchenschrank, ein Glas Wasser und trotte zur Couch. Matt schiebt mir ein Kissen unter den Kopf und ich murmele ein „Danke.“

„Wieso willst du hier ausziehen?“, fragt er.

„Ich werde mit meinem Verlobten zusammenziehen, wir suchen gerade nach Wohnungen.“ Glatte Lüge.

Er sagt nichts dazu, er schaut mich nur irgendwie amüsiert an und obwohl ich mehr über ihn weiß, als er über mich, habe ich das Gefühl, dass er mich besser durchschaut. Als wäre ich aus Glas.

„Wo wohnst du eigentlich, wenn du dich nicht hier herumdrückst?“, frage ich, während er völlig ohne Hemmungen meine Wohnung inspiziert. Beinahe schon frech läuft er durchs Wohnzimmer, schaut in die Küche, kommt wieder zurück und stellt sich an die große Glasfront, begutachtet mein Bücherregal, das den gesamten Platz der Wand hinter dem Sofa einnimmt, und zieht ein paar Platten aus den Fächern am Boden.

„Draußen vor der Stadt. Ich hab’ mir da ein marodes kleines Häuschen an einer alten Bahnlinie gekauft.“

Das passt zu ihm. Ich könnte ihn mir nicht in einer Stadtwohnung vorstellen. Einen Specht sperrt man schließlich auch nicht in eine Voliere.

Ungeniert läuft er weiter durch mein kleines Reich und ich finde ihn von Sekunde zu Sekunde dreister. So etwas würde sich Oliver nie erlauben!

„Bist du bald fertig?“, frage ich genervt.

„Nein, eigentlich noch nicht. Schlafzimmer fehlt noch. Soll ich dir einen Tee machen?“

„Danke, ich komme schon zurecht! Du kannst jetzt gehen.“

Er zieht die Stirn kraus und zwei Locken fallen ihm dabei in die Stirn, die er vergeblich versucht, wieder wegzupusten. Es ist umwerfend. Gut, dass ich schon liege.

„Sahara, ich habe dem Doc mein Ehrenwort gegeben, dich die nächsten vierundzwanzig Stunden nicht aus den Augen zu lassen, und dabei bleibt es. Ansonsten kann ich gerne im Krankenhaus anrufen, ihnen sagen, dass du dich gestern Abend übergeben und jetzt höllische Kopfschmerzen hast. Kein Problem! Dann rückst du schneller wieder ein, als ich dich rausholen konnte.“

„Woher weißt du, dass ich mich übergeben habe?“

„Woher weißt du, wie ich heiße, dass ich drei Schwestern habe und mir fünfzig Prozent der Kneipe gehören? Warte, sag nichts! Kannst du mir alles später erklären. Jetzt legst du dich hin. Ich seh' mal nach, ob diese immense altertümliche Plattensammlung da hinten in deinem Bücherregal auch was anderes als Abba hergibt. Nicht, dass du dir hier dein eigenes Sofa vollkotzt. Und dann schläfst du. Und wenn du aufwachst, mache ich dir was zu essen und du beichtest!“

„In Ordnung, Commander“, antworte ich schwach. Die Wirkung der Tablette setzt langsam ein und mit ihr auch bleierne Müdigkeit und der dringende Wunsch zu schlafen. Ich schließe die Augen und höre, wie er hinter mir raschelt und eine Platte nach der anderen aus dem Schrank zieht. Es ist die Sammlung meines Vaters, die er mir vor knapp zehn Jahren zum Auszug geschenkt hat. Bevor Friedhelm Hendrich sich ausschließlich für die Firma und sein Boot interessiert hat, war er begeisterter Musikfan. Wir haben stundenlang auf dem Boden gesessen, als ich klein war, und manchmal durfte ich die Diamantnadel auf die Platten legen. Heilige Momente. Das feine Kratzen auf dem Vinyl, das Klappern des Plattenspielerdeckels, die unnachahmlich guten Klänge von Aerosmiths „Dream on“ … es ist, als hülle es mich ein.

„Das war als Kind mein absoluter Lieblingssong“, sagt Matt in den Takt der ersten Gitarrentöne hinein. „Aus dem 73er Album. Mein Gott, habe ich dieses Platte geliebt. Das Heiligtum meines Vaters. Die durfte ich nie selbst auflegen, hab' ich aber ganz oft heimlich gemacht. Mit Ehrfurcht und klopfendem Herzen."

Ich nicke, weil ich das Gefühl kenne. Das vom klopfenden Herzen und der Ehrfurcht. Der Furcht, etwas furchtbar falsch zu machen, und der Ehre, die man manchen Dingen in seiner Kindheit erweist. Kleine Dinge, Gerüche, Melodien, die das Bild unseres Lebens erst vollständig machen. Und über klopfende Herzen brauche ich in Matts Gegenwart gar nicht erst nachzudenken. Das Leben fühlt sich für exakt drei Minuten und fünfundzwanzig Sekunden so an, wie es sein sollte. Dann merke ich, wie ich wegdämmere. Vielleicht bilde ich mir das dunkle, gehauchte „Dream on, wunderschöne Sahara" nur ein. Bestimmt bilde ich es mir nur ein. Ich will ihm eigentlich noch sagen, er soll, wenn ich schlafe, die Finger von meinen Sachen lassen, aber ich bin zu müde, viel zu müde …

Ich wache von einem quietschenden Geräusch auf. Erschrocken fahre ich hoch. Was war das?

„Auuuaaa! Das war mein Kopf!", stöhnt jemand neben mir.

Wo bin ich, wer bin ich und was noch viel wichtiger ist: Wer hat da gerade geschrien?

Ich brauche eine Weile, bis alles Sinn ergibt und ich mich in Zeit und Raum zurechtfinde. Das geht mir häufig so, wenn ich sehr tief geschlafen habe. Ein kleines, lautes Lachen entfährt mir bei dem Gedanken an meinen abgedrehten Traum. Steven Tyler von Aerosmith stand in meinem Bad und hat nach den Lippenstiften gesucht, währenddessen hat sich Matt im viel zu kleinen Schrank unter dem Waschbecken versteckt und immer wieder leise gebellt. Dann kam Oliver rein, hat beiden mit einer Sammelklage gedroht, wenn sie mir nicht gleich meinen Tee bringen würden, und ich habe auf Matt mit meinen beigen High Heels eingeprügelt. Genauer genommen mit einem, den anderen hatte er im Mund. Oh Gott, ich werde wirklich verrückt!

„Was gibt es da zu lachen, du hast mir mitten im schönsten Traum deinen sehr spitzen Ellbogen ins Gesicht gerammt!", sagt Matt, ganz ohne Schuhe im Gesicht, und reibt sich die Augen.

Erschrocken stelle ich fest, dass er neben mir liegt. Direkt neben mir. Da sind nicht viele Zentimeter Luft zwischen uns und das schnürt mir den Atem ab. Ich richte mich schnell auf, im Sitzen fühle ich mich sicherer neben ihm. Auf dem Rücken liegend grinst er zu mir herauf.

„Ist eigentlich alles so spitz an dir wie dein Ellbogen?“, er reibt sich noch einmal theatralisch das Gesicht.

„Das musst du selbst herausfinden“, antworte ich und obwohl es ein sehr seltsames Gefühl ist, dass er mir so nahe ist, kann ich das laute Lachen nicht mehr zurückhalten. Es ist alles so absurd.

„Gerne!“, grinst er.

Ich strecke mich vorsichtig, sehr darauf bedacht, ihn nicht zu berühren, und stelle fest, dass mein Kopf sich viel besser anfühlt und mein ganzer geschlauchter Körper auch.

„Was ist so witzig?“, fragt er, weil das Lachen mich mittlerweile völlig unkontrolliert schüttelt.

„Du und ich und Steven Tyler!“

„Was habe ich mit Steven Tyler gemeinsam? Die Lippen sicher nicht.“

„Nein, aber ich habe von euch geträumt.“

„Uuuh, ich habe nichts dagegen, wenn du erotische Träume von mir hast. Aber kannst du Steven nicht in den Keller schicken? Vielleicht finden sich da unten noch ein paar Langhaarige zum Jammen.“

„Das war kein erotischer Traum. Du hattest meinen Schuh im Mund“, antworte ich und bekomme das Lachen nicht unter Kontrolle.

„Manch einer findet das vielleicht erotisch. Du schnarchst übrigens sehr sexy.“

Ich wische mir die Lachtränen aus den Augen und reiße mich zusammen: „Scheint dich nicht gestört zu haben, du hast ja offensichtlich auch tief und fest geschlafen.“

„Nein, ich finde Schnarchen toll!“

„Ja, klar!“

„Ehrlich!“, beteuert Matt. „Ich mag es, wenn Frauen schnarchen. Es macht euch irgendwie menschlicher. Nicht so perfekt, nicht so überpinselt mit einem Lack, der von eurem Inneren ablenken soll oder muss. Meine Schwestern schnarchen alle drei wie Bauarbeiter und ich liebe sie mehr als alles andere auf der Welt. Als ich klein war, haben wir im Sommer manchmal im Garten geschlafen, alle vier aufgeteilt auf zwei Schlafsäcke. Das Schnarchen meiner Schwestern hat mich besser in den Schlaf gewiegt als jedes Kinderlied."

Ich weiß nicht, was ich darauf sagen soll. Ich weiß nur, dass ich mich gerade viel zu wohl fühle mit ihm. Außerdem singt Steven immer noch, nicht mehr auf der Platte – das Rauschen kam vom Plattenspieler, dessen Nadel niemand abgesetzt hat, weil wir beide eingeschlafen sind – aber er singt in meinem Kopf.

„Ich muss dir etwas erzählen", sage ich. Wissend, dass das, was jetzt kommt, so ziemlich das Abgedrehteste ist, was ich jemals von mir geben werde. Aber was habe ich zu verlieren? Im schlimmsten Fall tippt er sich an die Stirn, erklärt mich für bekloppt und geht. Endlich. Was besser für alle wäre. Vor allem für meine neu gewonnene Zukunft.

„Rückst du jetzt endlich mit der Sprache raus?" Er dreht sich auf den Bauch, stützt sich auf den Armen ab und sieht mich forschend an. In Ermangelung einer Ausweichmöglichkeit ziehe ich meine Beine ein wenig näher an den Körper und versuche, etwas Abstand zwischen uns zu schaffen. Und sei es nur durch meine abwehrende Haltung.

Lutz und ich haben früher gerne ein Spiel gespielt, bei dem wir uns Emma überlegen gefühlt haben. Einer nannte ein Fremdwort und der andere musste eine möglichst genaue Definition dazu abgeben. Vor Zeiten des Internets saßen wir bei schlechtem Wetter stundenlang mit den dicken Enzyklopädiebänden unserer Eltern auf dem sündhaft teuren Orientteppich im Wohnzimmer und bombardierten uns gegenseitig mit Wörtern. Wörter, die nicht mit P, Q, R oder S beginnen durften, weil der Band dazu verloren gegangen war. Daran muss ich gerade denken. Ich sehe Lutz und mich im Schneidersitz vor dem dunklen Eichenregal in der Wohnzimmerecke, hinter täuschend echt aussehenden Kunstpflanzen in mit Blähton gefüllten Töpfen sitzen und uns um die beste Definition von „Intuition" streiten. Ich habe Bauchgefühl vorgeschlagen, Lutz meinte, das sei Unsinn, Intuition sei viel mehr als nur ein Bauchgefühl. Und weil uns die Erklärung des Dudens so gut gefallen hat, haben wir sie auswendig gelernt. Ich bin mir sicher, auch Lutz wüsste sie noch im Schlaf.

‚Intuition ist eine unmittelbare, nicht auf reflektierenden Gedanken gründende Erkenntnis.‘

Und genau deshalb, der Intuition folgend, werde ich Matt erzählen, was eigentlich gar nicht passiert sein kann.

„Du wolltest mir etwas erzählen“, erinnert er mich.

„Ja. Es ist total verrückt, aber …“ Oh Gott, wie soll ich das erklären? „… ich habe diesen Tag heute schon mal erlebt. Und den morgen und übermorgen auch. Genauer gesagt, habe ich alle Tage vom 3. bis 13. September schon einmal erlebt. Und der Unfall, der hat mich … der hat mich zurückkatapultiert. Als ich dir vor das Auto gelaufen bin, da war eigentlich der 13. September und dann im Krankenhaus, auf einmal erst der 3. September. Das klingt total bescheuert, aber es stimmt. Ich weiß Dinge, die noch gar nicht passiert sind. Irgendetwas ist da mit mir passiert, als ich dir auf den Wagen geknallt bin. Irgendwas, was die Welt durcheinander gebracht hat. Und ich bin vollkommen klar im Kopf, ich bin nicht verrückt. Das ist wirklich so passiert.“ Ich merke selbst, wie ich mich von Wort zu Wort verzweifelter anhöre, weil es aber auch laut ausgesprochen absolut dumm und unglaubwürdig klingt. Gleich steht er auf und geht.

Matt ist einen Moment lang ganz still. Aber er bleibt sitzen. „Das ist jetzt nicht dein Ernst?“

„Doch“, sage ich vorsichtig.

Dann sagt er: „Aha.“

„Mehr fällt dir dazu nicht ein?“

„Du verarschst mich.“

„Nein“, sage ich und schaue ihm tief in die Augen. So, als könnte ich ihm dadurch klar machen, dass ich nicht durchgeknallt bin, sondern die Wahrheit sage.

„Du willst mir tatsächlich sagen, dass du … wie viel Tage?“

„Zehn“, antworte ich eifrig.

„Dass du zehn Tage deines Lebens gerade noch einmal erlebst!“ Er runzelt die Stirn und wiegt seinen Kopf ungläubig in seinen Händen hin und her. Er glaubt mir kein Wort.

„Doch genau das.“

„Und … und in diesen zehn Tagen, da haben wir uns schon kennengelernt? Oder wie?“

„Kann man so sagen …“

„Das will ich genauer wissen!“, er fixiert mich mit seinen stechend grünen Augen, von denen mir schwindelig wird.

„Was?“ Damit habe ich nicht gerechnet. Er sieht nicht so aus, als wolle er mich für verrückt erklären und panikartig meine Wohnung verlassen. Eigentlich wirkt er eher belustigt. Na toll, vertreiben kann ich ihn nicht, aber zumindest gut unterhalten!

„Es reicht mir nicht, wenn du mir sagst, dass du weißt, dass ich drei Schwestern habe und solches Blabla. Ich will Fakten, die du nicht im Internet finden kannst.“

„Okay, gut. Wenn du unbedingt willst: Du hast eine blasse, etwa zehn Zentimeter lange Narbe quer über dem Bauchnabel auf Höhe des Magens oder der Leber oder so.“

Er schweigt und hebt zum Beweis kurz sein Shirt nach oben, was nicht dazu beiträgt, dass ich mich besser konzentrieren kann. Dann sagt er: „Stimmt! Du könntest mich irgendwo im Schwimmbad gesehen haben. Du könntest mich stalken. Das beweist gar nichts. Ich will mehr!“

Der Gedanke, dass ich Nachforschungen über ihn angestellt haben könnte, scheint ihm irgendwie zu gefallen, er grinst schon wieder frech.

„Du willst also keine harten Fakten, sondern weiche?“, frage ich.

„Was auch immer du damit meinst, ja.“

„Ich muss dir das eigentlich gar nicht beweisen.“

„Stimmt, aber ich könnte dich auch zurück ins Krankenhaus bringen, ich glaube deine Aussage hier taugt für die geschlossene Abteilung.“ Er sagt es ernst, aber die Grübchen verraten ihn.

„Schon gut, schon gut. Wenn du … küsst, dann …“

„Was dann?“, er sieht mir in die Augen. Liebevoll irgendwie. Ich bin schon so gut wie verloren. Schon wieder.

„Dann beißt du dir kurz vorher auf die Unterlippe.“

„So etwa?“ Er macht es mir vor und ich nicke.

„Und du hast unglaublich weiche Lippen, die sehr gut küssen können."

„So etwa?", wiederholt er und dann hat es überhaupt keinen Sinn mehr, dass ich meine Füße an den Körper gezogen habe, denn Matt drückt meine Beine sanft nach unten, beugt sich über mich und küsst mich so leidenschaftlich, dass ich nicht mehr unterscheiden kann, ob es Sonntagmorgen ist oder Freitagabend oder …

Irgendwann wird mir bewusst, was ich hier tue. Schon wieder tue. Ich drücke Matt weg.

„Was ist los?"

„Das geht nicht!"

„Ich finde, das geht sogar sehr gut."

„Nein, wir dürfen das nicht. Ich habe keine zweite Chance bekommen, um sie jetzt erneut zu versauen."

„Was für eine zweite Chance?" Er lehnt sich zurück und lässt sich auf die andere Seite der Couch fallen. Das Gewicht seines Körpers fehlt mir augenblicklich und doch bin ich erleichtert.

„Na ja, wenn sich diese Tage wirklich wiederholen, dann hat das doch einen Sinn. Dann kann ich doch nicht den gleichen Fehler zweimal machen."

„Ah, ich verstehe. Der Fehler bin ich. Und das heißt, alles, was da angeblich zwischen uns war und woran du dich erinnerst, ich aber nicht, darf sich nicht wiederholen?"

„Exakt!" Wie gut, dass er mich verstanden hat. Überhaupt habe ich das Gefühl, dass er mich sehr gut versteht. Schade, dass wir unmöglich Freunde sein können, wenn wir uns so anziehend finden.

„Was ist denn so Schlimmes zwischen uns gewesen, dass du es nicht wiederholen willst? Ich habe keine Freundin, falls du das denkst. Ich bin Single und du gefällst mir. Oder kommst du mir jetzt wieder mit dieser Verlobtengeschichte?"

„Du glaubst mir also, dass ich zehn Tage dieses Lebens schon erlebt habe und die Zeit sich zurückgedreht hat, aber du nimmst mir nicht ab, dass ich einen Verlobten habe?"

„Doch, ich glaube dir beides. Aber warum sitzt du dann mit mir hier und küsst mich?"

Ich möchte ihm aus Wut über so viel Selbstüberzeugung irgendetwas Passendes, Schlagfertiges entgegnen, aber es fällt mir beim besten Willen nichts ein. Er hat ja recht.

„Wie wäre es, wenn du mir von deinen letzten zehn Tagen erzählst. Ich kann nicht mitreden, aber ich wüsste schon recht gerne, was da zwischen uns war. So dass ich weiß, was ich richtig machen muss, damit du mich nicht für einen Fehler hältst."

„Daran kannst du nichts ändern! Es ist einfach nicht richtig. Ich will Oliver, meinen Verlobten, nicht verlieren."

„Kommt doch auf einen Versuch an. Wir sind ohnehin für die nächsten …", er sieht kurz auf sein kleines schwarzes Fitnessarmband am rechten Armgelenk und sagt dann: „… einundzwanzig Stunden hier zusammen gefangen."

„Bist du Linkshänder?", frage ich, um mir nicht vorstellen zu müssen, was in einundzwanzig Stunden alles passieren kann.

„Nein, das ist nur eine Marotte, die Uhr rechts zu tragen, so wie das auf die Unterlippe beißen vor dem Küssen. Lenk nicht ab, erzähl!"

Also erzähle ich. Von der Afterworkparty, unserem ersten Gespräch über Clark Gable, Rom und wie dadurch eines zum anderen geführt hat. Ich erzähle etwas zögerlich von der Dachterrasse, die nackten Fakten, ohne auf nackte Details einzugehen. Meinen darauffolgenden nächtlichen Auftritt in seiner Kneipe spare ich aus und weiß selbst nicht warum. Dann sehe ich ihn an.

„Okay, schöne Sahara, wir hatten also eine Nacht zusammen. Und eigentlich bist du mit diesem Oli zusammen. Warum hast du dann mit mir geschlafen?"

„Weil ich betrunken war und du warst übrigens auch nicht ganz nüchtern!"

„Ich würde es wieder machen."

„Du kannst dich ja gar nicht daran erinnern!"

„Eben drum!"

„Phhhf!", mache ich und ziehe mir die Decke über den Kopf.

„Pass auf, ich mache uns jetzt unten schnell was zu essen, du bleibst schön brav hier liegen. Gib mir mal dein Handy, ich speichere meine Nummer ein und wenn etwas ist, rufst du mich an. Dann essen wir was und ich überlege mir, wie ich dich dazu bringe, zu verstehen, dass das, was man offensichtlich als Fehler ansieht, vielleicht auch das Beste sein kann, was einem im Leben passiert ist."

Ich gebe ihm mein Handy und fühle mich sowieso viel zu schwach, irgendetwas anderes zu tun, als zu gehorchen. Er geht nach unten, das muss ich nutzen, um mich zu fangen, und dann lasse ich ihn einfach nicht wieder rein.

„Das ist dein Oli, oder was?" Er blickt auf das Bild auf meinem Display. „Langweiliger Typ!"

„Woher willst du das wissen?"

„Ich bin Barkeeper und Altenpfleger und Hobbymusiker und ein lebenserfahrener Mensch. Ich sehe so was. Der ist garantiert Anwalt."

Ich muss kichern, obwohl ich weiß, dass ich eingeschnappt sein sollte.

„Siehste, Volltreffer!"

Er pfeift die Takte von „Dream On" vor sich hin, während er hinausschlendert. Ich laufe langsam und vorsichtig ins Bad, meine volle Blase entleeren und nachsehen, ob man im Spiegel sehen kann, dass ich so dumm war, kurz davor zu sein, eine Dummheit ein zweites Mal zu begehen. Aber irgendwie sehe ich ziemlich normal aus, eigentlich sogar besser als sonst, von der Bandage abgesehen. Mit dem Sonnenlicht aus dem großen Dachfenster, das sich in meinen Augen widerspiegelt und das meine leicht gebräunte Haut so viel deutlicher von Emmas blassem Teint abhebt, sehe ich irgendwie verrückterweise sogar glücklich aus.

Mein Handy piepst gedämpft aus irgendeiner Sofaritze und ich laufe zurück ins Wohnzimmer. Vielleicht kommt Oliver ja doch nach Hause.

Eine neue Nachricht. „Denk nicht dran, mich auszusperren!" Es ist Matt, der sich selbst unter „Nicht Löschen" in meinem Telefonbuch eingetragen hat.

Ich muss grinsen.

Wenig später – seit Matt die Wohnung verlassen hat, sind höchstens zwanzig Minuten vergangen – klingelt es. Als ich durch den Spion spähe, sehe ich eine rote Mütze und Pizzakartons vor einem Gesicht.

Ich öffne genervt und sage: „Das ist ein Missverständnis! Ich habe nichts bestellt.“

„Du nicht! Aber ich.“ Es ist Matt. Er nimmt die alberne Mütze vom Kopf und die Pizzaschachteln herunter.

„Willst du mich verarschen? Verstehst du das unter gesunder Krankenkost?“

„Ne, aber die Gefahr, dass du mich nicht mehr reinlässt oder verschwunden bist, wenn ich zu lange weg bin, war mir zu groß. Daher der gute alte Pizzabotentrick.“

Er schiebt mich sanft zur Seite und geht einfach an mir vorbei. Die Dreistigkeit in Person. Seufzend lässt er sich auf die Couch fallen, öffnet einen der beiden Pizzakartons und fängt an zu essen. Fassungslos bleibe ich im Gang stehen, so lange bis er mit vollem Mund sagt: „Willst du dich nicht zu mir setzen und mitessen?“

Ich setze mich neben ihn, einfach aus der Tatsache heraus, dass mir bei zu langem Stehen schwindelig wird, und weil ich es albern fände, mich in die Küche zu setzen.

Aber den Karton rühre ich aus Trotz nicht an. Ich muss endlich gegen diese Anziehungskraft ankommen – wenn es sein muss mit Gewalt. „Hör mal, das geht so nicht! Das mit dem Kuss vorhin, das vergessen wir einfach und den Unfall auch. Du musst nicht den Krankenpfleger für mich spielen, aus schlechtem Gewissen heraus oder so. Geh einfach und mach das, was du sonst sonntags so tust. Oder hast du nichts Besseres zu tun, als mit mir hier rumzuhocken?“, füge ich etwas boshafter hinzu.

„Doch habe ich schon, aber ich glaube, du nicht.“ Er kaut ungestört weiter, in einem Affenzahn. Ich habe noch nie jemanden so schnell essen sehen. Nicht einmal Lutz und der hat sich an die Geschwindigkeit seiner Bauarbeiterkollegen angepasst.

„Wie bitte?“, blaffe ich beleidigt.

„Ja, ich sehe hier niemanden. Keinen Verlobten, keine Freunde, keine Familie. Warum lernen wir beide uns nicht ein bisschen besser kennen und wenn du in – sagen wir zwei Stunden – immer noch von mir genervt bist und mich loshaben willst, dann rufst du irgendjemanden an, der hier für mich die Krankenwache übernimmt und ich bin weg. Einverstanden?“

Gut! Sehr gut! Ich würde lieber meine Mutter anrufen, als weiter mit Matt allein zu sein.

„In Ordnung“, sage ich und verschränke die Arme vor der Brust.

Dann sitzen wir eine Weile da und sagen nichts.

Matt greift nach meiner Pizzaschachtel. „Wenn du die nicht isst, hast du sicher nichts dagegen, wenn ich mir ein Stück nehme, oder?“

„Nein, bitte, bedien dich! Bei deinem Essenstil vergeht einem der Appetit.“

Er lacht auf. „Sahara auf der Erbse! Ich habe eben Hunger. Schau halt weg, wenn es dich stört. Ich verspreche dir, bei unserem ersten Date werde ich so gesittet essen wie dein Anwaltsoli.“

Darauf antworte ich gar nichts.

„Wollen wir uns jetzt anschweigen oder unterhalten?“

„Mir fällt nichts ein.“

„Okay, dann fange ich an. Da du ja jetzt brandneue zehn Tage geschenkt bekommen hast oder zumindest glaubst zu wissen, was in den nächsten Tagen passiert: Was ist dir am wichtigsten, anders zu machen?“

„Ja sagen zu Oliver, meiner Schwester beistehen, nicht mit dir schlafen.“

Von Beleidigtsein keine Spur, er lacht mit vollem Mund, schluckt schwer und sagt dann mit einem Glucksen in der Stimme: „Der Rechtsverdreher hat dich gefragt, ob du ihn heiratest und du hast Nein gesagt?“ Er klopft sich mit fettverschmierten Händen auf die Oberschenkel und fragt dann grinsend: „Bevor wir Sex hatten oder danach?“

„Danach“, sage ich zähneknirschend.

„Und da denkst du keine Sekunde, dass das vielleicht die richtige Entscheidung war?“

„Nein, absolut nicht“, sage ich bestimmt. „Ich habe mir ja damit mein Glück versaut.“

„Du bist also glücklich mit dem Paragraphenreiter, ja?“, sein Ton ist ruhiger jetzt und das Lachen ist verschwunden.

„Ja, natürlich."

„Gut, dann will ich dem Glück nicht im Wege stehen." Er widmet sich jetzt wieder meiner Pizza.

„Was würdest du denn anders machen, wenn du zehn Tage neu leben dürftest?", frage ich.

„Absolut gar nichts", antwortet er. „Ich habe dir heute schon einmal gesagt, ich mache grundsätzlich nur das, worauf ich Lust habe. Und damit solltest du auch anfangen."

„Aber so kann man doch nicht immer leben!"

„Finde ich schon."

„Woher kommt die große Narbe auf deinem Bauch? Auch etwas, worauf du Lust hattest?" Es klingt biestiger, als ich es meine.

„Ja."

„Und was?"

„Da war ich siebzehn und bin mit meinem Moped in einem Steinbruch herumgebrettert, habe einen Abhang übersehen und bin in einen Stacheldrahtzaun gestürzt."

„Siehste!"

„Sehe ich was?"

„Es ist gefährlich, immer das zu machen, worauf man Lust hat."

„Leben ist gefährlich oder langweilig. Entweder lebst du mit allem Drum und Dran oder du existierst eben einfach nur. Die Entscheidung triffst du selbst."

„Das ist so eine Sache mit den Entscheidungen", murmele ich und denke an Emma.

„Das ist doch wohl nichts, was man nicht noch ändern könnte, oder?"

„Ich hoffe es. Meine Schwester hat eine schwere Entscheidung zu treffen und ich weiß nicht, ob ich ihr das Richtige geraten habe."

„Na ja, dann redest du eben nochmal mit ihr. Es geht ja sicher nicht um Leben oder Tod."

„Doch, leider schon."

„Und da ist jetzt nichts mehr zu machen?"

„Doch, vielleicht schon, aber ich weiß noch nicht, was richtig ist."

„Damit scheinst du allgemein ein Problem zu haben, oder?"

„Womit?“

„Na ja, ich habe das Gefühl, dass du gar nicht richtig weißt, was für ein Mensch du sein willst. Vielleicht versuchst du es einfach mal mit dem, was dich glücklich machen würde, und überlegst nicht ständig, was andere über dich denken.“

„Wer sagt denn, dass ich nicht genau das versuche? Das zu tun, was mich glücklich macht. Du kennst mich doch gar nicht!“ Ich merke, dass ich schon wieder meine Arme schützend vor meiner Brust verschränken will.

„Ich hab’ mal Psychologie studiert, drei Semester. Dann war mir das zu blöd. Aber ein paar Sachen sind hängen geblieben. Du hast ganz klar das Andorra-Syndrom“, sagt er so leichthin, als würde er mit mir über die Farbe meiner Gardinen reden.

„Kannst du bitte aufhören, mich zu analysieren? Was hast du eigentlich noch nicht gemacht? Eine Bäckerlehre? Ein Auslandssemester in Theologie? Oder vielleicht ein Praktikum als Holzfäller? Ich finde Menschen schrecklich, die ständig nur alles ausprobieren!“

„Ich finde Menschen schrecklich, die Menschen in Schubladen sperren wollen“, gibt er zurück.

„Wieso, habe ich dir gerade den Fuß eingeklemmt, oder was?“

„Nein, mein Herz!“, sagt er, hält sich theatralisch die Hand ans Herz und gibt Erstickungslaute von sich.

Nicht lustig. Ich lache trotzdem. Reflexartig, befürchte ich. „Was ist denn jetzt dieses Andorra-Syndrom?“

„Kannst du ja googeln, wenn du magst.“

„Sag schon! Ich bin auch nicht beleidigt!“ Vielleicht schon. Das kommt darauf an, für wie verrückt er mich hält.

„Sagt dir Max Frisch etwas?“

„Klar, ich habe Abitur. Aber ich mochte ihn nicht.“

„Musst du auch nicht. Andorra ist eines seiner Dramen. Es geht um das uneheliche Kind eines Lehrers, das irrtümlich als Jude bezeichnet wird. Juden hielten die Menschen zur damaligen Zeit für geizig, faul oder feig. Anfangs wehrt sich der Bub noch gegen die an ihn gestellten …“ Matt malt mit den beiden Zeigefingern und

Mittelfingern seiner Hände imaginäre Gänsefüßchen in die Luft, „... Erwartungen, dann aber resigniert er und entspricht ihnen schließlich. Er ist damit das geworden, was man von ihm erwartet hat, auch wenn es gar nicht seinem Naturell entsprochen hat. Genau darum geht es beim Andorra-Phänomen: Menschen verfolgen Ziele, die andere ihnen gesteckt haben."

„Und du denkst jetzt, dass ich so ein Mensch bin." Ich bin beleidigt. Und wie. Weil ich weiß, dass er auf eine gewisse Art und Weise recht hat.

Die Antwort bleibt er mir schuldig, denn just in diesem Moment klingelt es.

Oh Gott! Meine Mutter? Emma? Oliver? Ich weiß gerade nicht, welche der Varianten schlimmer ist. „Du musst verschwinden!", sage ich leise und lege meinen rechten Zeigefinger an die Lippen. Das Bild aus meinem Traum taucht wieder auf. Matt mit meinem Schuh im Mund im Badezimmerschrank. Aber der Schrank ist in Wirklichkeit viel zu klein und damit keine Möglichkeit. Er muss irgendwo hin, wo die Mehrzahl der Besucheroptionen nicht hingehen. Mein Schlafzimmer.

„Ich kann mich nicht in Luft auflösen", flüstert er.

„Dann geh in mein Schlafzimmer. Bitte! Versteck dich da!"

Es klingelt wieder. Ohrenbetäubend laut und ein Klopfen kommt dazu.

„Gerne", er grinst. „Ich warte dort auf dich." Er berührt mich leicht an der Wange und seine linke Hand streift meinen Oberschenkel, als er übertrieben auf Zehenspitzen das Zimmer verlässt.

Es ist keine Zeit, auf Frechheiten zu reagieren. Wie soll ich denn bitte einen fremden Mann auf meiner Couch erklären und, noch viel schlimmer, meinen sich überschlagenden Puls dazu? Es ist wie in einem schlechten Film. Einem sehr schlechten, einfallslosen Film. Warum passieren solche Dinge tatsächlich im realen Leben? Und noch dazu in meinem!

„Sara! Du bist da! Ich höre dich doch!", kreischt es von draußen.

Meine Mutter. Worst Case! Ich kann sie ja mal nach ihrer Meinung zum Andorra-Phänomen befragen. „Mutti, ich komme. Moment!"

Ein Blick zum Schlafzimmer, die Tür ist geschlossen und ich beglückwünsche mich selbst zu meiner Entscheidung, Matt dorthin zuschicken. Mein Ankleideraum hat Zugang zur Küche, weil er eigentlich als Vorratskammer gedacht ist. Und von dort aus kann sich Matt – wenn er es geschickt anstellt – rausschleichen. Wenn er mitspielt.

„Kind! Emma hat mich angerufen! Und wenig später Oliver! Meine Tochter hält es ja nicht für nötig, sich bei ihrer Mutter zu melden! Wie kann man nur so ungeschickt sein und tatsächlich in deinem Alter vor ein Auto laufen!“

Jeder ihrer Sätze hat mindestens ein Ausrufezeichen am Ende und jeder einzelne ist ein Vorwurf. So weit nichts Neues.

Ich kenne das nur zu gut. Als ich zwölf war, hatte ich eine kleine Gang. Drei Mädchen, die genauso Außenseiter waren wie ich. Es war harmlos, unsere schlimmsten Vergehen waren ein paar Übungen mit der Spraydose an einer alten Scheune. Ansonsten haben wir uns heimlich zum Rauchen von Grashalmen getroffen und sind ungeschickt auf unseren Rollerblades durch die Gegend gestolpert. Im Herbst bevor ich dreizehn wurde, hatten wir im Wald ein verlassenes altes Hüttchen entdeckt und dort unsere Gangtreffen abgehalten, uns Blutsschwesternschaft geschworen und über Jungs geredet, die uns nicht beachteten und in die wir heimlich verliebt waren. Bei dem Versuch, die Bretter der Hütte zu reparieren und unser Quartier wintertauglich zu machen, hatte ich mir den Arm aufgeschnitten. So tief, dass auch mir klar war, dass ein Pflaster nicht helfen würde. Also liefen wir gemeinsam nach Hause zu meiner Mutter. Doch statt Mitgefühl und Sorge hagelte es einen Sandsturm aus Vorwürfen und Verboten. Meine Mutter fuhr mich zum Krankenhaus, meldete mich an und verkündete dann, im Auto zu warten, bis ich genäht war. Was ich mir eingebrockt hätte, müsse ich auch selbst auslöffeln. Die Mädchen, die meiner Mutter zufolge ohnehin unter meinem Niveau waren, durfte ich nicht wiedersehen und ich musste zur Strafe zweimal die Woche einen Ballettkurs besuchen. Um meine Bewegungen zu verfeinern und ein Mädchen zu werden und kein halber Junge, der im Wald herumlungert. Ein Jahr später hätte ich tatsächlich gerne zu den kleinen Tanzmäusen, den Percussiondämchen und den athletischen

Turnhäschen gehört, aber ich bin bei all meiner körperlichen Feinheit zu grob. Ich habe hart daran gearbeitet, wie an so vielem, und manchmal frage ich mich, wofür. Warum, wenn ich von meiner Mutter noch immer Ausrufezeichen und Vorwürfe kassiere?

Zurück in der Gegenwart blinzele ich zum Schlafzimmer hinüber. Einen kurzen Moment lang wäge ich ab, welches Übel ich wähle. Matt oder meine Mutter. Natürlich meine Mutter, sonst kann ich gleich Oliver anrufen, mit ihm Schluss machen und ihm mitteilen, dass ich mich nackt auf der Dachterrasse in den Armen eines Altenpflegers räkele. Sein Gesicht dazu wäre sehenswert, alles danach nicht erstrebenswert. Ich öffne die Tür und ergebe mich in mein Schicksal.

„Na endlich!“, sagt meine Mutter. Sie trägt wie immer ein hautenges dunkles Kostüm mit kurzen Ärmeln. Ihre Handtasche unter den Arm geklemmt, läuft sie geradewegs an mir vorbei.

„Was ist denn das hier? Seit wann isst du so einen Schrott?“ Sie hebt die leere Pizzaschachtel hoch und ich bete, dass sie nicht weiter nachfragt, warum da zwei Kartons stehen. Also sage ich schnell: „Setz dich doch bitte! Ich muss mir nur eben im Schlafzimmer meine Medikamente holen. Ich bin gleich wieder da.“

„Nur zu, nur zu! Ich gehe mal eben ins Bad und mache mich etwas frisch. Das ist ja eine Affenhitze da draußen!“ Sie wedelt sich mit ihrer Tasche Luft zu.

„Das wird noch schlimmer die nächsten Tage“, sage ich.

„Ach was, der Wetterbericht spricht von Gewittern und Abkühlung.“ Meine Mutter verträgt keine große Hitze, es widerspricht ihrem kühlen Inneren.

Wenn sie wüsste, dass ich es besser weiß als der Wetterbericht!

Ich laufe nervös ins Schlafzimmer. Matt hat sich frech auf mein Bett gelegt und blättert in dem Buch, das ich gerade lese.

„Das ging ja schnell! Hast du mich schon vermisst?“, sagt er laut.

Ich drücke panisch meinen Zeigefinger an die Lippen und bedeute ihm ruhig zu sein. „Du musst hier raus! Schnell. Komm mit!“, flüstere ich und fasse ihn an der Hand. Er greift fester zu, als es nötig wäre. Ich ziehe ihn hinter mir in den begehbaren Kleiderschrank, der mit einer kleinen Schiebetür vom Schlafzimmer abgetrennt ist. Das Licht mache ich nicht an und so ist es ein leichtes für ihn, mich sanft gegen die Wand zu drücken. Leider weiß er nicht, dass dort mein Mountainbike an der Wand hängt. Leider ziemlich wackelig, weil die Rigipswand keine bessere Befestigung zulässt. Es kracht und scheppert hinter uns und mein Bike fällt mit einem Schlag, der sich gewaschen hat, auf den Boden. Mir entfährt ein kreischender Laut, bevor ich Matt meine Hand auf seinen lachenden Mund presse.

„Pssst! Das ist meine Mutter da draußen. Sie ist eigentlich mehr Dobermann als Frau und sie riecht eine Lüge auf zwanzig Meter Entfernung. Mindestens. Ich kann dich nicht wieder mit da rausnehmen, du musst bitte gehen." Ich würde gerne seine Augen sehen.

„Ist das ein Neunundzwanzigzoller?"

„Wie bitte?"

„Das Fahrrad. Fährst du regelmäßig? Gelände?"

„Ja und ja!", entgegne ich etwas genervt.

„Ich fahre auch. Fahren wir mal zusammen, wenn dein Schädel verheilt ist?"

„Wir haben jetzt andere Probleme."

„Stimmt, Sahara, *du* hast ein Problem. Wenn du willst, dass ich mich hier geräuschlos rausschleiche und mein Gelübde dem Arzt gegenüber breche, dann brauche ich das Versprechen, heute Abend ein Lebenszeichen von dir zu bekommen."

„Meine Mutter werde ich so schnell nicht wieder los. Wie ich die kenne, hat sie bereits mit dem Krankenhaus telefoniert, und sie ist zwar ein bissiger alter Hund, aber sie sorgt sich um mich, auch wenn sie das in Vorwürfen verbirgt."

„Dann küss mich und ich bin weg."

„Auf keinen Fall!"

„Gut, dann versprich mir, dass du heute Abend um, sagen wir halb neun, hochkommst und mir beweist, dass es dir gut geht."

„Ich könnte dir auch eine Nachricht schicken, wenn du dir Sorgen machst."

„Kuss oder Dachterrasse!"

Ich seufze. Draußen höre ich Mutters Hacken über das Parkett klappern und das Schließen der Badezimmertür. „Gut. In Ordnung, ich versuche zu kommen."

Ich muss verrückt sein, total verrückt. Und ziemlich einfach erpressbar. Die Hauptsache ist, dass er hier rauskommt und meine Mutter ihn nicht sieht.

Mit einem Griff, der aus dem Nichts kommt, packt er mich um die Taille, zieht mich an sich und küsst mich. Diesmal kann ich nicht sehen, ob er sich auf die Unterlippe beißt, und ich sehe auch nicht das Licht in seinen grünen Augen. Deshalb ist es leichter, mich zu sträuben. Ich wehre mich und drücke ihn weg, er lacht leise und dann ist er weg. Und ich sinke auf dem Boden meines begehbaren Kleiderschrankes zusammen und lege mich so geräuschlos wie möglich neben mein Fahrrad. Wenig später – Matt schließt unten vermutlich gerade die Haustür – öffnet sich die meines Schlafzimmers wieder.

„Was ist denn hier los?"

„Ach Mutti, ich … ich bin total geschwächt und gerade in meinem Kleiderschrank zusammengeklappt, da ist mir das Fahrrad von der Wand gekracht, als ich mich daran festhalten wollte."

„Das olle Ding! Was brauchst du auch so ein Teil, Sara? Ich habe es dir hundert Mal gesagt, du hast doch ein Auto, was brauchst du ein Fahrrad! Und wenn du dich unbedingt sportlich betätigen musst, dann kaufe dir einen Crosstrainer oder so etwas. Du siehst ja, was dabei herauskommt, wenn man ein Fahrrad im Kleiderschrank lagert."

Ich sehe vor allem, was dabei herauskommt, wenn man zu Fuß unterwegs ist und vor ein Auto läuft. Ich sage nichts und lasse sie reden. Das hat schon immer besser funktioniert.

… und so vergeht ein Nachmittag, in dem meine Mutter dazwischen schwankt, sich um mich zu sorgen und mich zurechtzuweisen. Und ich schwanke zwischen der Dankbarkeit und Liebe ihr gegenüber und dem glatten Wahnsinn, in den sie mich mit ihrer Art treiben kann.

Sie telefoniert mit dem Krankenhaus, löst mein Rezept in der Apotheke ein und droht mir damit, hier zu übernachten. Nachdem sie mir das Versprechen abgenommen hat, mich gleich morgen bei meinem Hausarzt zu melden, die von ihr georderte Minestrone zu essen und mich schlafen zu legen, habe ich sie um halb acht abends los. Endlich.

Kapitel 12

Sonntag, 4. September, 20:11 Uhr

„Hier bin ich!", sage ich, mehr zu mir selbst, als zu sonst jemandem. Ich bin wirklich, wirklich, wirklich nur hier, weil ich Matt Danke sagen will für seine Fürsorge. Weil man das eben so macht. Und weil ich ihm sagen will, dass es mir gut geht. Dass die Spechte in meinem Kopf weitergezogen sind und auch die blöden kleinen Schmetterlinge sich beruhigt haben.

Die Luft hier oben auf der Dachterrasse ist angenehm frisch. Ich ziehe mir meine Weste über die Schultern, nicht nur, weil es kühl ist, sondern vor allem, weil ich absolut nicht weiß, wie ich mich verhalten soll. Hier am Tatort. Dabei kann ich so etwas eigentlich: vorgeben selbstsicher zu sein.

Ich bin eine gute Schauspielerin, mein zwangsweiser Einsatz in der Theater AG der Oberstufe hat mir zwar nie eine Hauptrolle eingebracht, mich aber als Souffleuse doch zumindest gelehrt, wie einfach es sein kann, jemand anderes zu sein, wenn man nur will. Und wenn man richtig gut ist, dann lernt man sogar, selbst zu glauben, dass man ein anderer ist. Es fiel mir irgendwann nicht mehr schwer, die Mimik und Gestik der beliebten Schülerinnen zu imitieren. Als dann der erste Tag an der Uni kam, kam mit ihm auch das gleiche Gefühl, das ich gestern erlebt habe: eine zweite Chance. Und ich habe sie genutzt. Mein Körper hatte irgendwann verstanden, welche Proportionen wohin gehörten, die Zahnspange war weg und die Pickel bald darauf auch. Ich fing an zu kopieren, was angesagt war. Was Masse war und deshalb massentauglich. Und bald hatte ich mir eine Sara gebaut, die mir gut stand und die niemand durchschaut hat. All die Jahre nicht. Ich weiß daher nicht einmal, ob ich wirklich glücklich bin oder es nur spiele, weil es Teil meiner Figur geworden ist. Aber es ist nun mal die Rolle meines Lebens geworden. Wenn ich die nun abstreife, das Kostüm ausziehe und mich abschminke, was bleibt dann übrig?

All das schwirrt mir durch den Kopf, als ich da oben stehe und so tun will, als interessiere ich mich nicht für den Mann, der mich gestern angefahren hat. Bei ihm ist es, als hätte ich Lampenfieber. Als hätte ich den falschen Text gelernt oder vielleicht doch den richtigen, nur, dass ich nicht mehr weiß, wie man ihn spielt, weil es zu lange her ist. Als hätte ich mich selbst falsch besetzt. Keine Rolle ist mehr angemessen, jedes Kostüm zwickt und passt nicht und die Schminke juckt schlimmer als tausend Flöhe.

All mein Getue wird Farce, wenn ich ihn ansehe.

Ich blicke mich um und suche nach grünen Augen über Hollywoodgrübchen und Locken im Gesicht.

Und dann stelle ich fest, dass er nicht da ist. Er ist tatsächlich nicht hier. Ich laufe einmal außen um die Terrasse, ich sehe hinter den Blumenkübeln nach und komme mir albern vor dabei, aber er ist nicht da und ich bin furchtbar enttäuscht.

Bei meinem zweiten Rundgang entdecke ich einen großen weißen Umschlag, der mit einer Wäscheklammer an die Lichterkette gezwackt ist. „Sahara" steht darauf und das Herzklopfen, das diesen wenigen Buchstaben folgt, ist wie ein Siegel auf dem Brief.

Ich ziehe mich auf die Mauer und lasse meine Beine meterweit über der Erde in der langsam abkühlenden Luft des Spätsommerabends baumeln. Dann öffne ich den Umschlag. Zu schnell. Federleichte Papierchen fallen aus dem Brief heraus und ich kann sie nicht schnell genug greifen. Der Inhalt des Umschlags fliegt ungehindert und ungebremst dem Asphalt unter mir entgegen. Was auch immer in dem Umschlag war, ist jetzt auf dem Weg auf die Hauptstraße und wenn ich mich nicht beeile, ist er für immer verloren. Ich schreie kurz auf: „Verdammter Mist!"

Ich springe von der Mauer zurück auf die Terrasse und rase in Richtung Treppe. Zwei Stufen auf einmal nehmend, Herrn Steinling, den alten Herrn aus Stockwerk sechs, mitsamt seinem Abendessen in Tupperdosen – er wird von einer netten älteren Dame mit deutlichem Übergewicht aus Stockwerk zwei täglich bekocht – beinahe umrennend, haste ich hinunter. Reiße die schwere Eingangstür auf und springe auf die Straße. Als hätte ich nicht gelernt, dass das gefährlich sein kann. Als wäre ich nicht erst gestern vor ein Auto gelaufen. Ein Blick nach oben zeigt mir, dass es hier sein muss: Hier irgendwo auf der Straße, auf dem Gehweg oder unter dem Schuh eines vorbeilaufenden Passanten befindet sich Matts Nachricht an mich, oder was auch immer da gerade dreißig Meter weit hinuntergefallen ist, und es gibt gerade nichts Wichtigeres, als es unversehrt zu bergen.

„Kann man Ihnen helfen, junge Frau?" Der Inder vom Obstladen nebenan spricht mich an und sein Turban neigt sich in Richtung Trottoir, so als wüsste er sehr gut, worum es hier geht. Dabei muss ich aussehen, als würde ich versuchen, Hundehäufchen einzusammeln, mit dem Umschlag in der Hand und der Nase Richtung Boden.

„Ich suche etwas ... Mir ist was vom Dach gefallen. Ein Brief. Oder nein, irgendwas anderes, so etwas Ähnliches wie ein Brief. Eigentlich waren es mehrere Papierchen. Glaube ich."

Der Inder dreht sich weg, tippt sich an seinen Turban und geht wieder in seinen Laden. Vom Fenster aus beobachtet er mich; ich ignoriere ihn und suche weiter den Boden ab.

„Haa, da!", rufe ich laut aus, in Richtung Obstbude. Neben dem Fahrkartenautomaten an der Bushaltestelle liegt ein kleiner weißer Schmetterling aus Papier. Ich hebe ihn vorsichtig auf und drehe ihn ein wenig. Es ist eine Art Origami, ein zarter Falter aus Butterpapier und auf einem der Flügel steht mit nach rechts geneigter Männerschrift: Dopamin. Ich habe noch nie etwas so Wunderschönes geschenkt bekommen.

Keine drei Meter entfernt liegt der nächste. Ebenfalls unbeschädigt. Auf dem Flügel kann ich leicht verwischt „Serotonin" lesen. Fünf Minuten später habe ich den dritten gefunden. Er hat ziemlich gelitten, ein Passant muss ihn achtlos niedergetreten haben, denn ein Flügel fehlt und vom anderen ist nur noch ein Fetzen übrig und drei Buchstaben: Oxy.

Der vierte Schmetterling hängt im Baum über der Box mit den Mülltonnen; ich versuche mehrmals hochzuhüpfen, aber es gelingt mir nicht, den Ast zu greifen.

Dann klappert es hinter mir und der Inder ist wieder da. Er grinst dunkel unter seinem Turban hervor und trägt eine kleine Malerleiter, die über und über mit weißen Farbspritzern bekleckert ist. „Hier, bitte schön!“ Er stellt die Leiter vor mir ab und klappt sie auf.

„Danke“, murmele ich etwas verschämt, steige darauf und rette den letzten Falter.

Adrenalin.

„Ahahah, zuerst dachte ich, Sie sind ein wenig verrückt. Aber die Schmetterlinge haben zugeschlagen, was?“, lacht der Obstverkäufer.

„Wie bitte? Ich verstehe nicht …“

Der Turbanmann deutet auf die vier Schmetterlinge, die ich wie Goldschätze vorsichtig in meiner Handfläche halte.

„Dopamin, Serotonin, Adrenalin und Oxytocin: die Formel der Verliebten. Was für eine zauberhafte Idee! Und so etwas werfen Sie vom Dach!“

„Das war ja keine Absicht! Sie sind mir davon geflattert.“

„Dann halten Sie sie jetzt gut fest!“

Ich nicke und lächele ihn an.

„Bananen?“, fragt er. „Sonderangebot heute! Das Kilo ein Euro neunundvierzig!“

Aus Dankbarkeit für die Klappleiter und weil ich seinen Turban mag und auch weil ich mehr Obst essen sollte, kaufe ich ihm ein Kilo ab und laufe mit meinen Schmetterlingen in der linken und den Bananen in der rechten Hand wieder ins Haus.

Herr Steinling ist mit seinen Tupperdosen inzwischen auf Höhe von Stockwerk fünf und als ich nun ruhig an ihm vorbeilaufe, motzt er: „Das nächste Mal etwas langsamer, Fräulein, so geht das hier nicht!“

Ich nehme eine Banane, lege sie ihm auf die oberste Dose und sage: „Ihnen auch noch einen schönen Abend, Herr Stinkstiefel.“

„Was haben Sie da gesagt?“

„Dass ich Ihnen einen schönen Abend wünsche, Herr Steinling.“

„Ah, achso, ich dachte … naja, diese Hörgeräte. Ihnen auch einen netten Abend, Fräulein.“

In meiner Wohnung suche ich einem inneren Instinkt folgend eine Tube mit Flüssigkleber, steige auf die Lehne meiner Couch und klebe die Schmetterlinge vorsichtig an die Decke. Alle vier. Dann lege ich mich darunter und starre sie lange an. So lange, bis ich fast das Gefühl habe, sie würden davonfliegen.

Kapitel 13

Dienstag, 5. September, 7:29 Uhr

„Hallo?“

„Hallo, Sara, bist du dran?“

„Mmmh, ja, nein. Mmh, ich glaube schon.“ Das Klingeln hat mich aus dem Schlaf geschreckt, oder besser gesagt, eigentlich bin ich im Schlaf ans Handy gegangen. „Wer ist da, ich schlafe!“, sage ich. Oliver müsste schon längst in seiner Besprechung sein. Wir haben gestern Abend eine halbe Stunde telefoniert und ich habe ihn gebeten, nach Hause zu kommen, woraufhin er auf den Termin verwies. Dabei brauche ich ihn hier. Ich brauche ihn, um mich daran zu erinnern, wer ich bin und immer sein wollte. Und ich brauche das Gefühl, dass ich das auch immer noch will. Was sollte ich auch sonst wollen?

„Matt“, kommt es aus der Leitung.

Ich schieße so ruckartig in die Höhe, dass ich mir dabei beinahe den Kopf an dreieinhalb weißen Schmetterlingen gestoßen hätte. Alter Falter! „Guten … Morgen!“, zwischen beiden Worten liegt ein ausgiebiges Gähnen.

„Tut mir leid, dass ich dich so früh am Mittag störe, aber ich habe da was vergessen.“

Stimmt, mich auf der Dachterrasse.

„Gestern, in deinem Schrank“, ergänzt er.

Ach ja?

„Bist du noch dran?“, fragt Matt.

Ich hoffe, er macht sich inzwischen Sorgen um meinen Gesundheitszustand. Einfach abzuhauen! Mich anzufahren und dann seine Versprechen nicht zu halten! Die Schmetterlinge an der Decke sehen mich ein wenig vorwurfsvoll an, wie ich finde. Der Flügelarme droht mir gar mit Absturz. Ja, ja, ja, ich weiß, ich habe ihn rausgeschmissen und ich habe keine Ansprüche. Ich am allerwenigsten. „Mmmh. Es ist halb acht, da kann man doch nicht von Mittag reden“, sage ich.

„Ich bin seit fünf wach, für mich ist jetzt Mittag. Also, pass auf! Ich hatte einen Schlüsselbund in meiner Tasche und in dem Gerangel mit deinem Fahrrad …“

Und dem Kuss dazwischen.

„… muss er mir rausgefallen sein.“

„Okay, du kannst ihn dir ja hier …“ Bin ich irre?! „… in der Kneipe abholen, ich bringe ihn runter.“

Der Gedanke, ihn wieder hier zu haben, ist zu beängstigend. Ich bin albern genug, mir weiße Origamis an die Decke zu hängen, aber ich sehe sie als dringende Warnung, nicht zu weit zu gehen. Ihn wieder hier zu haben … nein, ich garantiere für nichts.

„Das geht leider nicht, ich brauche ihn dringend, das sind die Hausschlüssel von Patienten. Bis ich jetzt reinfahre und wieder raus, nein, das geht nicht.“

„Oh. Und jetzt?“

„Könntest du bitte rausfahren und sie mir bringen?“, fragt er und hört sich dabei an, als erkläre er einem Begriffsstutzigen gerade die Welt.

„Rausfahren? Wohin?“, frage ich blöd.

„Zu mir. Nach Hause.“

„Ich weiß nicht, wo du wohnst.“ Ein wenig Verzögerungstaktik. Ich will nicht. Zu ihm. Ich habe Angst, dass mir Schmetterlinge aus dem Bauch flattern und ich hoffnungslos an den Clark Gable des neuen Jahrtausends verloren bin.

„Keine Angst, das sage ich dir gleich. Bitte, es ist wirklich wichtig! Du willst doch nicht verantwortlich dafür sein, dass einer meiner Patienten den halben Tag nicht aus dem Bett kommt, weil ich nicht erscheine.“

„Okay, gut.“ Ich stelle mir gerade alte Omis vor, die in ihre Betten pinkeln müssen, weil Matt ihnen nicht auf die Schüssel hilft, und das will ich nun wirklich nicht. Außerdem hat er gestern so viel für mich getan und ich habe mich noch immer nicht bedankt. Und wenn er den

Schlüssel dringend braucht, dann haben wir ohnehin keine Zeit, Unsinn zu machen.

Er gibt mir seine Adresse und ich bin erstaunt. Vor der Stadt ist ein wenig untertrieben, er wohnt mit Sicherheit zehn Kilometer außerhalb. Um beim morgendlichen Verkehr mit dem Auto dahin zu kommen, brauche ich Stunden. Aber ich weiß, dass er ganz in der Nähe meiner Lieblingsradstrecke wohnt.

Ich laufe ins Bad und reiße mir entschlossen die Bandage vom Kopf. Das Pflaster darunter lasse ich an Ort und Stelle und dann ziehe ich mir meine Radunterhose an, eine kurze enge Leggins darüber und ein neongelbes Shirt darüber. Im Schrank muss ich mein Rad nicht von der Wand zerren, weil es ohnehin noch am Boden steht. Dann suche ich nach dem Schlüsselbund, der tatsächlich dort liegt, wo Matt es mir beschrieben hat, und schleppe mein Bike die Treppen runter. Mein Arm ziept etwas und der Kopf pocht ein wenig, aber es ist ein befreiendes Gefühl, etwas tun zu können. Die Aussicht auf frische Luft beflügelt. Das gute daran, einen Tag schon genau zu kennen, ist, dass man dem Wetterbericht keinen Glauben schenken muss. Es wird den ganzen Tag den schönsten Sonnenschein geben und kein einziger Tropfen wird fallen, egal, was die im Fernsehen oder Radio für München und Umgebung prognostizieren. Ich brauche mir also überhaupt keine Sorgen darüber zu machen, keine Regenjacke eingepackt zu haben.

Als ich die Straße hinunterfahre und am Kiosk vorbei komme, bin ich einen Moment lang versucht, den Lottozettel für Samstag oder Mittwoch auszufüllen. Das Problem ist nur, ich bin genauso ahnungslos wie letzte Woche. Die Ziehung sehe ich mir nie an und ich spiele auch nicht. Eine Wahrscheinlichkeit von eins zu hundertvierzig Millionen spricht für sich. Allerdings: Wie hoch ist die Wahrscheinlichkeit, zehn Tage noch einmal neu zu erleben? Damit kann man noch nicht einmal rechnen, im wahrsten Sinne des Wortes „rechnen“. Vielleicht sollte ich ab sofort anfangen, Listen über die Lottozahlen zu führen, und dann noch einmal vor ein Auto laufen.

Vielleicht sollte ich aber auch einfach sehen, dass ich diese zehn Tage nutze. Nicht für Schmetterlinge und Männer in meinem Kleiderschrank, sondern dafür, mein Leben so zu ordnen, dass es am

Samstag nicht erneut aus den Fugen gerät. Noch habe ich fünf Tage Zeit dafür. Das ist viel Zeit, um das Richtige zu tun, und viel Zeit für Dummheiten. Wie die, mich dazu überreden zu lassen, zu Matt raus zu fahren, wegen einem blöden Schlüsselbund.

Knapp zwanzig Minuten später fahre ich zum dritten Mal die Straße eines kleinen Münchner Vorortes hoch und wieder runter. Da ist keine Nummer 22. Die Straße hört bei 20 auf der einen und 21 auf der anderen auf und danach kommt nur noch ein altes Bahnwärterhäuschen, eine steile Auffahrt zu demselben und Wald. Keine Menschenseele in Sicht.

Also fahre ich wieder ein Stückchen zurück und klingele an einer Einfahrt, deren Besitzer mit einem handgemalten Schild für den „besten selbstgemachten Honig der Region" werben. Eine junge Frau öffnet und reibt sich die mehligen Hände an einer Plastikschürze ab, während ein Kind im Hintergrund aus der Wohnung nach ihr ruft.

„Ja, bitte?"

„Entschuldigen Sie, ich suche den Kastanienweg 22, Matthias Walser."

„Hier ist der Eichenweg 5. Sind Sie von der Post?"

„Nein. Ich weiß, aber ich finde nirgends die Nummer 22."

Sie lächelt mich freundlich an und erklärt mir, dass ich an dem Bahnwärterhäuschen weiterfahren und ein Stück durch den Wald muss.

„Der Matt hat das alte Haus vor ein paar Jahren gekauft, da draußen wohnt nur er. Sie können es also nicht verfehlen. Wollen Sie Honig kaufen?"

Ich fühle mich wie gestern beim Inder, aber im Gegensatz zu ein paar Bananen, die ich nur die Treppe hochtragen musste, missfällt mir die Vorstellung, mit dem Mountainbike Honiggläser durch die Gegend zu fahren.

„Danke, nein, ich bin mit dem Rad da. Das nächste Mal." Ich werde wohl kaum ein nächstes Mal hier sein. Warum auch?

Weitere fünf Minuten später stehe ich vor einem alten Backsteinhaus, das von allen drei sichtbaren Seiten mit wildem Wein und irgendwelchen undefinierbaren Pflanzen zugewuchert ist. An der vierten Seite führt eine alte Bahnlinie vorbei.

Der Platz vor dem Haus ist ebenso dicht bewachsen mit Obstbäumen, wilden Blumen und Unkraut, das durch einen schiefen Holzzaun hindurch bis zur Straße hinaus wuchert. Ein wackeliges Tor führt hinein und weil ich auf dem geschotterten Platz neben dem Haus Matts weißen Firmenwagen entdeckt habe, greife ich beherzt nach dem Griff des Gartentörchens und habe ihn dann vollständig in der Hand.

„Das macht nichts. Passiert mir auch immer." Eine weibliche Stimme ruft gutgelaunt von irgendwoher aus dem Garten. „Hier drüben, einfach nach links weiterlaufen", ruft sie freundlich.

Ich stecke den Griff zurück und schiebe das Tor auf, vorsichtig, aus Angst, es könnte aus den Angeln kippen. Langsam gehe ich weiter und bahne mir einen Weg durch Ranken und Rabatten und dann sehe ich sie: Lange, nackte Beine hängen aus einer Art Sitzhängematte heraus und ein freundliches Gesicht mit Grübchen und blonden Haaren unter einem gelben, viel zu großen Bauhelm lächelt mich an. Ich starre verständnislos auf den Helm und in eine Ein-zu-Eins-Kopie von Matts Augen über einer sonnengeröteten Stupsnase.

„Ach weißt du, ich habe nur eine Niere und die ist schon eine Leihgabe, meinen Kopf kann ich nicht auch noch gefährden", sagt sie und tippt sich an den Helm. „Die Äpfel da oben fallen dieses Jahr schneller und häufiger als die Züge, die hier vorbeifahren. – Du musst Sara sein. Ich bin Kati, Matts Schwester", sagt sie, hält mit dem linken Zeigefinger ihren Kopfschutz fest und hüpft aus der Hängematte.

„Hallo, Kati, Matts Schwester", grinse ich und reiche ihr die Hand.

„Matt müsste gleich wieder hier sein, er wollte nur ein paar Brötchen holen."

Brötchen holen? Der Typ hat Nerven! Er bestellt mich hier her, damit ich ihm seine Schlüssel bringe, und dann ist er noch nicht einmal da. „Dann lasse ich dir eben seine Schlüssel hier."

Mir ist gerade siedendheiß eingefallen, dass ich mich noch nicht auf der Arbeit krankgemeldet habe. Wie konnte ich das vergessen? Was ist nur mit mir los? Wie zur Bestätigung klingelt mein Handy, ich sage zu Bauhelm-Kati: „Entschuldige, das ist die Arbeit, ich muss mal schnell ran."

„Klar doch“, sagt sie, klettert zurück in ihren Sessel, schwingt ihre Beine nach oben und verschränkt sie im Schneidersitz. Sie lächelt mich an.

„Sara Hendrich.“

„Sara, wo zum Teufel steckst du? Christofsen wartet in deinem Büro! Wir stehen hier alle total unter Strom wegen dem Meeting am Freitag. Wo bleibst du? Du wolltest doch heute um spätestens halb acht da sein!“

Es ist Kirsten. Auch einen schönen guten Morgen. Beim Gedanken ans Büro nehmen die Spechte in meinem Kopf ihre Arbeit wieder auf, vielleicht war es aber auch einfach zu anstrengend, nach einer Kopfverletzung gute zwanzig Kilometer querfeldein zu fahren. Außerdem gibt es keinen Grund für Angst vor der Arbeit. Die Afterworkparty ist nie passiert, es gibt kein kompromittierendes Video und Kirsten ist mir noch wohlgesinnt. „Entschuldige, Kirsten, ich bin … gerade beim Arzt.“ Da sollte ich jetzt eigentlich auch wirklich sein.

„Was ist denn los? Du bleibst jetzt nicht wegen einem Schnupfen daheim, oder?“

Als ob ich das jemals getan hätte! In den fünf Jahren bei Umuc war ich ein einziges Mal krank. Mit einer höllisch schmerzhaften, eitrigen Mittelohrentzündung, die auf zwei verschiedene Breitbandantibiotika hintereinander nicht angesprungen ist. Kirsten dagegen hat in manchen Monaten mehr Fehltage als ich Überstunden und der Vergleich hinkt keineswegs. Sie neigt zu Heuschnupfen, Hausstauballergie, Frühjahrsmüdigkeit und im letzten Jahr lag sie eineinhalb Wochen im Krankenhaus, weil sie zwei Tage hintereinander fünf Stunden beim Tätowierer unter die Nadel lag und ihr Körper das nicht vertragen und mit einer Blutvergiftung reagiert hat.

„Ich hatte einen Unfall, meine Liebe, und habe eine Kopfverletzung!“

„Scheiße, echt jetzt?“

„Ja, echt jetzt. Ich versuche m…“, ich breche rasch ab, nein, morgen kann ich nicht, „… übermorgen zu kommen.“

„Das wäre gut, aber hej, Sara, Gesundheit geht vor. Soll ich Christofsen Bescheid sagen?“

„Ja, bitte!“

„Ich schau in der Mittagspause mal bei dir vorbei.“

„Okay. Danke.“

„Bis dann und gute Besserung!“

„Bis dann.“ Ich lege auf.

„Beim Arzt, he?“ Kati grinst.

„Ja, das ging jetzt nicht anders. Das ist eigentlich gar nicht meine Art.“

„Was ist denn deine Art?“, fragt sie.

Meine Güte, sie ist tatsächlich die Schwester ihres Bruders! „Habt ihr das alle vier?“, frage ich.

„Das Neugierigkeits-Direktheits-Ich-frag-einfach-mal-nach-Gen?“

„Genau das“, lache ich.

„Alle, bis auf Sylvie, die Älteste. Die ist die Verstockte, Biedere.“

Verstockt also. So wie ich.

„Also was ist? Kakao oder Tee? Und dann erzählst du mir, was du mit meinem Bruder gemacht hast!“

„Keines von beidem, ich muss echt los.“

Nichts da. Behände wie ein Reh springt sie auf mich zu und packt mich am Arm. „Der kommt gestern bei uns zu Hause an und ist völlig durch den Wind. Er faselt was von einem Unfall, glücklicher Fügung und Schmetterlingen. Hast du den irgendwie verzaubert?“

Wohl eher er mich. Ich muss dringend hier weg. „Nein, das muss ein Missverständnis sein.“

„Das glaube ich nicht. Ich habe ihn um halb sieben angerufen, dass er wegen Papa dringend kommen muss. So sauer habe ich ihn noch nie erlebt.“

„Was ist mit eurem Vater?“

Kati sieht mich ein wenig misstrauisch an. „Wie gut kennt ihr euch denn, Matt und du?“

Sehr gut und gar nicht. Eine Mischung aus beidem. Such es dir aus. Ich sage: „Wir kennen uns noch nicht sehr lange. Eher zufällig. Ich wohne oberhalb vom Knafes.“

„Ah, ich dachte mir schon, dass du mir bekannt vorkommst. Ich helfe dort ab und zu aus."

Und auf einmal fällt es mir wie Schuppen von den Augen. Ich habe Kati auch schon mal gesehen. An dem Abend, an dem ich wie ein Berserker nach unten gestürmt bin, um Matt ein Schweigegelübde für unsere Nacht auf dem Dach abzunehmen. Sie war diejenige, die ihn für mich gerufen hat. Das hübsche Mädchen mit der schwarzen Schürze und Matts Grübchen. Mit offenen Haaren habe ich sie nicht gleich erkannt und die wenigen Sekunden, die ich sie – zugegebenermaßen mit etwas benebeltem Hirn – gesehen habe, waren wohl auch zu wenig, um sie sofort wiederzuerkennen.

„Unser Vater ist krank."

„Oh, das tut mir leid. Hatte er einen Unfall? Geht es ihm heute schon besser?", frage ich mitfühlend. Nun weiß ich wenigstens, warum Matt nicht da war, gestern auf unserer … auf *der* Dachterrasse. Fast möchte ich dem alten Herrn Walser danken: Was immer passiert ist, es hat mich mit Sicherheit ein zweites Mal vor einer Dummheit bewahrt.

„Nein und es wird auch nicht wieder besser werden."

„Oh", ist alles, was ich herausbringe.

„Unser Vater hat Alzheimer. Er wird zum Kleinkind und danach zum Säugling und dann wird er sterben."

Sie sagt es nicht, um mich betroffen zu machen. Sie sagt es auch nicht, um Mitleid zu erhaschen. Sie sagt es so, weil sie so ist. Offen und ehrlich und geradeheraus. Wie ihr Bruder.

Ich weiß nicht, was ich darauf antworten soll, aber das erwartet sie offensichtlich auch gar nicht.

„Gestern ist er nur mit einer Unterhose bekleidet bis nach München reingelaufen. Zu seinem alten Arbeitsplatz. Er war Schichtleiter bei BMW. Wir haben ihn drei Stunden lang gesucht. Dann habe ich Matt angerufen. Um neun hat uns der Wachdienst vom Werk informiert, dass unser Vater vor dem Tor sitzt. In Unterhose, ganz allein und nicht ansprechbar."

„Das Leben kann echt unfair sein."

„Unfair? Na ja, eine Krankheit kann uns eben alle treffen." Mir fällt ihre Bemerkung über die Niere ein. Sie weiß offenbar, wovon sie spricht. „Am Donnerstag habe ich Geburtstag. Hättest du Lust zu kommen?“

Ich bin überrascht. Was bezweckt sie damit? Ihrem Gesichtsausdruck nach gar nichts. Der ist so rein und unschuldig wie ein Babypopo. „Du kennst mich doch gar nicht.“

„Eben, die restliche Bagage kenne ich schon viel zu lang. Zeit für ein bisschen frischen Wind. Matt meinte, du tanzt gerne.“

Was? Woher will er das wissen? Er kann sich schließlich nicht an nächsten Samstag erinnern. „Tatsächlich?“

„Nein, das hab’ ich mir nur gerade ausgedacht. Hättest du Lust?“

„Zu tanzen?“ Hätte ich wirklich. Aber ich weiß gar nicht mehr, wie das geht mit dem Loslassen und Ich-Selbst-Sein. Ohne Alkohol. Und mit ist es zu gefährlich. Man sieht ja, wozu das führt.

„Ja auch. Zu kommen, zu meiner Party. Wir feiern hier draußen. Da stören wir niemanden. Und wenn es regnet, gehen wir eben rein.“

„Es wird nicht regnen“, sage ich, weil ich es weiß.

„Umso besser! Ahh, da kommt er ja!“, sie deutet zum Tor. „Und kommst du am Donnerstag?“

„Mal sehen“, antworte ich ausweichend.

„He, Bruderherz, ich habe Sara gerade zu meinem Geburtstag eingeladen.“

„Sie kann es nicht lassen. Hallo, Sahara! – Sahara?“

Mir ist plötzlich so schwarz vor Augen, dass sich nur noch Matts Augen wie Farbtupfer von dem Dunkel vor meinen Pupillen abheben. Ich versuche, mich an der Hängematte festzuhalten, und greife ins Leere. Es ist nur ein kurzer Moment, dann löst sich das Schwarz wieder auf und ich merke, dass ich auf dem Boden liege und jemand meinen Kopf hält.

„Geht schon wieder!“, sage ich in die Gesichter von Bruder und Schwester über mir.

„Ja klar!“, antworten sie im Chor.

„So fährst du nicht mit dem Rad weiter! Bist du eigentlich total durchgeknallt, mit dem Fahrrad hier her zu kommen? Gestern um diese Zeit warst du noch im Krankenhaus!“ Matt scheint echt aufgebracht. Oder besorgt. Oder beides. „Was mache ich denn jetzt mit dir?“

Bitte gar nichts. Lass mich los, meine Haut kribbelt schon wieder.

„Sie könnte hierbleiben und ich rufe ihr ein Taxi“, schlägt Kati vor.

Gute Idee.

„Nein, pass auf. Ich nehme sie nachher mit, ich habe nur eine kleine Runde heute, und dann bringe ich sie nach Hause.“

„Könntet ihr bitte aufhören, so zu reden, als wäre ich nicht da?“, protestiere ich.

„Ja“, antworten sie wieder gemeinsam und ziehen mich mit vereinten Kräften nach oben.

„Jetzt frühstückst du erst mal was und kommst zu Kräften“, sagt Matt bestimmt.

„Aber du musst doch zu deinen Patienten!“, protestiere ich.

„Das hat Zeit!“, sagt er und grinst schon wieder. „Sorry, aber sonst wärst du doch niemals hier rausgekommen.“

Stimmt allerdings. Mieser Trick! Aber die Aussicht auf frische Brötchen und seine Gesellschaft ist zu verlockend. Außerdem fühle ich mich gerade absolut nicht in der Lage, wieder mit dem Fahrrad zurück zu fahren.

Matt nimmt mich an der Hand und zieht mich zur Terrasse des kleinen Hauses, die unter einem Holzbalkon angenehm im Schatten liegt. Seine Schwester ist mit einem Mal spurlos verschwunden.

„Danke für die Papierfalter“, sage ich, als ich mich an den breiten Holztisch setze und froh bin, halbwegs wieder die Kontrolle über meinen Körper zurück gewonnen zu haben. Das „So etwas Schönes habe ich noch nie bekommen“ schlucke ich hinunter. Ich will nicht schon wieder mit dem Flirten anfangen.

„Bitte. Die waren das Mindeste, was ich dir dalassen konnte. Es tut mir leid, es gab einen Notfall in der Familie gestern.“

„Oh, okay.“

Er geht nicht weiter darauf ein, sondern sagt: „Ich habe keinen Kaffee mehr da, sorry. Kakao oder Tee?“

„Kakao wäre super, danke.“

Eine halbe Stunde – in der ich beinahe in seinen Augen ertrunken bin und seine Füße unterm Tisch immer wieder wie zufällig an meine gestoßen sind – später fühle ich mich so wohl, dass ich eigentlich gar nicht aufstehen will.

Ich habe mich daran gewöhnt, nicht ungeschminkt aus dem Haus zu gehen, immer aufeinander abgestimmte Unterwäsche zu tragen. Ich habe mir angewöhnt, es wichtig zu finden, dass meine Sachen zu meinen Schuhen passen und die Handtaschen zum Farbton des Outfits, der Lippenstift zu meinem Teint, der Nagellack dezent zur Resterscheinung … und dabei habe ich ganz vergessen, dass all das mich nie glücklich gemacht hat, sondern mich in eine Zwangsjacke aus Pastelltönen und Kaschmir gesteckt hat. Eine sehr unbequeme Fassade, die eigentlich total unnötig ist und doch einen so wichtigen Zweck innehatte: Sie hat verborgen, wer unter ihr steckt. Dabei mag ich eigentlich, wie ich sein kann, wenn ich will. Wie ich bin, wenn ich nicht vorgebe, jemand zu sein, der perfekter ist als ich.

Ich mag mich, wenn ich bei Matt bin. Das ist eine seltsame Vorstellung, eine ungewohnte und eine verdammt gefährliche.

„Wir müssen los“, sagt er schließlich.

Im Auto auf dem Weg zu seinem Patienten erzähle ich ihm von meinem ersten Rausch mit elf, davon, als Lutz mit seinem Kinderwerkzeugkoffer das Schloss der Minibar unserer Eltern geknackt hat und wir uns durch sämtliche Flaschen probiert haben. Er erzählt mir von einer achtzigjährigen Patientin, in deren Medizinschränkchen er drei Vibratoren in Size XXL gefunden hat. Ich erzähle ihm, dass ich in der Grundschule meine beste Freundin Pauline durch einen Autounfall verloren habe. Er erzählt mir von dem ersten toten Patienten, an dessen Bett er drei Stunden gesessen hat, bevor er den Arzt rief. Ich erzähle ihm nichts von meiner Arbeit, weil sie mir so bedeutungslos vorkommt, neben dem, was er tut. Er erzählt mir von seiner ersten Freundin, die ihm zu Weihnachten einen laut piepsenden Kanarienvogel geschenkt hat, der ihn an sie erinnern sollte. Ich erzähle ihm, dass ich eigentlich Gebärdensprache und Germanistik studieren wollte, von meinen Eltern aber zu Betriebswirtschaft überredet wurde. Er erzählt mir, dass er sich zu seinem dreißigsten Geburtstag den

Wunsch erfüllt hat, den letzten von ihm noch nicht bereisten Kontinent – Afrika – zu sehen.

Und dann stehen wir irgendwann, viel zu früh und viel zu schnell, weil so viele Sätze über so viele Erlebnisse in meinem Kopf darauf warten, sie mit ihm zu teilen, vor einem kleinen geduckten Häuschen, das so aussieht, als beherberge es eine alte, hutzelige Dame mit Katze auf der Schulter. Ich frage mich, ob Menschen ihren Häusern ähneln können, wie man es von Hunden und ihren Besitzern behauptet.

„Magst du mit reinkommen?“, fragt Matt.

„Nein … Ja, geht das?“

„Sicher, die alten Leute freuen sich immer über junges Gemüse wie dich. Besonders die männlichen.“

„Okay.“

Noch während Matt den Schlüssel im Schloss herumdreht, ruft er laut „Herr Brand? Ich bin’s, der Matthias.“

Wir treten ein und ich weiß nicht, ob er so sehr daran gewöhnt ist, dass er es nicht bemerkt, oder aber ob er es sich nur nicht anmerken lässt, aber der Gestank haut einen um. Eine Mischung aus dem typischen Geruch von alten Leuten, abgestandener, stickiger Luft und Knoblauch. Matt beschleunigt seinen Gang über abgewetzte Läufer und vorbei an dunklen Möbeln und läuft in eine kleine, erstaunlich aufgeräumte Küche, an deren Tisch ein alter Mann in langen Unterhosen sitzt und in einer Zeitung blättert.

Er begrüßt ihn, wechselt ein paar Worte und stellt mich vor. „Herr Brand, das ist Sara, mein Mädchen.“

Ich würde nach Luft schnappen, wenn die etwas besser wäre. So aber werfe ich Matt nur einen wütenden Blick zu und bleibe unschlüssig stehen, murmele „Guten Morgen!“ und hoffe, dass Herr Brands Gehör für mein Genuschel noch ausreicht. Mich hat noch nie jemand „mein Mädchen“ genannt und schon gleich gar nicht so vorgestellt. Wunderschön, eigentlich.

„Ich öffne mal die Fenster, Herr Brand! Bisschen Frischluft am Morgen!“

„Jaja, mach nur, Matthias! Und Sie, junge Frau, setzen Sie sich.“ Herr Brand schlägt sich auf die Oberschenkel und bedeutet mir tatsächlich, mich auf seinen Schoß zu setzen.

„Danke, aber aus dem Alter bin ich raus“, sage ich und er lacht.

„War auch nicht ernst gemeint!“, kichert der Alte und ich bezweifle seine Aussage schwer.

„Ich hatte Kati mal dabei, letztes Jahr, als mein Arm in Gips war. Ihr hat Herr Brand fünf Euro geboten, wenn sie ihm dabei hilft, seine Hosen zu wechseln“, flüstert Matt mir zu und ich weiche instinktiv ein paar Meter von dem alten Herrn zurück.

„Keine Angst, das sind harmlose Späße für einen Mann, der sonst nicht mehr viel hat. Stell dich nicht so an, Sara!“

Dann richtet Matt Tabletten, hilft dem Mann ins Bad und ich bleibe in der Küche stehen und weiß nicht recht, was ich mit mir anfangen soll. Also studiere ich die Wände, an denen kaum ein Fleckchen Tapete zu sehen ist, weil jedes kleinste freie Eck für Fotos in wahllos zusammengewürfelten, nicht zueinander passenden Rahmen reserviert ist. Die Chronik eines langen Lebens, in dem die Menschen offensichtlich zumindest von den Wänden blicken müssen, wenn sie es real schon nicht mehr vermögen. Alte und junge Gesichter. Faltige und glatte. In Farbe und schwarz-weiß. Ein Hochzeitsfoto von Herrn Brand mit einer zu ihm aufblickenden, strahlenden Schönheit der 60er Jahre in kurzem weißem Kleid mit langem Schleier. Kinderfotos, auf denen verblichene pausbackige Jungen mich frech ansehen … Dort an der Wand hängt ein Lebenslauf auf Fotopapier, ein Passepartout des Glücks. Wie wird meines mal aussehen? Wenn ich einmal alt bin, kann ich dann auch auf ein Leben zurückblicken, das voll war mit Menschen, die ich geliebt habe und die mich geliebt haben? Wird es Kinder geben auf meinen Bildern? Eigene und die von Emma? Wird *das* Kind dabei sein, ein Mädchen oder ein Junge? Ein Kind, das heraussticht, weil sein Gesicht runder ist, als man es gewohnt ist, weil seine Augen weiter auseinander stehen und das vielleicht immer ein wenig kindlicher und fröhlicher aussehen wird als andere Menschen. Wird es ein Hochzeitsfoto von Oliver und mir geben? Werde ich am Ende meines Lebens mit langen Unterhosen in der Küche sitzen und werden sich andere Menschen fragen, ob ich glücklich bin?

Wonach bemisst sich Glück? Nach den großen Fragen um Geld, Erfolg und Sicherheit oder ist es vielmehr die Summe von kleinen, alltäglichen Dingen? Was macht glücklicher? Das Wissen um sichere Zuneigung oder die Ruhelosigkeit von Leidenschaft und Liebe?

Ich merke gar nicht, dass mir Tränen die Wangen herunterlaufen. Erst als Matt mich von hinten sanft an den Schultern fasst und mir mit einer einzigen, kurzen Bewegung über die linke Wange streicht, wird mir klar, dass ich die Frage nach dem Glück nicht beantworten kann. Dass sie mich aber so sehr beschäftigt, dass ich in einer fremden Küche stehe und weine. Nicht aus Mitleid mit einem alten Herrn, dessen Leben sich dem Ende neigt, sondern aus Mitleid mit mir selbst. Aus Angst, nicht glücklich sein zu können, weil ich mir dabei selbst im Wege stehe.

Nachdem wir schweigend zum Auto gelaufen sind und ich dankbar bin, dass Matt nichts sagt, sind wir auf dem Weg zum nächsten Patienten.

Er bittet mich nicht mehr, mit hinein zu kommen, und ich warte im Wagen und versuche, meine Gefühle unter Kontrolle zu bekommen.

An jedem einzelnen Tag in unserem Leben geht es um Entscheidungen. Immer um Entscheidungen. Um kleine, um große, um dringende, um aufgeschobene … um Entscheidungen, die klein erscheinen und unser ganzes Leben auf den Kopf stellen.

Ich habe eine Chance, die die meisten Menschen wohl nicht haben. Ich kann einige meiner Entscheidungen neu treffen und eigentlich sollte es mit dem Wissen um die Vergangenheit so einfach sein, die richtigen Wege für die Zukunft zu beschreiten. Und dennoch war ich noch nie in meinem Leben so durcheinander und planlos wie jetzt, wie gestern und heute, wie in diesem Moment. Ich war mir meiner Selbst noch nie so wenig sicher und ich stelle mir nun Fragen, die ich dachte, mir längst beantwortet zu haben.

Die Wahrheit ist, Matt dort drinnen mit dem alten Herrn zu sehen, hat mich mehr berührt, als Oliver es je vermocht hat. Matt in die Augen zu sehen, ist ein Blitzschlag in mein Herz, das dadurch erst zum Leben erweckt worden ist. Ist es möglich, dass der Fehler, den ich doch so gerne ausmerzen wollte, um Oliver zurückzugewinnen, am Ende gar kein Fehler war? Was, wenn das die erste richtige

Entscheidung in meinem Leben war? Nein. Unmöglich. Nein und nochmals nein. Das würde ja bedeuten, dass ich neunundzwanzig Jahre lang lauter falsche Entscheidungen getroffen habe. Dann wäre ich wohl kaum so weit gekommen. Das wäre doch verrückt. Daran, dass ich zweifele, sind die Schmetterlinge schuld. Nur die Schmetterlinge. Und wenn sie weggeflogen sind, dann bleibt die nackte Realität und die sieht unangezogen wirklich nicht sehr hübsch aus. Ich muss mir das klarmachen, immer wieder vor Augen führen, bis ich es endlich begreife.

„Alles in Ordnung, Sahara?"

„Ja, ja alles gut … Nein, eigentlich nicht. Das hat mich irgendwie gerade umgehauen, dort drinnen, bei Herrn Brand."

„Der Geruch?" Er grinst.

„Auch. Nein, die Fotos. Ich frage mich, wie das bei mir mal aussehen wird."

„Na ja, ich hoffe, du strahlst mich genauso an auf unserem Hochzeitsfoto wie Frau Brand Herrn Brand."

„Du eingebildeter, arroganter Gockel!"

„Du hast doch schon Nein gesagt zu deinem Winkeladvokaten! Da habe ich doch eine reelle Chance, oder?"

„Glaubst du das ernsthaft?"

„Nein", antwortet er nüchtern und das Lachen ist auf einmal verschwunden. „Weißt du, du wirst niemals auf dein Leben zurückblicken und alles gut finden. Das geht nicht, Sara. Es gibt keinen roten Faden, dem du zwanghaft folgen musst. Manchmal muss man die Fäden einfach durchschneiden, um festzustellen, dass einen das viel glücklicher macht."

„Ich kann nicht von heute auf morgen alles anders machen als bisher. Wozu soll das führen? Ich habe all die Jahre auf Dinge hingearbeitet, die mir wichtig sind, das kann doch jetzt nicht umsonst sein!"

„Du meinst, du bist jetzt ein paar Jahre mit dem Juristenei zusammen und deswegen musst du ihn heiraten? Du meinst, du bist nicht glücklich, aber vorsichtshalber machst du weiter so, weil wer weiß, ob was Besseres nachkommt, oder was?"

„Du bist ganz schön selbstgerecht, weißt du das?“, sage ich, weil es mich wütend macht, wie er mich belehren will.

„Deine roten Fäden verknoten sich, wenn du so weiter machst, und werden zu etwas richtig Hässlichem!“

„Wie bitte?“

„Ja, schau dich doch mal an! Du bist ganz anders, als du vorgibst zu sein! Du willst doch eigentlich gar nicht das verstockte kleine Hühnchen sein, das dem ollen Oli die Füße küsst und einen Job hat, der viele andere Menschen unglücklich macht, wenn du ihn richtig machst. Du willst nicht nach der Pfeife deiner Familie tanzen, sondern eigentlich tanzt du lieber wild aus der Reihe. Du bist nicht der Typ, der in Schablonen und Linien malt, eigentlich kleckerst du gerne darüber hinaus. Dann fang doch auch endlich mal damit an! Du bist so witzig und anders und individuell, wenn du nicht versuchst, dich selbst einzuschränken. Warum verstellst du dich mit aller Macht?“

Er hat recht. Mit jedem einzelnen Wort und gerade deshalb kann ich das nicht auf mir sitzen lassen. Es gibt ihm nämlich nicht das Recht, mich zu verurteilen. Ich habe immer nach Anerkennung gesucht, ich kann sie nicht einfach wieder aufgeben. Für einen Mann, der grundsätzlich nur das macht, was er will. „War’s das? Bist du jetzt fertig mit deiner Küchenpsychologie? Mein Lieber, obwohl du so schlau bist, hast du ja offensichtlich auch noch nicht die Richtige gefunden!“

„Nein, ich habe ja auch auf dich gewartet.“

„Wir kennen uns kaum, Matt!“, sage ich etwas ruhiger.

„Dann lass uns das doch ändern!“

„Wozu?“

„Für die Schmetterlinge im Bauch, vielleicht?“

„Ach hör mir doch auf mit den Schmetterlingen! Wenn wir uns aufeinander einlassen, werden wir eine Zeitlang ganz furchtbar verliebt sein. Wir werden nur Schmetterlinge sehen und alles ist wunderbar. Dann stellt sich irgendwann heraus, dass wir nichts gemeinsam haben. Unsere Leben sind zu unterschiedlich, wir wollen verschiedene Dinge. Wir werden anfangen, uns zu streiten, uns anzuzicken, wir werden beleidigt sein und nächtelang im Bett liegen und uns fragen, was falsch läuft. Du und ich, wir werden, sobald sich die erste Verliebtheit gelegt hat, nichts weiter sein, als zwei Menschen, denen Dopamin und Co. einen bösen Streich gespielt haben. Und spätestens wenn der letzte Schmetterling unser Nest verlassen hat, fällt uns ein, dass Schmetterlinge nichts für die Dauer eines Lebens sind. Letzten Endes bleiben sie hässliche Raupen, die für eine viel zu kurze Zeit eine schöne Erscheinung vortäuschen."

„Wow." Er nickt mit gespielter Anerkennung. „Nette kleine Rede, Sahara! Weißt du, was dein Problem ist? Du suchst nur nach Sicherheit und springst dabei mit Scheuklappen geradewegs über all die Schönheit und Freude von Kurzweiligkeit. Wer zum Teufel hat denn gesagt, dass Glück in Maßeinheiten von Beständigkeit gemessen wird, hä? Es gibt verdammt gute Kurzgeschichten, die mit zehn Seiten auskommen!"

„Ist es das, was du willst, eine kleine kurze Affäre mit mir? Und dafür soll ich meine langjährige Beziehung aufgeben?"

„Nein, ich stehe nicht auf Kurzgeschichten, ich mag Tolstoi. Alles was ich dir sagen wollte, ist, dass es besser ist, ins Ungewisse zu springen, wenn einen das wirklich glücklich macht, als jahrelang vor sich hin zu dümpeln und nur zufrieden zu sein, aber nicht wirklich himmelhochjauchzend happy."

„Und du denkst, du kannst mich so glücklich machen?"

„Vielleicht. Das musst du selbst herausfinden. Ich mag dich, Sahara, ich finde dich unglaublich heiß und interessant und liebenswert und fände es pure Verschwendung, wenn du den Gerichtsjodler heiratest! Jetzt, wo du sowieso eigentlich schon Nein gesagt hast, in der zukünftigen Vergangenheit."

Gerichtsjodler. Ich muss lachen. Wider Willen. „Dir fallen auch immer wieder neue kreative Namen für ihn ein."

„Ja, dabei würde ich mir viel lieber Namen für dich ausdenken, Schönheit!"

„Was ist mit zu Tode betrübt?"

„Das bist du nur, wenn du die BGB-Fratze nimmst. Versprochen."

„Du spinnst!"

Er fasst mir unter meine Haare hinter meine Ohren, es kitzelt.

„Wusstest du, dass sie mich in der Schule wegen meiner abstehenden Ohren immer Dumboratte genannt haben?“, sage ich.

„Sehr kreativ!“

„Findest du?“

„Nein, eigentlich nicht. Aber es gibt tatsächlich Dumbo-Ratten, das ist eine Zuchtart, mit unverhältnismäßig großen, seitlich sitzenden Ohren. Du weißt, doch Tierdokus und so. Wenn du noch weitere Fragen zum Tierreich hast, wende dich getrost an Dr. med. vet. Walser.“

„Oh Gott, Matthias Walser, so einen wie dich habe ich noch nie getroffen!“

„Das hoffe ich doch!“

Er lacht und zieht mich an den Ohren zu sich. Wenige Millimeter von meinem Mund entfernt hält er inne und sagt ernüchtert: „Du hast ja Angst!“

„Habe ich nicht!“, antworte ich entrüstet.

„Doch, du hast Angst vor deiner eigenen Courage! – Ich fahre dich jetzt nach Hause.“

„Gute Idee“, knurre ich und meine das Gegenteil.

Das Gegenteil einer Entscheidung ist Stagnation. Stillstand. Ein Weitermachen ohne weiterzukommen. Das Gegenteil einer falschen Entscheidung ist nicht unbedingt eine richtige.

Kapitel 13 ½

Montag, 5. September, 12:35 Uhr

„Heißer Typ da unten!“ Kirsten versucht anerkennend zu pfeifen, was ihr nicht gelingt. Ihre Sommersprossen hüpfen vor Lachen auf und ab.

„Wer?“, frage ich irritiert und denke an grüne Augen unter zu langem Haar und starke Arme, die sich über seinem Brustkorb kreuzen und vergessen lassen, dass er mit knappen ein Meter achtzig nicht unbedingt ein Riese ist. Matt.

„Der Barkeeper vom Knafes unten, da hab’ ich uns das kleine Fläschchen hier besorgt!“ Sie wackelt mit einer Flasche Rosé vor mir herum.

„Es ist halb eins – mittags! Du wirst doch jetzt nichts trinken wollen!“

„Warum denn nicht? So ein kleines Gläschen! Eigentlich wollte ich uns nur ein Stück Kuchen mitnehmen, aber dann hab’ ich statt Marmorkuchen das Sahneschnittchen von Barkeeper da unten gesehen und ihn in ein Gespräch über Weinsorten verwickelt.“

„Meinst du den mit den komischen Locken und diesen Grübchen? Also ich weiß ja auch nicht, Kirsten!“ Offensichtlich hat sie meinen … offensichtlich hat sie Matt getroffen.

„Locken? Der hat Haare wie Schnittlauch. Sieht aber ein bisschen aus wie dieser Schauspieler. Du weißt schon, der Arzt.“

„Klausjürgen Wussow? Ist der nicht ein wenig zu alt für dich!“

„Spinnst du? Doch nicht der aus der Schwarzwaldklinik! Wie alt bist du, Sara?“

Zehn Tage älter als du, denke ich. Theoretisch. „Patrick Dempsey ist auch schon 50!“

„Nee, der auch nicht. Ich meine doch den aus dieser deutschen Serie, der Neuzeit wohlgemerkt. Mir fällt der Name nicht ein. Mit so einer komischen, dicken Blonden. Da spielt er einen Arzt und ach ja, er hat zwei Vornamen.“

„Ach du meinst den anderen Besitzer …“ Erleichterung auf meinem Gesicht. Wäre ich etwa eifersüchtig, wenn Kirsten …? Unsinn! „Der sieht wirklich ein wenig aus wie dieser Florian Daniel oder wie der heißt.“

„Ja genau, den habe ich gemeint. Heißer Typ.“

„Sagtest du bereits, Kirsten. Ist das dein zweiter, dritter oder vierter künftiger Fehltritt?“

Sie sieht mich misstrauisch an. „Wovon redest du?“

„Hast du mir doch selbst erzählt, dass dir das auch schon passiert ist. Bei Moritz.“

Kirsten rückt näher, so wie sie es gerne tut, wenn sie neugierig wird. Und ich habe mich gerade verraten, so was von. Natürlich hat Kirsten keine Ahnung, wovon ich rede, das Gespräch findet ja auch erst am nächsten Samstag statt. Es ist verdammt kompliziert, ständig so zu tun, als hätten diese zehn Tage nicht stattgefunden, als wäre die Zeit einfach noch das, was sie mal war. Etwas, was sich niemals rückwärts dreht.

„Ach vergiss es!“, sage ich und schiebe Kirsten eine Schale mit Gemüsechips und Kräuterdip zu.

Kirsten ist noch keine zehn Minuten in meiner Wohnung und hat bereits ein heilloses Chaos veranstaltet. Ihre Schuhe liegen mitten im Raum, den Inhalt ihrer Tasche hat sie auf der Suche nach ihrer Pillenpackung auf meinen Sessel gekippt und in der Zwischenzeit ihre Bluse ausgezogen, zwei Gläser auf den Tisch gestellt und in einem Anfall von Heißhunger, der sie zur Mittagspausenzeit und nach Feierabend immer überkommt, den spärlichen Inhalt meines Kühlschrankes geplündert und auf zwei Tellern verteilt mit ins Wohnzimmer gebracht.

Ihre langen Beine sind auf meiner Couch unentwirrbar in irgendeiner Yogapose verschränkt und sie grinst mich an, als wäre ich Florian Daniel soundso und nicht ihre Lieblingskollegin und Freundin, die neuerdings stolze Besitzerin einer fünf Zentimeter langen Stirnnarbe ist.

„Nichts vergesse ich! Was ist los? Da war ein ‚auch' in deinem Satz. Du wirst doch wohl nicht ein unanständiges Mädchen gewesen sein, hä?"

„Quatsch! Ich hatte doch diesen Unfall und der Typ, der mich angefahren hat … na ja, er war hier und er hat mich geküsst und … ich weiß nicht. Das ist alles nur diese Kopfverletzung, die bringt mich total durcheinander."

„Spiel' nicht mit dem Feuer, Sara!"

„Spiel' du nicht den Moralapostel!", entgegne ich.

„Ich rede nicht von Sex oder Knutschen im Suff oder so. Sara, Feuer heißt sich verlieben!"

„Ich bin mit Oliver zusammen!", ich versuche, es entrüstet klingen zu lassen.

„Eben!", sie nickt und rückt noch ein wenig näher. Tippt mir mit dem Zeigefinger an die Nase und sagt: „Und jetzt erzähl! Alles! Übrigens, diese Narbe, die ist super, die macht dich total interessant."

„Ja, klar", antworte ich und muss lachen.

Um halb zwei geht Kirsten zurück auf die Arbeit und ich fühle mich ein wenig einsam. Nur damit ist zu erklären, dass ich nach oben gehe, auf die Dachterrasse. Ohne Matt, aber mit meinem Handy.

Ich versuche mich an mehreren Nachrichten an „Nicht Löschen", aber irgendwie passt nichts davon. Unser Abschied heute Vormittag war mehr als unterkühlt und ich habe Angst, ihn nicht wiederzusehen. Genauso große Angst wie davor, ihn wiederzusehen. Gerade hätte ich einfach gerne einen Grund, ihn anzurufen. Aber was sollte ich schon sagen? „Es tut mir leid!" oder „Können wir nochmal reden?" oder „Was machst du mit mir?"?

Ich drücke bestimmt ein halbes Dutzend Mal auf den Kontakt, den er mir eingespeichert hat, und drücke ihn genauso oft wieder weg. Ich sollte Oliver anrufen. Aber ich will nicht. Ich sollte mich auf die Arbeit vorbereiten. Aber ich will nicht. Ich sollte es besser machen, als letzte Woche, die nun wieder vor mir liegt. Aber ich will nicht.

Kapitel 14

Dienstag, 6. September, 10:30 Uhr

„Bist du nervös?“

„Nein, gar nicht. Ich freue mich total! Es ist nur schade, dass Stef nicht dabei sein kann.“

„Ich bin ja da“, sage ich und drücke Emmas Hand. So als müsste ich ihr beistehen, obwohl sie doch nur davon ausgeht, dass ich mich mit ihr freuen werde. Ich drücke etwas weniger fest, etwas weniger ermutigend. Doch sie scheint es gar nicht bemerkt zu haben, in ihrer kleinen rosaroten oder himmelblauen Blase.

Es ist exakt 10:30 Uhr am Dienstagmorgen und ich stehe mit meiner Schwester an der Anmeldung einer schicken, modernen Gynäkologiepraxis in bester Münchner Lage.

„Ja, irgendwie komisch, was? Dass so ein Baby dazu führt, dass ausgerechnet wir beide so was … ja, wie soll ich sagen, Großes zusammen machen, oder?“, sagt Emma.

„Mmh“, murmele ich.

„Lach doch mal, Sara! Du tust gerade so, als gehst du zu deiner eigenen Sterilisation. Keine Angst, ich rufe dich erst rein, wenn er den Ultraschall macht, den Rest der Untersuchungen musst du dir nicht geben.“ Emma schüttelt leicht den Kopf, aber das Belehrende, das sie mir gegenüber sonst an den Tag legt, ist völlig verschwunden. Emma strahlt, als wäre sie ihre eigene kleine Sonne. Ich habe meine Schwester noch nie so gesehen. Es ist, als stünde ein vollkommen anderer Mensch vor mir. Bislang habe ich es immer für ein lächerliches Gerücht gehalten, dass man Frauen ansieht, dass sie schwanger sind. Aber Emmas Fall beweist mir, dass da etwas dran sein könnte. Dieses Baby ist nicht nur einfach ein Punkt auf ihrer Agenda, es ist nicht nur ein Haken im Lebensplan. Es ist so viel mehr und deshalb sehe ich sie mir sehr genau an, wie sie da vor mir steht, liebevoll mit der linken Hand auf einem noch nicht vorhandenen Babybauch, und dann kneife ich die Augen ganz fest zusammen. Es ist ein Trick, den ich als Kind angewendet habe, um meiner angeborenen Vergesslichkeit entgegenzuwirken. Immer wenn ich eine Sache – ein Buch, eine Kassette, ein Schulheft oder ein Spielzeug – an einem bestimmten Ort abgelegt habe und wusste, ich muss es wiederfinden, habe ich mir die Sache gut angesehen, die Augen fest zusammengezwickt und mir das Bild so eingeprägt. So mache ich es jetzt mit Emma, weil ich nicht vergessen will, wie sie aussehen kann, wenn sie über etwas so unwahrscheinlich glücklich ist. Ich habe furchtbare Angst davor, wie sie aussehen wird, wenn wir hier rausgehen. Wenn sich bestätigt, was ich weiß, weil ich es schon erlebt habe und sie nicht, dann wird für sie in der nächsten halben Stunde mehr als nur eine Welt zusammenstürzen.

„Ihren Mutterpass, bitte!“, sagt die Arzthelferin und Emma reicht ihr stolz ein kleines Heft, das sie aus einer eleganten Ledertasche mit dem Aufdruck „Du und Ich“ herauszieht. Das ist typisch für sie: wenn schon schwanger, dann mit Stil.

„Einen Moment bitte noch, nehmen Sie kurz im Wartezimmer Platz!“

Wir setzen uns in ein Wartezimmer, das nur aus Glaswänden besteht, und ich fühle mich von allen Seiten beobachtet. So als trage ich ein dunkles Geheimnis mit mir herum, was ja irgendwie auch stimmt. Man könnte nicht besser vorbereitet sein auf schlechte Neuigkeiten und doch habe ich das Gefühl, noch niemals in meinem Leben so absolut überhaupt nicht zu wissen, wie ich reagieren soll, wenn es soweit ist. Ich habe keinen Ratschlag mehr, ich habe kein Feeling mehr für die richtigen Worte, ich habe nichts außer Angst. Vor Emmas Reaktion und um das Würmchen da in ihrem Bauch. Fast so als hätten das Ungeborene und ich einen Pakt miteinander. Einen Nichtangriffspakt, einen Beschützmichpakt, einen Pakt um nichts Geringeres als Leben und Tod. Am liebsten würde ich meine Hand auf Emmas Bauch legen, aber das wäre so unpassend, wie wenn ich sie bitten würde, mit mir ihre Unterwäsche zu tauschen. Wir sind keine Schwestern, die so etwas machen.

Wenige Minuten später, in denen Emma interessiert in dem Infoheft einer Krankenkasse geblättert hat und ich den Blick nicht von dem Osteoporoseposter an der Wand nehmen konnte – weil die löcherigen Knochen dort auf dem Bild genau dem entsprechen, wie ich mich fühle: ausgehöhlt, zerbrechlich und kurz vor dem Auseinanderbrechen –, ruft die Helferin „Frau Jacobi, bitte!“ und Emma steht langsam und behutsam auf, so wie Schwangere das tun. Sie strahlt mich noch einmal an und sagt: „Wir lassen dich dann reinrufen.“

Ich möchte das blöde Poster gerne von der Wand reißen, aber das hilft auch nicht weiter. Schließlich habe ich gestern doch noch eine sinnvolle Beschäftigung gefunden, die mich von Matt und dem ganzen Gefühlschaos ablenkt. Den ganzen gestrigen Nachmittag und Abend habe ich mit der Recherche der sogenannten Trisomie 21, dem Down-Syndrom, verbracht. Ich weiß alles, was man aus dem Internet wissen kann. Ich weiß, dass 47 Chromosomen statt 46 uns eine Heidenangst machen. Ich habe über Fälle gelesen, in denen Kinder bereits Stunden nach ihrer Geburt aufgrund des häufig mit dem Syndrom einhergehenden Krankheitsbildes eines Herzfehlers verstorben sind. Ebenso habe ich über Kinder gelesen, die einen Realschulabschluss gemacht haben und trotz ihrer Behinderung ein sehr eigenständiges Leben leben. Sogar studiert haben welche, auch wenn das ganz klar die Ausnahme ist. Ich bin an dem Satz hängen geblieben: „Wer sagt denn, dass Down-Syndrom-Kinder nicht normal sind, vielleicht sind sie es und wir nicht.“ Und ich habe mich von Video zu Video geklickt. Seit acht Uhr gestern Abend weiß ich, dass neun von zehn Frauen ihr Kind abtreiben lassen, wenn sie davon erfahren, dass es Trisomie 21 hat. Auch wenn es nur fünf von zehn wären, wüsste ich auf Anhieb, welcher Gruppe ich Emma zuordnen würde, und ich schäme mich dafür. Ihretwegen und meinetwegen.

Während ich hier sitze und über meine gestrigen Nachforschungen nachdenke, fällt mir eines auf: Ich habe nur über lebende Down-Syndrom-Menschen recherchiert, nichts zu Abtreibungen, nichts zu den Möglichkeiten einer Beendigung der Schwangerschaft und mit einem Mal weiß ich, was ich zu tun habe.

„Wir wären jetzt soweit. Der Herr Doktor wird jetzt den Ultraschall durchführen und die Nackenfaltenmessung, für die sich Ihre Schwester entschieden hat. Kommen Sie?"

Ich schrecke aus meinen Gedanken hoch und schaue mich um. Ich bin die Einzige im Wartezimmer und es ist mir noch nicht einmal aufgefallen.

Schwerfällig laufe ich der Helferin nach in ein Behandlungszimmer, wo Emmas entblößter schlanker Bauch unter einer Schicht aus Kontaktgel auf einer Liege liegt. Ich höre meinen eigenen Herzschlag so laut wie das seltsame blubberartige Geräusch des CTG-Gerätes aus dem Nebenzimmer. Der Arzt dreht sich kurz zu mir um und begrüßt mich lächelnd. Ich versuche, zurück zu lächeln. Nicht sehr gelungen. Emma greift nach meiner Hand, sie ist sichtlich gerührt vom Anblick eines kleinen, kompletten Körpers in der Seitenansicht auf einem Computerbildschirm. Und ich bin es auch. Da schwimmt mein Neffe oder meine Nichte in Fruchtwasser und wir sollen nun darüber entscheiden, ob die Nackenfalte zu groß ist oder zu klein, und danach richtet sich dann, ob er oder sie lebenswert ist oder nicht? Und liebenswert? Pervers, irgendwie, wenn man darüber nachdenkt.

Dann geht auf einmal alles sehr schnell. Ich nehme gar nicht wahr, was der Arzt da wirklich macht, nur sein Gesicht, das sehe ich sehr genau und ich werde den Ausdruck darauf niemals vergessen. Das langsame Runzeln der Haut über seinen dichten, grauen Augenbrauen, das leichte Kopfneigen und der schnelle, wissende Blick zur Helferin.

Emma bekommt von all dem gar nichts mit. Sie strahlt ihr Baby in Schwarz-Weiß auf dem Bildschirm an und ich wünsche mir, dass sie das einfach weiter tut, egal, was der Gynäkologe ihr nun sagen wird. Ich hoffe es so sehr und weiß, dass es nicht so sein wird. Dieser eine Satz wird alles verändern.

„Frau Jacobi, der Wert der Nackenfaltenmessung zeigt ein deutlich erhöhtes Risiko für eine Trisomie 21. Es liegt nach meiner Beurteilung bei eins zu zwanzig. Das ist ein bedenklich hoher Wert und ich rate Ihnen dringend, weitere Untersuchungen vornehmen zu lassen. Wir könnten …"

„Moment mal!", höre ich mich selbst sagen.

Der Arzt und Emma starren mich an. Er genervt davon, unterbrochen worden zu sein, sie vollkommen irritiert davon, dass niemand ihr gesagt hat, dass alles bestens ist. So wie sie es gewohnt ist.

„Das bedeutet immer noch, dass bei einem solchen Wert neunzehn von zwanzig Frauen ein gesundes Baby bekommen und nur eine nicht. Was wollen Sie meiner Schwester da denn einreden?“, rufe ich.

„Ja, das ist korrekt, aber …“, beginnt der Arzt.

„Ich bekomme ein Kind mit Down-Syndrom?“ Emma flüstert es, so leise, dass es fast von meinem Puls übertönt wird.

„Nein, das heißt nur, dass Sie eine hohe Wahrscheinlichkeit haben, rein statistisch gesehen“, widerspricht der Arzt und an mich gewandt sagt er: „Es geht nicht darum, Ihrer Schwester etwas einzureden, sondern ihr die Möglichkeit einer Entscheidung zu geben. Entscheidungen können einfacher getroffen werden, wenn die Gewissheit höher ist.“

‚Das ist falsch!‘, möchte ich schreien. Gewissheit sagt nichts über unser Bauchgefühl, nichts über die Liebe, zu der wir fähig sind, nichts darüber, ob uns eine Entscheidung glücklich macht oder nicht. Zumal er sie noch nicht einmal ausspricht, die Wahrheit. Es geht hier nicht um ein einfaches Ja oder Nein, sondern um Leben oder Tod. Denn sonst würde keiner dieser Tests überhaupt einen Sinn ergeben.

„Es ist Ihre Entscheidung“, erklärt der Arzt in Emmas Richtung. „Wir können heutzutage die Amniozentese vermeiden und damit auch die Gefahr eines invasiven Eingriffs für das Ungeborene. Wir können einen Bluttest machen, der Ihnen mit einer neunundneunzigprozentigen Sicherheit sagen wird, ob Ihr Kind unter dem Down-Syndrom leidet oder nicht.“

Leidet? Es ist noch nicht einmal geboren! Alles in mir schreit, während mein Mund brav die Klappe hält.

„Ich mache den Bluttest“, sagt Emma tonlos und der ganze Schwangerenglow ist aus ihrem Gesicht verschwunden, als hätte sie ihn sich mit Wattepads abgeschminkt.

„Warum?“, höre ich mich japsen.

„Zur Sicherheit natürlich“, sagt sie, ohne mich dabei anzusehen.

„Und dann?“, frage ich und nehme dem Arzt die Frage vorweg, die er sich nicht zutraut zu stellen. Dabei wäre das sein Job, finde ich.

Emma starrt mich an. Ich starre zurück.

Und ich begreife: Der Wert eines Lebens liegt auf einer Waagschale gegen den Wert einer Entscheidung. Was hat mehr Gewicht? Und haben wir die Entscheidung nicht eigentlich bereits getroffen, wenn wir uns ein Kind wünschen? Nicht das eine perfekte, gesunde, uns ähnelnde, sondern die Möglichkeit der Imperfektion. Können, nein dürfen wir die Chance zu entscheiden einfach verlangen und uns auf unser eigenes Recht auf Leben berufen, wenn es doch um ein anderes geht? Was ist richtig und was falsch?

Zwanzig Minuten später hat Emma sich in Schockstarre zwei Kanülen Blut abnehmen lassen und sieht so aus, als wären es drei Liter gewesen. Sie ist blasser als sonst und beschwört in mir das Bild vom Italiener am Samstag hervor, kommenden Samstag, den es jetzt so nicht geben wird. Weil ich die Zukunft verändert habe und sie auch unbedingt verändern will. Für Emma. Und das Baby.

Draußen stehen wir in der mittlerweile brennenden Sonne.

„Mir ist kalt“, sagt Emma und ich beiße mir auf die Zunge, um ihr nicht zu sagen, dass das unmöglich ist, weil wir mittlerweile um die achtundzwanzig Grad haben dürften. Was habe ich schon eine Ahnung davon, wie kalt einem sein kann, wenn man erfährt, dass man möglicherweise ein behindertes Baby bekommt. Ich bin versucht, es herunterzuspielen, aber dazu habe ich kein Recht.

„Komm, wir gehen ins Cafe Luitpold. Ich lade dich ein“, schlage ich vor.

„Ich will nach Hause, Sara.“

„Nein, du kannst so nicht nach Hause. Wir müssen doch darüber reden. Über das Baby und wie es weitergeht.“

„Darüber willst du ernsthaft mit mir reden? Sonst interessierst du dich doch auch nicht für mich“, presst sie bissig zwischen ihren Zähnen hervor. So als mache es zu viel Mühe, ihren Mund dafür zu öffnen. So, als wäre ihr zu kalt, um zu sprechen.

„Was? Das stimmt doch überhaupt nicht!“, entgegne ich erbost.

„Und ob das stimmt, du triffst dich einmal im Monat mit mir bei diesem beschissenen, überteuerten Italiener und über was reden wir? Über nichts von Belang."

Das stimmt. Absolut. Aber ich dachte immer, das sei so, weil sie es gerne so will. Einen Moment lang weiß ich nicht, was ich sagen soll und kann. „Dann gehen wir eben ab sofort woanders hin. Der Thai unterhalb vom Bahnhof soll gut sein."

„Habe ich auch gehört", sagt sie leise und lächelt leicht, bevor sie die Hände vor dem Gesicht zusammenschlägt und flüstert: „Oh Gott, Sara, was mache ich nur …?"

Ich würde ihr gerne sagen, dass immer noch eine große Wahrscheinlichkeit besteht, dass das Baby gesund ist, aber was soll das schon bringen, ich weiß ja, dass es nicht der Wahrheit entspricht. Und ich glaube, Emma ahnt es auch.

Also sage ich nichts und manövriere meine Schwester in Richtung der weißen Sonnenschirme auf der gegenüberliegenden Straßenseite und suche bereits aus der Entfernung nach einem der roten Tische, der nicht ringsum mit Kleinkindern und deren Müttern belagert ist. Aber Emma scheint ihre Umgebung ohnehin gar nicht wahrzunehmen. Wir setzen uns an den äußersten Rand der vorderen Tischreihe und ich bestelle für Emma eine heiße Schokolade, zum Aufwärmen.

„Willst du auch eines von diesen Schokomousseteilen, die so aussehen, als sitzt eine Spinne darauf?", frage ich und warte darauf, dass sie mich belächelt und mir erklärt, dass das keine Spinne sein soll, sondern ein Apfel mit Blättern.

Stattdessen aber sagt sie: „Ich sehe nichts mehr, Sara. Nichts. Alles ist weg, die ganze Zukunft mit dem Baby. Vorher … bevor … er es gesagt hat, habe ich alles gesehen. Kleine Händchen in meinen, Stefs stolzer Blick, die Geburt und eure Gesichter, wenn ihr in dieses süße, perfekte kleine Babygesichtlein blickt, das erste Lachen, das erste Wort, Taufkleider und Schultüten. Weißt du, diese ganzen Meilensteine im Leben eben. Das ist alles weg jetzt. Ich sehe nichts mehr. Ich fühle nichts mehr." Dicke Tränen laufen ihre Wangen hinunter und sie schluchzt leise. „Ich habe immer nur das gesehen, was ich sehen wollte. Das, was ich jetzt nie haben werde. Ich habe nie gesehen, dass etwas nicht stimmen könnte."

Eigentlich will ich ihr sagen, dass sie all das auch mit diesem Kind haben kann, aber instinktiv lasse ich es sein. Die Vergangenheit hat mich gelehrt, dass ich vorsichtig sein muss mit meinen Worten. Zumindest wenn ich will, dass Emma dem Baby eine Chance gibt, ihr Baby sein zu dürfen. Warum ich das so gerne will, kann ich selbst nicht erklären. Vielleicht weil ich weiß, wie es ist, für nicht perfekt gehalten zu werden, auch wenn man nicht behindert ist. Vielleicht weil ich langsam zu begreifen beginne, dass es überhaupt gar nicht auf Perfektion ankommt.

„Du machst zu viele Pläne“, sage ich zu Emma und leihe mir Matts Worte. „Du suchst nach Sicherheit und Perfektion und springst dabei über all die Freude und Schönheit von Kurzweiligkeit und Unvollkommenheit. Auch wenn dein Kind nicht behindert ist, weißt du nicht, was es für ein Mensch werden wird. Aber du weißt doch jetzt schon, dass du es liebst.“

Sie sieht mich überrascht an. „Ja, aber denkst du, ich kann es auch noch lieben, wenn es … das Down-Syndrom hat?“ Sie spricht vorsichtig etwas aus, was man eigentlich nicht sagt. Aber ich bin froh, dass sie es sagt. Zu mir und nicht zu meiner Mutter. Zu mir und nicht zu meinem Vater. Zu mir und nicht zu Stef.

„Ja!“, antworte ich. „Und ich liebe es auch.“ Ich versuche mir ein Mädchen oder einen Jungen vorzustellen, der mit fröhlichem Lachen und seinem Anderssein Emmas weiß gebohnerten Haushalt auf den Kopf stellt, und der Gedanke gefällt mir. Sehr sogar. Viel besser als ein artiges, blondes kleines Mädchen, das mit rosa Schleifchen im Haar an einem weißen Miniaturtischchen sitzt und Prinzessinnenbilder ausmalt.

„Das Kind wird dich glücklich machen, Emma. So oder so. Wenn du aufhörst, dir über die Meinung der anderen Leute Gedanken zu machen.“

Erstaunlicherweise ist dieser eine Satz genau der, der für mich ebenso zutrifft.

Ich stehe auf, laufe um meinem Stuhl herum zu ihrem und lege meine Arme von hinten um ihre Schultern und drücke sie so fest, wie ich sie nicht mehr gedrückt habe, seit sie mir ihren pinken Nagellack und ihr schwarzes Barbiepferd geschenkt hat. Ich presse mich an den

Körper meiner Schwester, als wäre ich acht Jahre alt und nicht neunundzwanzig. Als wäre es möglich, ihr all die Zweifel und die Angst mit einer Umarmung zu nehmen.

„Versuch dir das Lachen vorzustellen, das laute Lachen."

Sie nickt, in meinen Arm hinein. „Vielleicht sollte ich erst einmal den Bluttest abwarten."

„Wann kommt das Ergebnis?", frage ich, die Antwort kennend.

„Montag nächste Woche", antwortet sie. „Ich weiß nicht, wie ich es bis dahin aushalten soll. Was sage ich denn Stef und Mutter?"

„Wenn du auf mich hörst, Stef die Wahrheit und unserer Mutter gar nichts." Ich lasse sie langsam los und setze mich auf meinen Stuhl.

Emmas Augen sind rotgerändert.

„Ich weiß, dass du es bereuen wirst, wenn du das Baby nicht bekommst. Und Stef auch. Ganz bestimmt sogar."

Emmas Mann ist ein ruhiger Investmentbanker, der selten wirklich aus sich herauskommt. Außer wenn es um Kinder geht. Er ist versessen auf Kinder. Und zugegebenermaßen der Lieblingsverwandte meines Neffen Anton. Gegen Stefans Einfälle, Höhlen unter fein gedeckten Kaffeetafeln zu bauen, seinem Neffen Kastanien gegen Schokobons abzukaufen und völlig uneitel und schmerzlos mit ihm im Dreck Matschburgen zu bauen, kommt niemand an. Ich bin mir sicher, dass es keinen Grund gibt, warum Stef das Kind nicht so lieben sollte, wie es ist. Mit all der Verantwortung, die dazugehört. Und mit all der Angst, die zum Elternsein gehört. Egal, wie die Kinder geraten.

„Und woher willst du wissen, dass ich es nicht bereue, es bekommen zu haben? Sara, das ist eine Lebensaufgabe."

„Das sind Kinder doch immer, Emma!"

„Ah, das sagst du, die schon drei eigene hat, oder was?", zischt sie garstig.

„Nein", antworte ich und schlucke schwer an dem Brocken von Boshaftigkeit, den sie mir mit ihren Worten zuwirft, „das sage ich dir als deine Schwester, die keine Kinder hat, aber deine so lieben wird wie ihre eigenen."

Emma blickt zur Seite, weg von mir und dann lächelt sie. „Auch wenn es die selben Marotten hat wie ich?"

„Du meinst unermessliche Eitelkeit, das Besserwissergen, Überheblichkeit und deinen Kontrollzwang“, ich lache, um den Worten weniger Gewicht zu geben.

„Ja“, antwortet sie leise, „und meine Oberflächlichkeit.“

„Auch die, nehme ich alles hin.“

Sie lächelt mich an und wischt sich dabei mit einer der Stoffservietten die Tränen aus dem Gesicht. Unsere heißen Schokoladen stehen unangetastet neben uns.

„Ich weiß noch nicht, wie ich mich entscheiden werde, wenn es wirklich … krank ist.“

„Du hast das Recht zu einer Entscheidung, Emma“, sage ich. „Und hab’ dich lieb, egal, was du tust. Und ich stehe dir bei, egal, was du tust.“

„Danke“, antwortet sie und nimmt einen großen Schluck aus ihrer Tasse. Sie hält sie genau wie ich: Zeige- und Mittelfinger durch den Henkel gestreckt, den Daumen links an der Tasse und den kleinen Finger am Boden des Porzellans. So als müsse sie nicht nur eine Tasse festhalten, sondern eine ganze Welt.

Kleine Ähnlichkeiten, die ausmachen, wer wir sind. Ähnlichkeiten, die uns zu Schwestern machen.

Kapitel 15

Dienstag, 6. September, 14:02 Uhr

Sie huscht ertappt durchs Treppenhaus und versucht, sich unerkannt an mir vorbei zu schieben.

„Moment mal! Was machst du hier?", rufe ich.

Ich kenne die Frau, fast noch ein Mädchen, aber ich kann sie gerade nicht zuordnen. Auf jeden Fall habe ich sie schon einmal gesehen, mehrmals sogar. Die Erinnerung lässt sich aber trotz aller Mühe nicht in eine Zeitschiene packen. Vor dem Unfall, nach dem Unfall. An einem Tag, den ich bereits zweimal erlebt habe oder nicht. Irgendetwas an ihrem Gesicht alarmiert mich. Als sie sich umdreht, sehe ich einen blonden Flechtzopf und einen Lederrucksack mit langen Schnüren. Die Schnüre baumeln wie der Zopf ein wenig haltlos in der Luft und dann habe ich es: Die Frau ist schon einmal an mir vorbei gestürmt, im Treppenhaus. Und hier auf meiner Etage habe ich sie auch schon gesehen. Der dritte Ort unserer Begegnung will mir nicht einfallen.

„Warst du letzte Woche schon mal hier?", schreie ich.

Nee, geht ja gar nicht, letzte Woche gab es schließlich nicht. Nicht für sie.

„Warte doch mal!", brülle ich ihr hinterher und sie hält inne und dreht sich wieder zu mir um. Sie läuft direkt auf mich zu und die Wut in ihren Augen scheint Funken sprühen zu können. Ein junges Gesicht. Vielleicht Anfang zwanzig, vielleicht auch erst achtzehn. Ihr Körper ein wenig pummelig, kurze Beine in einem geblümten Kleid und eine Jeansweste darüber.

„Nein, ich war letzte Woche nicht hier. Aber ich komme ab sofort jeden Tag!"

Ein wenig grotesk ist es schon, wie dieses kleine, junge Ding da plötzlich mit ihrem Finger vor meiner Nase herumwedelt.

„Und was versprichst du dir davon?", frage ich sie ruhig.

„Arroganten Bürofotzen wie dir klarmachen, was es heißt, nicht mit dem Goldlöffel in der Fresse geboren zu sein!“

Ganz schön auf Krawall gebürstet, die Gute! Ich öffne meinen Mund, strecke ihr die Zunge raus und sage: „*Bääh*, kein Goldlöffel drin.“ Für einen kurzen Moment bin ich über mich selbst erschrocken, Matt hätte seine Freude daran. Oliver vermutlich nicht. Für einen ebenso kurzen Moment ist auch das Mädel sprachlos, fast habe ich den Eindruck, sie verkneift sich ein Lächeln.

„Was bildet ihr euch eigentlich ein, hä? Marschiert in die Firma mit euren Prada-Kostümchen und Anzügen und denkt, ihr wisst irgendetwas vom Leben. Ihr kennt nur Zahlen. Es wird so laufen wie in der Firma meines Bruders, ihr kommt und er muss gehen. Ihr kommt und viele Leute müssen gehen! Ich schaue da nicht mehr zu!“

Ah, daher weht der Wind! Es ist eines der Werkstattmädchen meines Kunden. Nun weiß ich, woher ich sie kenne. Ich habe sie bei einer der Besichtigungen dort gesehen. Sie macht eine Ausbildung zur Mechatronikerin und ich habe mir dabei noch gedacht, wie interessant das sein muss, etwas mit seinen Händen anzufangen und nicht nur mit dem Kopf zu arbeiten.

„Und was machst du stattdessen? Mir Scheiße in Tüten in meinen Briefkasten werfen oder meine Tür mit deinen grauenvollen Graffitis verschmieren? Was wird denn davon besser?“, sage ich.

Nichts wird besser, aber sie hat ein Statement gesetzt. Und eigentlich hat sie ja recht. Wir marschieren rein, um andere rauszukicken, damit wir Geld verdienen, weil andere keines mehr verdienen.

Sie starrt mich an und ich weiß, dass ich sie erwischt habe. Hier haben wir den kleinen Bösewicht. Irgendwie hatte ich mir jemand Furchteinflößenderen vorgestellt. „Das hattest du doch vor, oder? Am Samstag, wenn ich beim Zumba bin. Woher kennst du eigentlich meinen Terminkalender so gut?“

„Kenne ich nicht, ich beobachte dich nur.“

Sie will wieder davonrennen, aber ich bin schneller. Mit einem Satz springe ich nach vorne, so dass es hinter meiner Stirn gefährlich stark zu pochen beginnt, und dann habe ich sie. Am Rucksack mit den Schnüren mit einer Hand und mit der anderen an ihrem Zopf. „So schnell kommst du mir nicht davon!“

„He, was soll das!“, ruft sie und tritt aus wie ein wütendes kleines Pony. Direkt an mein Schienbein.

„Autsch!“ Der Schmerz zieht vom Bein in meinen Kopf und lähmt mich für einen Moment so stark, dass ich ihre Haare loslasse und auf dem Boden zusammensinke.

„Scheiße“, flucht das Mädchen und ich sehe durch halbgeschlossene Lider, dass sie sich nicht entscheiden kann, ob sie davonlaufen soll oder doch besser nicht.

Ihren Rucksack habe ich noch in der Hand und stülpe ihn nun um. Die üblichen Frauenartikel fallen heraus und eine pinke Sprühdose. „Ich mag meine Tür in weiß!“, sage ich.

„Ich mag meinen Job!“, antwortet sie kratzbürstig.

„Woher weißt du, wo ich wohne?“

„Die Personalchefin hat deine Homeofficenummer und ich habe Connections.“

„Du weißt aber auch, dass ich nicht die Einzige bei Umuc bin, die euren Jobs an den Kragen will. Der Laden läuft nicht, ihr schreibt seit Jahren rote Zahlen. Es muss sich etwas tun.“

Sie setzt sich neben mir auf die angenehm kalten Fliesen und starrt zu den Lichtschächten an der gegenüberliegenden Wand. Wahrscheinlich, um mich nicht ansehen zu müssen. „Es muss doch auch andere Möglichkeiten geben“, sagt sie.

Gibt es. „Gibt es nicht“, lüge ich.

Sie reißt mir den Rucksack aus der Hand und stürmt weiter.

„Ich kann dich anzeigen!“, schreie ich ihr nach.

„Ich kann dich ärgern“, ruft sie zurück.

Fassungslos schüttele ich meinen Kopf, fast ein wenig amüsiert. Und nachdenklich. Dann hole ich mein Handy – ich bin immer noch bei jedem Blick darauf verblüfft, dass es wieder funktioniert und muss mir ins Gedächtnis rufen, dass ich erst in der Zukunft mit Haarfärbehandschuhen im Klo danach fischen werde. Mentale Notiz: Handy hat im Bad nichts verloren. Ich wähle die Nummer vom Büro, Durchwahl 156. „Kirsten?“

„Hallo.“

„Hast du Zeit?“

„Jetzt? Sara, du hast Nerven …“

„Es ist beruflich, Kirsten! Ich brauche deine Hilfe, wegen Freitag.“

„Ich dachte, du hast den Termin am Freitag bereits von hinten bis vorne durchgeplant. Rote Mappe und so.“

„Hab ich auch, aber jetzt muss ich ihn von hinten bis vorne wieder ändern. Den ganzen Plan! Kann ich mit deiner Unterstützung rechnen?“

„Du meinst, ich soll dir helfen, befördert zu werden?“ Sie klingt ein wenig genervt, aber bevor ich etwas antworten kann, stöhnt sie laut auf und erklärt dann: „Ich hasse dich dafür, dass ich nicht Nein sagen kann!“

Ich bin mir sicher, sie verzieht ihr Gesicht dabei so stark, dass die Sommersprossen Kopf stehen. „Werd’ nicht gleich theatralisch! Ich fahre ins Büro.“

„Gut, bis gleich. Bring Kaffee mit! Viel Kaffee! Starbucks, Caramell Macchiato! Den größten Becher, den sie haben.“

„Spinnst du? Der kostet über fünf Euro!“

„Ich bin es wert, Süße!“

„Das verdienen manche nicht in der Stunde, Kirsten!“

„Wir leben in Zeiten des Mindestlohns.“

„Eben!“

„Diskutiere nicht mit mir, wenn ich dir helfen soll, kommst du mir nicht mit der Plörre von der Tanke davon!“

Als ich am Abend zurückkomme, leiste ich still Abbitte bei der Zukunft. Kirsten hat das Video von mir nicht ins Netz gestellt – mal abgesehen davon, dass es dieses Video nicht geben wird, weil ich keinen Alkohol mehr anrühren werde, wenn es um wichtige Tage und wichtige Entscheidungen geht. Nie mehr. Bei meiner Angewohnheit, immer das Schlechte in den Menschen um mich herum zu suchen, übersehe ich so oft das Gute. Wenn ich bislang möglicherweise wirklich häufig die falschen Menschen getroffen habe oder aber es tatsächlich mehr falsche Menschen gibt als ehrliche, so weiß ich doch heute, dass Kirsten eine wahre Freundin ist. Sie hat mir gerade dabei geholfen, ein neues Konzept für Freitag aus dem Boden zu stampfen. Ungeachtet dessen, dass sie absolut gar nichts davon haben wird.

Nicht, wenn ich befördert werde, und nicht, wenn das Gegenteil geschehen wird. Und jetzt sitzt Kirsten immer noch im Büro, um die Arbeit zu erledigen, die sie mir zuliebe aufgeschoben hat. Sie hat mich ein Dutzend Mal gefragt, ob ich mir sicher bin. Ich bin es. Vielleicht sind manche Fehler dazu da, um gemacht zu werden. Vielleicht sind manche Fehler nur gut, um sie bei der nächstmöglichen Chance zu vermeiden. Vielleicht gibt es auch Fehler, die uns selbst von großem Nutzen sind. Aber ganz sicher gibt es Fehler, die man niemals machen darf.

Ich bin so überaus zufrieden mit mir, dass mein Kopf nach irgendeiner Art von Belohnung verlangt. Ich erinnere mich an einen Bericht über die Belohnungsmechanismen im Hirn, den ich vor ein paar Wochen gelesen habe. Forscher haben in den 50er Jahren zufällig entdeckt, dass eine Ratte in einem Versuch auf Stromstöße im Hirn reagierte und immer wieder an die Ecke im Raum zurückkehrte, an er sie den Stimulus erhalten hatte. Selbst am darauffolgenden Tag. Offenbar hatten die Forscher ihr Belohnungszentrum getroffen und die Ratte hoffte nun auf neue Stromschläge. Genauso geht es mir. Ich bin eine kleine, elende Ratte, die es zurück an den Ort des Geschehens zieht. Bei erstbester Gelegenheit.

Und weil das so ist und ich mich selbst schlecht kontrollieren kann – ich rede mir nur immer wieder ein, dass das ja nicht heißt, dass ich Matt da oben treffe; es gefällt mir eben nur da oben, es ist so schön ruhig und der Ausblick ist gigantisch, blablabla … alles Selbstbetrug! – bin ich nun barfuß und mit einer angebrochenen Flasche Roséwein unterwegs zur Dachterrasse. Oben setze ich mich an gleicher Stelle auf die Mauer, an der mir Matts Schmetterlinge aus dem Umschlag gerutscht sind, und beschließe, Oliver anzurufen. Wenn ich schon hier oben bin, dann kann ich ihn ja vielleicht dazu überreden, nach Hause zu kommen und dafür zu sorgen, dass aus der Ratte wieder seine zukünftige Frau wird.

Entschlossen nicke ich mir selbst zu und wähle Olivers Nummer.

Es klingelt dreimal, dann geht er ran. „Schatz! Schön, dass du dich meldest!“

„Alles okay, Oliver? Du klingst so atemlos?“

„Gerade auf letztem Drücker zur nächsten Besprechung unterwegs.“

„Ach so, ich dachte schon, du bist an einem Bahnhof, oder so." Und kommst heim.

„Nein, Schatz, es tut mir leid. Ich schaffe es nicht vor Samstag."

„Samstag, Oliver? Das ist nicht dein Ernst! Ich hatte einen Unfall!" Und klinge gerade wie meine Mutter, mit vielen Ausrufezeichen.

„Sara, es tut mir unheimlich leid. Hat sich meine Mutter bei dir gemeldet? Sie wollte dir Wanda schicken, als Hilfe im Haushalt."

„Ich brauche eure verdammte Putzfrau nicht! Ich brauche dich!" Und das Gefühl, dass es richtig ist mit uns.

„Schatz, so kenne ich dich ja gar nicht. Ich würde wirklich kommen, wenn es irgendwie geht, aber es ist unmöglich. Ludwig reißt mir den Kopf ab, wenn ich in einer so entscheidenden Phase abhaue!"

„Du tust gerade so, als würdest du Menschenleben retten!"

„Jetzt mach aber mal einen Punkt! Du magst deinen Job nicht für wichtig genug erachten, meiner ist es allemal."

„Und ich? Bin ich nicht wichtig?"

„Natürlich bist du das und glaube mir, ich wäre nirgends auf der Welt lieber als bei dir. Wir holen alles nach, du wirst sehen! Am Wochenende. Ich sage mein Turnier ab und nächste Woche fahren wir ein paar Tage weg."

„Das geht nicht. Vielleicht habe ich bis dahin einen anderen", rutscht es mir heraus. Und dann lege ich einfach auf. Ich wünsche mir ein Telefon, das ich auf die Station knallen kann, eines mit einem Hörer, der wie die zu langen Ohren eines Welpen über das Gerät hinausragt, und mit einem Kabel, an dem man es in einen anderen Raum zerren und die Tür zuknallen kann. So wütend bin ich.

Ich öffne die Roseflasche und nehme einen kräftigen Schluck.

Eine gute Viertelstunde später knarrt es und ohne, dass ich mich umdrehen muss, weiß ich, wer hinter mir steht. Das Belohnungszentrum vibriert zufrieden und ich bin genau da, wo ich hinwollte und nicht sollte. In einer Ecke, aus der Stromschläge kommen.

„Ich dachte, ich sehe mal nach dir. Da schleicht so ein dubioses junges Mädchen schon den ganzen Tag im Haus herum und fragt die Leute nach dir aus", sagt eine dunkle Stimme. Eine, die die Härchen auf meinem Arm nach oben stehen lässt wie Antennen. Nur her mit euch elektromagnetischen Wellen!

„Ich kann mich ganz gut selbst verteidigen, danke!“, antworte ich.

„Schon wieder so biestig?“, fragt er und lacht leise.

„Kratzbürstig“, antworte ich.

„Genervt?“, fragt er.

„Von der ganzen Welt“, sage ich.

„Soll ich gehen und dich mit den restlichen fünfhundert Millilitern alleine lassen? Keine gute Idee, glaube ich. Du neigst doch zu Dummheiten auf Dachterrassen, habe ich gehört!“

„Befragst du auch die Leute im Treppenhaus nach mir?“

„Klar. Immer. Seit ich dich das erste Mal gesehen habe.“

Er setzt sich neben mir auf die Brüstung und ich halte die Luft an, als er seine Hände an meinen Nacken legt und leicht darüber streichelt. Endorphine aufgepasst, ihr überschwemmt mein Belohnungszentrum.

Um seinen Händen und der Wirkung auf mich zu entgehen, drücke ich ihm die Flasche in die Hand und stelle mich auf die Brüstung. Ein lächerlicher Versuch. Neben mir der Abgrund, unter mir der Abgrund. Beides keine sehr gute Idee.

Matt lacht leise sein Hollywoodlachen, stellt die Flasche ohne zu trinken beiseite und fragt: „Die große Freiheit im Kopf, was?“

„Wie meinst du das?“, frage ich und versuche, ihm nicht direkt in die Augen zu sehen. Was misslingt.

„Hier oben, gib es zu, hier oben hast du die große Freiheit im Kopf. Dich zieht es immer wieder hier her.“

„Stimmt, wie eine Ratte“, seufze ich und breite die Arme aus. „Dumboratte“, korrigiere ich mich.

Er steht ebenfalls auf und fasst mich sanft um die Hüften, wobei es mir nicht weiter gelingt, seine Augen zu meiden.

„Die schönste und bezauberndste, die ich jemals gesehen habe“, sagt er und das kleine hämische Lächeln ist verschwunden, als sich sein Mund meinem nähert und wir uns weit oben über den Dächern von München schon wieder küssen. Ruhiger, bedachter und inniger als beim letzten Mal. So, als wüssten wir, dass wir uns sowieso nicht davon abhalten können.

Als sich unsere Lippen wieder trennen, liegen seine großen Hände noch immer wie Tigerpranken an meinen Hüften und geben mir einen Halt, von dem ich nicht wusste, dass er so guttun kann.

„Kannst du mich nicht einfach in Ruhe lassen?", frage ich. Verzweifelt darüber, dass immer wieder passiert, was nicht passieren darf.

„Kannst du nicht einfach akzeptieren, dass es so sein soll?", fragt er. „Ich habe da noch ein Anrecht auf eine Erinnerung, die du mir voraus hast."

Er lässt mich langsam los, jeder einzelne Finger löst sich nach und nach von meinem Körper und hinterlässt den Wunsch, überall berührt zu werden.

Dann springt er von der Brüstung und reicht mir seine Hände. „Tanz mit mir!", sagt er.

„Was, hier oben? Ohne Musik?"

„Die Musik spielt im Kopf. Aber bitte beweise ein wenig Geschmack! Abba ist tabu."

Ich muss kichern und lasse mich von ihm nach unten heben, sinke in seine Arme und verschmelze mit ihm in einer Tanzbewegung ohne hörbare Musik, füge mich in seine starke Umarmung und den Druck seines Körpers auf meinem. Meiner Brust an seiner, zwei Herzen aneinander. Ich denke an nichts. Nicht an den Mann, den ich vor wenigen Minuten angerufen habe, nicht an all die Folgen, die ich doch kenne. So gut kenne. Der Kater danach steckt noch in einer alten Holzkiste und sein Jaulen wird durch die Musik in meinem Kopf übertönt. Ich will ja auch gar nicht denken, ich will nur fühlen.

Er sieht mich die ganze Zeit an und ich ihn. Außergewöhnlich grüne Augen blicken in gewöhnliche braune, Zentimeter darunter. Sehen sich selbst darin und verlieren sich. Ich lege meine Hände auf seine Brust und sie kommen mir dabei so unheimlich klein vor. Dann streife ich ihm das Shirt über den Kopf. Meine kleinen Füße stehen vor seinen großen und ich recke mich ihm mit jedem einzelnen Quadratzentimeter meiner Haut willig entgegen. Ich fahre mit meinen Lippen sanft über seinen Hals, hinunter zu der Narbe, die auch für das steht, was er gerade für mich ist: Abenteuerlust, Lebenslust, Sehnsucht nach Freiheit. Noch während ich das denke, wird mir für einen kurzen

Moment klar, dass es hier nicht nur um mein Belohnungszentrum geht und einen körperlich erklärbaren Zustand. Es geht um viel mehr. Doch Denken ist nicht länger möglich, als er es mir gleichtut und mein Kleid langsam über meinen benebelten, endorphingeplagten Kopf zieht und seine Hände nun überall sind, wo meine Hüfte sie sich vorhin hin gewünscht hat.

Große Hände fassen um meinen Hintern und ziehen mich zu ihm, meine Beine schlingen sich um Matt und mein ganzes Ich will ihn besitzen. Mit seinen Lippen berührt er sanft meine Brust und lässt mich kurz vor Wohlgefühl erzittern. Er lässt sich Zeit dabei, seine Hände über meinen Körper gleiten zu lassen. Und ich genieße jeden einzelnen Moment davon. Dann lässt er los und unterbricht die Magie zwischen uns. Perplex sehe ich zu ihm auf. Er legt mir seinen Zeigefinger auf den Mund und sagt: „Nur ganz kurz, ich bin gleich wieder da.“ Er läuft splitterfasernackt zu dem größten Sessel, den es hier oben gibt, und schiebt ihn scheinbar mühelos in Richtung der Tür, um sie zu verbarrikadieren. Das wäre der Moment. Jetzt, könnte ich es mir noch anders überlegen. Ich müsste die Notbremse ziehen. Wenn nicht jetzt, wann dann? Aber ich kann nicht. Ich will nicht. Ich bin gar nicht mehr in der Lage dazu. Mit sich überschlagendem Herzen und einem tiefen Verlangen nach mehr beobachte ich ihn, wie er langsam auf mich zukommt. Er zieht mich an sich und er macht genau dort weiter, wo er aufgehört hat. Ich lasse es geschehen, ich kann nicht anders. Der Zauber ist wieder da und ich gebe ihm nach. Mit jeder Pore und mit jeder Zelle, von Kopf bis Fuß und wieder zurück. Ganz ohne Alkohol. Ein Schluck Rosè zählt auch für meine Verhältnisse nicht.

Ich werde ihm heute nicht davonlaufen, ich habe gar nicht die Kraft dazu. Er nimmt meine Hand, führt mich zu einer der Liegen und zieht mich auf sich. Als unsere Körper wenig später ineinander verschmelzen, sind wir uns so nah, wie man sich nur sein kann, und ich bin nur noch Gefühl. Kein Gedanke lässt sich mehr fassen. Matt und ich lieben uns ein zweites Mal und es könnte nicht besser sein.

Er liegt neben mir und zieht mit seinen Fingern an meinen Haarspitzen, fährt über meine Augenbrauen. Ich lächele ihn an. Mein

Herz schlägt einen viel zu schnellen Takt. Es fühlt sich noch immer gut an, neben ihm zu liegen. Da ist auf einmal überhaupt kein Fluchtreflex mehr. Ich drehe mich ein wenig und stütze meinen Kopf auf dem rechten Ellbogen ab.

„Welches Lied?“, frage ich ihn. „Welches Lied hast du vorhin in deinem Kopf gespielt?“

„Pink Floyd, Wish you were here.“

„Aber ich bin doch hier.“

„Wer weiß wie lange. Du neigst dazu, zu fliehen, Sahara. – Und du, welches Lied?“

„Die gute alte Britney, Ups I dit it again.“

„Nicht dein Ernst?“

„Nein: Dream on. Aerosmith.“

Er nickt. „Dachte ich mir.“

„Warum kannst du eigentlich so gut Origamis basteln?“

„Meine Nichte hat es mir gelernt, auf einer sehr langen winterlichen Fahrt nach Österreich. Wir haben fünf Stunden auf der Autobahn festgesteckt. Eingepfercht zwischen Skiern, Snowboards und dicken Jacken. Und irgendwann habe ich festgestellt, dass es mich beruhigt, wenn ich Papier falte. Es ist besser, als vor Wut auf Dinge einzudreschen.“

„Machst du das manchmal? Auf Dinge eindreschen?“

„Nein, nicht mehr.“

„Was macht dich wütend?“

„Leid. Krankheit. Verschwendung.“

Ich denke an seinen Vater, den er nicht erwähnt, und überlege noch kurz, danach zu fragen, aber lasse es sein. Stattdessen sage ich: „Warum hast du keine Freundin?“

„Weil ich mich im Gegensatz zu dir nicht mit jemandem begnügen will, der mich nur halb glücklich macht. Ich hoffe, du hörst jetzt endlich damit auf. Rede mit deinem Juraschnösel und dann machst du mich glücklich und ich dich.“

„So einfach ist es nicht …“

„Doch, ist es.“

Die Schaukel an dem Metallgestell uns gegenüber beginnt ein wenig hin und zurück zu schwanken und löst eine plötzliche, messerscharfe Erinnerung aus. „Heute ist Dienstag nicht, wahr? Dienstag, der 6. September?“, frage ich, weil mir gerade etwas Wichtiges eingefallen ist.

„Ja“, antwortet er. „Warum? Zweifelst du schon wieder an deinem Verstand?“

„Nein, ich überlege nur, wie viel Zeit ich noch habe.“

„Wofür?“ Matt stützt sich auf seine Unterarme und streichelt meinen Hals.

„Ach, das ist so eine Sache, wegen der Zeit. Ich darf das auf keinen Fall vergessen.“

„Was denn? Erzähl mir doch, um was es geht!“

„Wenn du mich nicht für verrückt erklärst?“

„Auf keinen Fall! Ich bin verrückt … nach dir.“

Ich mag es, wie er mich interessiert ansieht, es ist anders, als wenn Oliver mich ansieht. „Mein Neffe Anton stürzt am Sonntag von einem Klettergerüst, nein, warte, das Klettergerüst stürzt auf ihn. Irgendetwas ist daran kaputt und er wird verletzt. Das muss ich verhindern. Aber ich habe ja noch ein paar Tage Zeit, ist mir nur eben eingefallen.“ Ich erzähle ihm die ganze Geschichte, vom Anruf bis zur Erleichterung im Krankenhaus.

Gerade will ich mich wieder zurück fallen lassen in seinen Arm und das fauchende schlechte Gewissen in mir einen erbitterten Kampf mit dem albernen schäumenden Glücksgefühl austragen lassen, als Matt sich abrupt aufsetzt und sagt: „Nein, hast du nicht. Du weißt nicht, wie lange das Gerüst schon kaputt ist, oder? Was genau war, ich meine, ist denn mit dem Teil?“

Ich versuche, mich an Papas Worte zu erinnern, am Sonntag, nach Melanies Anruf. „Ein Stützpfeiler des Klettergerüstes hat plötzlich nachgegeben“, sage ich langsam.

„Das heißt, wir wissen nicht genau, wann sich der Pfeiler lösen könnte? Auf jeden Fall könnten sich auch andere Kinder verletzen“, ruft Matt aufgeregt.

„Ja, theoretisch schon …“, sage ich.

„Also, worauf wartest du? Zieh dich an, wir müssen los!"

„Was? Ich verstehe nicht …"

„Wo ist dieser Spielplatz, Sahara?"

„Ich weiß nicht genau, wo sie waren … sein werden. Lass mich nachdenken …"

Matt zieht sich das Shirt wieder über den Kopf, schlüpft in seine Hose, während ich mit den Händen vor der Brust dasitze und nachdenke und ein wenig der Romantik des Augenblicks hinterher trauere. Auch, weil ich weiß, dass es nicht mehr lange dauert, bis der Kater namens Bedauern aus seiner Kiste springt und mich angreift.

Als Matt vollständig angezogen vor mir steht und ich immer noch nichts gesagt habe, fragt Matt: „Wo wohnt dein Bruder mit seiner Familie?"

„In der Maxvorstadt, Amalienstraße", antworte ich.

„Und in welchem Krankenhaus waren sie mit dem Kleinen?", fragt Matt.

„Im Städtischen in Schwabing."

„Na, also, das grenzt doch die Suche nach dem richtigen Spielplatz ein. Lass uns runter in den Keller gehen!"

„Was willst du denn jetzt im Keller?"

„Absperrband, eine Kettensäge und ein paar alte Schilder holen."

„Spinnst du? Wir können doch einfach morgen bei der Stadt anrufen und sie bitten, die Klettergerüste zu überprüfen!", sage ich.

„Und dann? Dann verweisen sie uns darauf, dass der TÜV die Dinger abnimmt. Es passiert gar nichts, bis es passiert. – Also wie sieht es aus? Kommst du mit?"

„Ja, klar", sage ich.

„Dann wäre es hilfreich, wenn du dich anziehst. Auch wenn du verdammt heiß aussiehst so nackt und fröstelnd."

Ich fröstele nicht, ich schäme mich nur ein wenig, werde rot und schlüpfe schnell in meine Sachen.

Auf dem Weg nach unten hole ich mir Schuhe und eine Weste, während Matt im Keller verschwindet. Bevor ich mich versehe, sitzen wir in meinem Mini und teilen uns den Platz darin mit einer riesigen Rolle weiß-rotem Absperrband, einer professionellen Motorsäge und drei alten Straßenschildern. Zweimal „Stopp“ und einmal „Vorfahrt beachten“. Ich möchte gar nicht wissen, wo er all die Sachen her hat.

„Kannst du damit umgehen?“, sage ich und deute mit etwas Unbehagen auf die Motorsäge, die ohne Kettenschutz auskommen muss und mir furchteinflößend ihre Zähne zeigt.

„Ja, kann ich, keine Sorge.“

‚Gut, beruhigend‘, denke ich und fahre los.

„Was ist mit dem großen Spielplatz im Maßmannpark in der Maxvorstadt?“, fragt Matt und zieht eine Packung Kaugummis aus der Hosentasche.

„Nein, Melanie – die Freundin meines Bruders – geht nicht gerne in die großen Parks. Sie befürchtet an jeder Ecke Drogendealer.“

„Das ist gut. Sehr gut. Auf einem kleinen Spielplatz ist um die Zeit nichts mehr los, da falle ich nicht so auf mit meinen Utensilien.“ Er deutet grinsend und kauend auf das Ungetüm von Säge hinter uns.

„Wie willst du die überhaupt irgendwohin mit nehmen, ohne aufzufallen?“

„Lass mich nur machen!“, sagt er.

Wenige Minuten später trage ich das Absperrband unter dem Arm und Matt zieht mich an der anderen Hand sanft hinter sich her.

„Hier sind sie recht oft, glaube ich. Mein Bruder wohnt nur ungefähr zweihundert Meter von hier entfernt.“

„Gut, dann starten wir hier.“

Es ist ein kleiner, übersichtlicher Spielplatz mit wenigen Spielgeräten. Zwei Schaukeltiere, ein altes grünes Karussell mit Rostflecken, ein Sandkasten, eine Blechrutsche mit fragwürdiger Leiter und ein Klettergerüst mit alten Seilen und Balken zum Balancieren auf Holzpfeilern in Sandboden.

Matt läuft zielstrebig auf das Gerät zu, zieht eine Miniaturtaschenlampe aus der Tasche und beginnt, die Pfeiler zu begutachten.

„Volltreffer! Das Ding hier ist vom Fundament her so morsch, dass es mich wundert, wie es nur einen Spatz tragen kann, ohne zusammenzubrechen. Das muss weg, sofort.“

„Was? Ich dachte wir sperren hier einfach ein wenig ab.“

„Mit meiner Säge oder was? Unsinn, Verbote machen das Ding für Kinder doch noch viel interessanter. Ne, wir sägen das jetzt um. Dann kann nichts mehr passieren, danach sperren wir großräumig ab und sehen zu, dass wir schnellstmöglich abhauen. Du stehst Schmiere!"

„Aber … das hab' ich noch nie gemacht!"

„Du hast noch nie Schmiere gestanden, während jemand in einem Tante-Emma-Laden Kaugummis geklaut hat? Oder von mir aus Nagellack bei Müller?"

„Nein! Ganz sicher nicht!" Warum sollte ich auch? Für wen hält er mich!

„Dann wird es Zeit und ich hoffe, du bist ein Naturtalent." Damit lässt er mich etwas ratlos stehen und macht sich an dem Klettergerüst zu schaffen.

Ich habe keine Ahnung, was ich tun soll.

„Stell dich da vorne hin und wenn jemand kommt, lenke ihn ab! Ich spanne jetzt schon mal das Absperrband und dann säge ich das Ding um und dann hoffe ich, dass du nicht nur Radfahren kannst, sondern auch schnell laufen! Wenn etwas schiefgeht, treffen wir uns vorne an der S-Bahn-Haltestelle, in Ordnung?"

Ich nicke.

Wenige zitterige Minuten später, in denen ich die Umgebung aufmerksam gescannt habe, so dass mir die Augen brennen, durchschneidet das Geräusch der Motorsäge ohne Vorwarnung und viel zu laut die Stille der Umgebung.

Ich reiße – wenn das überhaupt möglich ist – die Augen noch weiter auf und gerade als Matts Säge kurz verstummt, höre ich Schritte und kann im Halbdunkel einen Mann erkennen. Mit Taschenlampe und irgendeiner Art von Uniform. Das Ordnungsamt! Scheiße, was jetzt?

Fieberhaft grübele ich, wie ich den Herrn davon abhalten könnte, weiter in Richtung Spielplatz zu laufen, und hoffe dabei inständig, dass die Säge nicht wieder aufheult.

Dann bringt mich meine Blase auf eine geniale Idee: Ich setze mich in Richtung Gebüsch in die Hocke und ziehe mein Kleid ein wenig nach oben, versuche nicht vor Nervosität und Angst vorne über zu kippen und raschele ein wenig mit den Händen im Gebüsch, um den Ordnungshüter auf mich aufmerksam zu machen.

Schon kommt er auf mich zugelaufen. „Was machen Sie denn da, junge Frau?“

Ich versuche erschrocken auszusehen. „Äh, nichts …“, sage ich und stehe betont langsam auf. Wonach sieht es wohl aus?

Der Mann ist um die fünfzig, gedrungen, ein wenig untersetzt und trägt einen Schnauzer, der ihn aussehen lässt wie Tom Selleck. Die blaue Mütze seiner Stadtpolizeiuniform ist ihm offensichtlich zu groß und rutscht ihm zu weit in die Stirn. Er streicht seinen Oberlippenbart zurecht, blickt anständig zur Seite, als ich so tue, als würde ich meine Unterhose nach oben ziehen, und sagt mit strenger Stimme: „Ihre Personalien bitte!“

„Was?“

„Sind Sie Münchnerin?“

„Ja, bin ich.“

„Dann bekommen Sie den Bußgeldbescheid zugestellt. Falls Sie Touristin wären, müssten Sie jetzt an Ort und Stelle zahlen.“

„Bußgeld? Weil ich auf Toilette musste?“ Ich winke Matt so versteckt wie möglich zu. Er soll verschwinden mit der Säge, solange ich hier mit Magnum diskutiere. Besser einen Hunderter für Wildpinkeln bezahlen, als ein Verfahren wegen Sachbeschädigung an der Backe zu haben.

„Nein, weil Sie keine Toilette benutzt haben, sondern Ihre Notdurft hier auf dem Spielplatz verrichtet haben. Das öffentliche Urinieren ist in Deutschland eine Ordnungswidrigkeit. Dass Sie sich nicht schämen! Hier, wo Kinder spielen!“

„Also wenn hier im Gebüsch Kinder spielen, mache ich mir um andere Dinge Gedanken als um das bisschen Pipi, das ich hierlasse.“ Ein Grinsen unterdrückend sehe ich ihn so ernst wie möglich an.

„Wollen Sie mit mir diskutieren?“

Ja, mein Lieber und zwar so lange, bis Matt um die Ecke ist. „Natürlich nicht!“, antworte ich und stehe weiterhin untätig da.

„Ihren Ausweis bitte!“

Ich drehe mich ein wenig, so dass sich auch sein Blickwinkel ändern muss und er nicht auf die Idee kommt, mich mit dem Absperrband um ein umgesägtes Klettergerüst in Verbindung zu bringen. „Ja, ja schon gut. Einen Moment, bitte!“

Jetzt oder nie!

Während ich noch so tue, als würde ich in den Taschen meiner Weste nach einem dort nicht vorhandenen Ausweis suchen, renne ich mit einem Mal los und nutze den Überraschungsmoment für mich.

„Halt! Was machen Sie denn da? So geht das nicht!“, schreit der arme Mann mir hinterher. Er macht ja auch nur seinen Job. Aber mich kriegt er nicht. Das Adrenalin pusht ungemein und offensichtlich macht er noch nicht einmal den Versuch, mich wieder einzufangen.

Atemlos biege ich um die Kurve und stelle fest, dass er mich nicht verfolgt. Beim zweiten Häuserblock, an dem ich vorbei sprinte, renne ich beinahe eine Mutter auf abendlichem Kinderwagengang um und kurz vorm Ziel an unserem Treffpunkt stolpere ich fast über einen Hund in Hausschlappengröße. Matt ist wie erwartet noch nicht da, also setze ich mich in das Wartehäuschen der Haltestelle und hoffe, dass er es an dem Polizisten vorbei geschafft hat.

Als es hinter mir klopft, erschrecke ich zunächst fürchterlich und will mich aus Angst, den schnurrbarttragenden Ordnungshüter durch die Plexiglasscheibe zu sehen, erst gar nicht umdrehen.

„Sahara!“, ruft es und ich blicke in Matts lachendes Gesicht, das nun direkt vor mir ist.

Es ist purer Reflex, dass ich ihn erleichtert umarme und er mich gar nicht wieder loslassen will.

„Du warst der Hammer!“, sagt er und streichelt mir sanft über den Kopf. Ich fühle mich klein dabei und gleichzeitig großartig.

„Spontane Eingebung“, sage ich, nicht ohne Stolz.

„Was machen wir jetzt, Partner in Crime?“, fragt er.

„Keine Ahnung, was schlägst du vor, Clyde?“

„Was immer du willst, Bonni!“

„Ich könnte was zu trinken vertragen!“

Drei, vier, vielleicht auch fünf Schnäpse auf den Schreck. Oder besser doch ein Bitter Lemon, wenn ich will, dass mein Mini noch heil vor meiner Wohnung landet heute.

„Gut, du kennst dich hier aus. Wo gehen wir hin?“

„Ich kenne hier die Spielplätze und die Wohnung meines Bruders, das war’s.“

„Was ist mit Spielplätzen für Erwachsene?“

„Spinnst du? Glaubst du, ich gehe mit dir in einen Swingerclub?“, rufe ich.

„Eigentlich dachte ich eher an Karaoke.“

„Karaoke? Im Leben nicht!“

„Schon wieder verstockt?“

Ich bin nicht verstockt. Ich will nicht verstockt sein! Nicht heute, nicht jetzt. „Überhaupt nicht!“, antworte ich trotzig.

„Also Bonni, dann kommst du jetzt mit mir zu Jane Doe’s.“

„Was ist das? Hört sich nach Swingerclub an …“

„Karaoke, versprochen!“, sagt er.

Ich frage mich gerade, was schlimmer ist.

Ich sage nicht Nein, als er meine Hand nimmt und wir rüber zu diesem Jane-Doe-Laden laufen, uns nebeneinander in die hinterste Ecke des Gartens setzen und uns gegenseitig ins Gesicht lachen, befreit, erleichtert und irgendwie miteinander verbunden. Ich sage nicht Nein, als er mir einen riesigen, fettigen Burger bestellt und ich ihn bis auf den letzten Krümel esse und mich kein einziges Mal frage, wie viele Kalorien das sein könnten. Ich sage nicht Nein, als er mich auf die Open-Air-Karaoke Bühne zerrt. Ich sage nicht Nein zur absurden Songwahl, die er trifft und die sich einzig auf dem Vornamen der Interpretin begründet. Wir krähen also „Stay“ von Bonni Bianco ins Mikrofon und die Mehrzahl der Anwesenden fragt sich, was das für ein Lied sein soll.

Ich kann nicht mehr aufhören zu kichern und Matt hört nicht auf, mich anzustarren. Ich sage nicht Nein zu all den kleinen Berührungen und Gesten und zarten Worten zwischen uns. Ich wehre mich nicht dagegen und ich sage nicht Nein, als er mich – einiges später – bittet, neben mir in meinem Bett einschlafen zu dürfen. Denn zum zweiten

Mal an diesem Tag habe ich das Gefühl, einem Gefühl bedingungslos nachgeben zu müssen. Ohne es zu hinterfragen.

Morgen werde ich mir überlegen, was gestern und heute für die Zukunft bedeuten. Ich dachte eigentlich, mit dem Wissen von heute gestern zu morgen machen zu können. Ein faszinierender Gedanke, nur leider falsch. Nun habe ich mit dem Wissen von heute dafür gesorgt, dass niemals wieder gestern sein wird. Vielleicht war genau das meine Aufgabe: einen Fehler wiederholen, um zu realisieren, dass er kein Fehler war.

Danach liege ich lange wach und denke nach, forme Worte in meinem Kopf und zerknülle das Papier, auf das ich sie geschrieben habe. Noch habe ich keine Entscheidung getroffen, keine im Kopf. Mein Herz dagegen hat bereits Phantomschmerzen, denn eigentlich schlägt es doch für niemanden besonders laut, oder?

Um zwei Uhr laufe ich – noch immer schlaflos – ins Bad. Ich stütze meine Hände auf dem Waschbecken ab und strecke mich so nahe es geht an den Spiegel heran. Von dort blickt mich jemand an, der mir besser gefällt als je zuvor. Jede Linie in meinem Gesicht ist klar, jede Falte hat ihre Daseinsberechtigung und ich habe ausnahmsweise nichts zu bemängeln. Während ich noch für den Grund für diese Veränderung suche, stelle ich fest, dass es an meinem Lächeln liegen muss. Ich sehe glücklich aus.

Kapitel 16

Mittwoch, 7. September, 6:27 Uhr

„Guten Morgen, Sahara!“

Ich strecke mich und schlinge meine Beine um die Bettdecke. Dann blinzele ich und sehe ihn an. „Guten Morgen, Matt!“

Seine Locken kringeln sich noch wilder als sonst, er lächelt mich fröhlich an. „Mmh, schön, meinen Namen aus deinem Mund zu hören. Kommst du mit runter, ins Knafes, frühstücken?“

„Oh mein, Gott, wie viel Uhr ist es?“ Ich schrecke hoch. Wenn ich drei Stunden geschlafen habe, war es viel. Den Rest habe ich gegrübelt und den halbfremden Mann neben mir beobachtet und mich gefragt, ob es sein kann, dass das, was ich fühle, wirklich Glück ist oder nur ein dummes Hormon, das kurzzeitig die Kontrolle über mein Blut übernommen hat. Ich habe wenig Erfahrung mit so heftigen Gefühlen.

„Keine Panik. Erst halb sieben.“ Er lacht und hält mir seine Armbanduhr an seinem nackten Handgelenk unter die Nase. Außer der Uhr trägt er nichts und ich warte auf dieses Gefühl des Bereuens, warte darauf, dass ich mir selbst zurufe „Wie konnte ich nur!“ Aber da ist nichts.

„Ich würde dir gerne jemanden vorstellen.“

„Das geht nicht“, sage ich. „Ich muss auf die Arbeit, ich habe mehrere Deadlines.“ Ich seufze. „Außerdem muss ich dringend noch …“ Sein Stirnrunzeln lässt mich mitten im Satz abbrechen. „Was denn?“

„Du bist immer unter Strom, oder?“

„Na und?“, sage ich beleidigt.

„Es ist sieben Uhr und du wirkst schon, als hättest du einen Zwölf-Stunden-Tag hinter dir, einfach nur, weil du beim Aufwachen schon all deine Pflichten im Kopf hast. Ich glaube du solltest mal etwas Luft raus lassen! Deinen Glastisch demolieren, Bücher zerreißen, Vasen zerschmettern. Vielleicht fühlst du dich dann nicht mehr so gefangen in deinem Alltag und in deiner kleinen Welt, in die du dich selbst eingemauert hast."

„Wie bitte?", blaffe ich.

„Du hast mich richtig verstanden!"

„Warum sollte ich meine Wohnung demolieren? Ich muss das doch nachher alles wieder aufräumen! Und überhaupt – wie kommst du eigentlich dazu, immer zu denken, dass ich mein Leben umkrempeln will? Ich gehöre nicht zu den Leuten, die immer nur das machen, was sie wollen." Das „so wie du" ist sehr gut zu hören, auch wenn ich es nicht sage.

„Das ist schade. Dann solltest du vielleicht mal damit anfangen, etwas zu tun, was du wirklich willst!" Er greift sich in die Haare und rückt sie mit den Fingern notdürftig an Ort und Stelle.

„Du durchgeknallter Spinner!", sage ich und werfe ein Kissen nach ihm. In diesem Moment kommen die Scham und das schlechte Gewissen mit voller Wucht zurück und drücken mich nieder. Ich muss mit Oliver reden. Das geht so nicht. Ich kann hier nicht mit einem anderen Mann liegen und so tun, als würde sich morgen wieder die Zeit um ein paar Tage zurückstellen und alles sehr real Geschehene wieder ungeschehen machen. Es ist höchste Eisenbahn, mir klar zu machen, was ich eigentlich will. Ich gebe Matt und mir noch diesen einen Tag und dann muss Schluss sein. Entweder mit Matt und mir oder mit Oliver.

Wenn Oliver und ich dieses Bett teilen, auf dem Matt jetzt sitzt, als wäre es sein höchsteigenes, dann ist das eher eine Seltenheit, eine Wochenendsache. Wenn wir dann am Sonntagmorgen aufwachen, holt Oliver die Zeitung und breitet sie über dem ganzen Bett aus. Manchmal liest er mir eine Zeile laut vor und ich rate, wie es weitergeht. Ich kann mir nicht vorstellen, das nicht mehr zu machen, und ich kann mir gleichzeitig nicht vorstellen, es wieder zu tun, ohne dabei an Matt zu denken.

Ich habe es so was von versaut, die ganze zweite Chance habe ich mir versaut!

All diese Gedanken rauschen durch meinen Kopf und hinterlassen Brandblasen. Es ist unangenehm, sich selbst zum zweiten Mal einen

Fehler einzugestehen, der sich so gut anfühlt. Vielleicht hat Matt recht, vielleicht brauche ich irgendetwas zum Dampfablassen, um hinterher zu sehen, was übrig ist, von den Hormonen und der Vernunft.

„Weißt du, süße Sahara-Bonni, ich habe nur noch bis Samstag Zeit, dich davon zu überzeugen, dass du viel, viel besser zu mir passt als zu deinem Schlipsträger, und ich habe vor, jede Sekunde davon zu nutzen."

Ich vermeide es, ihn direkt anzusehen – ich will ihn nicht sehen, diesen Blick, der jegliche Überlegungen und die dazugehörige Vernunft völlig außer Kraft setzt. „Was schlägst du denn vor, zum Dampfablassen, ohne etwas dabei kaputt zu machen?", sage ich.

„Paintball!", ruft er, springt aufgeregt aus dem Bett und steht splitterfasernackt und völlig unbeeindruckt davon vor mir.

Ich schlucke. Schwer. Und konzentriere mich darauf, nach oben zu sehen. In sein schelmisch lachendes Gesicht. „Das ist doch dieses alberne Spiel, bei dem man sich gegenseitig mit Farbpatronen abschießt."

„Ganz genau!"

„Ich kann doch nicht einfach von der Arbeit wegbleiben und mit dir Paintball spielen gehen!"

„Wie heißt dein Chef?", fragt er.

„Christofsen, wieso?"

„Warte einen Moment hier, ich bin gleich wieder da!"

Er läuft – immer noch nackt bis auf die Haut, seine Hose hinter sich herziehend – aus dem Schlafzimmer.

Ich streife mir schnell etwas über und höre seine gedämpfte Stimme aus dem Gang. Als ich ihn den Namen meines Chefs sagen höre, springe ich auf und laufe ihm nach. Was treibt der da?!

Er steht vor der großen Glasfront mit seinem Handy in der Hand und ich weiß nicht, ob ich ihm zuerst sagen sollte, dass die Mieter von gegenüber gerne mit dem Fernglas am Küchenfenster lungern, oder ob ich ihn zuerst fragen sollte, was zum Teufel er da gerade macht.

Beim nächsten Satz ist es mir klar.

„Guten Tag Herr Christofsen, Städtisches Krankenhaus Schwabing, Hebel mein Name. Ihre Angestellte Frau Sara Hendrich war am

Wochenende Patientin bei uns im Hause und leider müssen wir noch ein paar neurologische Tests mit ihr durchführen aufgrund des Unfalls … Sie wissen Bescheid? Ja gut … ja … Sie fragen sich sicher, warum ich mich bei Ihnen direkt melde …"

Ich packe Matt am Arm und will ihm das Handy entreißen, aber er schüttelt mich ab, hält den Finger vor die Lippen und redet einfach weiter. Mit meinem Chef!

„Nun, ja, Frau Hendrich möchte partout nicht den ärztlichen Anweisungen folgen und ist fest entschlossen, ins Büro zu fahren … Ja, das dachte ich mir, dass Sie das ebenso sehen … Ja, mache ich. Vielen Dank, Herr Christofsen! Wiederhören!" Er legt auf und dreht sich um. Nun also auch noch die Rückenansicht für das neugierige Pack aus der Platte gegenüber.

„Du hast heute frei. Der Chef wünscht gute Besserung und du sollst dich erst wieder blicken lassen, wenn du vollkommen gesund bist", sagt er.

Das könnte dauern. Mein Verstand hat auf jeden Fall einen zu heftigen Schlag abbekommen. „Bist du vollkommen durchgedreht?", rufe ich, wobei ich weiß, dass es sich nicht wirklich empört anhört. Offensichtlich hat auch meine Stimme einen Dachschaden. Ich will sauer sein, aber es geht irgendwie nicht. Vernunft ist in seiner Anwesenheit wahrlich nicht meine Stärke.

„Ein ‚Danke!' hätte auch gereicht."

„Das geht doch nicht!"

„Du siehst doch, dass es geht. Komm, wir gehen frühstücken!"

Seine Hand liegt ganz selbstverständlich um meine Taille und es ist zu schön, um mich dagegen zu wehren. Oliver macht das nicht. Oliver würde auch nicht auf die Idee kommen, sich als jemand anderes auszugeben als sich selbst. Ich dagegen scheine das gerade zu meinem neuen Hobby zu machen. Wer ist die Sara, die sich von Matt zu Dingen überreden lässt, die bisher unvorstellbar für sie waren? Auf Spielplätzen Schmiere stehen und Polizisten Storys auftischen, Schmetterlinge an die Decke hängen und das Gefühl haben, ein Dutzend verschluckt zu haben, blaumachen und sich irgendwie grün hinter den Ohren vorkommen. All diese Dinge und Gefühle, wo kommen die her? Ich kenne die Sara nicht, die sich an einen Bartisch setzt, mit den Füßen in der Luft schwingt und die Frühstückskarte einmal von oben bis unten bestellt. Sie ist mir unbekannt, das Mädchen, das die Füße jetzt zu dem Mann hinüberstreckt, der ihr offensichtlich den Verstand raubt, und sie auf seinem Oberschenkel ablegt. Ein Mädchen, das mehr lacht, als sie wusste, dass für einen Erwachsenen an einem Tag möglich ist, und das immer wieder vergisst, dass es eigentlich so gut wie verlobt ist oder sein wollte. Das vergisst, was es überhaupt will.

Dann kommt Matts Freund und Geschäftspartner, den er mir als Jens vorstellt, und den ich unmöglich so nennen kann, weil er wirklich aussieht wie dieser Schauspieler Florian Daniel soundso, mit dem Kirsten ihn verglichen hat.

„Du bist also Matts neueste Eroberung“, sagt Jens-Florian-Daniel und es klingt wie eine sehr amüsierte Feststellung.

„Wieso, hat er so viele?“, frage ich.

„Kommt auf den Maßstab an.“

„Gemessen an Jens’ Maßstäben bin ich Jungfrau!“, ruft Matt.

„Aha“, lache ich, ziehe aber trotzdem meine Füße von seinem Oberschenkel weg.

Jens lacht schallend auf und klopft Matt auf die Schulter, woraufhin Matt zu mir gewandt sagt: „Du musst wissen, dass Jens für unser Personal zuständig ist. Und Kündigungen gehören bei ihm zum Tagesgeschäft, so wie das Einschalten der Kaffeemaschine am Morgen. Er hat nur weibliche Kellner und jedes Mal und bei seinem Verschleiß …“

„Jetzt hör aber auf! Deine Schwester jobbt hier schon mehr als zwei Jahre!“

„Eben, ich sollte mir langsam Sorgen machen.“

„Wieso, das ist doch eher beruhigend, findest du nicht?“, antwortet Jens.

„Lass bloß die Finger von Kati!“ Matt deutet mit der Faust einen Schlag an und Jens verschwindet lachend in der Küche.

Er bringt uns wenig später eine Ansammlung von Köstlichkeiten, die auch fünf weitere Leute gut gesättigt hätten. Matt und ich reden nicht besonders viel, aber die Blicke zwischen uns sind so auffällig und eindringlich, dass wir eigentlich auch laut über die letzte Nacht sprechen könnten. Ich bin mir sicher, man sieht es uns an. Ganz bestimmt.

„Möchtest du noch etwas? Soll ich dir noch einen Kakao bestellen?“

„Nein, danke“, sage ich und halte mir meinen Bauch. „Ich bin mehr als satt. Aber würdest du mich bitte für einen Moment entschuldigen?“

„Nur wenn es sein muss, ich sehe dich so gern an“, sagt er leise.

„Bin gleich wieder da, ich muss kurz telefonieren.“

Er nimmt meine Hand und streicht leicht darüber, bevor er sie langsam loslässt und ich von dem Hocker hüpfen kann.

Ich stehe auf und gehe nach draußen. Bevor ich irgendetwas anderes mache, muss ich unbedingt noch Emma sprechen.

Es klingelt ein paar Mal und in dem Moment, in dem der alte Steinling aus Stockwerk sechs an mir vorbeischleicht, hebt Emma ab, ohne etwas zu sagen.

„Emma?“

„Ja“, kommt es fast tonlos aus dem Lautsprecher.

„Wie geht es dir?“

„Was denkst du denn, hä?“

Ihre Stimme kratzt an mir, als hätte sie mir mit ihren Fingernägeln rote Striemen ins Gesicht geritzt. „Hast du schon mit Stefan gesprochen?“

„Nein, habe ich nicht!“, schreit sie, dann wird sie ruhiger „Ich kann das irgendwie nicht. Sara, ich kann einfach nicht. Er rechnet doch nicht mit so etwas. Vielleicht sollte ich warten, bis … es feststeht.“

Ich halte das für keine gute Idee, sage aber: „Das musst du wissen.“

„Sara, ich werde total verrückt mit dieser Warterei. Ich kann an nichts anderes denken. Ich kann nichts essen, ich kann noch nicht mal anständig arbeiten … Ich werde wahnsinnig.“ Ihre Verzweiflung ist so deutlich durchs Telefon zu hören, dass es mir eine Gänsehaut verursacht.

„Du wirst nicht verrückt. Du brauchst ein bisschen Ablenkung." Und dann habe ich eine Idee. „Was machst du morgen Abend?", frage ich meine Schwester.

„Wahrscheinlichkeitsrechnung, Down-Syndrom-Kinder googeln, mir vorstellen, wie es wäre, wenn alles gut wäre … Was ist das für eine Frage, Sara? Ich habe dir gerade gesagt, ich kann an nichts anderes denken!"

„Dann kommt mit mir auf eine Party!"

„Das ist so ziemlich das Letzte, was ich will. Party. Wenn ich mir das Elend noch nicht einmal wegsaufen kann." Sie schluckt und fügt hinzu: „Ich meine nicht das … Baby damit. Das habe ich nicht gemeint mit Elend. Oh Gott, nein, wirklich nicht." Sie spricht schnell und hastig und zwischen ihren Worten tropfen Tränen.

„Das glaube ich dir." Ich versuche, ruhig zu sein und ihre innere Unruhe auszugleichen, dabei kann ich ihn förmlich sehen, den Abgrund, vor dem sie steht. Eigentlich ist sie es gewohnt, mit Leichtigkeit über jeden noch so tiefen Graben hinwegzuspringen, aber diesmal liegt die andere Seite zu weit in nebliger Ferne. „Emma, das ist keine richtige Party, mehr so ein Geburtstagsessen im Garten. Du musst dich ein wenig ablenken. Komm bitte mit!"

Ich will sie wirklich dabeihaben, bei Katis Party morgen Abend; Matt hat die Einladung wiederholt und seine Schwester hat aus der Küche herausgerufen, dass sie fest auf mich zählt. Warum ich Emma dabeihaben will, ist mir selbst nicht ganz klar. Als Anstandswauwau? Ist es dafür nicht etwas zu spät? Als Zeuge dafür, dass nicht sie, sondern ich dabei bin, den Verstand zu verlieren, oder vielleicht, weil ich will, dass sie mich in einer Entscheidung bekräftigt, die mein Herz treffen könnte, aber mein Verstand nicht billigen würde?

Als sie nichts sagt, bitte ich: „Es wäre schön, wenn du mitkommst. Wirklich schön."

„Ach, Sara, ich weiß auch nicht. Was will ich bei Wildfremden …"

„Keine Widerrede, ich hole dich ab!", bestimme ich und höre mich nun schon selbst an wie Matt.

Ich lege auf und gehe zurück in die Kneipe. „Ich habe gerade meine Schwester für morgen Abend zu deiner Schwester mit eingeladen. Ist das in Ordnung?“ Ich setze mich wieder an den Bartisch, an dem Matt geduldig gewartet hat, und habe das Gefühl, dass er mich die ganze Zeit durch die Glasscheibe hindurch beobachtet hat.

„Ja, klar. Solange du deinen Advocatus zu Hause lässt, kannst du gerne jemanden mitnehmen.“ Sagt er zwar, aber es sieht nicht wirklich danach aus, als wäre es okay.

„Es geht ihr nicht so gut gerade, meiner Schwester.“ Mein Versuch einer Erklärung.

„Ist in Ordnung, ehrlich. Was ist mit deiner Schwester, ist sie krank?“

„So in der Art“, sage ich, obwohl krank ja nun wirklich die falsche Bezeichnung für Emmas Zustand ist.

„Das tut mir leid.“

„Es wird schon wieder.“ Wieder gelogen. Wird nicht wieder. So oder so nicht. „Wollen wir los, uns gegenseitig abschießen?“, frage ich, um weiteren Fragen aus dem Weg zu gehen.

„Ja, nichts lieber als das.“

Er fasst mich wieder um die Taille, als wir gehen und uns von Jens und Kati verabschieden. Und ich lasse es zu.

Es ist aufregend, ein bisschen bescheuert. Aber lustig. Zunächst stecken sie uns in eine Maske, die mich an Gasmaskenfotos aus dem Vietnamkrieg erinnert, und einen Schutzanzug und spätestens jetzt ist mir klar, warum wir hier alleine sind, zwischen künstlichen Hindernissen und Deckungsmöglichkeiten, zwischen Strohballen und umfunktionierten Ölfässern: Kein Mensch kommt an so einem Spätsommertag unter der Woche bei bereits frühmorgendlichen achtundzwanzig Grad auf die Idee, Paintball im Schutzanzug zu spielen. Wir bekommen eine Pistole mit einem Aufsatz, der die Farbpatronen enthält, in die Hand gedrückt und dann geht es los. Matt rennt mit einem Affentempo auf einen der Schutzwälle zu und ich laufe ihm hinterher, ziele und verpasse ihn um mindestens fünf Meter. Er kauert hinter der Wand und ich sehe den Lauf seiner Farbpistole, da ist es bereits zu spät. Die Ladung trifft mich völlig unvorbereitet mitten auf die Brust, ich klappe nach hinten um. Der Atem stockt und ich jaule kurz auf. Das sollte Painball heißen, nicht Paintball. Ich rappele mich mühsam wieder auf die Knie.

Wuuusch, saust die nächste Kugel auf mich zu und trifft mich am Oberschenkel. Ich bleibe knien, weil Aufstehen zu weh tut.

„Alles okay, Mädchen?“ Matt kommt aus der Deckung und nimmt die Maske vom Gesicht. Er läuft geradewegs auf mich zu.

Das „Mädchen“ lasse ich nicht auf mir sitzen, ich greife nach der Waffe und ziele auf seine Beine, erst links, dann gleich rechts.

„Autsch!“ Er läuft weiter.

Ich schieße wieder.

„Hej, Bonni!“ Er lacht und schreit gleichzeitig und ich schieße weiter.

„Nix da, Partner in Crime heute – wir sind Gegner! Achtung, Enemy at the gate, ich schieße!“

Er aber läuft unbeirrt auf mich zu, lauthals lachend.

„Hast du vor, das immer zu machen?“, ruft er und hält sich mit schmerzverzerrtem Gesicht den Oberschenkel.

„Was?“, sage ich und ziele auf seinen Oberarm.

„Oh mein Gott, autsch! Ob du vorhast, immer aggressiv zu werden, wenn ich dir näherkomme?“, ruft er.

„Hast du denn vor, immer weiter zu laufen, auch wenn ich dir weh tue?“

Ich weiß nicht, worüber wir gerade sprechen. Ich glaube, mit Paintball hat es nicht mehr viel zu tun.

„Ja, absolut!“, antwortet er und ich ziele auf seine Brust.

„Bumm, Treffer! Mein Herz gehört dir!“, sagt er, dabei habe ich gar nicht abgedrückt.

Er steht nun vor mir, während ich noch immer in Kampfpose auf dem Boden knie.

Dann lehnt er sich über mich, zieht mir die Maske vom Gesicht und küsst meinen Mund, meine verschwitzten Wangen, meine schweißnasse Stirn und jeden Quadratzentimeter freie Haut. Ich sitze bewegungslos da und lasse die Brandblasen des schlechten Gewissens mit den explodierenden Seifenblasen, die direkt aus meinem Herzen durch die Adern zu blubbern scheinen, kämpfen.

Dann nimmt er den Helm und setzt ihn mir wieder auf.

„Die nächsten Treffer gehen an mich, Baby!“, schreit er und sprintet zurück zu seiner Maske hinter der Wand.

Wir jagen uns um Baumstämme und Reifenstapel herum, bis zur totalen Erschöpfung und bis von der ursprünglichen Farbe unserer Anzüge nichts mehr zu sehen ist.

Das ist besser als jedes Wellnesswochenende, denke ich. Das ist eigentlich genau das, was mir Spaß macht. Das ist etwas, was sehr weit von dem Leben entfernt ist, das Oliver und ich führen. Blaumachen, um Paintball zu spielen. Das ist nicht meine Auffassung von Moral und Anstand. Und genau deswegen macht es vermutlich so viel Spaß. Weil es verboten ist, sich so gut zu fühlen, wenn man etwas Falsches tut. Wie lange kann mich das glücklich machen? Es ist dieselbe Frage, die mich schon die letzten Tage umtreibt. Was ist, wenn ich mich für das Hochgefühl entscheide und dafür tiefer falle, als mir lieb ist? So tief, dass mich nichts mehr auffängt?

Kapitel 17

Donnerstag, 8. September, 17:08 Uhr

„Sieben, acht, neun … dreizehn. Dreizehn blaue Flecken!“ Lutz dreht meine linke Wade zu sich und schüttelt seinen Kopf entrüstet. „Was ist los, Sara? Um Himmels willen, bist du überfallen worden, hast du dich geprügelt?“

„Nein, Quatsch. Ich war … ich bin …“ Ich bin kurz davor, so blöd zu sein, meinem Bruder zu erzählen, dass ich Paintballspielen war, mit Matt. Die nächsten drei Stunden wären dann reserviert für neugierige Fragen, die ich nicht beantworten will und kann.

„Ist das etwa noch von deinem Unfall?“

Erleichtert darüber, dass er mir die perfekte Ausrede selbst liefert, nicke ich und versuche ein leidendes Gesicht zu machen. Während ich eigentlich albern kichern möchte wie ein Teenager beim ersten Verliebtsein. Vielleicht bin ich das ja auch, kein Teenager mehr, aber zum ersten Mal verliebt.

Melanie kommt mit drei Gläsern in den Händen aus der Küche zu uns ins Wohnzimmer. „Wir haben uns vielleicht Sorgen gemacht, als Karoline uns angerufen hat. Ich habe schon zu Lutz gesagt, das nächste Mal müssen wir das Handy mitnehmen.“

„Ach, Unsinn, ist doch halb so wild“, sage ich. Außer einer Uhr, die sich mysteriöserweise zurückgedreht hat, und dem fremden Menschen, der neuerdings in mir zu stecken scheint, ist doch alles wie bisher. Kein Grund zur Sorge! Viel Grund zu Sorge …

Ich sitze auf dem Boden, weil Klein-Anton mir verboten hat, auf der Couch zu sitzen. „Das ist alles Garase, Sara, für meine Bullogs und Autons. In Garase kann man nicht sitzen, da fahren doch die Autons“, hat er mir ernst versichert und bei so viel kindlicher Logik konnte ich nicht anders als gehorchen.

Melanie beugt sich zu mir herunter und sagt: „Entschuldige, er entdeckt seine gesamten Spielsachen wieder, seit wir gestern zurückgekommen sind. Es ist wie Weihnachten und Geburtstag auf einmal. Wir mussten ihm auf der Heimfahrt immer wieder versichern, dass all seine Sachen noch da sind, wenn wir wiederkommen."

Es macht mir überhaupt nichts aus, auf dem Boden zu sitzen, ich widerstehe nur mit Mühe dem Bedürfnis, Anton alle zwei Minuten von oben bis unten abzuknutschen, so schön ist es, ihn gesund und fröhlich spielen zu sehen. Zu wissen, dass er nicht in einem Krankenhausbett liegen wird, mit seinen Eltern blass vor Sorge neben ihm.

„Hast du es schon gehört, irgendein Irrer hat doch tatsächlich das Klettergerüst drüben auf unserem Stammspielplatz abgesägt. Komplett zerstört ist es. Unfassbar! Wer macht denn so was?", sagt meine Schwägerin und hält mir ein Foto aus der Tageszeitung unter die Nase.

„Bonni und Clyde", murmele ich und grinse in mich hinein. Bonni und Clyde waren das, mit dem Spielplatz und den blauen Flecken und den vielen Küssen hinterher. Feuchter Haut auf feuchter Haut und Hände, die sich nicht voneinander trennen konnten. Ich kann sein Lachen noch hören und die Blicke spüren. Ich höre seine Worte leise geflüstert an meinem Ohr „Du gehörst zu mir, Sahara" und just in dem Moment, in dem ich kurz davor war, mich komplett zu ergeben, hat seine Familie angerufen. Er hat sich schnell und hastig verabschiedet und mit wenigen Worten gesagt, dass er nach Hause muss.

„Ist etwas mit deinem Vater?", habe ich gefragt und er hat mich mit grimmigem, fast zornigen Blick angesehen und mit misstrauensgeschwängerter Stimme gesagt: „Wie kommst du denn darauf? Was soll mit meinem Vater sein?"

„Nur so, weil du sagtest, es sei etwas mit deiner Familie", habe ich ihm entgegnet und dann war er schon fort. Seither habe ich zwei Nachrichten an „Nicht Löschen" geschickt, eine knappe kurze Entschuldigung erhalten und wenige Minute später ein etwas tröstliches „Ich melde mich, bis bald, Sahara!"

Lutz reißt mich aus meinen Gedanken. „Was hast du gesagt?"

„Schlimm so was", sage ich.

„Ja, nicht wahr?", stimmt Melanie zu.

„Mmmh“, murmele ich.

„Wie geht es Emma? Sehen wir uns alle am Sonntag zum Essen bei unserem Hausdrachen?“ Lutz zwinkert mir zu, während er zwei Plastiktraktoren vor dem Absturz von der Couch rettet.

„Des war knapp!“, kommentiert Anton und wirft sich mit voller Kraft auf seinen Vater.

Emma. Ich weiß nicht, ob ich über Emma sprechen oder es besser sein lassen sollte. Es gibt so vieles, was ich Lutz gerne anvertrauen würde, um es mir damit selbst leichter zu machen.

„Irgendetwas an dir ist anders“, sagt Melanie plötzlich und mustert mich eingehend. „Warte mal, ich hole mein Pendel!“

„Untersteh dich! Lass das blöde Ding, wo es ist!“ Lutz hasst Melanies esoterische Anwandlungen, er kann nicht verstehen, wie jemand mit so viel naturwissenschaftlichem Verstand an übersinnliche Dinge glauben kann. Melanie sieht darin keinen Widerspruch, sie sieht überhaupt in nichts einen Widerspruch und sie hat ein feines Gespür für andere Menschen.

Bevor ich rot werden kann, stehe ich auf und frage Anton: „Wollen wir runtergehen? Auf den Spielplatz?“

„Aber der is doch putt, Sara!“, sagt er altklug und tippt sich mit dem Finger an die Stirn.

„Wir gehen einfach auf einen anderen, auf den im Maßmannpark.“

Ich sehe wie Melanie die Augenbrauen spitz in die Höhe zieht, aber Lutz schneidet ihr die Worte auf den Lippen ab und sagt: „Ich komme mit!“

Melanie nickt, Augenbrauen noch immer warnend wie Schwerter nach oben gestreckt.

„Das ist söööön, Sara! Grooooßer Pielplatz!“, kommentierte mein Neffe das für ihn neue Areal.

„Ja, stimmt Anton. Wenn du magst, komme ich häufiger mit dir her.“

„Du bist lieb“, sagt der kleine Schatz und mir wird warm ums Herz.

Lutz und ich setzen uns auf eine Bank ganz dicht am Sandkasten. Anton packt Schaufel und Eimer aus und ist zufrieden.

Mein Bruder mustert mich amüsiert und ich fühle mich zurückversetzt an einen Tag in der Zukunft, an einen Tag auf einer Schaukel. Mit dem Unterschied, dass alles seither einen Unterschied macht.

„Du. Hier. So gelassen und ruhig, als hättest du Zeit. Du hast doch nie Zeit", sagt er und obwohl in seinem Satz keine Frage steckt, kann ich sie hören.

Ich zucke mit den Achseln und lasse den Blick über die anderen Mütter und Väter, Kinder und Großeltern schweifen. Kleine Kerle mit Plastikbaggern, Mädchen mit Playmobilmännchen und Mütter mit Kaffeebechern und ein Mann mit Uniform.

Scheiße. Verdammte Scheiße!

Innerhalb von Sekunden sitze ich nicht mehr auf, sondern kauere hinter der Bank, hinter dem Holz der Lehne und dem breiten Rücken meines großen Bruders. Wenn man einen großen Bruder gebrauchen kann, dann jetzt.

Augenblicklich fällt mir ein, dass ich zu viel Kaffee getrunken habe, während ich heute Mittag über meinen Arbeitsunterlagen gebrütet habe, und passenderweise muss ich jetzt tatsächlich auf Toilette. Jetzt, wo ich ihn durch die Schlitze der Bank sehen kann.

Schnauzer, Oberlippenbart, zu große Mütze. Der Tom Selleck meiner rechtschaffenen Alpträume patrouilliert durch den Maßmannpark.

„Sara, was genau machst du da?" Mein Bruder dreht sich um und ich schiebe seinen Kopf mit den Fingern an seiner Wange mit aller Kraft nach vorne.

„He!"

„Schau nach vorne, bitte!"

Er lacht. „Was ist denn mit dir los?"

„Ich brauche Deckung!"

„Wovor denn? Hast du Angst, die kleinen Racker gehen mit ihren Schäufelchen auf dich los?"

„Nein, ehrlich gesagt, habe ich mehr Angst davor, eine Strafe zu kassieren, der ich nur knapp entgangen bin."

Der Ordnungsamtbeamte schaut in unsere Richtung und ich warte förmlich darauf, dass Lutz ihm auch noch zuwinkt, so auffällig wie er sich verhält.

„Sara, was ist los?“

„Sei doch nicht so verdammt auffällig, Herrgott, Lutz! Geht es noch offensichtlicher?“

„Was hast du verbrochen, Schwesterherz? Du Musterbeispiel an Rechtschaffenheit und Gesetzestreue! Hast du vergessen, deine Steuern zu zahlen? Hast du dich etwa doch geprügelt? Mit Tom Selleck da drüben?“

„Er sieht wirklich so aus, nicht wahr?“

Mein Bruder und ich teilen seit Kindheitstagen die Angewohnheit, Gesichter zu vergleichen, in gewöhnlichen Alltagsmenschen Prominente zu sehen. Wir haben uns früher einen Riesenspaß daraus gemacht und Wildfremde um Autogramme gebeten. Das einzige echte Autogramm, das wir jemals bekommen haben, war das von Arabella Kiesbauer, irgendwann in den 90ern am Flughafen auf dem Weg in den Urlaub. Ich weiß gar nicht, wann und warum wir damit aufgehört haben.

„Ja, zu Magnumzeiten“, bestätigt Lutz und ich liebe ihn dafür, dass er meine Gedanken manchmal mit seinen teilt, ohne dass wir sie lauthals vergleichen müssten. „Kommst du jetzt wieder raus da?“, fragt er.

„Nein und ich habe mich auch nicht mit ihm geprügelt, ich habe nur so getan, als würde ich wildpinkeln.“

„Du hast eine Straftat vorgetäuscht?“

„Eine Ordnungswidrigkeit“, korrigiere ich ihn.

„Okay, und warum hast du eine Ordnungswidrigkeit vorgetäuscht?“

„Um eine andere zu vertuschen.“

Lutz lacht und verschmilzt in diesem Moment mit der Erinnerung an unser Gespräch auf der Schaukel – am kommenden Sonntag, um es genau zu nehmen.

Ich könnte ihm jetzt alles erzählen, davon, dass sich die Tage zurückgedreht haben, und davon, dass ich bisher nicht viel besser gemacht habe, nicht so anders, wie ich es eigentlich wollte. Von Emma abgesehen. Aber wenn ich ihm alles erzähle, muss ich ihm auch erzählen, dass sein Sohn in Gefahr war und das will ich nicht. Wozu ihm weh tun und Sorgen bereiten, wenn es gar nicht mehr nötig ist. Also schweige ich.

„Du hast doch nicht mit Oliver … im Gebüsch!“, sagt er und seinem rückwärts auf mich gerichteten Blick ist anzusehen, dass er das selbst nicht glaubt. Es ist auch eine durchaus seltsame, unrealistische, geradezu komödiantische Vorstellung.

„Glaubst du das?“

„Nein!“, sagt er und muss dabei so lachen, dass er den Schluck Mineralwasser aus der eben erst an die Lippen gesetzten Flasche – Glas natürlich, Plastik kommt Melanie nicht ins Haus – vor sich auf das Pflaster spuckt.

Na, super, wenn Tom das gesehen hat, hat er uns jetzt definitiv auf dem Radar.

„Weißt du was, Sara! Egal, was es ist oder war: Du gefällst mir! Es war absolut an der Zeit, dass du mal über die Stränge schlägst. Langweilig warst du lange genug.“

Da ist er wieder, dieser Satz, und mit einem Schlag wird mir klar, dass man die Zeit zwar zurückdrehen kann, nicht aber das, was sie ausmacht. Vielleicht kann man manchmal Dinge ungeschehen machen, aber in unserem Kopf bleiben sie ja doch präsent. Und in meinem Kopf stecken nun zehn Tage mehr Matt, statt weniger.

Ich werde Oliver anrufen, ich werde ihm sagen, dass wir reden müssen.

Morgen, ich rufe ihn morgen an. Weil ich zu feige bin, es heute zu tun.

Magnum ist weitergezogen, ohne uns eines Blickes zu würdigen.

Kapitel 18

Donnerstag, 8. September, 20:30 Uhr

„Pass mir gut auf meine beiden Damen auf!“, ruft Stef und winkt uns fröhlich zu.

Emma knallt die Beifahrertür meines Wagens ohne ein weiteres Wort zu.

Ich werfe einen besorgten Blick zu meiner Schwester, die für ihre Verhältnisse geradezu schlampig in Tages-Make-up, einfachem schwarzen Kleid ohne Schmuck und flachen Ballerinas das Haus verlässt. Mein Blick sagt: ‚Du hast es ihm immer noch nicht gesagt‘, ihre stumme Antwort lautet: ‚Das geht dich nichts an.‘

„Du kannst doch gar nicht wissen, dass es ein Mädchen wird!“, rufe ich Stef zu.

„Wirst schon sehen, Kleine!“, antwortet mein Schwager gut gelaunt.

„Es ist wahrscheinlicher, dass es ein Junge ist. Die haben es häufiger“, murmelt meine Schwester neben mir.

Irgendwie möchte ich sie schütteln für diese Aussage, aber erstens wäre das in ihrem Zustand unangebracht und zweitens steigt sie dann vermutlich sofort wieder aus.

Ihre Stimmung ist offensichtlich am absoluten Gefrierpunkt angekommen, ihr Blick ist eisig und die ersten fünf Minuten der Fahrt spricht sie keinen Ton und ich finde nicht den richtigen, um sie anzusprechen. Wie so oft.

Ich versuche die Frage, warum sie überhaupt mitgekommen ist, nicht auszusprechen. Aber das ist auch gar nicht nötig: „Ich komme nur mit, um Stefan zu entkommen“, erklärt sie.

„Aha“, antworte ich.

„Er macht mich wahnsinnig!“, sagt sie und verschränkt die Arme vor der Brust, ohne einen davon schwangerentypisch auf ihren Bauch zu legen.

„Warum? Weil er sich auf das Baby freut?“ Ich bemühe mich, ruhig zu bleiben.

„Ganz genau! Weil er die Wahrheit nicht kennt!“

„Das ist ja wohl ganz allein deine Schuld!“, sage ich entrüstet.

Es ist so typisch für Emma, die Schuld selbst dann bei anderen zu suchen, wenn sie ihren höchsteigenen Arsch darauf plattdrückt. Eine Angewohnheit, die mich als Kind schon wahnsinnig gemacht hat. Emma hatte ihrer Barbiepuppe die Haare abgeschnitten, was ihr nicht so gut gelungen war, wie sie dachte. Dann war auf jeden Fall ich schuld, weil ich die Bastelschere habe herumliegen lassen. Emma war verliebt in den Zeitungsjungen, der aber nichts von ihr wissen wollte. Dann war ich schuld, weil ich ihm angeblich davon erzählt hätte, dass Emma in der Badewanne gepupst hat. Habe ich nicht, auch wenn es stimmt.

Und jetzt verhält sie sich gegenüber Stefan einfach unmöglich und unangebracht, weil er sich auf sein Kind freut, ohne davon zu wissen, dass es womöglich gehandicapt ist. Weil seine Frau es nicht für nötig erachtet, es ihm zu sagen. Und daran ist Stef nur ganz alleine schuld. Willkommen in Emmas wunderbarer Welt der surrealen Logik!

„Woher willst du denn wissen, dass er sich weniger freut, wenn er ES weiß!“, sage ich und äffe den Klang ihrer Stimme nach.

Sie spricht es nämlich noch nicht einmal mehr aus, das Down-Syndrom, Emmas neues Synonym für Unvollkommenheit. Ich weiß nicht, warum mich das alles so auf die Palme bringt, wo ich ihr doch eigentlich nur beistehen wollte. Wo ich doch diejenige war, die ihr mit dazu geraten hat, es abzutreiben. Auch wenn das in einer Zukunft liegt, die nicht stattfinden wird.

„Das liegt in der Natur der Sache“, antwortet sie und fährt sich mit der Zunge über die ungewohnt ungeschminkten Lippen.

Für einen kurzen Moment stelle ich mir vor, dass sie sich dadurch rot färben. Wann fängt Lippenstift an, in die DNA über zu gehen? Wenn es bei jemandem jemals so weit kommen sollte, dann bei Emma.

„Mutti sagt das auch“, sagt sie leise.

„Du hast mit unserer Mutter darüber gesprochen und mit Stefan nicht??“

„Ja. Und?“

„Wie blöd bist du eigentlich?“

Das ist mir rausgerutscht. Ich musste gerade daran denken, wie sie mich bei Mutter verpetzt hat, als ich ungefähr sieben oder acht Jahre alt war. Ich bin im Garten mit meinem Fahrrad im Slalom um die beleuchteten Glaskugeln gefahren und habe dabei eine zerbrochen. Emma hätte einfach die Klappe halten können oder es auf den Gärtner, die Nachbarskatze oder sonst wen schieben können. Aber sie ist geradewegs zu unserer Mutter gerannt und hat meine Untat berichtet. Lutz hat sie dafür wochenlang nur „Karla Kolumna, unsere rasende Reporterin“ genannt, aber den Wutanfall meiner Mutter und ein zweiwöchiges Fahrradverbot hat er mir damit auch nicht erspart. Und nun kommt es mir vor, als verpetze sie ihr eigenes Kind. Vielleicht habe ich deshalb so einen Beschützerinstinkt für das Würmchen entwickelt, weil ich mir selbst ihr gegenüber immer so mangelhaft vorgekommen bin.

„Halt an!“, schreit Emma.

„Was?“

„Halt sofort an!“

Aber ihr Befehlston stachelt mich nur weiter an. „Ich denke nicht daran!“, entgegne ich trotzig.

„Du hast gesagt, ich habe das Recht auf eine Entscheidung!“, erinnert mich meine Schwester.

„Habe ich das? Kann sein. Aber Stefan hat auch eines. Unsere Mutter dagegen nicht. Die denkt nur an ihre heile Welt in der Oberschicht. Stell dir mal ein Down-Syndrom-Kind bei ihrem Unternehmersgattinenfrühstück vor!“

Völlig wider Erwarten lacht Emma laut auf. „Sehenswert!“

„Siehst du!“

Emma schaut mich an. „Wieso kannst du das auf einmal, Sara? Mich zum Lachen bringen? Das hat doch bei mir und dir nie funktioniert. Die Lachanfälle hatten nur Lutz und du. Und ich stand daneben und hätte gerne dazugehört.“

Das ist mir völlig neu. Ich dachte immer, ich sei diejenige, die dazugehören will. Dass Emma sich genauso fühlen könnte, kam mir nie in den Sinn.

„Vielleicht weil deine Fassade bröckelt“, sage ich, ohne sie anzusehen.

„Was?“ Sie fasst sich ans Gesicht, klappt die Sonnenblende vor sich nach unten und blickt in den Spiegel. Wenn ich Fassade sage, denkt sie doch tatsächlich an ihr Make-up!

„Die innere, Emma. Ausnahmsweise mal die innere!“, seufze ich.

Hastig und beinahe ein wenig verschämt klappt sie den Spiegel zurück und verschränkt schnell die Arme wieder vor ihrer Brust.

„Du meinst, wir können miteinander lachen, weil ich ein nicht perfektes Baby in mir trage? Das ist irgendwie … seltsam. Findest du nicht?“, sagt sie.

Ich verkneife mir zu sagen, dass das doch noch gar nicht sicher ist. Sie will es vielleicht hören, aber ich weiß, dass es nicht stimmt. „Ja, es ist seltsam und irgendwie auch total logisch.“

Für ein paar Minuten herrscht harmonische Stille zwischen uns.

„Wo fahren wir hin?“ Emma richtet sich ein wenig auf und sieht verblüfft die Reste der Stadt an sich vorbeiziehen.

„Auf eine Party, das habe ich dir doch gesagt.“

„Ja, aber *wo*? Doch nicht etwa auf dem Land?“ Auf dem Land ist ein Schimpfwort für meine Schwester.

„So würde ich das nicht sagen, aber Stadt ist es auch nicht.“

„Ich dachte, wir gehen in irgendeinen Biergarten oder eine Bar in der Stadt.“

„Nö.“

Sie runzelt die Stirn und für einen Moment ist ihre Fassade komplett wieder hergestellt. Emma wie sie leibt und lebt. Innerlich und äußerlich.

Ich fahre inzwischen an dem Bahnhofshäuschen vorbei und biege auf die schmale einspurige Straße hoch zu Matts Zuhause ab. Emma starrt mich an. Das kann ich fühlen, ohne es zu sehen.

Sie murmelt: „Na, super, zumindest eine Bahnstrecke in der Nähe! In einer halben Stunde bin ich zurück in der Zivilisation.“

„Mach dir keine Hoffnungen, hier fahren vielleicht alle zwei Stunden Züge und die meisten haben Güterwaggons. Aber vielleicht darfst du als Gegenleistung für ein Mitfahrticket Kohlen schaufeln."

„Du bist doch nicht ganz frisch in der Birne, Sara! Schleppst eine Schwangere hier hinaus in die Einöde!"

„Wir sind keine zwanzig Kilometer von München entfernt. Das hier ist weder die arabische Wüste noch der Kunduz! Bleib doch einmal in deinem Leben locker, Emma!" Sage ich. Ausgerechnet ich. Locker. Ha! Ich bin so angespannt wie ein Drahtseil kurz vorm Reißen. Irgendwie habe ich das Gefühl, dass dieser Abend etwas Entscheidendes ist. Etwas, was mein Leben verändern wird. Ich bin mir nur noch nicht darüber im Klaren, ob das gut ist oder schlecht. In den letzten Tagen hat sich so viel verändert, habe ich mich so stark geändert. Manchmal braucht es mehr als einen Klappspiegel, um sich selbst wiederzuerkennen. Aber es gefällt mir erstaunlich gut, was ich sehe. Die Frage ist nur, ob ich das nicht irgendwann bereuen werde.

Meine Schwester steigt so widerwillig aus dem Wagen, dass man meinen könnte, sie würde direkt in einen dicken Kuhfladen treten müssen. Mit Ballerinas, die so viel gekostet haben, wie ein Sozialhilfeempfänger im Monat vom Amt bekommt.

Dabei sieht es wunderschön aus hier. Der gesamte Garten ist mit Lichterketten überzogen, als hätten sich feine Spinnweben daraufgesetzt und sich Glühwürmchen dazu eingeladen, in Scharen auf ihnen Platz zu nehmen. Es ist leise Musik zu hören, die sich stimmungsvoll mit Geplapper und Gelächter vermischt. Es riecht nach Gegrilltem und Lagerfeuer.

Ich wollte unbedingt hier her, ich habe mich wirklich darauf gefreut. Und nun? Nun würde ich mir am liebsten meine Schwester packen und schnellstmöglich nach Hause zurückfahren. Emmas Blick zufolge wäre sie ohne zu zögern dabei.

Ich habe Angst. Etwas falsch zu machen. Angst, eine endgültige Entscheidung zu treffen. Angst, nie mehr die Chance zu bekommen, eine zweite Chance richtig zu nutzen.

Dann aber kommt der Angst Matt zuvor. Bevor sich mein innerer Zwang durchsetzen kann, steht er vor mir und strahlt mich an. Er ist kurz davor, mich zu küssen, das sehe ich. Emmas missmutiger Blick neben mir hält ihn gerade noch davon ab.

Vielleicht sieht er sie, die Ähnlichkeit der Mundpartie. Die Ähnlichkeit verstockter Hendrich-Gesichter. Oder aber er erinnert sich einfach daran, dass ich sie unverschämter Weise zu meinem Schutz – vor mir selbst – hierher eingeladen habe.

Er macht einen kleinen, ehrfürchtigen Knicks vor mir, seine Grübchen drohen ihm dabei aus dem Gesicht zu springen.

„Sahara!“

„Hallo, Matt“, sage ich mit urplötzlich heiserer Stimme.

Dann wendet er sich an Emma. „Ich bin Matthias, du kannst mich gerne Matt nennen. Meine Schwester ist das Geburtstagskind.“

„Emma. Du kannst mich gerne Emma nennen“, antwortet sie und betrachtet seine verschlissenen Turnschuhe.

Während ich nur Augen für seine Augen habe. Und seinen Mund und die Locken und dabei bin, meinen ängstlichen Gedanken zu erlauben, sich zu verpissen.

Matt lacht auf. „Wahrlich und wahrhaftig Schwestern! Kommt mit, ich stelle euch die anderen vor!“

Emma wirft mir zweifelnde Blicke zu und rollt mit den Augen, traut sich aber nicht, etwas zu sagen. Oder vielleicht ist sie dazu einfach zu höflich. Ehrlich gesagt, weiß ich es nicht, weil ich mich nicht erinnern kann, abgesehen von unseren Kindertagen jemals mit ihr auf einer Party gewesen zu sein.

Wir laufen hinter Matt durch den Kräutergarten auf zwei Dutzend Menschen zu, die auf Kissen auf dem Boden sitzen oder vor dem Lagerfeuer stehen.

„Woher kennst du den, Sara?“, zischt Emma mir dabei zu. Ich kann den mitschwingenden Verdacht deutlich hören. Die Zeit mag mich ad absurdum geführt haben, Emma aber genügt ein Blick, um zu begreifen.

„Ich bin wegen seiner Schwester hier“, sage ich und blicke stur nach vorne auf den Weg.

„Ja klar und das hier ist der Kunduz und ich bin eine arabische Wüstentochter!“

Darauf antworte ich besser nichts.

Als wir bei den anderen Leuten ankommen – einer bunten Mischung sehr leger gekleideter Menschen, die sich anders als Emma und ich völlig ungezwungen bewegen und uns neugierig freundlich ansehen – stürmt Kati bereits auf uns zu. „Hallo, Sara! Schön, dass du da bist!“

„Danke für die Einladung“, sage ich und reiche ihr mein Geschenk.

Es ist ein Gedichtband mit dem Namen „Du musst das Leben nicht verstehen“. Er ist mir in einer kleinen Buchhandlung in die Hände gefallen und ich fand ihn unglaublich passend. Ich konnte mir – als ich an der Kasse stand und das Buch bezahlte – wunderbar vorstellen, wie Kati mit ihrem Bauhelm auf dem Kopf und dem Gedichtband in der Hand unter dem Apfelbaum sitzt. Es kam mir wie das perfekte Geschenk vor, jetzt fühle ich mich total albern damit und ich bin froh, ihr bei Hallhuber noch eine schwarze Bluse gekauft zu haben. Weil mir die sechs Euro für Rilkes Meisterwerke zu wenig vorkamen und weil ich mir sie auch in dem halbtransparenten Oberteil gut vorstellen konnte.

Kati bedankt sich überschwänglich. Sie reißt das Seidenpapier, das ich kunstvoll um die Geschenke drapiert habe, wie ein kleines Kind herunter und lässt es auf den Boden fallen. Dorthin wo auch der Unterkiefer meiner Schwester gelandet sein muss. Emma kennt so etwas nicht und ich eigentlich auch nicht. Auf den Partys, auf denen wir beide verkehren, bedankt man sich für Geschenke und legt sie vorsichtig auf einen extra dafür bereit gestellten Tisch. Man packt sie am nächsten Tag aus und man schmeißt das Papier nicht achtlos auf den Boden wie ein Schulmädchen. Warum eigentlich nicht? Ich mag es irgendwie, dass Kati neugierig genug war, um mein Präsent sofort aufzureißen.

„Entschuldige, das Papier war teuer, oder?“, sagt Kati und beißt sich auf die Unterlippe. Ganz so wie ihr Bruder. Mein Mund wird trocken bei dem Gedanken und das Kribbeln übernimmt die Kontrolle über alles in mir und an mir, was kribbeln kann.

„Ach, was“, lüge ich, „gar nicht.“

Emma zieht scharf die Luft ein, lautstark.

„Wow!“, Kati fällt mir um den Hals und ich stehe steif da und weiß nicht, was ich tun soll. „Das ist ja geil! Ich liebe Lyrik!“

„Ist nur ein kleines Büchlein“, sage ich beschwichtigend, weil man das in meinen Kreisen so tut. Auch bei teuren Geschenken. In Olivers Kreisen, korrigiere ich mich in Gedanken, denn irgendwie fühlt es sich so an, als würde die gemeinsame Schnittmenge zwischen Oliver und mir immer geringer, während ich gefährlich oft an die von Matt heranstoße und mir insgeheim wünsche, dazuzugehören.

„Aber das hier, das kann ich nicht annehmen, Sara! Viel zu teuer!“ Kati hält die Bluse in die Luft und zupft am Etikett.

„Oh, nein, habe ich das Preisschild dran gelassen?“, antworte ich entsetzt.

„Ne, hast du nicht, aber ich kann mir ungefähr ausrechnen, was eine Bluse von Hallhuber kostet. Ich habe nur H&M-Blusen.“

Emma neben mir schnaubt und ich trete ihr auf den Fuß. Das kann ja dem Baby nicht schaden, nur ihrer Hochnäsigkeit. Ich bereue gerade, sie überhaupt mitgenommen zu haben.

„Unsinn, die war ein Schnäppchen“, sage ich und ignoriere Emmas wütende Blicke im Rücken, die mir wie spitze Krallen in den Nacken stechen wollen.

„Du bist ein Schatz!“ Kati umarmt mich noch einmal und drückt mir einen feuchten Kuss auf die Wange. Ihr Bruder steht daneben und lächelt mich an. Für dieses Lächeln würde ich Kati jeden Tag eine Bluse kaufen.

Emma stellt sich Kati lustlos vor, reicht ihr steif eine Flasche Rotwein und macht irgendeine pseudonette Bemerkung über den Garten. Kati bemerkt das gar nicht, sie bedankt sich artig, aber reserviert und sagt: „Das wäre doch nicht nötig gewesen. Komm, die machen wir gleich auf und trinken einen Schluck zusammen aufs Kennenlernen!“

„Danke, nein“, sagt Emma und hält ihre Hände seltsam um ihren Bauch geschwungen. Nicht so wie Schwangere, eher als hätte sie Bauchweh.

„Was? Natürlich, ein Schlückchen muss sein! Du bist schließlich die Schwester von Matts großer Liebe!“

Bei den Worten „großer Liebe“ malt sie mit der freien Hand ein schwungvolles Herz in die Luft und lacht, die Haare in den Nacken werfend. Sie ist umwerfend und ich könnte sie gerade erwürgen. So wird das nichts mit dem Streusalz, das ich versuche, hier zu verbreiten, damit ich nicht auf meinem eigenen kleinen Geheimnis ausrutsche. Dass Emma noch nicht angefangen hat, wie ein Eisbär zu brummen, wundert mich. Sie sieht so aus, als wäre sie nicht weit davon entfernt. Stattdessen quetscht sie zwischen zusammengepressten Zähnen ein „Danke, ich trinke nichts!“ hervor.

„Ah, du bist schwanger!“, ruft Kati, klatscht erfreut in die Hände und macht es noch schlimmer. „Herzlichen Glückwunsch!“

Sie will Emma umarmen, aber die weicht zurück, als würde sie befürchten, dass Katis gute Laune auf sie abfärben könnte, wie eine neue Bluejeans auf eine ihrer blütenweißen Satintops.

Aus den Augenwinkeln heraus erkenne ich – während ich besorgt meine Schwester anschaue –, dass Matt seiner Schwester unsanft in den Rücken knufft. Leider ist die weniger empfänglich für subtile und weniger subtile Signale als Emma.

„Ja, dann hole ich dir mal die Kinderbowle.“ Sie rennt los.

„Entschuldigung, meine Schwester ist manchmal etwas stürmisch“, sagt Matt und wirft mir fragende Blicke zu, die ich nicht beantworten will.

„Wir gehen jetzt, Sara! Sofort“, faucht Emma mich an.

Hätte sie mich gebeten, wäre ich sofort mitgekommen.

„Wir bleiben!“, sage ich bestimmt.

Vielleicht sage ich es auch, weil ich keine Lust auf ihre Standpauke habe. Die mir definitiv bevorsteht. Ich höre ihr entsetztes Fragen, das aus Vorwürfen besteht, und möchte mir schon jetzt die Ohren zuhalten und lauthals „Dancing Queen“ singen.

„Kommt, ich stelle euch ein paar Leuten vor!“ Entweder hat Matt nicht mitbekommen, was wir miteinander geflüstert haben, oder er ignoriert es geflissentlich. Er nimmt mich an der Hand und versucht, es so platonisch aussehen zu lassen, wie es geht. Ich hoffe inständig, dass er mich nicht wieder als sein Mädchen vorstellt, und könnte mir dennoch nichts Schöneres vorstellen.

Ich lerne seine beiden anderen Schwestern, Maren und Sylvie, kennen. Denen die Grübchen fehlen, aber deren Haare sich ebenfalls beneidenswert locken und die mich beide mit einem freundlichen und interessierten Lächeln begrüßen. Emma dagegen hat es aufgegeben, so zu tun, als gehöre sie hier dazu. Sie hat sich auf einen der wenigen herumstehenden Gartenstühle gesetzt und nippt genervt an dem Kinderpunsch. Die Namen und dazugehörigen Gesichter abzuspeichern, lenkt mich ein wenig davon ab, mich aus Mitleid und Verantwortungsgefühl dazu verpflichtet zu fühlen, mich neben meine Schwester zu setzen.

„Kommst du kurz mit, ich will dir etwas zeigen", sagt Matt, mit seiner Hand noch immer meine haltend.

Ich werfe einen Blick zu Emma hinüber und rufe ihr zu: „Bin gleich wieder da!"

Sie antwortet mir nicht, sondern sieht mich nur strafend an. Das kann sie gut.

Wir steigen über ein halbes Dutzend Beinpaare, die sich auf dem Boden der Terrasse ineinander verknotet zu haben scheinen, und gehen an den anderen, sich rege unterhaltenden Gästen vorbei, bis wir an einem alten Schuppen stehen, der mir bei meinem letzten Besuch hier gar nicht aufgefallen ist. Dahinter leuchten grüne Punkte in der Luft wie ein Meer aus lose in der Luft hängenden Lichterketten.

Glühwürmchen, um diese Jahreszeit!

„Wunderschön, nicht wahr?", sagt Matt.

„Unglaublich!", antworte ich.

„Sie senden ihre Leuchtsignale, damit die männlichen Käfer mit den weiblichen zur Paarung zusammenfinden."

„Aha", lache ich. „Und das hast du jetzt mit mir auch vor?"

„Ein heißer Kuss von der heißesten Frau des Abends würde mir vorerst genügen."

Ich muss mich bei ihm nicht auf die Zehenspitzen stellen, um seine Lippen berühren zu können. Es reicht, wenn ich mich ein wenig strecke und er sich zu mir beugt. Zwischen tanzenden Glühwürmchen, die wohl ebenso die Zeit vergessen haben wie ich. Vielleicht denken sie, es sei Juli statt September. Vielleicht haben sie genauso die Orientierung verloren wie ich.

Matts Hände wandern an meinem Rücken hinunter und ich vergesse die Glühwürmchen, das Rattern eines Abendzuges direkt hinter uns und sogar den letzten Rest von Zeit.

Als wir uns mit Mühe voneinander lösen, bin ich kurz davor, ihm eine Frage zu stellen, kurz davor, mir meine eigenen zu beantworten. Doch irgendwie gelingt es mir nicht, all das Große und für mich so Bedeutende in Worte zu fassen, die für ihn nicht übertrieben klingen. Ich will nichts Kitschiges von mir geben, nichts, wofür ich mich sofort wieder schämen würde. Was, wenn ich zu viel in uns hineininterpretiere? Nur weil Matt mich für sich gewinnen will, wie er betont, heißt das ja nicht, dass er mich auch behalten würde. Viele der Typen, die ich in meinem Leben kennengelernt habe, sehen in Frauen eine Herausforderung, und wenn wir erst einmal vor ihnen dahin schmelzen, dann ist das Ziel erreicht und an mehr liegt ihnen gar nichts. Ich habe das schon erlebt. Mehrmals. Mit anderen Männern. Es hat mir bisher nie groß etwas ausgemacht, weil sie mein Herz nicht gefüllt haben.

Aber jetzt, jetzt würde es mir etwas ausmachen, das kann ich deutlich spüren.

Wir stoßen zurück zur Gruppe, in der Emma offensichtlich eine vertraute Seele gefunden hat: Sie ist total vertieft in ein Gespräch mit einer hübschen Brünette mit beneidenswert braunen Beinen, aufregendem roten Kleid und einem ansteckenden Lachen. Emma lacht mit – sehr seltener Anblick.

„Matt, na endlich!“ Die Brünette dreht sich schwungvoll um und fast schon befürchte ich, dass sie ihn anspringt, so offensichtlich begeistert begrüßt sie ihn. Und er sie.

Ihre Waden sind zu braun, finde ich auf den zweiten Blick, was auch an dem Blick liegen könnte, den sie Matt zuwirft. Und ihr Lachen, ist das nicht doch ein wenig gekünstelt?

„Larissa! Das ist ja eine Überraschung! Wow, du siehst gut aus!“, sagt Matt.

Larissa macht eine schwungvolle, total übertriebene Drehung um die eigene Achse, die meine Schwester mit dem unnötigen Halbsatz „Tolles Kleid“ kommentiert. Verräterin!

„Kennt ihr euch?“, frage ich biestig und habe augenblicklich das dringende Bedürfnis, meine urplötzlich sehr trockene Kehle mit etwas Hochprozentigem zu befeuchten.

Emma nickt.

„Ja, total witzig! Dass wir uns ausgerechnet hier treffen“, sagt Larissa zu meiner Schwester, kurz bevor sie Matt einen Kuss mitten auf den Mund drückt, der gerade noch meiner war.

Oh, ja, wie überaus witzig!

„Wir haben zusammen Abitur gemacht“, fügt sie hinzu. Sie hat eindeutig Krähenfüße um die Augen. Tief wie Krater. Es ist ungesund, zu braun zu sein. Matt scheint das nicht zu stören. Er frisst sie ja beinahe auf.

„Was machen die Glühwürmchen?“, sagt die Olle doch jetzt tatsächlich und zwinkert Matt zu.

Die Glühwürmchen? Die Glühwürmchen?? Es fehlt nicht viel und ich schreie es laut. Das sind *meine* Glühwürmchen und *meine* Schmetterlinge und *mein* Matt. Dabei stimmt es gar nicht.

„Fliegen“, antwortet Matt und lächelt ihr zu. Er hat seinen Arm längst von mir gelöst und das gibt mir das lächerliche Gefühl, mich nicht aufrecht halten zu können. So als bräuchte ich ihn für meine gesamte Balance, die gewaltig schwankt.

Larissa mit den Krähenfüßen labert weiter irgendwelches dummes Zeug auf Matt ein, meine Schwester mischt auch noch mit und als ich sage: „Ich hole mir mal was zu trinken. Sonst noch jemand etwas?“, bekomme ich noch nicht einmal eine Antwort.

Ich koche und glühe schlimmer, als jeder Käfer das vermag, und entferne mich von der Gruppe, zu der ich offenbar auf einmal nicht mehr gehöre. Auf einem Klapptisch, der ebenso wackelig ist wie mein Selbst, steht eine uralte Bowle-Schüssel mit Blumenmotiv und darin schwimmen unschön ausgepresste Limetten und Zuckersatz.

„Schmeckt besser als es aussieht!“, sagt der Typ neben mir und ich nicke, tauche mit der Suppenkelle hinein und gieße mir ein ganzes Cocktailglas voll damit.

Aus den Augenwinkeln sehe ich Matt, Laaariiiisssa und meine Schwester. Keiner von denen hat offenbar bemerkt, dass ich nicht mehr dabeistehe. Ich habe absolut kein Bedürfnis, zurück zu gehen. Vielleicht ist es mit Frauen wie mit Glühwürmchen: Manche blinken und andere senden Dauerlicht aus. Und möglicherweise ist meines gar nicht so hell, wie ich dachte. Vielleicht bin ich doch nur ein Spielball, der sich auf das falsche Feld verirrt hat. Ausgeblinkt, ausgespielt. Ich bin hysterisch. Albern. Was ist schon dabei, dass er mit dieser Larissa spricht? Aber die Selbstbeschwörung hilft nicht: Ich bin rasend eifersüchtig. Zum allerersten Mal in meinem Leben. Wie verhältnismäßig meine Eifersucht ist, kann ich daher schlecht beurteilen, weil mir der Maßstab fehlt. Vielleicht ist es besser, wenn ich mich irgendwohin verdrücke, um mein überhitztes Kleinhirn mit Bowle abzukühlen.

Der Garten ist voll und die Terrasse ebenfalls. Aber ich könnte ins Haus gehen. Da ist sicher niemand, bei dem Wetter. Vorgebend, auf die Toilette zu gehen, gehe ich an Kati vorbei ins Haus, direkt in das erste Zimmer, das ich finde, in dem Licht ist. Es ist eine Art Durchgangszimmer, ich vermute zwischen Küche und Wohnzimmer, es gibt keine Türen, nur Rundbögen in den Wänden, die in das Dunkel der angrenzenden Räume zeigen. Zahlreiche Sessel sind einem offenen Kamin an der einzigen geschlossenen Wand zugewandt. Ich will mich gerade auf einen der Sessel fallen lassen, bis meine Gedanken wieder geradeaus gehen können und nicht über ihre eigenen Füße stolpern. Und dabei hätte ich mich ihm beinahe auf den Schoß gesetzt, einem Herrn mittleren Alters, der hinter der großen Lehne des grauen Einsitzers nahezu verschwindet.

„Man hat mich hier abgesetzt“, sagt er und dreht seinen Kopf in meine Richtung.

Zunächst denke ich, ich habe mich verhört. Er hat gesagt, er hat sich hierhin gesetzt, oder?

„Weil da nur noch Matsch drin ist.“ Er tippt sich an die Stirn.

„Was machen Sie hier drinnen? Draußen spielt die Musik“, sage ich und lächle ihn an.

„Das stimmt nicht“, antwortet er. „Die Musik, die spielt immer hier!“ Er tippt sich wieder an die Stirn, ein trauriger Zug um seine Lippen.

Jetzt ahne ich, wer er ist. Matts Vater. ‚Vom Kleinkind zum Säugling, dann stirbt er‘, höre ich Kati sagen.

„Bist du eine meiner Töchter und wenn ja welche?“, fragt er.

Ich schlucke und sage: „Äh, nein, ich glaube nicht.“ Er lacht. Ein älteres Lachen, aber eines, das meine Vermutung bestätigt. Matt sieht seinem Vater nicht offensichtlich ähnlich, aber die subtilen Gleichheiten sind unverkennbar da.

„Kleiner Alzheimerwitz von einem Alzheimerkranken mit lichtem Moment. Ich weiß, dass Sie keines meiner Mädels sind. Was haben Sie denn da zu trinken?“

Er beugt sich vor und ich strecke ihm mein Glas entgegen. „Ich glaube Caipirinha-Bowle.“

„Her damit!“, befiehlt er und will nach dem Glas greifen.

„Ich weiß nicht, ob das so eine gute Idee ist“, zögere ich.

„Wieso? Könnte ich danach vergessen, dass ich alles vergesse?“, kontert er.

„Stimmt auch wieder.“ Ich reiche ihm das Glas.

„Sehen Sie den Karton da vorne?“ Matts Vater zeigt auf einen riesigen Umzugskarton neben dem Kamin.

„Ja.“

„Den habe ich heute mitgebracht, weil es mir sonst vielleicht wieder entfällt. Wissen Sie, mit dem Vergessen ist es wie mit dem Herbst. Wenn die Blätter erst einmal heruntergefallen sind, kommen sie nicht wieder zurück an den Ast. Was weg ist, ist weg. Der Unterschied zwischen mir und dem Herbst ist nur, dass es für meine Birne keinen Frühling mehr geben wird.“

„Das tut mir so leid.“ Ich stehe da, mit hängenden Armen, und Matts Vater, dessen Namen ich nicht kenne, nippt an meinem Caipi und kichert.

„Ach was, ich hab’s ja bald vergessen. Ich lebe jetzt für den Moment. Bleibt mir ja auch nichts anderes übrig.“ Dann verstummt er, setzt die feine Brille mit dem dünnen Silberrand ab und reibt sich die Augen unterhalb seiner kurzen lockigen Haare, die ihn jung aussehen lassen. Viel zu jung für so eine teuflische Krankheit. Als er wieder aufsieht, mustert er mich, als hätten die letzten Minuten nicht stattgefunden. Fast schon glaube ich, dass sein klarer Moment vorüber ist, als er sagt: „Die da draußen interessieren sich nicht für mich. Vor allem mein Sohn nicht. Er pflegt lieber die Greise anderer Familien. Mit seinem eigenen Alten kommt er nicht klar."

„Was ist in der Kiste?", erkundige ich mich, zu verlegen, um auf seine Worte eingehen zu können, die mir ein Bild von Matt vor Augen führen, dass ich mir nicht vorstellen kann.

„Platten", antwortet er.

„Wirklich?", frage ich.

„Ja, aber Sie haben es sicher mehr mit MP3 oder so", sagt er und zieht ein Stofftaschentuch aus der Hemdtasche seines karierten Hemdes und beginnt, die Gläser seiner Brille zu polieren.

„Nein, ich liebe Platten!", sage ich begeistert. „Darf ich?", begierig gehe ich auf den Karton zu.

„Nur zu!", sagt er und reibt weiter.

Ehrfürchtig knie ich vor der braunen Pappe des Kartons und ziehe vorsichtig eine Platte heraus. By Numbers von The Who. Ein Klassiker, aber soweit nichts Ungewöhnliches. Als ich allerdings nach der nächsten Hülle greife, stockt mir der Atem. Am liebsten würde ich mir Handschuhe überziehen.

„Sticky Fingers von den Stones!", rufe ich überrascht und halte das Cover, das den Reißverschluss einer Jeans an Männerbeinen zeigt, in Richtung des Sessels, auf dem Matts Vater sitzt.

„Ja, das 71er Album", antwortet er ungerührt, noch immer seine Brille polierend, die dadurch immer dreckiger wird.

„Die kostet über dreihundert Euro!"

Er antwortet nicht und ich sehe weiter in dem Karton nach.

„Bohemian Rhapsody von Queen. Schau mal nach, Mädchen! Die findest du ganz rechts." Mir entgeht nicht, dass er mich auf einmal duzt. „Aber vorsichtig! Das ist die limitierte blaue Vinyledition. Ich war damals auf der Preisverleihung beim Award for Industry. 78 muss das gewesen sein. Ein guter Freund von mir hat für EMI gearbeitet und jeder Gast des Abends erhielt eine Ausgabe. Es gibt nur an die zweihundert davon."

„Ich weiß“, sage ich aufgeregt und vergesse einen Moment lang sogar meinen Ärger und Frust über Matt und das Mädchen da draußen. In diesem Karton hier stecken mehrere Tausend Euro. Allein diese Platte wird für 6.000 Euro gehandelt. „Ich fasse es nicht! Hier ist Black Sabbath und … und Sie haben sogar die erste Iron Maiden Live LP von 81!“

„Ja, das ist ein Original aus Chile. Maiden Japan, nicht wahr?“

„Ja!“ Ich schreie es fast. Ich bin im Vinylhimmel. „Was haben Sie denn mit all den Schätzen hier vor?“, frage ich.

Er hält für einen Moment inne und hört auf, seine Brille mit dem dreckigen Tuch zu bearbeiten. Dann sieht er zu mir rüber, mit sehr traurigem Blick, und sagt: „Ich wollte sie Matt zu seinem Geburtstag schenken, aber ich habe vergessen, dass heute Marens Geburtstag ist.“

Ich korrigiere ihn nicht, ich sage ihm nicht, dass Kati Geburtstag hat. Wozu auch. „Ich bin mir sicher, er freut sich wie verrückt, wenn er die bekommt.“

„Er will sie nicht.“

„Das kann nicht sein!“

Matts Vater hat die unsinnige Arbeit an seiner Brille wieder aufgenommen und ich laufe zum Fenster im angrenzenden dunklen Zimmer und blicke hinaus. Fast direkt vor der Scheibe steht Matt mit dem Rücken zu mir, die linke Hand der hübschen Brünetten von vorhin auf seiner Schulter. In – wie sagt man so schön – angeregtem Gespräch.

Ich drehe mich um, gehe zurück in das Kaminzimmer und versuche, nicht an Glühwürmchen und Schmetterlinge zu denken.

„Die hören wir uns jetzt an! Wo ist der Plattenspieler?“, sage ich zu dem alten Herrn im Sessel.

„Keine Ahnung, habe ich vergessen. Wie sagten Sie heißen Sie?“

„Ich bin Sara.“ Ich reiche ihm die Hand und er greift sie mit hauchzartem Griff und drückt zu. Ebenfalls hauchzart.

„Reiner“, sagt er.

Der Plattenspieler steht im Wohnzimmer. Ansonsten steht dort nicht viel. Eine breite, helle Ledercouch, ein Flachbildfernseher an der Wand. Weißer Putz, keine Pflanzen, aber eine Menge Bücher, am

Boden in Türmen nach oben gestapelt. Die Bücher – es müssen mehrere Hundert sein – wirken so, als hätte ein Kind sie als Ersatz für Bauklötze benutzt und Hochhäuser damit gebaut. Der Plattenspieler steht in einem unscheinbaren Sideboard, das ich beinahe übersehen hätte. Der Plastikdeckel ist staubbedeckt. Aber wenig später stelle ich fest, dass der Klang sehr gut ist und die Technik einwandfrei funktioniert.

Nach vorsichtigem Aufsetzen der alten Nadel – es muss Ewigkeiten her sein, dass Matt diesen Spieler benutzt hat, ich frage mich warum – klingt das charakteristische Anfangskratzen der Platte aus den Lautsprechern und Iron Maiden röhren „Running Free“. Wie passend. Ich greife nach Reiners Händen und ziehe ihn hoch, aus dem Sessel heraus, rein ins Leben.

Er sieht mich überrascht an und springt dann eifriger auf, als ich es vermutet hätte. Ich laufe noch einmal zum Plattenspieler und drehe die Lautstärke bis zum Anschlag auf. Reiner fängt an, sich zum Beat zu bewegen. Er schwingt den Kopf, kreist die Hüften und hat einen erstaunlich guten Rhythmus. Wir hüpfen und springen und werden beim zweiten und dritten Lied der ersten Seite alle Hemmungen los. Er dreht mich im Kreis, ich wirbele meine Haare durch die Luft, dass mein Kopf ganz wirr und schwer wird, und wir bemerken im Rausch der Musik gar nicht, dass wir beobachtet werden.

Bis die Musik leiser wird und wir beide aufblicken.

„Was wird das, wenn es fertig ist?“ Mit verschränkten Armen steht Matt im Rundbogen des Wohnzimmers. Mit einem Blick in den Augen, der mir noch viel weniger gefällt, als der, den er Larissa zugeworfen hat.

„Wer ist denn der da?“, fragt Reiner und kichert.

Ich pruste laut los. Vielleicht weil es witzig ist, vielleicht, weil ich nicht weiß, was ich sonst tun soll. Vielleicht weil es mir peinlich ist, völlig verschwitzt mit seinem alzheimerkranken Vater erwischt zu werden. Auch wenn wir nur tanzen. Vielleicht gerade, weil wir tanzen. Sehr verrückt.

„Kommst du bitte mit nach draußen?“, sagt Matt. Es hört sich nicht wie eine Bitte an, mehr wie ein Befehl. Ich hasse Befehle. Würde nicht hinter Matt eine Frau eintreten, die seine Mutter sein könnte und die

Reiner völlig entsetzt ansieht, dann hätte ich mich vermutlich gewehrt und in einer mir selbst fremden Art von Auflehnung, die Platte gedreht und mit Reiner zur zweiten Seite getanzt. So aber fühle ich mich mit einem Mal wirklich schlecht. Also nicke ich und folge Matt nach draußen.

„Ich habe nach dir gesucht“, sagt er, ohne Lächeln, ohne Grübchen.

„Das sah aber nicht so aus! Du hattest doch Lissy an deiner Seite!“, antworte ich. Ich verschränke meine Arme vor der Brust und erinnere mich dabei selbst an Emma.

Matt geht nicht darauf ein. Bitte zeig mir deine Grübchen, bitte!

„Was sollte das da drinnen?“

„Ich habe mit deinem Vater getanzt!“, antworte ich. Was hat er für ein Problem?

„Was denkst du dir dabei?“

Langsam steigt Wut in mir hoch. Was denkt er denn? Ich habe absolut nichts Unrechtes getan. Wie immer, wenn ich mich in die Ecke gedrängt fühle, trete ich die Flucht nach vorne an und kicke um mich wie ein Wildpferd, das man zum Schlachter führen will. „Ich dachte, ich tue das, was du offensichtlich nicht gerne tust. Ich kümmere mich um ihn!“

Einen Moment lang ist er still und genauso lange dauert es, bis ich gnadenlos bereue, was ich da losgetreten habe. Mit meinen viel zu harten Hufen, mit meinem verletzten Stolz.

„Du weißt ja nicht, was du sagst. Du hast doch keine Ahnung.“

„Er hatte Spaß. Du solltest mit ihm seine Platten anhören, dich mit ihm beschäftigen, statt da draußen Weiber zu begrabschen!“

Fassungslos sieht Matt mich an, mit einer Abscheu, dir mir Gänsehaut verursacht. Ich hoffe noch, dass er so etwas wie „solange ich dich begrabscht habe, war doch alles gut“, sagt, aber das tut er nicht.

„Sag’ du mir nicht, was ich zu tun habe! *Du* nicht!“

Das ‚Du‘ hat einen seltsamen Klang, es klingt, als wüsste er etwas über mich, wofür ich mich schämen sollte. Es klingt, als gäbe es irgendetwas an mir, was ihm mehr als missfällt. Was ihn abstößt.

Mein Selbstschutzmechanismus tritt in Kraft und ich antworte kalt: „Warum denn nicht? Du bist Altenpfleger und hältst es nicht für nötig, dich um deinen Vater zu kümmern? Er hat mir selbst gesagt …“ Manchmal verletzen wir mutwillig andere Menschen, nur um uns selbst nicht weh zu tun. Und genau das bin ich im Begriff zu tun, in vollem Bewusstsein, dass es falsch ist und es doch nicht ändern zu können. „… dass du dich einen Scheiß für ihn interessierst.“

„Sagtest du nicht, deine Schwester sei krank?“ Matts Augen funkeln gefährlich, das Licht darin ist nicht freundlich.

„Was?“ Ich verstehe es wirklich nicht. „Was hat das damit zu tun?“

„Was es damit zu tun hat?“, wiederholt er und lacht hämisch.

Die Musik aus dem Haus ist nun endgültig verstummt, es wird wohl niemand die zweite Seite auflegen, und ich frage mich, was das mit Reiner macht. Wird er sich morgen noch daran erinnern? Leben für den Moment.

„Emma ist schwanger und nicht krank. Und du hast ihr einen Ratschlag gegeben. Um Leben und Tod. Das hast du selbst gesagt. Wenn ich eins und eins zusammenzähle, dann weiß ich, was das bedeutet! Und du, ausgerechnet du willst mir sagen, was ich zu tun habe?“

„Matt, ich …“ Ich weiß nicht, was ich dazu sagen soll. Ich fühle mich zu Unrecht beschuldigt und mit Recht verurteilt.

„Geh’ nach Hause, Sara, und heirate deinen Oliver!“

Er wendet sich ab und geht wieder ins Haus. Und lässt mich einfach stehen.

Eine Weile stehe ich tatsächlich einfach nur da und warte darauf, dass sich alles aufklärt. Das kann doch nicht sein! Was bitte habe ich falsch gemacht? Und was missfällt ihm am meisten? Dass ich mit seinem Vater getanzt habe oder dass ich ihm vorgeworfen habe, dass er sich nicht genug um ihn kümmert? Oder ist es das größere Problem, dass er denkt oder weiß oder ahnt, dass ich Emma zu einer Abtreibung geraten habe? Alternativ könnte er auch einfach die Schnauze voll haben von mir, jetzt wo Larissa aufgetaucht ist. Es könnte auch …

„Sara!“ Emma packt mich unsanft am Arm. „Sara, was treibst du hier?“

„Autsch! Das tut weh! Ich habe da …“ Ich will ihr meinen Arm entreißen, aber sie hält mich fest, runzelt die Stirn und schiebt dann, bevor ich mich wehren kann, meine Schmetterlingsärmel – Ausgerechnet! Was für eine dumme Ironie! – nach oben und starrt auf meine blauen Flecken. Vom Paintball.

„Was ist hier los, Sara?“

„Das willst du gar nicht wissen.“

„Wir gehen jetzt, Sara! Sofort.“

„Emma, ich …“ Zum ersten Mal in meinem Leben möchte ich wider meinen Stolz und meine Vernunft einem Mann hinterherlaufen.

Aber Emma kennt kein Pardon. Sie fasst mich absichtlich wieder an meinem blauen Arm und zieht mich hinter sich her. Ich bin zu schwach, mich zu wehren, und sie war schon immer stärker als ich.

„Du hörst jetzt auf mit diesem Theater, das du hier veranstaltest! Ich erkenne dich ja nicht wieder. Ich bringe dich nach Hause, jetzt, sofort!“

Sie schiebt mich ins Auto und obwohl ich mich mehrmals umdrehe, kann ich Matt nicht sehen. Und egal wie sehr ich mich anstrenge, seine Stimme kann ich auch nicht hören. Ich höre nur Larissas Lachen und fühle mich davon verhöhnt.

Kapitel 19

Freitag, 9. September, 7:27 Uhr

Ich bin zurück. An dem Tag, an dem sich die Fäden verknotet haben. Ich stehe vor dem Glasaufzug von Umuc und mein Herz ist so verwurstelt und in sich selbst verdreht, dass ich nicht klar denken kann. Eigentlich will ich gerade nicht hier sein und mich um die Probleme der Firma und meines Jobs kümmern, wenn sich die in meinem Herzen zu etwas Unüberwindbarem aufgestapelt haben. Ein Turm aus nicht gekannten Gefühlen. Wenn es sich so scheiße anfühlt, verliebt zu sein, dann lasse ich das lieber für den Rest meines Lebens. Ich kann mir noch immer keinen richtigen Reim auf Matts gestriges Verhalten machen und ich habe es auch nicht übers Herz gebracht, die „Nicht Löschen"-Nummer zu löschen. Ich hatte so sehr gehofft, dass er sich meldet. Aber nichts. Kein Anruf, keine Nachricht von „Nicht Löschen", nur dumme Träume und verwirrte Gedanken, als ich heute Morgen aufgewacht bin.

Seufzend drücke ich auf die Aufzugtaste und hoffe inständig, das Innere wenigstens heute einmal leer vorzufinden. Glück gehabt, die meisten hacken seit Stunden in die Tasten, an einem Tag wie heute.

In meinem Büro brennt bereits Licht. Kirsten hockt auf meinem Schreibtisch, eine rote und eine blaue Mappe in der Hand.

Sie blickt auf, blinzelt mich mit langen, hellen Wimpern an und stöhnt: „Es geht nicht, Sara! Die ganze Arbeit vom Dienstag – und ich frage dich jetzt nicht, wo du die letzten beiden Tage gesteckt hast, weil das jetzt auch egal ist – war umsonst!"

Sie könnte auch Mandarin sprechen, ich hätte genauso viel verstanden.

Kirsten sieht mich entsetzt an, ihre Augen weiten sich erschrocken. „Was ist denn mit dir los? Wie siehst du denn aus? Was ist mit deinem

Auge?“, ruft sie laut und deutet mit ihren langen Kunstkrallen auf mein rechtes Auge.

Was soll damit sein? Instinktiv taste ich mit den Händen über mein Gesicht.

„Du hast dein linkes Auge geschminkt, dein rechtes nicht.“

„Oh.“ Naja, es gibt wohl Schlimmeres.

„Hier nimm das und gehe ins Bad und dann reden wir!“ Sie wühlt in ihrer Handtasche und drückt mir ein Kosmetiktäschchen in die Hand.

Ich laufe wortlos zur Damentoilette, starre in den Spiegel und beginne dann langsam, den Schaden zu begrenzen. ‚Du schminkst dich zu stark. Du wärst hübscher, wenn du es einfach nicht machen würdest.‘ Geh weg, du blöde, vertraute, du dumme, du anziehende, rauchige Stimme! Ich will dich nicht hören!

Kurz entschlossen nehme ich ein Wattepad und Kirstens Tagescreme und wische mir das gesamte Make-up aus dem Gesicht. Wenn ich mich innerlich nackt fühle, kommt es auf außen auch nicht mehr an.

Als ich ins Büro zurückkomme, sitzt Kirsten noch immer auf meinem Schreibtisch.

„Okay“, kommentiert sie, „nicht so, wie ich mir das gedacht habe, aber gut, immerhin symmetrisch.“

Ich versuche, meine Gedanken zu ordnen und mich daran zu erinnern, was sie vorhin gesagt hat. „Warum geht das neue Konzept nicht?“

„Ah, es spricht, es hat wieder Sprache!“

„Mach dich nicht lustig über mich, okay!“

„Jaja, schon gut. Es geht nicht, weil Christofsen in dem Meeting gestern – das du leider versäumt hast – ganz klar mitgeteilt hat, was von uns erwartet wird. Also von dir viel mehr. Mein Resort steht ja.“

„Und was wird erwartet?“

„Harte Linie. Keine Experimente!“

„Und was rätst du mir jetzt?“, frage ich und lehne mich an die Glaswand gegenüber meiner Kollegin.

„Sperr den neuentdeckten Gutmenschen in dir weg, gib mir den Schlüssel, damit du nicht in Versuchung kommst, und nimm die rote Mappe! Geh da rein und mach ihnen klar, was du willst!“

„Ich will Matt."

Sie seufzt. „Oh Gott, du hast nicht nur mit dem Feuer gespielt, du bist reingefallen und hast dich verbrannt."

Ich zucke mit den Schultern. Es brennt auf jeden Fall. Da in meiner Brust, wo alles so ineinander verknotet ist, dass ich kaum noch Luft bekomme.

„Erzähl!", sagt sie und klopft mit der rechten Hand auf den freien Platz neben sich. Ich hüpfe rückwärts nach oben und setze mich neben sie und lasse es zu, dass sie mir, während ich ihr mein Seelenleid klage, über die Haare streicht wie einem kleinen Kind. Meine Mutter hat das nie getan. Emma auch nicht.

Als ich an der Stelle ankomme, an der Emma mich am Arm genommen und hinter sich her zum Auto gezogen hat und ich ihr verboten habe, auch nur ein einziges Wort zu sprechen, geschweige denn eine Frage zu stellen, bis wir zu Hause sind, unterbricht Kirsten mich und sagt: „Sara, du hast dich verbrannt, aber das war ein Warnschuss. Es steht dir noch alles offen. Oliver weiß nichts und du gehst schlauer als je zuvor aus der Geschichte hervor …"

„Ich muss das klären, ich kann das nicht so enden lassen, Kirsten!"

„Sara! Denk an Oliver!"

Ich denke an Matt. „Ich muss das klären! Ich komme gleich wieder, ich muss das klären, ich halte das nicht aus."

„Du dummes, blind verliebtes Huhn!" Sie seufzt ein wenig. „Na los, fahr schon! Ich halte hier die Stellung. Sieh zu, dass du in einer Stunde wieder da bist!"

„Danke!" Ich drücke Kirsten einen Kuss auf die Wange und renne aus meinem Büro, die Treppen runter zu meinem Auto und fahre so schnell es der morgendliche Verkehr zulässt raus aus der Stadt, zu Matt. Er muss mir erklären, was das war. Und wenn er dann immer noch will, dass ich Oliver heirate …

Was, wenn er das immer noch will?

Ich war so kurz davor, mich in jemanden zu verwandeln, den ich wider Erwarten gerne mochte: mich selbst. Es ist unmöglich, einfach so zu akzeptieren, dass Kleinigkeiten wie eine alberne Bekannte, auf die ich rasend eifersüchtig bin, und ein Tanz mit seinem Vater dafür sorgen, dass all die Worte zwischen uns unbedeutend sind. All die Gesten, all das, was ich über mich gelernt habe ich den letzten Tagen. Und über ihn. Über uns.

Es ist erst das dritte Mal, dass ich an dem alten Bahnwärterhäuschen vorbeifahre, aber es kommt mir beinahe vor, als würde ich nach Hause fahren. Kurz vor dem Gartentor überkommt mich Panik. Was, wenn er gar nicht da ist? Was, wenn er mich rauswirft? Was, wenn Larissa in Unterwäsche auf der Terrasse steht und mir erklärt, sie sei seit zehn Jahren mit ihm verheiratet?

Aber es ist nicht Larissa, dort auf der Terrasse. Es ist Matt, mit nacktem Oberkörper, der Narbe an seinem Bauch und einer Zigarette in der Hand. Seine Haare stehen wild zu Berge.

Ich will die richtigen Worte finden und wähle gerade deswegen die falschen. „Was war das gestern?“

Er geht keinen einzigen Zentimeter auf mich zu, er drückt die Zigarette aus und greift nach einem T-Shirt, das über dem Stuhl neben ihm liegt. Zieht es sich über den Kopf und sagt spöttisch: „Sahara, du hier!“

Ist da ein wenig Erleichterung in seiner Stimme? Ein wenig Freude? Oder gaukelt mir mein Wunschdenken das nur vor und tatsächlich ist seine Stimme so grimmig wie sein Blick?

„Du warst schnell verschwunden gestern …“, sagt er. Nein, es hört sich nicht erleichtert an, er ist wütend.

Ich war schnell verschwunden? Er hat mich weggeschickt! Zu Oliver. Ich schnaube. Das Wildpferd in mir ist wieder da.

Matt bleibt eisern stehen, wo er eben steht, und ich weiß nicht, was ich mit meinen Händen machen soll. Und mit meinen Worten. Da sind gerade keine. Keine passenden. Ich will so viel fragen und die Sätze wollen sich nicht formen lassen. Ich weiß nicht, wo ich anfangen soll. Mit Wut? Mit Angst? Mit Verwirrung?

„Sara, ich hatte bisher eine einzige ernsthafte Beziehung …“

„Mit Larissa?“, ich spucke es ihm fast entgegen. Verächtlich in meiner ungeübten Eifersucht.

„Nein, mit ihr habe ich nur geschlafen.“

Ich schlucke schwer an der aufkommenden Frage und stelle sie dann doch. Weil sie nicht zu stellen, irgendwie auch nicht geht. Noch weniger, als sich der Angst vor der Antwort zu stellen. „Heute Nacht?"

Er sieht mir tief in die Augen. „Ich hatte erst eine einzige ernsthafte Beziehung", wiederholt er statt einer direkten Antwort, greift nach der Zigarettenschachtel auf dem Tisch und zündet sich die nächste Kippe an, „und danach hatte ich sehr lange nicht mehr das Gefühl, dass mich jemand dauerhaft interessieren könnte. Bei dir war das anders."

Ich höre es laut und deutlich: war.

„Aber ich gehöre dir nicht, Sara! Und du gehörst eigentlich noch zu jemand anderem. Also maße dir nicht an, mich oder meine Familie beurteilen zu können!"

Ich will ihn fragen, warum er mit der Krankheit seines Vaters so hinterm Busch hält, warum es so ein großes Problem ist für ihn, mich mit ihm tanzen zu sehen. Ich will ihn fragen, wann und warum seine Gefühle für mich sich so ins Gegenteil verkehrt haben und was ich falsch gemacht habe. Aber alles, was ich fertig bringe, ist die eitle, brennende Frage nach Larissa. „Hast du *heute* Nacht mit Larissa geschlafen?"

„Ich mache immer das, worauf ich Lust habe, das weißt du doch", sagt er kalt.

Das reicht mir. Völlig. Ich drehe mich um, um die Tränen zu verbergen, und versuche mir sofort einzureden, dass ich erleichtert sein muss. Noch habe ich mein Leben im Griff. Und damit das so bleibt, gehe, laufe, nein renne ich zum Gartentor zurück – ohne ein weiteres Wort.

„Sahara!" Er ruft mir nach, aber ich bilde mir ein, ich rede mir ein, ich hämmere es mir in mein Hirn, dass ich es nicht höre. Es ändert nichts.

Larissa hätte auch nackt neben ihm stehen und sich die Zigaretten mit ihm teilen können. Das wäre letztlich das Gleiche gewesen.

Mit Glühwürmchen ist es ähnlich wie mit Schmetterlingen. Es ist alles nur Täuschen und Tarnen. Ohne ihr Licht sind sie ziemlich hässliche Käfer. Bei Tagesanbruch verlieren sie ihren Zauber, denn sie brauchen den Schutz der Nacht, um anziehend zu sein. Das alles habe ich übersehen, weil ich es übersehen wollte.

Kapitel 19 ½

Freitag, 9. September, 9:08 Uhr

Ich kann nicht ins Büro. Nicht jetzt. Rote und blaue Mappen interessieren mich nicht die Bohne. Also fahre ich nach Hause. Dort angekommen habe ich keine Ahnung, wie ich das angestellt habe. Mein Mini muss das alleine gemacht haben, ich kann mich im Flur stehend nicht daran erinnern, den Gang eingelegt zu haben und losgefahren zu sein. Ich könnte unter Eid nicht beschwören, rote oder grüne Ampeln gesehen zu haben, und schon gar nicht, ob es Stau gegeben hat oder nicht. Zu Hause angekommen laufe ich schnurstracks in mein Wohnzimmer, steige auf die Lehne der Couch und reiße einen Schmetterling nach dem anderen von der Decke. Serotonin, Adrenalin, Oxytocin und Dopamin liegen nun wie kalte Leichen in meiner Hand und bevor ich es mir anders überlegen kann, öffne ich das Fenster zur Straße und werfe sie hinaus. Was habe ich mir denn dabei gedacht, diese Dinger an meine Decke zu hängen?!

Das Fenster steht noch offen, als ich mich wieder auf das Sofa werfe und hemmungslos zu heulen beginne. Schlimmer als ich jemals zuvor geweint habe. Vielleicht weil ich noch nie so viel verloren habe wie heute. Vielleicht, weil ich nicht geglaubt hatte, dass es so weh tun könnte, ein paar weiße Papierfalter mit gebrochenen Flügeln aus dem Fenster werfen zu müssen. Ich nehme ein Vollbad in meinem Selbstmitleid und wie das so mit Bädern ist, wenn das Wasser erst einmal abgekühlt ist, ist es nicht länger schön. Das erlösende Gefühl der ersten Tränen lässt nach einigen Minuten nach und mir wird kalt.

Die Klingel schrillt laut. Wie immer. Und schreckt mich aus dem letzten warmen Rest von Wehleidigkeit.

Ich will nicht hingehen, ich will niemanden sehen. Aber das Klingeln ist zu nervtötend, um es weiter zu ignorieren. Also schlurfe ich zur Tür und blicke genervt mit rotgeränderten Augen durch den

Spion. Zunächst sehe ich gar nichts. Dann sehe ich Stoff. Dann dunkle Augen und dann denke ich an Obst. Da draußen steht der Inder mit den ramponierten Schmetterlingen in der Hand.

Ich öffne ihm und er hält mir die Falter hin, als wären sie aus purem Gold. „Ich hatte dir doch gesagt, so etwas wirft man nicht vom Dach“, sagt er vorwurfsvoll.

„Die sind eine Fälschung. Aber Danke“, sage ich, und ohne sie ihm aus der Hand zu nehmen, schließe ich vorsichtig die Tür.

Er klopft noch einmal dagegen, aber ich reagiere nicht. Ist mir gerade auch egal, wenn das unfreundlich ist. Langsam lasse ich mich mit dem Rücken zur Tür am glatten Holz hinuntergleiten, bis ich am Boden sitze und sich etwas spitz an meinen Hintern schiebt. Der Inder bugsiert tatsächlich stur einen Schmetterling nach dem anderen unter meiner Tür hindurch in meine Wohnung!

Schmetterlinge am Arsch. Genau da gehören sie auch hin. Nicht in Bäuche oder Herzen oder Köpfe. Ich lache ein wenig hysterisch auf. Zeit, vernünftig zu werden! Also rappele ich mich auf und mache mich auf den Weg, um die Vergangenheit zur Zukunft zu machen.

Kapitel 20

Freitag, 9. September, 9:45 Uhr

„Na endlich!", ruft Kirsten, kaum, dass ich das Büro betreten habe. „Also langsam sind mir die Ausreden ausgegangen. Es tut mir leid, aber die denken jetzt alle, du hast die Diashö!"

„Diarrhoe, Kirsten. Wie schafft man es mit einer so dramatischen Fremdwortschwäche denn bitte auf deine Position?"

„Hätte ich Flitzekacke sagen sollen?" Kirsten rollt mit den Augen.

Normalerweise würde ich lachen. Und mir dann große Sorgen um meinen Ruf machen. Aber danach ist mir überhaupt nicht. Wie auch. „Schon gut. Ist dir nichts Besseres eingefallen?"

„Besseres? Als bei dem wichtigsten Termin deiner Karriere nicht auffindbar zu sein? Schnapp dir die Mappe und geh' da rein!"

„Ja, mach ich", sage ich entschlossen.

„Halleluja! Sie wird endlich vernünftig!"

Ich sagte doch: Zeit, vernünftig zu werden.

Da steckt auch schon Christofsen seinen Kopf durch die Tür: „Kommen Sie?"

Ich nicke, nehme die rote Mappe, stecke die blaue darunter und gehe den Gang entlang zum großen, verglasten Besprechungszimmer. Selbst mit geschlossenen Augen wüsste ich, wie sie dort sitzen – wer neben wem und mit welchem Gesichtsausdruck. Schließlich habe ich das schon einmal erlebt. Die Vertreter unseres Kunden sitzen mit dem Rücken zum Fenster: die mürrische Personalchefin mit dem akkuraten Scheitel, der CEO und sein Assistent und zwei Vorstandsvorsitzende in dunklen Anzügen. Sie sehen mich direkt an, als ich eintrete. Meine beiden Chefs, Kirstens Ressortleiter und eine Dame aus dem Schreibbüro, die das Protokoll führen wird, sitzen ihnen gegenüber. Sonja bietet Kaffee und kühle Erfrischungsgetränke an und einer unserer namenlosen Informatikstudenten fummelt am Touchscreen herum und hantiert mit den Kabeln diverser Elektronikgeräte, auf denen die Präsentation laufen wird, die sich auf dem Stick in meiner Hand befindet.

Zwei Ordner, rot und blau. Zwei Wahlmöglichkeiten. Zwei Kreuzungen, an denen man abbiegen kann. Ich habe mich genug auf unwegsamem Gelände bewegt in den letzten Tagen, um keine Angst mehr davor zu haben, wackelige Pfade zu beschreiten. Wovor ich Angst habe, sind Sackgassen. Dunkle Enden einer Straße, die einem anfangs so hell vorgekommen ist.

Das hier ist nicht die Zeit, darüber nachzudenken, was es für die einzelnen Betroffenen bedeutet, einem mittelständischen Konzern zu empfehlen, dreihundert Arbeiter zu entlassen und die Produktion ins Ausland auszulagern. Das hier ist die Zeit, darüber nachzudenken, wie ich davon profitieren könnte.

Wenn ich etwas im Leben gelernt habe, dann dass Darwins Gesetze auch für Frauen gelten. Nur die Stärkste überlebt im Haifischbecken. Ich habe nicht vor, jemals in meinem Leben wieder Fischfutter zu sein.

Ich atme einmal tief durch und setze es auf, das Lächeln, das Türen öffnet und Männerherzen, aber niemals von dort kommt, wo man es vermutet. Ich habe gelernt, so zu lächeln, aber gelacht habe ich erst wieder mit Matt. Ich verwerfe diesen Gedanken, es ist nicht die Zeit, um ausgerechnet über Matt nachzudenken.

Das Raunen und Murmeln leiser Gespräche verstummt, als ich mich neben Christofsen an das Rednerpult stelle. Ich begrüße die Anwesenden und bin so weit, wieder mein mühsam erkämpftes, selbstbewusstes Ich, dass ich mich lächelnd vor die Gruppe stellen kann, fest entschlossen, die Teerstraße zum Erfolg zu nehmen, da greift die Personalchefin unter den Tisch und zieht eine Lederhandtasche hervor. Es ist eher eine Art Rucksack, mit Schnüren. Vermutlich ein völlig anderes Fabrikat, eine ganz andere Art Tasche, als die in meiner Erinnerung. Aber es reicht, um mich an ein aufgebrachtes Mädchen mit blondem Flechtzopf denken zu lassen. Es reicht, um zu beschließen, dass es nicht geht. Ich habe zu viel über mich und andere gelernt in den letzten Tagen. Manche Fehler sind dazu da, um sie erneut zu machen. Und manche, um eine Kette von

Ereignissen zu unterbrechen, die dazu führt, dass man irgendwann vergisst, wer man sein wollte, und nur noch ist, wer man sein soll.

Ich räuspere mich. Die Personalchefin blickt auf, schlägt die Beine übereinander und stopft ihren Lederbeutel wieder unter den Tisch.

Mir wird schlecht. Richtig übel. So als hätten sämtliche Uhren, die dieser blöde Unfall zurückgedreht hat, auf einmal auch meinen Magen gedreht. Mir wird heiß und gleichzeitig kalt und ich bringe kein Wort heraus. In meinem Kopf überschlagen sich die Bilder, so als spule man eine alte VHS-Kassette viel zu schnell vorwärts. Das Bild wird grau dabei und hängt und ich weiß einfach nicht, wie mir geschieht. Anstatt die Bilder in die richtige Reihenfolge zu bringen, verliere ich jeglichen Faden und die Übelkeit nimmt vollständig Besitz von mir.

„Frau Hendrich? Frau Hendrich? Alles in Ordnung?", sagt eine männliche Stimme, die ich in meinem Zustand noch nicht einmal richtig zuordnen kann.

„Ja, ich … ja, ist okay. Nein, entschuldigen Sie, ich befürchte, mir ist nicht gut."

„Der Unfall, das ist sicher noch von dem Unfall", höre ich Wintermann sagen und finde, das ist eine gute Erklärung. Aber vielleicht denkt er in Wirklichkeit ja auch, ich muss auf die Toilette. Weil Kirsten allen eingeredet hat, ich hätte Durchfall. Wie peinlich. Langsam laufen die Bilder wieder langsamer, ergeben wieder mehr Sinn, und gleichzeitig lässt auch die lähmende Übelkeit nach. Sind das etwa die Folgen eines Zeitsprungs? Der Preis, den man für den Schritt zurück zahlt? Ich habe immerhin nicht darum gebeten. Es wäre besser gewesen, das alles wäre gar nicht erst passiert.

Christofsen wendet sich an Sonja. „Bringen Sie Frau Hendrich nach draußen, bitte!" Zu mir sagt er: „Ich übernehme für Sie! Machen Sie sich keine Gedanken!"

Wintermann fasst mich am Arm, als müsse er mich festhalten. So unrecht hat er damit gar nicht. Die Bilder laufen zwar nicht mehr in Fast Forward an mir vorbei, dafür dreht sich jetzt alles, so als gingen Zeitsprünge auch am Körper nicht ohne Spuren vorbei. Matts Gesicht verschwimmt vor meinen inneren Augen mit dem von Oliver, Autos krachen ineinander, Gesprächsfetzen marschieren wie uniformierte

Soldaten, die ich nicht voneinander unterscheiden kann, durch meinen Kopf und ich kann schon wieder keinen klaren Gedanken fassen.

„Die rote Mappe“, quetsche ich noch hervor, dann schleppe ich mich an Sonja und einer viel zu starken Wolke ihres schweren Chanelduftes in den Gang und reiße das erste Fenster auf, das ich finde. Die Luft ist warm, aber dennoch frischer als die künstliche Luft der Lüftungsanlage hier drinnen. „Danke, Sonja. Alles in Ordnung. Ich setze mich in mein Büro.“

Es wird besser, langsam. So als hätte jemand meine innere Uhr wieder auf Normalzeit gestellt, auf sechzig statt sechstausend Sekunden die Minute, auf humane fünfundzwanzig Bilder pro Sekunde statt ungreifbaren zweihundertfünfzig. Gleichzeitig wird mir auch bewusst, was hier gerade passiert ist: Ich habe es versaut. Dieser beschissene Unfall hat es versaut. Irgendetwas stimmt offenbar mit meinem Kopf nicht oder aber all die Ereignisse der letzten Tage waren zu viel. Eines aber ist jetzt klar: Meine Beförderung habe ich mir hiermit ordentlich verkackt. Aber seltsamerweise fühlt sich das gar nicht so schlimm an. Viel besser als das, was mir am letzten, am gleichen Freitag, den 9. September geschehen ist. Vielleicht schmeißen sie mich jetzt raus. Vielleicht lande ich in der Telefonvermittlung. Vielleicht auch nicht, das richtige Konzept haben sie ja immerhin und den Stick. Was soll's. Es ist mir gerade völlig egal. Ich habe ohnehin nichts aus dieser verdammten, dummen zweiten Chance gemacht. Dann mache ich eben einfach weiter wie vorher. Es war doch alles gut. Zumindest bis Matt auftauchte. Aber der ist ja jetzt weg und alles wird wieder gut. Und dann rufe ich Kirsten an.

„Sara?“, meldet sie sich hörbar verblüfft. „Bist du schon fertig?“

„Kirsten?“

„Ja. Rufst du von deinem Büro aus an? Was ist los?“

„Liegt der Sekt drüben im Aufenthaltsraum noch kalt?“

„Ja, klar … Aber so schnell … Wie?“

„Erkläre ich dir gleich. Ich bring Gläser mit.“ Wenn schon, denn schon. Der erste Mann, in den ich mich Hals über Kopf und wider jede Vernunft verliebt habe, ist weg. Statt mir die sichere Beförderung zu sichern, ist jetzt möglicherweise nicht nur die neue Position, sondern auch die alte futsch. Da kann ich mich genauso gut betrinken. Hier und heute. So wie letztes Mal auch.

In Kirstens Büro setze ich mich auf den Teppich vor ihrem Schreibtisch und knalle mit dem Sektkorken. Vorsichtshalber habe ich, statt die Sektgläser zu nehmen, zu den Kaffeetassen gegriffen, das ist unauffälliger, wenn die Chefs mich nachher abholen, um mir die Leviten zu lesen.

„Schütte mir dein Herz aus, Baby, aber bitte den Schampus nicht auf den Teppich!“

„Das ist nur Sekt“, antworte ich.

„Eben. Schmeckt auch noch besser“, sagt sie und dann: „ Ich hoffe, du hast keinen Ärger bekommen wegen meines kleinen Streiches.“

Was für ein Streich? Wovon redet sie?

Sie nimmt einen Schluck aus ihrem Glas und sieht mich dabei ein wenig ängstlich an.

„Was ist los, Kirsten? Was für ein Streich?“

„Na ja, du bist etwas sehr schnell aus der Besprechung gekommen … Es war nur so ein kleiner Scherz …“

„*Was* für ein Scherz, Kirsten?“

„Die rote Mappe“, druckst sie herum, „ich hab’ die Blätter aus der roten in die blaue Mappe gesteckt. Aus Spaß …“

„Du hast *was*? Bist du wahnsinnig?“

„Wieso, du kannst das Ding doch auswendig, und da du beide mitgenommen hast …“

„Mir ist schlecht geworden da drin, Christofsen hält meinen Vortrag und ich habe ihm die rote Mappe gegeben! Weißt du, was das bedeutet, Kirsten? Boykottierst du mich absichtlich??“

„Nein, spinnst du! Natürlich nicht. Ich weiß auch nicht, was ich mir dabei gedacht habe …“

Nichts, wie es manchmal bei ihr so ist, einfach gar nichts.

Ihre Sommersprossen zucken nervös und sie sieht aus wie ein Häufchen Elend. Ich überschlage blitzschnell meine Möglichkeiten.

„Ich muss da rein und das klarstellen … Oh, Gott, wie sieht das denn aus?“

Ich will aufstehen, aber Kirsten hält mich zurück. „Warte doch mal! Christofsen ist ja nicht blöd. Der wird denken, er hat sich in der Mappe vertan und gut ist …“

„Ich muss da rein …“, wiederhole ich.

„Quatsch, bleib locker! Es richtet nur noch mehr Schaden an, wenn du da reingehst.“

Kirsten hat recht, ich kann es nur noch schlimmer machen. „Und jetzt?“

„Jetzt trinken wir. Auf erledigte Projekte, abgeschlossene Affären, die Zukunft … Denkst du, Oliver macht dir demnächst endlich mal einen Antrag?“

„Ja. Morgen.“

„Woher willst du das wissen?“

„Ich weiß es eben. – Was meinst du, was die mit mir machen, wenn das da drinnen schief läuft?“, frage ich Kirsten, um sie von der vorherigen Frage abzulenken. „Es reicht schon, dass ich einen Schwächeanfall hatte …“

„Wenn du Glück hast, stecken sie dich wieder zu hundert Prozent in den Innendienst. Wenn du Pech hast, wirst du Sonjas Handlangerin.“

„Darauf noch einen Schluck!“ Wenn ich Glück gehabt hätte, dann wäre mir dieser ganze Schlamassel, der heute in der Vergangenheit liegt, die gleichzeitig Zukunft ist, gar nicht erst passiert. Wenn mir Matt nicht begegnet wäre, wenn ich nicht mit ihm geschlafen hätte. Ich darf einfach nicht auf diese blöde Afterworkparty heute Abend gehen und dann ist das alles nicht passiert. Alles ist gut. Ich entschuldige mich nachher bei Wintermann und Christofsen und wenn ich zu Hause bin, rufe ich Oliver an. Dem ich besser nicht erzähle, wie ich mir gerade meine Karriere verdummbeutelt habe. Matt hätte das gefallen. Ich kann seine Grübchen vor mir sehen und vor Lachen geschüttelte Locken. Daran darf ich nicht denken. Er ist nicht der, für den ich ihn gehalten habe. Ich hole mir ganz einfach mein Leben zurück und gut ist.

Eine Dreiviertelstunde später bin ich ziemlich beschwipst. Kirsten hat im Internet einen Radiokanal gefunden, der „Schlagerradio“ heißt, und sie und ich singen zu Udo und Jenny Jürgens – gerade so laut, dass man es nebenan nicht unbedingt hören kann –, als Wintermann das Büro betritt. Mit sauerster Miene, so als hätte er in eine Zitrone gebissen. Er hat die rote Mappe in der Hand, bleibt im Türrahmen stehen und liest laut vor: „Sehr verehrte Damen und Herren, ich habe heute eine Botschaft für Sie. Eine, mit der Sie möglicherweise nicht rechnen werden, aber die eine Rechnung enthält, die für Sie aufgehen könnte. Sie sehen hier vor mir eine rote Mappe und eine blaue Mappe. Jede von ihnen steht für eine Entscheidung. Jede von ihnen ist nicht nur ein Stück Plastik, das mit Blättern gefüllt ist, nein, mindestens eine von ihnen enthält Dynamit. Eine Sprengkraft, die das Leben von dreihundert Menschen beeinflussen wird. Worte können mächtiger sein als Taten. Weil sie ihnen vorausgehen. Weil sie überlegt gewählt wurden."

Das ist mein Text! Oh Gott, ich ahne Schlimmes ...

„Ich weiß, was heute von mir erwartet wird. Aber viel wichtiger ist das, was ich von mir selbst erwarte. Hier in dieser Mappe steckt viel Arbeit, hier stehen ausgewählte Namen hinter Nummern, die alle zusammen für die Zahlen Ihres Unternehmens stehen. Sie erwarten von mir, dass ich Ihnen diese Namen gebe und aus ihnen Zahlen mache, Zahlen, die Sie einsparen, wenn Sie diese Mitarbeiter hinter den Zahlen entlassen. Ich erwarte von mir und von Ihnen, dass Sie sich vorher klar machen, was diese Zahlen, von denen Sie sich größeren Profit versprechen, für Ihre Mitarbeiter bedeuten. Die Nummer neunundvierzig auf meiner Liste zum Beispiel heißt Elisabeth Radschlager. Sie ist vierundfünfzig und hat fünfundzwanzig Jahre für Ihr Unternehmen gearbeitet. Die Fünfundzwanzig hat ihr kein Glück gebracht, weil zwei andere Zahlen in meiner Berechnung eine Null aufweisen. Nämlich die Anzahl der Kinder und die eines Partners oder zu versorgender Familie. Ihre sehr persönlichen Nullen und die Zahl ihres Alters sind wichtiger als eine weitere sehr hohe Zahl. Das ist die Anzahl an Tagen, die Sie für Ihr Unternehmen geschuftet hat. Es sind exakt 5.214 Tage. Elf ist eine weitere Zahl zu Elisabeth Radschlager: Sie war nur elf Tage krank, in fünfundzwanzig Jahren. Hundertachtundzwanzig. Das ist die Anzahl ihrer Überstunden. 26.000 Euro – das ist die Zahl, die Sie Elisabeth Radschlager unseren

Vorschlägen hier in dieser Mappe zufolge als Abfindung anbieten werden. Und am Ende, wenn ich all diese Zahlen miteinander verrechne, komme ich auf drei Nullen. Eine davon betrifft Sie: Sie haben verloren, weil Sie eine loyale, hervorragende Mitarbeiterin entlassen. Zwei betreffen Elisabeth Radschlager: Sie hat in ihrem Alter Null Chancen auf dem Arbeitsmarkt und sie wird das Gefühl haben, dass Sie ihr null Respekt entgegengebracht haben."

Wintermann sieht mich ernst an, tippt auf das Blatt, von dem er noch immer laut vorliest, und sagt: „An dieser Stelle hatten Sie die Personalchefin in der Tasche!" Dann senkt er wieder den Blick auf mein Exposé und liest weiter: „Ich bin noch nicht fertig mit meiner Rechnung. Elisabeth Radschlager ist nur ein Beispiel. Eines, das für dreihundert Menschen steht, die Ihr wichtigstes Kapital sind. Geld kann man sich leihen, Ideen kann man sich kaufen, man kann auch eine Firma engagieren, die sich um die Rationalisierung kümmert – was Sie sich nicht kaufen können, ist gewachsenes Wissen und gegenseitigen Respekt. Das bringt uns weg von der roten Mappe zur blauen Mappe. Was würden Sie dazu sagen, wenn ich …"

Ich muss ihn unterbrechen, es ist mir zutiefst peinlich. Die Demütigung ist nicht mehr zu ertragen. „Herrn Wintermann, es tut mir leid, Sie haben …"

Kirsten springt auf und ruft laut: „Das ist meine Schuld, Herr Wintermann, ich habe die Mappen … verwechselt."

Amüsiert blickt Wintermann von Kirsten zu mir und wieder zurück, bricht dann in lautes Lachen aus und fragt: „Ja, wer von Ihnen beiden ist denn nun für den Inhalt der roten Mappe verantwortlich?"

„Ich", sage ich leise, schiebe die Kaffeetasse mit dem Sekt dezent hinter meinen Rücken und als Christofsen hinter Wintermanns Rücken erscheint, erwarte ich das große Donnerwetter. Gut, dass der Sekt meinen Kopf ein wenig leichter gemacht hat, vielleicht ist es dadurch etwas besser zu ertragen, was auf mich zukommen wird.

„Genial! Frau Hendrich! Genial!", erklärt Wintermann begeistert.

Wie bitte? Habe ich mich verhört oder ist das Ironie, die sich so ernsthaft anhört unter Wintermanns dickem Schnurrbart, der irgendwie immer so aussieht, als gehöre er nicht in sein Gesicht.

Christofsen sagt: „Als ich anfing, Ihre Präsentation vorzutragen, da dachte ich noch an einen dummen Scherz. Zumal die Zahlen am Screen gar nicht zu Ihren Worten passen wollten. Aber dann ging mir das Konzept auf … und nicht nur mir …“

Na, also mir geht es bis jetzt nicht auf. Er hat den falschen Text zur richtigen Präsentation vorgetragen und ich glaube, auch ohne Sekt würde ich jetzt nicht verstehen, warum das bitte genial sein soll.

„Diese Gegenüberstellung von Fakten und Emotionen. Die Möglichkeiten, die Sie dem Kunden aufzeigen! Genial! Aber das sagte ich ja schon. Sie wollen sicher wissen, wie sie sich entschieden haben.“

„Äh, ja natürlich!“ Okay. Sie haben beide Konzepte vorgetragen und das, was eigentlich so nicht gedacht war, ist jetzt zum absoluten Clou geworden? Wie verdammt verworren das Leben manchmal Knoten entwirren kann, die gar nicht da waren.

„Halten Sie sich fest! Der CEO hat den ausdrücklichen Wunsch geäußert, dass Sie persönlich die weiteren Verhandlungen und Umsetzungen Ihres Konzepts unter Berücksichtigung des Erhalts so vieler Arbeitsplätze wie nur möglich durchführen. Das würde bedeuten, dass Sie mindestens ein Jahr ausschließlich für sie arbeiten müssten. Sie wären auch in den internationalen Belangen der Firma eingesetzt und wir müssten Sie aus Zeitgründen von allen anderen Projekten freistellen. Sie wären künftig der Kopf einer ganz neuen Unternehmenslinie – social innovation sozusagen. Das würde sich sowohl finanziell als auch, was Ihre Stellung hier im Hause betrifft, sehr positiv für Sie darstellen. Die Details können wir später in Ruhe besprechen, aber was sagen Sie dazu?“

„Ich brauche Urlaub!“, antworte ich, ohne nachzudenken.

Kirsten knufft mir in die Seite.

„Und Kirsten als meine persönliche Assistentin.“

„Darüber lässt sich reden“, lacht Christofsen. „Nach den anstrengenden Wochen der letzten Zeit haben Sie sich ein paar Tage Auszeit durchaus verdient. Wäre es für Sie allerdings ein Problem, vorher auf den ausdrücklichen Wunsch unseres Kunden heute Abend mit zum Geschäftsessen zu gehen? Sie müssten dann leider auf die Afterworkparty verzichten.“

Nichts lieber als das! Und bis heute Abend bin ich auch wieder nüchtern.

„Fühlen Sie sich besser?"

„Ja, es geht schon wieder. Natürlich bin ich gerne bei dem Essen dabei", antworte ich.

„Kommen Sie mit in mein Büro, dann klären wir ein paar Einzelheiten und dann fahren Sie nach Hause legen sich ein paar Stunden hin, damit Sie fit für heute Abend sind. In Ordnung?"

Ich nicke.

Zwei Stunden später verlasse ich das Chefetagenbüro und langsam sickern die Worte meiner Vorgesetzten in mein Bewusstsein und machen mir klar, dass ich mit meinem kleinen Schwächeanfall da drinnen heute einen beruflichen Traum erfüllt bekommen habe, von dem ich gar nicht wusste, dass er umsetzbar ist. Ich kann das tun, was ich gut kann, und vielleicht habe ich jetzt auch die Chance, es so zu tun, dass ich anderen damit helfen kann, ihre Jobs zu behalten, statt sie zu verlieren.

Irgendwie würde ich gerne Matt anrufen, aber ich habe seine Nummer gelöscht und was hätte er auch übrig für meine Freude über eine berufliche Veränderung. Jemand, der nur das macht, worauf er Lust hat. Nein, er und ich wir spielen in einer anderen Liga. Wir leben nicht in der gleichen Welt. Es ist gut, dass ich mir das endlich eingestehen kann. Mein erstes Gefühl hat nicht getäuscht. Wir passen nicht zusammen. Wir gehören nicht zusammen. Wie dumm, das überhaupt gedacht zu haben. Ich weiß doch, was der Alltag mit Schmetterlingen macht und die Sonne mit Glühwürmchen. Zeit, sie fliegen zu lassen und ihnen nicht nachzutrauern. Es gibt schließlich Oliver. Und wenn ich mich anstrenge und endlich anfange, zu sehen, was wir haben, dann werden wir glücklich sein miteinander. Nicht überschwänglich, aber dafür wenigstens dauerhaft. So wird es sein. So muss es sein.

Es ist elf Uhr, als ich an diesem Abend fast vollständig nüchtern durchs Treppenhaus nach oben laufe und mir dabei vorkomme, als überhole ich mich selbst. Mich und Matt. Matt, der mich über die Schulter geworfen auf die Dachterrasse trägt, die ich besser nie wieder betrete. Ich will nicht fühlen, dass ich mich nach etwas sehne, was keine Zukunft hat. Und ich will mich nicht nach Gefühlen sehnen, die keinen Bestand haben. Nicht für ihn und besser auch nicht für mich.

Ich freue mich auf meine weiße Tür, die weiß bleiben wird, und auf mein Bett und ignoriere den heftigen Kloß, der sich in meinem Hals festgesetzt hat, als ich im Erdgeschoss die laute 90er-Jahre-Musik gehört und mich zurückversetzt gefühlt habe in himmelhochjauchzende Glücksgefühle. Die doch sowieso nur zu Tode betrüben.

Kapitel 21

Freitag, 9. September, 23:05 Uhr

„Überraschung!“

„Aaaah!“ Mir entfährt ein kurzer Schreckensschrei und ich halte mich an der Wand neben meiner Wohnungstür fest. „Meine Güte, hast du mich erschreckt!“

„Schlechtes Gewissen?“, fragt Oliver und lacht hinter einem riesigen Blumenstrauß hervor. Strahlend weiße Zähne, in Reih und Glied, ohne Zwischenräume. Mir ist nie zuvor aufgefallen, wie perfekt Olivers Zähne sind. Im Vergleich zu … Nein, damit darf ich nicht anfangen! Vergleiche sind der Anfang vom Ende, das eben nicht eintreten soll.

„Freust du dich gar nicht?“, sein Lächeln wird schmaler.

„Doch natürlich!“, sage ich und höre mich sehr künstlich dabei an. „Ich bin nur so erschrocken!“

Ich gehe auf ihn zu und ziehe seine schief hängende blaugraue Krawatte zurück an Ort und Stelle, recke mich ihm auf Zehenspitzen entgegen und gebe ihm einen flüchtigen Kuss. Es ist gut, dass er da ist. Irgendwie ist das wirklich gut. So ein wenig, als nähme mir Oliver mit seiner überraschenden Anwesenheit den Schrecken und das fremde Gefühl der letzten Tage, das Gefühl, mir selbst gegenüber. Er zieht mich an sich und sein langer, drahtiger und muskulöser Körper gibt mir ein warmes, vertrautes Gefühl. Ein Sicherheitsgefühl. Ich hebe meine Arme und bin kurz davor, ihm durch die Haare zu fahren. Doch kurz vor seinen gegelten kurzen, dunkelbraunen Haaren stocke ich. Das tue ich nicht. Ich fahre ihm nicht durch die Haare, genauso wenig wie ich ihn Oli nenne. Das vertraute Gefühl weicht ganz plötzlich eben jenem schlechten Gewissen, auf das er eben noch scherzhaft angespielt hat.

„Was machst du denn schon zu Hause?“, frage ich und versuche so auszusehen, wie ich in Olivers Augen eben immer aussehe. Ich habe keine Ahnung, ob ich das richtig mache.

„Meine Freundin hatte einen Unfall. Da musste ich doch früher heim kommen!“ Er sagt es, mit dem Brustton der Überzeugung, eine Medaille dafür verdient zu haben.

Ich schlucke meinen kurz aufkommenden Ärger und den Satz „Mein Unfall ist inzwischen sechs Tage her!“ hinunter. Ich weiß, dass es für Oliver eine Riesenüberwindung ist, Termine abzusagen, und wenn er seine für den heutigen Abend gecancelt hat, dann ist das für ihn ein wahrer Liebesbeweis. Also sage ich: „Und wofür ist der hier? Schlechtes Gewissen?“ Ich deute auf den wunderschönen, sündhaft teuren Strauß weißer Callas, den er noch immer in der linken Hand hält.

„Ein wenig ja, eigentlich hätte ich viel früher kommen sollen. Aber es war so unheimlich viel los und … Ja, eigentlich gibt es keine Ausrede, ich hätte bei dir sein sollen. Ich habe mir wirklich Sorgen um dich gemacht, Sara!“

Das Sara hört sich komisch an, fast schon will ich ihn korrigieren: ‚Sag’ doch Sahara!‘ Ja, die Sorgen um mich waren durchaus berechtigt. Wenn auch auf völlig andere Art und Weise. „Ist schon gut. Lass uns reingehen! Die sind wunderschön, ich muss mal nachsehen, ob ich eine passende Vase habe, für so einen gigantischen Strauß“, sage ich.

Das Gespräch zwischen uns ist so gestelzt, in einem Vergleich, den ich nicht anstellen darf.

„Hab’ ich dir schon besorgt. Unten in der Kneipe. Mensch, da ist ja die Hölle los. Warst du bis jetzt unten? Ist doch eure Afterworkparty, oder?“

Er hat die Vase von unten. Von Matt. Ich schlucke schon wieder schwer an diesem verdammten Kloß, der mit Nachnamen Walser heißt. „Nein, ich hatte noch ein Geschäftsessen mit unserem Kunden. Es ist super gelaufen. Ich bin befördert worden oder besser gesagt …“

Er unterbricht mich. „Das kannst du mir gleich alles erzählen. Lass uns rein gehen. Ich hab’ dich vermisst …“

„Du wiederholst dich“, sage ich und lächele.

Er zieht seinen Schlüssel aus der Aktentasche und einen Moment lang erschrecke ich darüber. Aber der kommende Dienstag hat schließlich nicht stattgefunden. Kein Grund zur Panik. Alles ist in bester Ordnung.

„Na, und? Wir haben viel nachzuholen.“

Olivers sehr eigene, subtile Anspielungen auf Sex verursachen bei mir leider gerade das Gegenteil von Verlangen. Ich tröste mich damit, dass sich das erst wieder geben muss. Wenn mein dummes Hirn und mein noch viel blöderes Herz wieder gänzlich zur Vernunft gekommen sind, wird es wieder sein wie früher. ‚Aber nicht so wie mit Matt.‘ Halt die Klappe, du bescheuertes Herz, du! Kümmere dich um deinen Job! Pumpe Blut und versorge mich mit Sauerstoff, anstatt mir Dummheiten zuzuflüstern!

„Alles gut bei dir, Schatz?“

Ich mag es nicht sonderlich, dieses „Schatz“. Eigentlich hat es mich nie gestört, aber jetzt eben gerade, kann ich nur denken: ‚Warum hast du dir nie etwas Besseres einfallen lassen, als den Kosenamen Nummer eins?‘ Mein Herz flüstert leise „Sahara“, als Oliver mir seine Hände, die mir unheimlich klein vorkommen, um die Taille legt und mich nach drinnen schiebt.

„Ja, alles gut. Ich bin nur müde …“, sage ich. Und spreche mit meinen eigenen inneren Organen. Ich werde verrückt, aber sonst alles gut.

„Ich gehe mich mal schnell umziehen. Ich müsste doch noch irgendwo ein T-Shirt und Shorts bei dir im Schrank haben“, sagt Oliver und läuft in Richtung Schlafzimmer, durch den Gang, durch die Ankleide. Den Weg, den Matt am vergangenen Sonntag in umgekehrter Reihenfolge gegangen ist.

„Ja, ganz unten links in dem braunen Korb“, antworte ich, wie automatisch.

Er gibt mir einen Kuss. Da stehe ich nun, bin todmüde und aus nicht erklärbaren Gründen ebenso traurig. Vermutlich nur, weil ich total übermüdet bin.

„Was ist denn hier passiert?“

„Was?“

„Im Schrank, Sara! Ist die Halterung für das Fahrrad kaputt?“

Oh, das Fahrrad! Mist. Das habe ich total vergessen. Ich werde rot und bin froh, dass wir uns gerade in zwei verschiedenen Zimmern aufhalten.

„Kannst du das Ding nicht irgendwo anders bunkern oder ganz mit dem Quatsch aufhören?“, ruft Oliver aus meinem Ankleidezimmer.

„Bist du meine Mutter?“, rufe ich verärgert zurück.

Woraufhin eine Weile nichts folgt.

Dann kommt Oliver in einem einfachen grauen Shirt und Tennishosen aus dem Schlafzimmer und lächelt mich ein wenig unsicher an. „Nein, aber wenn wir mal zusammenwohnen, kannst du das nicht einfach wieder in den Schrank hängen. Das geht doch nicht.“

Warum denn nicht? „Wir wohnen aber nicht zusammen, Oliver. Weil du das nicht willst.“

„Vielleicht habe ich meine Meinung dazu geändert ...“

„Aha“, bringe ich heraus.

„Was ist denn los mit dir?“, fragt er irritiert. „Was bist du denn so biestig?“

‚So bin ich neuerdings‘, hätte ich beinahe gesagt. „Ich bin einfach nur müde“, ist die Antwort, die ich sage, weil es diejenige ist, die Oliver hören will.

Er geht auf mich zu, nimmt mich zärtlich in den Arm und sagt: „Dann leg dich hin, Schatz. Morgen kannst du mir alles erzählen, wir feiern deine Beförderung und wir machen uns einen schönen Tag. Ich habe mir morgen für dich freigehalten!“

Schon wieder eine Aufmerksamkeitsmedaille, Herr Meingart? Ich bin garstig, genervt, einfach furchtbar. Es ist unheimlich lieb von ihm. Ich muss aufhören, so eine Zicke zu sein. Ich muss aufhören, an Matt zu denken. Ich muss aufhören, Sahara zu sein, und wieder zu Sara werden.

„Ja, das mache ich“, seufze ich und unterdrücke ein Gähnen. Ich ziehe mich aus, lasse die Klamotten und meine Tasche einfach im Gang liegen und laufe ins Bad. Oliver läuft hinter mir her und sammelt alles ein, stellt sich neben das Waschbecken und beobachtet mich. Ein

Blick auf den Badschrank reicht um schon, um wieder an Matt zu denken und den albernen Traum mit Steven Tyler. Mein Herz singt „Dream on". ‚Halt die Klappe', raune ich dem viel zu laut pochenden Ding lautlos zu.

„Ist es okay, wenn ich mir noch die Spätnachrichten reinziehe, oder soll ich gleich mit ins Bett kommen?" Oliver lächelt mich an und lässt ein kleines Pfeifen hören, als ich meine Unterwäsche ausziehe und in ein ärmelloses Oberteil schlüpfe, das ich als Nachthemd benutze.

‚Bloß nicht', denke ich und sage stattdessen: „Nein, schon gut, ich schlafe bestimmt sofort ein, sobald ich das Kissen berühre."

„Warte mal", er stockt und zieht mein Oberteil ein ganzes Stück weit nach oben. Mist, die blauen Flecken vom Paintball, die zwar schon deutlich schwächer und inzwischen grün sind, hatte ich völlig vergessen. „Was ist das denn? Das sieht ja übel aus." Oliver scheint ehrlich erschrocken und fährt vorsichtig mit seiner Hand über die großen Flecken an meinen Beinen.

„Vom Unfall", sage ich kurz und benutze damit die gleiche Ausrede wie bei Lutz.

„Mein armer Schatz. Kann ich irgendwas für dich tun?"

Ich schüttele stumm den Kopf. Er gibt mir einen Kuss auf die Stirn, wünscht mir eine gute Nacht und ich finde es irgendwie rührend und empfinde mich selbst als furchtbar gemein und hässlich. Es ist schließlich auch gemein und hässlich, sich in einen anderen Mann zu verlieben und nun so zu tun, als sei nichts gewesen. Als wären wir immer noch Oliver und Sara. Das Vorzeigepaar unserer Bekannten. Olivers Bekannten. Ich muss mich einfach anstrengen, alles wird gut werden. Mein Mantra des Tages.

Ich schlafe tatsächlich unwahrscheinlich schnell ein. In meinen Träumen dagegen tobt das reale Leben in seiner nächtlichen, verwirrenden Variante meines Unterbewusstseins. Darin steht Matt auf der Brüstung der Dachterrassenreeling, die aussieht wie der Balkon unserer Bürokantine. Oliver steht hinter ihm und hat sich einen Schnurrbart wie Wintermann angeklebt. Aus einem riesigen Lautsprecher an der Glaswand hinter Oliver und Matt tönt laut die Textzeile „My subconscious and I are back on speaking terms" aus dem Lied „Rain" von Martin Stephenson And The Daintees. Dann gibt

Oliver Matt einen Schubser und ihm wachsen Schmetterlingsflügel, die ihn sicher nach unten tragen, wo er in den Armen des Turbaninders landet, aus dessen Kopfbedeckung blonde Flechtzöpfe herausragen. Als wäre das für einen Alptraum nicht genug, schreit der Inder mit Mutters Stimme und Tonlage zu mir hinauf: „Das kommt davon, wenn man Fahrräder an die Wand hängt!“

Ich wache nassgeschwitzt auf und stelle fest, dass Oliver nicht neben mir liegt. Entweder ist er über seinen Spätnachrichten eingeschlafen oder aber ich habe mal wieder zu laut geschnarcht. Oliver hat einen älteren Bruder, keine Schwestern. Und ich einen neuen Tick – den Zwang, Oliver mit Matt zu vergleichen. Mein Wecker zeigt 1:55 Uhr an und irgendetwas will mir diese Zahl sagen. Irgendetwas wichtiges, was ich in diesem halbseidenen Moment zwischen Wachsein und Tiefschlaf nicht zu greifen bekomme. Ich versuche die Erkenntnis, die Erinnerung heraufzubeschwören, weil ich spüre, dass mir gerade etwas Entscheidendes sozusagen auf der schlaftrunkenen Zunge liegt, aber es entgleitet mir, auch mit konzentriert geschlossenen Augen in der Dunkelheit. Neun Minuten nach zwei gebe ich es auf und gebe dem Kribbeln in meinen Beinen nach. Ich laufe ins Bad, werfe einen kurzen Blick auf den schlafenden Oliver und den Fernseher, der ankündigt, sich bei Untätigkeit in Zusammenhang mit der Fernbedienung in 360 Sekunden abzuschalten.

Das digitale Radio im Bad zeigt 2:10 Uhr. Freitag auf Samstagnacht. Matt könnte unten sein. Im Knafes. Ich könnte runtergehen. Und ihn schütteln und ihn bitten, mich zu lieben. Aber das tut man nicht. Das tue ich nicht. Weder als Sara noch als Sahara. Ich pinkele zwei Tropfen, wenn ich schon mal hier im Bad bin, und dann mache ich aus Verzweiflung und aus zugegebener Einsamkeit etwas, was ich zuletzt mit sechzehn bei meinem ersten pickeligen Freund getan habe: Ich lege mich neben Oliver auf die Couch und lege meinen Arm um ihn. Und dann zähle ich jede einzelne Sekunde gemeinsam mit dem Fernseher herunter. Als noch zweiunddreißig Sekunden verbleiben, muss ich eingeschlafen sein, zumindest kann ich mich nicht erinnern, den Countdown zu Ende gezählt zu haben. Vermutlich habe ich mich auch extrem darauf konzentriert, um nicht dem inneren Drang nachzugeben, nach unten zu gehen und mich in Matts Arme zu stürzen. Es ist traurig und doof und es wirft kein gutes Licht auf mich, aber vielleicht ist es auch einfach nur menschlich, dass ich mich stattdessen in die Arme meines eigentlichen Freundes lege und verzweifelt versuche, meine Gefühle für Matt ganz einfach auf Oliver zu übertragen.

Kapitel 22

Samstag, 10. September, 11:35 Uhr

Ich bin fünf Minuten zu spät, weil ich, statt meinen Absatz an dem Kanaldeckel abzubrechen, in Hundescheiße getreten bin und ich die Hundescheiße unbedingt loswerden wollte. Schwangere sind geruchsempfindlich, habe ich gehört. Melanie hat Lutz einmal auf die Schuhe gekotzt, als sie mit Anton schwanger war, nur weil er vor ihr einen dieser gelben Plastikmüllsäcke aufgemacht hat. Ich will nicht, dass Emma mir auf die High Heels spuckt, deren Absatz ich mit Mühe vor dem Kanaldeckel gerettet habe. Davon abgesehen, brauche ich selbst auch keine Tierfäkalien an meinen Füßen. Das also passiert, wenn die Zeit um zehn Tage zurückgedreht wird: Man tappt geradewegs in die Scheiße.

Oliver hat mir heute Morgen tatsächlich Croissants ans Bett gebracht, statt der Vollkornbrötchen. Gut, er hat sich dafür entschuldigt, weil es keine Vollkornbrötchen mehr gab. Aber ist das nicht ein Anfang? Vielleicht beginnt er endlich, sich Dinge zu merken, die mich ausmachen. Auch wenn es nur Lächerlichkeiten sind wie Frühstück.

Wir haben eine Weile gemeinsam im Bett gelegen und die Zeitung gelesen und uns von unserer jeweiligen Woche erzählt. Er hat erzählt und ich zugehört und ich habe erzählt und er hat mich unterbrochen. Nein, er hat mir Zwischenfragen gestellt, weil er sich nämlich für mich interessiert und meinen Job ernst nimmt. Anders als … anders als jemand, an den ich nicht mehr denken will.

„Treffen wir uns heute im Park? Bei unserer Bank? Um eins? Schaffst du das?“, rief er mir zu, bevor er die Wohnung für sein samstägliches Tennistraining verlassen hat.

Das war sie, die Verabredung mit der Vergangenheit. Seitdem sind zwei Stunden vergangen und in keiner einzigen Sekunde davon ist es mir gelungen, die Erinnerung an Sätze wie „Nie weißt du, was du willst!“, „Das hier ist unter meinem Niveau!“, „Wenn du mich nicht heiraten willst, gibt es nichts mehr zu sagen. Das war’s Sara, das war’s!“ dorthin zu verfrachten, wo sie hingehören: In den Sondermüll für niemals gesagte Sätze aus der Zukunft. Ich kann nicht ernsthaft sauer sein auf Oliver wegen ein paar Sätzen, die er noch nicht gesagt hat.

Zumindest ist es mir gelungen, einen abfälligen Kommentar zu Bruno Mars zu machen. Nicht, dass ich persönlich etwas gegen den hätte, aber ich kann ihn mir kein zweites Mal bei meinem Heiratsantrag anhören. Es könnte dazu führen, dass ich Nein sage – schon wieder.

Zunächst aber gibt es eine Premiere. Emma und ich essen heute nicht bei dem überteuerten Italiener. Wir sind bei dem Thai unterhalb des Bahnhofs verabredet.

Es ist schon wieder unglaublich warm. Was heißt schon wieder, es ist verdammt warm am 10. September dieses Jahrs und während das für mich keine Überraschung ist, scheint Emma in ihren langen Hosen und dem Blazer über ihrer dunklen Bluse wohl eher mit einem Wintereinbruch gerechnet zu haben. Sie fächert sich mit ihrem Notizbuch Luft zu, während sie betont langsam ihre Armbanduhr zurecht dreht und mit dem rechten Zeigefinger auf das Ziffernblatt tippt. Zumindest erspart mir das ihr affektiertes Winken von Tisch Nummer sieben, am Fenster, ganz rechts.

„Entschuldigung!“, sage ich und gehe ein wenig ungeschickt auf sie zu, unsicher, ob mir die Ereignisse der letzten Tage das Recht oder vielleicht sogar die Pflicht geben, sie zu umarmen.

„Schon gut“, antwortet sie, ohne ihr obligatorisches „Schätzchen“ hinzuzufügen. Es geht ihr zu schlecht dazu. Ihre Augen sind roter, als ich sie vom letzten 10. September in Erinnerung habe, und sie ist so blass, dass ich das Gefühl habe, sie könnte zerbrechen, wenn ich sie berühre. Zumindest entschuldige ich damit die fehlende Umarmung.

Wir gehen nach drinnen und bekommen einen Tisch in einer Art Pavillon zugewiesen. Einen Tisch. Ohne Stühle. Stattdessen liegen dicke lilafarbene Matten auf dem Boden, hinter denen sich eine Pyramide aus Rollen türmt, die wohl als Rückenstütze dienen sollen.

„Emma, macht dir das etwas aus …“, sage ich und warte auf einen ärgerlichen Wutausbruch meiner anspruchsvollen Schwester.

Stattdessen aber sagt sie: „Ach, was. Das hat doch etwas Symbolisches, oder? Ich bin am Boden, dann kann ich auch am Boden essen.“

„Das war verdammt witzig, für deine Verhältnisse“, sage ich und lächele sie unbeholfen an.

„Warum lachst du dann nicht“, fragt sie und seufzt.

„Weil es eben auch tragisch ist“, antworte ich.

Emma lässt sich elegant auf den Boden sinken. In einen perfekten Schneidersitz. Sie zuckt mit den Achseln. „Ich finde dich im Moment auch durchaus tragisch“, sagt sie und sieht mir das erste Mal seit unserer Begrüßung direkt in die Augen.

„Was? Wieso?“, frage ich überrascht.

„Sara! Im Ernst. Willst du mir erzählen, dass du und der Hallodri von vorgestern zufällig an den gleichen Stellen Blutergüsse habt? Ich weiß ja nicht, was für ein perverses Ding du da laufen hast. Und …“

„Moment mal! Ich habe KEIN perverses Ding laufen“

„Ja, gut, vielleicht ist das ja heutzutage schon salonfähig, sich beim …“, sie senkt ihre Stimme auf das Mindestmaß des noch Wahrnehmbaren, „… Sex zu verprügeln.“

Ich lache laut auf. Sie glaubt doch tatsächlich, ich und Matt hätten eine S/M-Affäre oder irgendetwas dergleichen. „Emma, wir … also der Hallodri und ich, wir waren beim Paintball, okay?“

„Okay …“ Sie glaubt mir nicht. „Selbst wenn das stimmt, habt ihr definitiv mehr miteinander gemacht, als euch mit Farbpatronen abzuschießen!“

„Dazu sage ich nichts.“

„Musst du auch nicht.“ Ihr mich regelrecht durchbohrender Blick sagt zwar etwas anderes, aber gut. „Aber, ich rate dir, es dir gut zu überlegen, ob du für den deine Beziehung zu Oliver ruinieren willst.“

Ah, sie rät mir das! „Oliver wird mir heute einen Antrag machen, Emma! Und ich werde ihn annehmen.“ Strike!

„Was? Er macht dir einen Antrag heute?“

Eine kleine, zierliche Thailänderin in traditionellem Gewand nimmt unsere Bestellung auf und unterbricht uns für einen Augenblick.

„Hatte er nicht sogar ein Problem damit, mit dir zusammenzuziehen, und jetzt macht er dir einen Antrag? Bist du dir sicher? Woher willst du das überhaupt wissen?“

Sie kann so unsäglich nerven, wenn sie neugierig ist. „Ich weiß es eben!“

Emma zieht die Augenbrauen nach oben. Und ich spüre das vertraute Gefühl von Zitronensäure in der Kehle, das Ringen mit mir selbst und meinem Wertegefühl meiner arroganten Schwester gegenüber. Als ob ich nicht mein Leben lang Zeit gehabt hätte, sie mir abzutrainieren: die hilflose Wut meinerseits, die immer auf die überhebliche Mimik ihrerseits folgt. Sätze wie „Dann lässt du es eben wegmachen“ sind meine typischen Reaktionen auf hochgezogene Augenbrauen oder ihre spitzfindigen, unterbutternden Sätze.

„Weiß Stefan auch endlich, was er wissen sollte?“, frage ich mit schriller Stimme und versuche verzweifelt, eine bequeme Position auf dem Boden zu finden. Mir fehlt die gelenkige Leichtigkeit, die sich Emma in unzähligen zusätzlichen Ballettstunden angeeignet hat, während ich mit dem Mountainbike durch Dreckpfützen gefahren bin.

„Stefan weiß es, Sara! Kein Grund mehr, biestig zu sein.“

Ich bin einen Moment lang still und versuche, in ihrem Gesicht zu lesen. „Gut. Was sagt er?“

„Ich möchte jetzt nicht darüber reden, Sara, in Ordnung?“

„Ja, natürlich. Eine Frage noch: Wie geht es dir und dem Baby?“

„Sara, das Baby lebt und ich auch. Und jetzt würde ich gerne etwas essen.“

Wir reden über die üblichen Banalitäten, über die wir sonst immer reden, und es macht auf einmal überhaupt keinen Unterschied mehr, wo wir sind. Italiener oder Thailänder. Es ist egal. Denn wir streifen noch nicht einmal mit dem kleinen Finger das, was wirklich wichtig ist.

Steif und fremd und gehemmt verabschieden wir uns und ich mache mich auf den Weg zum Monopteros. Pünktlich, statt zu früh wie beim letzten Mal. Ich hoffe, Oliver lässt die Rose im Mund weg. Als ich an unserem Treffpunkt ankomme, frage ich mich für einen winzigen Moment, ob mein Verlobter in spe nicht möglicherweise bei der tatsächlichen Bank unseres ersten Kennenlernens auf mich wartet und nicht an der romantischen Variante, die er sich für die Öffentlichkeit ausgedacht hat. Denn: Er ist noch nicht da, als ich komme. Ich fand es immer irgendwie rührend oder schlechtenfalls hat es mich amüsiert, dass er die Bank im Schlosspark „erfunden“ hat. Jetzt finde ich es nur noch unecht. Gekünstelt. Und ich frage mich, warum er noch nicht da ist. Es ist kurz nach eins. Wo bleibt er?

Ich setze mich auf die Bank und starre auf den Monopteros.

Es ist zehn nach eins. Er ist immer noch nicht da.

Es ist fünfzehn nach eins und ich habe gerade mein Handy gezückt, als mir jemand die Hände um die Augen legt. Von hinten. Es sind Olivers Hände. Ich drehe mich um und versuche, mir die Verwirrung und den aufkeimenden Ärger nicht anmerken zu lassen.

Er trägt das helle Hemd, die Ärmel sind nach oben gekrempelt. Seine Beine stecken in dunklen Hosen. Soweit unterscheidet sich nichts vom letzten Mal. Von Nervosität allerdings keine Spur und er hat auch keine Tasche dabei. Wo sind die weißen Steine und die Kerze und die Ringschachtel?

„Hallo, Schatz! Entschuldige! Ich war noch ganz kurz im Büro. Die EDVler wollen meinen Laptop über das Wochenende updaten.“

„Kein Problem!“ Fällt er jetzt auf die Knie? Was ist mit Bruno? Fast schon wünsche ich mir jetzt Bruno.

„Was ist los? Alles in Ordnung?“, fragt er und küsst mich auf die Stirn.

Ich mag das. Sehr gern sogar. Es ist ein bisschen so, wie wenn Matt mich als „sein Mädchen“ vorstellt. ‚Ach, sei doch still, geplagtes Herz!‘ „Ja, ist alles okay … Was hast du denn jetzt vor?“

Er zuckt gutgelaunt mit den Schultern. „Wir könnten ein Eis essen gehen, ein bisschen hier rumschlendern und … keine Ahnung, einfach mal nichts tun!“

Nichts tun. Oliver will nichts tun?? Also auch keinen Antrag! Ich weiß nicht, was ich davon halten soll. Ich weiß gerade gar nichts mehr.

Was ist bloß falsch gelaufen? Warum macht er nicht, was er machen soll? Was er am letzten 10. September gemacht hat. Ich lasse den Tag rückwärtslaufen, aber ich finde nichts. Auch gestern nicht. Außer … Moment, irgendetwas … Aber es ist wie heute Nacht, der leichte Anflug einer Erkenntnis verflüchtig sich so schnell, dass ich die Hände nicht danach ausstrecken kann. Was soll auch schon sein? Vielleicht hat er es sich anders überlegt? Vielleicht macht er es morgen, vor meiner Familie? Vielleicht wartet er auf eine besondere Gelegenheit?

Was ist nur los mit mir? Erst sage ich Nein und jetzt bin ich enttäuscht, gar nicht erst gefragt zu werden? Verrückt! Total verrückt!

Oliver ist aufmerksam wie immer. Und langweilig wie immer. Wir gehen zur üblichen Eisdiele am Parkrand, er isst wie üblich Stracciatella und fragt mich nach meinem Essen mit Emma.

Ich antworte „Unterkühlt, wie immer“, und er lacht, als wäre das ein Standardwitz unter uns. Als hätte ich es irgendwie humorvoll gesagt. Möglicherweise mache ich das sonst. Ich sage ihm keinen Ton davon, dass Emma schwanger ist und dass mit dem Kind nicht alles so ist, wie es sein sollte. Viel mehr beschäftigt mich gerade, dass zwischen uns beiden, zwischen Oliver und mir, nicht alles ist, wie es eigentlich sein sollte. Immer wieder schiele ich auf seine Hose um zu sehen, ob sich in der Tasche nicht doch ein Ringkästchen verräterisch nach außen drückt, aber da ist nichts.

Auch eine halbe Stunde später haben wir uns nur über Emma, die Arbeit, das morgen anstehende Essen bei meinen Eltern und über sein Tennisturnier unterhalten. Keine Anspielung, kein Halt an irgendeiner romantischen Stelle, kein Kniefall. Den eigentlichen Ort unserer ersten Begegnung streifen wir beim Vorbeigehen und ich setze meine dummen Hoffnungen, von denen ich noch nicht einmal weiß, ob es Hoffnungen sind, erfolglos darauf.

„Hast du eigentlich schon ein Kleid?“, fragt er.

Ein Kleid! Ist das eine Andeutung? Mein Herz schlägt höher. „Was für ein Kleid?“, frage ich und bleibe stehen.

„Na, für die Hochzeit?“

Hochzeit. Jetzt. Jetzt fällt er gleich auf die Knie. Möglicherweise steckt der Ring gar nicht in einem Kästchen, sondern lose in seiner Tasche.

„Was starrst du mich so an? Du wirst doch die Hochzeit von Natascha und Jonathan nicht vergessen haben, oder? Am kommenden Samstag!“

Ah. Ja. Oh. Natascha und Jonathan. „Nein, natürlich nicht. Ich dachte, na ja, vielleicht hast du Lust, eines mit mir kaufen zu gehen?“, sage ich und möchte mich selbst ohrfeigen für meine Blödheit. Natürlich würde Oliver einen 8-Karäter nicht lose in der Tasche aufbewahren.

„Ja, klar. Gerne.“ Er sieht auf seine Uhr. „Heute schaffe ich es nicht mehr, ich muss meinen Laptop ja noch abholen und du hast doch dein Zumbading später. Aber wie wäre es am Freitag, ich könnte am Donnerstag schon von Hannover aus heimfahren.“

„Oliver?“

„Ja?“

„Bist du glücklich mit mir?“

Er sieht mich irritiert an: „Was ist denn das für eine Frage? Wir sind doch ein super Paar, oder etwa nicht?“

Das beantwortet meine Frage nicht, aber ich lasse es gelten. Wir gehören eben nicht zu jenen überschwänglichen Paaren, die sich ständig um den Hals fallen und ablecken und sich abgedroschene Drei-Wort-Sätze zuflüstern. Darauf waren wir doch immer stolz. Ich schmiege mich an Olivers Arm und versuche, den aufkeimenden Ärger abzuschütteln. Es ist doch auch selten dämlich, über den Umstand beleidigt zu sein, einen Heiratsantrag, den man abgelehnt hat, nicht erhalten zu haben.

„Wie geht es dir, Heldin der Arbeit?“

„Bestens“, grummele ich Kirsten zu und zupfe an meiner Hose herum. Den albernen Nagel im Umkleideraum hatte ich total vergessen – anders als den umgangenen Kanaldeckel. Deshalb habe ich jetzt ein riesiges Loch in meinen Lieblingstrainingshosen mit dem Anti-Schwitz-Material.

Anders als beim letzten Mal habe ich Kirsten nichts zu berichten. Keinen One-Night-Stand, keinen Heiratsantrag. Blöd nur, dass ich eben jenen sowohl bei ihr als auch bei meiner Schwester großspurig angekündigt hatte.

„Sieht so jemand aus, der eben zur Frau Anwalt gemacht wurde und demnächst die Boulevardzeitungen der Stadt als neuestes Glamourpaar der High-Society zieren wird?“, fragt Kirsten, während sie ihre Beine streckt und Dehnübungen an der Ballettstange vor dem großen Spiegel macht. Den Hang zu extremen Übertreibungen muss Kirsten von ihrem Vater, dem Münchner Schmierblattjournalisten Nummer eins haben. Von ihrer ruhigen Mutter kann es nicht kommen.

„Es gab keinen, okay! Noch keinen.“ Peinlich berührt sehe ich kurz auf den Boden und dann wieder zu Kirsten auf.

„Ups, böser Fettnapf. Entschuldige Sara, jetzt habe ich bei Vati schon eine ganze Spalte für die Ankündigung reservieren lassen. Kein Problem, dann eben doch wieder Prinz Harry.“ Kirsten beißt sich auf die Unterlippe, aber das Grinsen kann sie damit nicht ganz im Zaun halten.

„Halt die Klappe und tanz!“

„Sorry. War nicht böse gemeint. Glück im Spiel, Pech in der Liebe, Baby! Gehen wir nachher noch was trinken?“

„Von mir aus, wenn du dir die blöden Sprüche sparst.“,

„Ich versuche es“, sagt sie und zwinkert.

Matt zwinkert, wenn er lacht. Ich seufze auf, zum Glück betritt Evangelina den Raum, springt wie angestochen auf der Stelle schreit „Zumba!“

Evangelinas übermäßiges Make-up erinnert mich an Matts Kommentar zu meinem und überhaupt läuft von der ersten Sekunde an irgendwie alles falsch. Oder anders. Ich fühle mich nicht in meinem eigenen Körper, der die Bewegungen perfekt beherrscht, aber dem immer der letzte Schwung, das letzte Loslassen gefehlt hat. Viel mehr fühle ich mich, als wäre ich auf einen Schlag wieder sechzehn Jahre alt und wüsste nichts mit diesem erwachsenen, trainierten Körper anzufangen. Idiotischerweise verspüre ich das Bedürfnis, meine Hüften so schwingen zu lassen wie Evangelina und dabei die absolute Hemmung jahrelanger Zurückhaltung zugunsten totaler Anpassung aufzugeben. Ich tanze und lache und verausgabe mich total. Ich schwitze mir den ganzen Ärger und die Unsicherheit heraus und ich wünschte, ich könnte das gleiche mit meinen Gefühlen für Matt tun. Eine Herztransplantation bräuchte ich. Eine Gehirnwäsche dazu und am besten eine Amnesie, die mich vergessen lässt, was ich nur allzu deutlich weiß: dass es Matt gibt.

Kapitel 23

Sonntag, 11. September, 12:17 Uhr

„Anton, jetzt halte doch mal die Füße still! Liebe Zeit, das ist ja nicht auszuhalten. Mit dem Kind stimmt doch etwas nicht!“, ruft Mutter ihrem Enkel zu, der lebhaft mit den kleinen Füßchen wieder und wieder gegen die Tischplatte tritt. Fröhlich, nicht um uns zu ärgern. Der Kleine hält in seiner Bewegung inne und sieht verwirrt zu den Erwachsenen hinüber.

„Danke, das war aber auch Zeit!“, kommentiert meine Mutter das Ende von Antons Klopfen. Melanie verkneift sich einen bissigen Kommentar. Meine Mutter widmet sich wieder dem Fleisch auf ihrem Teller und Anton grinst zu Stefan rüber.

Wir sitzen pseudoharmonisch wie immer im großen Esszimmer in der Villa meiner Eltern. Alle neun Familienmitglieder versammelt. Schließlich habe ich dafür gesorgt, dass es keinen Grund gibt, Melanie und Lutz wieder auszuladen, und irgendwie scheine ich bei Emma in den letzten Tagen zumindest bewirkt zu haben, dass sie sich nicht total in ihrer Verzweiflung vergräbt.

Die Suppe haben wir schon hinter uns, ohne dass Mutter einen von uns vergrault hat. Ein gutes Zeichen. Lutz ist bester Laune, Vater unterhält sich angeregt mit Oliver über die Neuerungen im Handelsrecht und Mutter strahlt ob so viel ungewohnter Harmonie. Ich warte förmlich darauf, dass sie ihre Kamera holt, um das seltene Idyll für ihr Unternehmersgattinenfrühstück festzuhalten. ‚Seht mal, meine hübsche Familie. Ist der kleine Anton nicht ein Engel. Meine Töchter. Ja, Emma ist eine wahre Schönheit …‘ Emma wirft mir fragende Blicke zu und mehr als einmal schaut sie auf meine Hand, als suche sie etwas, was offensichtlich nicht da ist. Stefan ist sein ruhiges, freundliches Selbst wie immer. Ich erkenne keinen Unterschied zu sonst, er macht heimlich Quatsch mit Anton und stößt unter dem Tisch mit seinem Glas an das von Anton.

Bis Emma ihr Besteck beiseite legt, ihren Mund unnötigerweise mit der Serviette abtupft und sagt: „Habt ihr auch manchmal das Gefühl, dass eure Zukunft ein Bild ist? Meine war immer mit hellen Wassermalfarben auf ein Blatt gepinselt, die Linien sind ineinander verschwunden, so gut haben sie zueinander gepasst. Und auf einmal ist in meinem harmonischen Pastell ein Strichmännchen aus Wachsmalkreiden ohne Gesicht."

„Was redest du da für einen Unsinn, Emma!", ruft unsere Mutter entrüstet.

„Emma, was ist los? Redest du von unserem Kind?" Stefan starrt sie aus großen Augen an.

Meine Schwester ignoriert den Einwurf ihres Mannes und sieht auf den Tisch. Sie spielt mit den kleinen Dekoglaskügelchen auf dem dekorativen Damastläufer in der Mitte des Tisches,—als würde sie irgendeine Beschäftigung für ihre Hände brauchen, um nicht total den Kopf zu verlieren. „Das ist kein Unsinn, Mutter. Das ist eine ernstgemeinte Frage. Habt ihr euch noch nie gefragt, wie eure Entscheidungen das Bild verändern können?"

‚Bitte nicht!', denke ich, als meine Mutter zum nächsten Satz ansetzt, aber es ist schon zu spät.

„Du kannst nicht ernsthaft daran denken, ein behindertes Kind auf die Welt zu bringen!"

Stefans Gabel fällt mit einem Klirren auf den Boden, was die Stille ohrenbetäubend durchbricht. Sein Gesicht verrät es allzu deutlich: Er ist nicht weniger überrascht als mein Vater, Lutz, Melanie und Oliver zusammen. Stefan weiß es nicht. Emma hat mich angelogen. Er weiß es nicht. Er wusste es nicht. Jetzt hat unsere Mutter dafür gesorgt, dass er es auf die denkbar dümmste Art und Weise erfährt.

„Emma, was … was redet ihr da? Was ist mit unserem Baby?"

„Du bist schwanger?", ruft Melanie und schluckt den Glückwunsch, der ihr offenbar auf den Lippen liegt, hinunter.

Oliver flüstert mir zu: „Was ist los?"

Ich antworte nicht.

„Unser Baby hat das Down-Syndrom“, sagt Emma mit brüchiger Stimme, legt die Dekokügelchen zur Seite und sieht ihrem Mann in die Augen.

„Emma, wieso …? Seit wann …? Warum hast du nicht …?“ Stefan ist völlig von der Rolle und ich möchte Emma und meine Mutter erwürgen, bin mir nur noch nicht über die Reihenfolge sicher.

„Ich weiß es seit heute früh. Ich habe einen Bluttest gemacht.“

„Aber das Ergebnis kommt doch erst morgen!“, platze ich heraus, ohne nachzudenken.

Stefan sieht mich an: „Du weißt es auch?“ Dann springt er auf. „Wer noch, Emma? Alle hier, außer mir?“ Seine Stimme hat eine Lautstärke erreicht, die ich nicht von ihm kenne.

„Des darf man nicht, laut schreien!“, kommentiert Klein-Anton. Melanie nimmt ihn aus seinem Hochstuhl und läuft mit ihm nach draußen.

Ich würde jetzt auch am liebsten flüchten.

„Ich kenne eine Mitarbeiterin vom Labor, Larissa, sie hat mit mir Abitur gemacht. Ich habe sie auf einer Party letzte Woche getroffen und ihre Privatnummer bekommen. Sie hat mich gestern Abend angerufen.“

Larissa, denke ich. Die schöne Larissa, mit der Matt geschlafen hat.

„Und sie hat es bestätigt“, Emma sieht zu mir hinüber. Ich habe sie noch nie so traurig gesehen und gleichzeitig so stark.

„Emma! Emma … ich … Kommst du bitte mit mir nach draußen!“ Stefan sieht sie ernst an.

„Stef … es tut mir leid. Es tut mir leid, unser Baby ist nicht so, wie es sein soll. Ich … es tut mir leid!“ Dann bricht sie in Tränen aus und schluchzt laut.

„Das Einzige, was dir leidtun muss, ist, dass du nicht mit mir darüber gesprochen hast. Komm mit!“ Stefan fasst Emma am Arm und zieht sie aus dem Stuhl, er greift ihr um die bebenden Schultern und schiebt sie in Richtung Garten.

„Ihr könnt genauso gut hierbleiben und mit uns darüber reden. Wir haben da schließlich auch noch ein Wörtchen mitzureden“, keift meine Mutter.

„Es reicht, Karoline. Halt einfach deinen dummen Mund!“, mein Vater ist ebenfalls aufgestanden.

„Ach so! Jetzt bin ich der Buhmann, was? Das Kind verpfuscht sich sein Leben! Die Karriere, das Ansehen.“

„Spinnst du, Mutter?! Soll wegen ihrer Karriere und *deinem* Ansehen ein Kind sterben!“ Ich schreie jetzt lauter, als ich es eigentlich wollte.

„Sara, du solltest dich da nicht einmischen …“, Oliver legt mir sanft seine Hand auf den Unterarm.

„Ach, nein, soll ich das nicht? Verklagst du mich sonst, oder was?“, fahre ich ihn an.

„Die Gemüter sind jetzt alle etwas erhitzt. Das kommt für die meisten von uns ja überraschend. Aber deine Mutter hat nicht unrecht, Sara“, sagt Oliver und streicht mit der Hand gleichmäßig über meinen Arm.

„Was? Denkst du auch so? Dass ein nicht perfektes Kind kein Recht auf Leben hat?“ Ich schüttele seine Hand von mir und sehe Oliver kampflustig an.

Aber er bleibt ruhig, wie gewohnt. „Nein, das denke ich nicht. Aber ich denke, die Mutter hat auch Rechte.“

„Ja, mit Rechten kennst du dich ja aus!“

„Solange es klein ist, wird man es süß finden, solange es diesen Niedlichkeitsbonus hat, aber wenn es erwachsen wird, wenn es ein Teenager ist, wenn es in diesem schwerfälligen behinderten Körper steckt, dem man sofort ansieht, dass er nicht der Norm entspricht, dann wird es niemand mehr süß finden, dann folgen die Blicke und das Getuschel. Deine Schwester aber wird immer noch dafür verantwortlich sein. So ein Kind wird nie erwachsen, Sara. Sie muss gut darüber nachdenken, ob sie dieser Verantwortung gewachsen ist.“

Vielleicht hat Oliver ein wenig recht damit, aber ich will all das nicht hören. Auf Teufel komm raus habe ich mich dem Leben dieses ungeborenen Kindes verschrieben, vielleicht auch, weil ich mir selbst beweisen will, dass ich so bin, wie Matt mich mochte, und nicht so, wie er mich auf der Feier angesehen hat. Es ist nun klar, dass er weiß, was mit Emmas Baby ist. Es ist nun klar, dass er denkt, ich hätte ihr geraten, das Kind abzutreiben. Und es ist auch klar, was er davon hält. Dabei will ich das nicht. Ich gestehe meiner Schwester ihre Entscheidung zu, aber ich will dennoch nicht, dass sie sich gegen das Würmchen entscheidet.

„Lutz, kommst du mit nach draußen? Ich brauche frische Luft!“, sage ich seufzend.

Mein Bruder nickt und so lassen wir Oliver mit meinen Eltern alleine sitzen. Sollen die doch ihre abwegigen moralischen Vorstellungen miteinander diskutieren!

Lutz und ich setzen uns auf die Schaukel und beobachten aus der Ferne Melanie und Anton, die mit zwei Schäufelchen den englischen Rasen meiner Mutter bearbeiten.

„Sie wird ausflippen“, sage ich zu Lutz und deute auf die ersten kleinen Löcher am Rand des Rasens.

Lutz lacht: „Das ist Melanies Art zu sagen, was sie von den Ansichten unserer Mutter hält.“

„Sie ist die Beste.“

„Ist sie. Was ist mit dir und Oliver?“

„Was soll mit uns sein?“, frage ich scheinheilig.

„Ich war überrascht, dass du heute mit ihm hier aufgetaucht bist. War da nicht …“

„Ach, es kommt eben nicht immer so, wie man will.“

„Und jetzt?“, fragt Lutz.

„Kommt Zeit, kommt Ring“, antworte ich leichthin.

„Sei doch nicht so dämlich, den zu heiraten!“ Lutz schüttelt den Kopf. Die Antwort darauf bleibe ich ihm schuldig.

Vater läuft auf uns zu. „Dachte ich mir doch, dass ich euch beide hier finde!“

„Wie geht es Emma?“, erkundige ich mich.

„Sie sind gerade gefahren. Ich denke, sie müssen einiges in Ruhe besprechen.“

„Hättest du uns bekommen, wenn wir behindert gewesen wären, Papa?“, frage ich.

„Ach, Sara, das kann ich so nicht sagen. Das kann man nur beantworten, wenn man in der Lage ist, wie eure Schwester. Ihr solltet sie nicht verurteilen, egal was sie tut. Es ist ganz alleine ihre und Stefans Entscheidung, ob das Strichmännchen ein Gesicht bekommt oder nicht.“

‚Es hat doch schon längst eines‘, denke ich, bleibe aber stumm.

Kapitel 23 ½

Dienstag, 13. September

Es hat nicht „Bumm!“ gemacht heute, ich bin weder vor ein Auto gelaufen, noch ist mir Matt begegnet. Der Tag hatte einen gleichmäßigen Verlauf. Keine Zeitverschiebungen, keine wundersamen Überraschungen. Mein Handy hat keinen Wasserschaden und Oliver ist nicht ausgezogen. Er ruft mich zu Mittag an und abends vor dem Schlafengehen. Wie immer. So als wäre nichts gewesen. Es ist ja auch nichts gewesen. Ich habe Matt seit Freitagmorgen nicht mehr gesehen und ich mache einen riesigen Bogen um das Knafes. Sein Partner Jens ist mir einmal im Gang über den Weg gelaufen, seither benutze ich den Hinterausgang bei den Mülltonnen, der schon lange nicht mehr aussieht wie Rom im Spätsommer. Irgendjemand hat die weiße Wäsche von der Leine genommen und seither hat niemand mehr etwas daran aufgehängt.

Ich schleiche mich zum Hinterausgang zur anderen Straßenseite hinaus. Dort wo ich neuerdings auch mein Auto parke. Es ist umständlich und kindisch, aber es ist besser, als in grüne Augen zu blicken, die mich noch viel verrückter machen, als ich es ohnehin schon bin.

Das Leben dreht sich weiter, mehr oder weniger schnell und manchmal zu langsam. Emmas Baby lebt. Noch. Sie hat keinen Termin zur Abtreibung vereinbart, sie hat aber auch nicht gesagt, dass sie das Kind behalten wird. Ich war gestern bei ihr und habe einfach nur neben ihr auf ihrem piekfeinen Sofa gesessen, in ihrer piekfeinen Wohnung, in der sich neuerdings Staubmäuse lautlos die Zeit in den Ecken hinter den Türen vertreiben. Emmas Leben hat Risse bekommen. Stefan versucht noch, sie zu kitten, während ich versuche, meiner Schwester klar zu machen, dass Risse das Leben ausmachen.

Ausgerechnet ich, die selbst gerade ungeschickt mit Spachtel und klebriger Masse herumfuchtelt, um nicht komplett auseinanderzufallen. Es ist ganz gut, dass Oliver bis Donnerstag in Hannover ist. Von Stunde zu Stunde fällt es mir leichter, wieder zurück in unser gemeinsames Leben zu kommen. Ich sehe Matt und mich als eine Art Episode, die wir gebraucht haben, um zu wissen, dass wir zusammengehören. Oliver und ich. Zugleich weiß ich, dass ich mich selbst anlüge oder zumindest beschwindele. Manchmal entwirrt eine verdrehte Wahrheit die Knoten im Kopf besser als brutale Ehrlichkeit. So verwirrt sich das auch anhören mag.

Kapitel 24

Samstag, 17. September, morgens

„Aufstehen, Sara! Wir müssen noch zwei Stunden fahren! Beeil dich bitte! Die Kirche fängt um dreizehn Uhr an!"

Oliver rüttelt mich in die Realität und ich lande unsanft mit dem Hosenboden voran in meinem Leben. Heute Nacht habe ich schon wieder eine Dummheit begangen: Ich habe in Matts Garten Schmetterlinge aufgehängt. Dutzende, Hunderte, Tausende. Jede Nacht begehe ich eine Dummheit. Einmal habe ich ihm einen ganzen Karton voll mit Briefen vor die Haustür gestellt, in jedem stand das Gleiche, aber ich weiß nicht mehr, was das war. Die Worte und Sätze ergaben keinen Sinn. In einer anderen Nacht habe ich all die Kräuter in seinem Garten herausgerissen, sie auf einen Haufen geschmissen und verbrannt. Außerdem habe ich sein Auto mit Fingerfarbe bemalt. Lauter grüne Pünktchen habe ich darauf gezeichnet, so dass mein Zeigefinger für immer grün bleiben wird. Ein grüner Punkt für jedes Glühwürmchen jener Nacht. Vorgestern habe ich eine Lautsprecheranlage in seinem Wohnzimmer montiert und einen Plattenspieler angeschlossen, der in Endlosschleife „Dream On" spielt. All die Dummheiten hatten nur einen einzigen Zweck: Sie sollten seine Aufmerksamkeit erregen, aber er blieb stumm und verschwunden. Jeden Morgen wache ich schweißnass auf und stelle erleichtert fest, dass meine Dummheiten nur in meinen Träumen stattfinden. Matt aber bleibt trotzdem verschwunden.

Ich dagegen bin sehr real und fühle mich, als hinge ich an Fäden, die jemand führt, weil ich nicht selbst dazu in der Lage bin. Ich arbeite und ich mache mich gut in meiner neuen Aufgabe. So gut, dass mir der Kunde, für den ich im Auftrag meiner Firma tätig bin, einen Job angeboten hat. Oliver rät mir aus einer Vielzahl von absolut nachvollziehbaren Gründen davon ab, aber ich bin kurz davor zuzusagen. Wenn ich behaupten würde, Oliver und ich wären uns wieder vertrauter geworden, dann würde ich lügen. Er ist sehr liebevoll zu mir und wir haben in den letzten Wochen mehr Zeit miteinander verbracht als im halben Jahr davor. Aber mein Herz ist nicht dabei. Das spielt mir immer noch Streiche. Es stichelt und piekst und macht Anstalten, stehen zu bleiben, wenn ich Männer mit Locken sehe. Gut, dass das Leben mich irgendwie vorwärtstreibt, dieses ewige Spiel von morgens aufstehen und Verpflichtungen nachgehen, um abends einen Haken dahinter setzen zu können. Es ist solange gut, bis die Träume mich davontreiben und mir mein Herz lachend ins Ohr flüstert: „Ich mache nur das, worauf ich Lust habe“. Ich spiele das Spiel des Lebens, meines Lebens, mit und habe dennoch das Gefühl, bald aussteigen zu müssen. Es braucht nur irgendeinen Anlass.

„Sara! Sag mal, hörst du mich? Machst du bitte endlich mal die Augen auf! Seit wann bist du so verschlafen?“

‚Seit ich nachts lebendiger bin als tagsüber‘, denke ich. „Ich komme ja schon. Wer heiratet denn auch Ende September!“

„Was hat das mit dem Aufstehen zu tun?“, fragt Oliver ärgerlich. Er ist bereits geduscht und steht in Unterwäsche vor mir. Es macht gar nichts mit mir. Leider. Das ist ein großes Problem. Seine Annäherungsversuche prallen an mir ab, als wären wir auf einmal Gegenpole. Ihn verletzt das und mir tut es leid, aber ich bin noch nicht so weit und mir gehen die Ausreden aus, die Gründe werden nichtiger und kleiner und Oliver wird immer misstrauischer. Vielleicht nutzt uns die romantische Hochzeitsstimmung heute Abend Ich baue darauf und ich schätze, er auch.

„Das ist ein super Hotel, das sie uns da gebucht haben. Ganz schön großzügig, finde ich. Wir haben sogar einen Wellnessbereich.“ Oliver brabbelt vor sich hin und ich strecke mich und versuche, endlich den notwendigen Elan zu finden, um aus dem Bett zu steigen.

„Wellness, Wahnsinn!“, kommt es viel zu sarkastisch aus meinen müden Mundwinkeln.

„Was hast du denn? Was ist nur los mit dir, Sara? Ich mache dir nichts recht und …“

„Ich stehe ja schon auf“, unterbreche ich ihn, klopfe ihm im Vorbeilaufen kräftig und eher freundschaftlich als leidenschaftlich auf den Hintern und laufe zum Schrank. Wir sind in Olivers Wohnung. Ich hatte gehofft, dass die Träume dort aufhören, aber der Ort der Realität scheint für die Orte meines Unterbewusstseins völlig unerheblich zu sein.

Dort in Olivers ordentlichem Einbauschrank hängt ein sehr realer Traum von einem Kleid in Knallrot und mit tiefem Ausschnitt. ‚Du hast sehenswerte Brüste.' Ich kneife die Augen fest zusammen, um die Erinnerung an solche Sätze aus Grübchengesichtern zu verdrängen.

„Das willst du ernsthaft anziehen?", fragt Oliver und starrt mich an. Ich glaube, er hat bis jetzt wirklich geglaubt, ich nehme ihn auf den Arm mit dem Kleid und zaubere von irgendwoher noch etwas Schlichtes in Pastellfarben.

„Ja, will ich."

„Findest du das nicht ein wenig …"

„Ein wenig, was, Oliver?"

„Na ja, es steht dir sicher super, aber …"

Ich halte das Kleid vor meinen Körper und richte den Bügel auf Oliver, so als wollte ich ihn damit warnen, etwas Falsches zu sagen.

„Du findest es nuttig?", sage ich angriffslustig, wissend, dass Oliver das niemals aussprechen würde.

„Nein! Das habe ich nicht gesagt! Vielleicht nicht gerade dezent."

„Wer sagt denn, dass ich dezent sein muss?"

„Niemand, aber Natascha und Jonathan sind …"

„Sind Spießer!", antworte ich und schlüpfe in das Kleid.

Oliver gibt es auf, seufzt und zieht sich seinen Anzug und das orange Hemd an.

„Lass doch mal die Krawatte weg, die ist …"

„Spießig, ich weiß. Ich bin gerne spießig", sagt er.

„Ich nicht", antworte ich und ernte ein Kopfschütteln. Das geht ja gut los mit der Harmonie zwischen uns!

Die zweistündige Fahrt verbringen wir mit einem Wettstreit um den Lautsprecherregeler und die Radioprogrammknöpfe seines Mercedes'. Ich schalte auf Rockantenne, er auf Nachrichten, ich drehe auf, er ab. Ich bin komplett auf Krawall gebürstet und kann mir selbst nicht erklären, warum eigentlich. Eine Bombe kurz vor dem Knall.

„Wie geht es deiner Schwester?“, fragt Oliver, als wir die österreichische Grenze erreicht haben.

Emma schwankt in ihren Stimmungen schlimmer als ich, sie ist ein Nervenbündel. Aber mit jedem Tag der vergeht, bekommt das Baby in ihrem Bauch mehr Kraft und macht sie damit stärker. Stefan, mit dem ich neuerdings jeden Tag mindestens eine halbe Stunde telefoniere, hat große Hoffnungen, dass sie das Baby inzwischen so sehr will wie er auch. Meine Mutter spricht seit dem Essen vor zwei Wochen keinen Ton mehr mit ihren drei Kindern und Papa ist zwischenzeitlich aufgrund der schlechten Stimmung in das Besprechungszimmer seines Büros gezogen. Ich glaube eher, er hält sich im Bootshaus am See auf, aber letztlich ist das ja auch egal.

„Den Umständen entsprechend“, sage ich. Allgemeiner geht es wohl kaum, aber Oliver nickt. Das reicht ihm als Antwort.

Die Hochzeit von Olivers alten Freunden Natascha und Jonathan findet auf einer alten Burg in Oberösterreich statt. Wir fahren serpentinenartige Schlangenlinien nach oben und es kommt mir dabei so vor, als würden wir in den Berg hinein fahren, statt nur hinauf.

Zahlreiche Karossen, die meisten von ihnen dürften einen mittleren bis hohen fünfstelligen Betrag wert sein, stehen auf dem großen Platz vor der Burg. Auf der Mauer posieren Paare und Familien für Fotos und das Brautpaar steht strahlend vor einer festlich dekorierten Kutsche mit vier weißen, nervös trippelnden Pferden, die durch ihr Hufeisengeklapper auf dem mittelalterlichen Pflaster des Burghofes das endlose Knipsen der Kameras angenehm übertönen.

Küsschen links, Küsschen rechts. Und wieder Küsschen links, Küsschen rechts. Was für ein tolles Kleid. Wie schön, dass ihr da seid. Ah, seht mal da sind Frau Soundso und Herr Soundso … Auf diese Art geht es eine ganze Weile, während wir mit Erfrischungstüchern und Sekt in elegant geschwungenen zarten Gläsern versorgt werden.

„Fehlt nur noch unser eigener Hofnarr!“, lache ich Oliver zu, der das gar nicht witzig findet.

„Das ist doch der Wahnsinn, oder?“, sagt er. „Unglaublich! Also wenn wir mal heiraten …“

Ich ziehe überrascht die Augen nach oben. Davon war die letzten vierzehn Tage noch immer nicht die Rede gewesen. Und auch wenn ich mir den Kopf darüber zermartert habe, habe ich noch immer keine Antwort auf die Frage, warum er die eine Frage nicht „wieder“ gestellt hat.

„... dann doch bitte nicht so mondän!“, sage ich.

„Sagt die Frau mit dem mondänsten Kleid des Abends!“, kontert Oliver und schüttelt lächelnd den Kopf.

‚Warum Sahara? Heiß! Fantasie mit Ph!‘ Demonstrativ drehe ich mich vor Oliver im Kreis, so dass die Falten des Kleides wie eine Ziehharmonika schwingen.

„Nimmst du neuerdings Drogen, Sara?“, fragt Oliver, er lächelt nicht mehr.

„Ist das eine ernsthafte Frage?“, antworte ich und drehe mich einfach weiter. Wie ein albernes, übermütiges Kind.

„Ja, ich befürchte schon“, seufzt Oliver, wird aber sogleich von einem weiteren Ansturm der Bussi-Bussi-Gesellschaft unterbrochen. Küsschen links, Küsschen rechts. Und wieder Küsschen links, Küsschen rechts. Was für ein tolles Kleid. Wie schön, dass ihr da seid ... Das Ganze von vorne.

Ich laufe ein wenig weiter und sehe in die Tiefe des Burggrabens nach unten. Genauso tief fühlt sich die Kluft zwischen Oliver und mir an. Nur weniger sehenswert. Dann ertönen Fanfaren und die gesamte Hochzeitsgesellschaft wird in die burgeigene Kapelle geleitet. Pärchenweise hintereinander.

„Wie im Kindergarten! Immer schön an den Händen halten“, sage ich zu Oliver.

„DU verhältst dich wie im Kindergarten!“, flüstert er ungehalten.

Langsam wird er sauer. Ich versuche, mich zusammenzureißen, aber irgendetwas in mir ist heute dauerhaft auf Terz aus und rebelliert gegen alles und jeden. Am meisten wohl gegen mich selbst.

Dann herrscht Stille. Die Braut wird von ihrem Vater in die Kirche geführt, ihre Schleppe von drei kleinen Mädchen gehalten, die sich sichtlich damit abmühen.

„Das ist ja Kinderarbeit“, kichere ich Oliver zu.

Er antwortet gar nicht mehr.

Der ganze Zirkus amüsiert mich unheimlich und ich hätte gerne jemanden, mit dem ich darüber lachen könnte. Kirsten wäre jetzt super. Oder Matt.

‚Du willst doch eigentlich gar nicht das verstockte kleine Hühnchen sein.' Ich höre es ihn sagen und antworte: ‚Ich bin kein verstocktes, kleines Hühnchen mehr. Und wo bist du jetzt? Ich wusste es, ich wusste es: Schmetterlinge sind auch nur etwas hübschere Insekten.' Ich seufze laut auf und Oliver hält das offensichtlich für ein Zeichen der Rührung meinerseits. Er nimmt meine Hand und drückt sie fest.

Zu kleine Hände.

Der Gottesdienst verläuft sehr stilvoll und einige der Damen zücken Taschentücher, während ich an der einen oder anderen Stelle einfach kichern möchte und es gerade noch unterdrücke. Als der Pfarrer predigt, überlege ich mir, welche großartigen Naturtrails es diesen Berg hinunter wohl geben mag, und wünsche mir ein Fahrrad, um dem ganzen Brimbamborium zu entfliehen. Vielleicht sollte ich eines der Pferde von der Kutsche befreien und dem Sonnenuntergang entgegenreiten. Schade, dass ich nicht reiten kann.

Es folgt das Festmahl. Die Tafel ist elegant dekoriert, die Speisen werden von weiß gekleideten Butlern kunstvoll serviert. Das Essen ist hervorragend und verdammt wenig. Danach werden zahlreiche Reden gehalten und weil es Ende September ist, graut der Abend recht früh.

Bevor die Band zu spielen beginnt, wird eine Leinwand aufgebaut, auf der groß projiziert die Eheringe des Brautpaars, ineinander verschlungen wie eine Acht liegend, gezeigt werden. Die Trauzeugin hält eine Rede über den Ring als Symbol der Unendlichkeit, der Ewigkeit und ich starre wie hypnotisiert auf diese beiden Ringe, die in meinem Kopf zu Kreisen werden. Zu Oliver und mir. Zu Schnittmengen, die wir nicht haben. Wir sind keine geteilte Unendlichkeit, wir sind als Paar eine Katastrophe, die sich nach außen hin als Naturwunder tarnt. Wir sind nichts als eine hübsche Fassade mit leerem Kern. Dieses alte Gemäuer hier hat mehr Inhalt als unsere Beziehung.

Dann piepst mein Handy. Ziemlich laut. Ich habe vergessen, es leise zu stellen. Das wäre meinem um Perfektion bemühten Ich vor ein paar Wochen nicht passiert. Oliver sieht mich missbilligend an. Ich greife in der Tasche nach meinem Mobilteil und möchte es ausschalten, als ich sehe, dass mir jemand eine SMS geschrieben hat. Ich bekomme keine SMS mehr, es gibt niemandem mehr in meinem Bekanntenkreis, der diese veraltete Nachrichtenmethode noch verwendet. Alle haben Smartphones. Alle bis auf …

Ich drücke mit zitternden Fingern auf den kleinen gelben Briefumschlag. Hoffnung kämpft gegen Widerstreben und gewinnt haushoch. Ich offensichtlich auch. Die Nachricht von einer unbekannten Nummer lautet: „Sie haben gewonnen! Die Ziehung hat sie als Gewinner ausgelost, holen Sie sich jetzt ihren Porsche 911 …“

Verärgert über mich selbst und die dumme Hoffnung, eine Nachricht von der Nummer „Nicht Löschen“ erhalten zu haben, will ich das Handy schon wieder einpacken, als ich sehe, dass unter diesem Betrugsversuch eines Gewinnspielanbieters eine weitere Nachricht hängt. Sie datiert auf Samstag, den 10. September, irgendwann in der Nacht kurz nach dem Freitagabend. Entweder hat sie jemand anderes geöffnet – ich schiele zu Oliver hinüber, nein, das würde er nicht tun – oder aber ich habe sie unbemerkt weggeklickt.

Meine Hände zittern unkontrolliert und mir wird schlecht.

Die Nachricht ist von Matt.

10. September, 01:55 Uhr: „Ich habe auf der Dachterrasse auf dich gewartet. Wie Clark Gable. Und wo warst du, Scarlett?“

Darunter ist eine weitere Nachricht. 9. September, 23:48 Uhr: „Bonni, ich habe mit Larissa geschlafen, als ich achtzehn war. Nicht in einer Nacht, die eigentlich für uns bestimmt war. Es tut mir leid.“

Darunter noch eine, 9. September, 23:23 Uhr: „Sahara, sehen wir uns heute oben? Gleicher Ort, gleiche Zeit? Ich muss dich sehen. Bitte!“

Ich kann doch unmöglich drei Nachrichten von ihm weggeklickt haben! Nicht einmal im Schlaf. Die ungreifbaren Gedanken jener Nacht, der Verdacht, der seit Wochen in mir schlummert, ohne dass ich ihn benennen oder hätte greifen können, bekommt auf einmal einen Namen und ein Gesicht und wird zu etwas sehr Greifbarem, Realem. Ich schnappe nach Luft, als hätte man mich soeben aus einem eiskalten Becken gezogen, und meine Lunge füllt sich mit zu viel Sauerstoff.

„Alles in Ordnung, Schatz?", flüstert mein Freund neben mir.

„Ich muss mal kurz raus. An die frische Luft", sage ich.

„Ich komme mit", bietet er an.

„Nein, bitte. Ich muss auf Toilette und will mich kurz frisch machen."

„In Ordnung", sagt er und richtet seinen Blick wieder auf die Trauzeugin, die mit tränenfeuchter Stimme gerade sagt: „Diese Ringe sind das Zeichen eurer Liebe. Verschlungene Ringe können nicht getrennt werden, was so eng miteinander verbunden ist, gehört zusammen."

Ihre Worte geben mir den Rest. Ich muss hier raus und zwar schnell!

Draußen hat sich die Nacht über die Burg und den Innenhof gelegt und wären da nicht die Fackeln, so hätte die Dunkelheit alles um das erleuchtete Gebäude herum verschluckt.

Rechts vom Parkplatz befindet sich ein kleiner Teich, an dem eine Parkbank steht. Ich setze mich darauf und versuche verzweifelt, meine Fassung wiederzuerlangen.

Hier auf dieser Hochzeit ergibt auf einmal alles einen Sinn. Ich weiß jetzt, warum Oliver mir keinen Antrag gemacht hat. Es liegt schlichtweg an einer einzigen Tatsache, an einem einzigen, benennbaren Umstand: Die Zeit hat sich zurückgedreht und mit meiner zweiten Chance habe ich unbemerkt den Lauf der Geschichte verändert. Ohne es zu wollen, ohne es bewusst wahrzunehmen, habe ich selbst dafür gesorgt, dass er mir keinen Antrag macht.

Es ist auf einmal vollkommen logisch. Und ich möchte mich selbst dafür ohrfeigen, dass es mir nicht früher bewusst geworden ist.

Warum habe ich mich kein einziges Mal in den letzten Tagen und Wochen gefragt, wieso Oliver am Freitag, den 9. September, abends um elf nach Hause gekommen ist? Warum habe ich mich nicht darüber gewundert? Ich hätte mich doch fragen müssen, wo er in der Woche davor, die nur für mich stattgefunden hat, ohne dass der Rest der Welt etwas davon bemerkt hat, war!

Die Antwort ist nämlich ganz einfach: Zumindest für einen kurzen Moment waren Matt und ich nicht alleine auf der Dachterrasse. Wir müssen einen Zuschauer gehabt haben. Einen, dem klargeworden ist, dass er im Begriff ist, seine nach außen hin so perfekte Beziehung zu verlieren. Oliver hat mir nicht deshalb den Antrag gemacht, weil er mich so sehr liebt oder unsere Beziehung endlich festigen wollte. Er hat mir nur einen Antrag gemacht, weil er mich mit einem anderen gesehen hat. Meinem Freund, der da drinnen scheinheilig über seinem Dessert sitzt und romantischen Reden lauscht, liegt rein gar nichts an mir, sondern viel mehr an dem, was wir sind: vorzeigbar.

Sara Hendrich, die erfolgreiche Karrierefrau mit der reichen, angesehen Familie.

Deswegen hat er es natürlich nicht für nötig erachtet mir „erneut“ einen Antrag zu machen. Wozu auch? Diesmal war ich ja nicht auf der Dachterrasse. Er fühlt sich sicher.

Mein Gott, wie dumm konnte ich sein!

Ich muss nicht lange nachdenken, ich muss endlich das tun, was ich schon längst hätte tun sollen. Ich drücke auf die Nummer der SMS vom 10. September und wähle Matts Handy. Vielleicht wäre es einfacher, wenn die Mailbox rangeht. Ich will beim dritten Klingeln aus Angst schon auflegen, aber mein verliebtes Herz hält mich zurück.

Was soll ich ihm sagen?

„Hallo?“ Seine dunkle, vertraute Stimme raubt mir den Atem. Ich brauche einen kurzen Moment, um mich zu sammeln. Es kracht in der Leitung, offenbar habe ich hier oben keinen besonders guten Handyempfang.

„Hallo, Matt“, krächze ich und räuspere mich. „Hier ist Scarlett.“ Ich knete meine Hände in meinem Schoß über meinem knallroten Kleid.

„Hallo, Sahara“, sagt er ruhig.

„Ich … ich hatte gerade das dringende Bedürfnis, dich anzurufen.“

„Hattest du das, ja?“

„Ja, es hört sich verrückt an, aber … ich möchte eigentlich gar nicht mit dir reden. Ich würde gerne mit dir schweigen und … spüren, dass du da bist.“

Er sagt nichts. Dann nach einer Weile, viel sanfter als zuvor: „Wo bist du? Ich komme dich holen.“ Die Verbindung kratzt ein wenig. Der Empfang wird etwas schlechter.

„Das geht nicht. Ich bin in Österreich.“

„Was machst du in Österreich?“

„Ich bin auf einer Hochzeit.“

„Wer?“, sagt er und es ist wieder eine Sekunde lang still, so als würde sich das Gespräch selbst beenden. Verdammter Empfang! Da ist man auf einem Berg und kann nicht ordentlich telefonieren! Vermutlich meinte er „Mit wem?“, weil das mehr Sinn ergibt.

Ich sage: „Oliver.“

„Na, dann … Viel Spaß!“

„Matt …“

„Sara, tu mir einen Gefallen und lösche das ‚Nicht‘ vor meiner Nummer in deinem Adressbuch! Leb’ wohl!“

Dann ist er weg. Auf meinem Display, auf das ich ungläubig starre, verschwindet Matts Nummer. Einfach so.

Aus Frustration bin ich kurz davor, das Handy in den Teich zu werfen, als es klingelt. Er ruft zurück. Erleichtert nehme ich ohne einen weiteren Blick auf das Display ab und hauche: „Ja?“

„Sara!“ Es ist meine Schwester. Die Verzweiflung in ihrer Stimme schützt mich vor der maßlosen Enttäuschung. „Kannst du kommen?“

„Ich bin in Österreich!“, sage ich zunehmend frustriert zum zweiten Mal an diesem Abend. Wissend, dass das keine Antwort auf ihre Frage ist.

„Ich weiß.“

„Ist was mit dem Baby, Emma?“, frage ich, hellhörig geworden.

„Ja“, entweder flüstert sie es tatsächlich ins Telefon oder aber das ist schon wieder dieser elende Empfang.

„Ich komme. – Sofort“, füge ich hinzu und lege auf. Was soll ich auch noch hier? Ich habe eine Wahrheit über Oliver herausgefunden, die mir endlich den letzten Schub von Mut gibt, etwas sein zu lassen, was nicht zum Glück führen kann. Und die Krux ist: Ich kann es ihm noch nicht einmal vorwerfen. Eigentlich hat er nichts Falsches getan und dabei alles falsch gemacht. Und ich vermutlich auch.

„Geht es dir besser?“, fragt Oliver besorgt, als ich in den Saal zurückkomme.

„Nein, ich brauche deinen Autoschlüssel. Ich muss nach Hause.“

„Was? Wieso denn das?“

Unsere Tischnachbarn schauen interessiert zu uns herüber.

„Ich muss einfach und zwar sofort!“

„Hast du wieder Nachrichten von fremden Männern bekommen, deren Nummern du verschlüsselt in deinem Handy abspeicherst?“ Oliver senkt seine Stimme, aber die Blicke der Gäste in unserer Umgebung sind ohnehin längst auf uns gerichtet.

Normalerweise würde mich das stören, gerade aber ist es mir scheißegal. Ich starre Oliver an. Er hat tatsächlich mein Handy gecheckt. „Gib’ mir deinen Schlüssel!“, sage ich und strecke die Hand aus.

„Ich denke nicht daran. Du bleibst schön hier und blamierst mich nicht!“

Er funkelt mich böse an. Darum geht es also! Schon wieder nur um den schönen Schein.

Jetzt überlege ich nicht lange. Ich bücke mich, greife in die Taschen seines Sakkos und ziehe den Schlüssel heraus. Dann renne ich aus dem Saal und hoffe, er verfolgt mich nicht.

‚Lauf, Bonni, lauf!‘

Olivers Auto ist verglichen mit meinem Mini ein Hightechteil. Nähert sich der Schlüssel dem Wagen, schließt er automatisch auf und zum Starten ist lediglich die Betätigung eines Knopfes erforderlich, allerdings habe ich so meine Probleme mit der nicht vorhandenen Schaltung des Automatikwagens. Beim Versuch die Kupplung zu treten, gehe ich in der ersten Kurve den Berg hinunter voll in die Eisen. Gerade noch einmal gut gegangen.

Als ich die Serpentinen hinter mir habe, lache ich zur Erleichterung ein lautes nervöses Lachen und schlage aufs Lenkrad. Ich habe gerade meinem Anwaltsfreund den Wagen gestohlen, wer weiß, was das für Konsequenzen hat. Ich sollte mir Sorgen machen, fühle mich aber einfach nur befreit.

Kurz nach Salzburg sorgt eine vorbeifahrende Autobahnstreife noch einmal für erhöhten Puls, dann aber ist die Fahrt ruhig und ich bin laut Navi in einer Rekordzeit von einer Stunde und neunundzwanzig Minuten vor den Toren Münchens.

Es ist kurz vor dreiundzwanzig Uhr, als ich in die Stadt fahre und mein Handy wieder einschalte, das ich aus Angst, von Oliver mit Anrufen bombardiert zu werden, ausgemacht hatte. Ich wähle Stefs Handynummer und ignoriere die zahlreichen Informationen über verpasste Anrufe. Was sie dort auf der Burg jetzt wohl machen? Spurensicherung? Füllt Oliver gerade eine Strafanzeige aus und bläst sich als der Herr Anwalt auf? ‚Dein Anwaltsjodler, dein Winkeladvokat, dein Juristenheini.' Ach, Matt.

Stefan ist sofort am Apparat.

„Wo seid ihr, Stefan?"

„In der Uni. Frauenklinik. Dritter Stock, Notaufnahme."

Notaufnahme!

„Ich bin in zehn Minuten bei euch."

Es sind sogar nur acht.

Ich hetze die Stufen des alten Gebäudes nach oben und suche in dem leeren Gang nach Stefan und meiner Schwester. Eine Pflegerin begegnet mir im Wartebereich bei den alten braunen Stühlen. „Ich suche meine Schwester, Emma Jacobi. Wo finde ich sie?"

Sie mustert mich kurz, so als sei sie sich nicht sicher, ob sie mir trauen könne. Möglicherweise liegt das an meinem Outfit, ich trage immer noch das auffällige rote Kleid.

„In der Gynäkologie, Untersuchungsraum vier. Den Gang hier hinter und dann links. Aber warten Sie bitte draußen, ja?", sagt die Schwester freundlich und nickt mir aufmunternd zu.

Ist das ein gutes Zeichen?

Vor dem Untersuchungsraum mit der grünen Tür stehen zwei braune Stühle, auf einem liegt Emmas Jacke, auf den anderen setze ich mich und warte.

Von drinnen kann ich gedämpft Stimmen hören. Ich widerstehe der Versuchung, mein Ohr an das Türblatt zu legen, um zu horchen.

Wenig später geht die Tür auf und Stefan kommt heraus. Verheult, den Blick auf den Boden gerichtet. Ich habe Stefan noch nie verheult gesehen. Was bedeutet das? Hat Emma das Kind abtreiben lassen? Wohl kaum mitten in der Nacht. Ist vielleicht bei einer Abtreibung irgendetwas falsch gelaufen oder aber … hatte sie eine Fehlgeburt?

„Stef, was ist los?“

Ich springe auf und Stefan sieht mich überrascht an: „Hallo, Kleines, schön, dass du da bist. Sie wollte dich unbedingt hier haben. Obwohl ihr … obwohl ihr euch ja nicht immer besonders nah seid.“

„Was ist mit Emma?“

„Es geht ihr gut“, sagt er.

Ich atme auf. „Und das Baby?“

„Emma hatte Blutungen heute Abend, kurz nachdem wir ins Bett gegangen sind. Frisches Blut, das ist wohl immer kein gutes Zeichen. Wir sind sofort hier her und sie wurde gerade untersucht.“

Ich sehe ihn weiter fragend an, traue mich aber nicht, nachzuhaken.

„Sie lebt, Sara. Unser Baby lebt.“

Ich lächele innerlich bei dem Gedanken an Stefans feste Überzeugung, eine Tochter zu bekommen. „Oh, mein Gott! Zum Glück!“ Ich falle Stefan um den Hals.

„Emma hat wohl ein Hämatom in der Gebärmutter, das ist nicht ungewöhnlich. Das hat die Blutungen verursacht. Der Herzschlag unseres Kindes ist normal und Emma kann wieder mit nach Hause. Sie braucht viel Ruhe, aber beide sind nicht in Gefahr.“

„Ich bin so froh, Stefan!“

„Ich auch, Sara. Ich will nicht, dass sie stirbt. Ich will unsere Tochter, auch wenn sie für den Rest der Welt nicht perfekt ist, für mich ist sie es.“

Ich nicke. Hoffentlich sieht Emma das auch so. Und vielleicht sind die Staubmäuse in ihrem Haus ein guter Anfang, ihren Hang zur Perfektion endlich aufzugeben.

Wenig später öffnet sich die Tür wieder und Emma kommt, gefolgt von einer Ärztin mit grauem langen Haar und weißen Kittel über zerrissenen Blue Jeans, aus dem Zimmer. Emmas Augen sind ebenso rot wie die ihres Mannes, aber sie lächelt, als sie mich sieht.

„Sara!“

Ich umarme sie und es fühlt sich überhaupt nicht gekünstelt an und fremd, es ist so nah und vertraut und angenehm, wie Lutz zu umarmen.

„Danke, dass du gekommen bist.“

Ich will sie fragen, ob sie es nun behalten will, aber es steht mir nicht zu. Für den Moment reicht es, dass es ihr und dem Baby gut geht.

„Ich bringe dich mit nach Hause."

Sie nickt.

In Emmas Wohnung mache ich ihr und Stefan Tee und lege mich dann mit einer dünnen Wolldecke auf die Couch. Ich tippe eine Nachricht an Oliver: „Bringe dir morgen deinen Wagen nach Österreich zurück", und eine E-Mail an Christofsen: „Ich reiche hiermit eine Woche Urlaub ein, um dringende Familienangelegenheiten zu erledigen. Resturlaub dieses Jahr beträgt ohnehin noch 42 Tage. In wichtigen Fällen bin ich unter meiner Handynummer erreichbar."

Um sechs Uhr morgens hole ich Frühstück für Emma und Stefan, schreibe ihnen einen Zettel, fahre nach Hause, packe ein paar Sachen in einen Rucksack, zerlege mein Mountainbike, schleppe es nach unten und packe es in Olivers Mercedes. Dann fahre ich zurück nach Österreich.

Ich mache mir viele Gedanken auf der Fahrt, die viel länger dauert als die nach Hause, wenige Stunden zuvor. Gedanken über Glück, Beziehungen, Liebe und Entscheidungen. Wie viel von unserem Glück hängt von unseren Entscheidungen ab und wie viel ist purer Zufall?

Kapitel 25

Montag, 19. September, mittags

‚Impulsivität, Sara, wie war nochmal die Definition?', höre ich meinen Bruder in Gedanken sagen, während ich darauf warte, dass der Angestellte des kleinen Ladens irgendwo im Nirgendwo zehn Kilometer nach Salzburg mit dem richtigen Fahrradschlauch zurückkommt. „Ein innerer Impuls. Impulsivität ist Leichtfertigkeit. Vielleicht ist Leichtfertigkeit auch Leichtsinn. Manchmal braucht es eben Impulsivität, um glücklich zu werden", sage ich leise vor mich hin. Eigentlich hat Impulsivität einen viel zu schlechten Ruf. Seit ich gestern Morgen Oliver sein Auto zurückgebracht habe, seiner leisen Wut und damit auch unserer Beziehung ein für alle Mal mit dem Fahrrad entkommen bin, bin ich auf zwei Rädern unterwegs zurück nach Hause. Den Kopf frei kriegen und etwas absolut Impulsives tun, das war das Ziel. Das einzige, was ich allerdings nicht aus dem Kopf bekomme, ist gleichzeitig das, was am dringendsten raus müsste: Jene Gedanken und Gefühle, die sich um Matt drehen. Ich bin alle paar Minuten kurz davor, ihm eine Nachricht zu schreiben. Ich wollte schreiben: „Bonni und Clyde. Rhett und Scarlett. Sahara und Matt?", aber ich habe es immer noch nicht getan und jetzt wird auch nichts mehr daraus. Seit einer Stunde ist nämlich nicht nur der Hinterreifen meines Rades platt, sondern auch mein Akku tot.

Ich kann also von Glück reden, dass es hier in diesem kleinen Dorf so etwas wie einen Laden für jeglichen Kleinkram gibt, der dafür wirbt, jedem liegengebliebenen Radler auf der Strecke von Salzburg nach München weiterhelfen zu können. Der junge Kerl im Blaumann, der nun im Lager in der Wellblechhalle hinter der umgebauten Tankstelle nach dem Reifen sucht, ist schon gute zehn Minuten verschwunden. Aus Langeweile laufe ich durch die provisorischen Regale, die bis zur niedrigen Decke vollgestopft sind mit alltagstauglichen Dingen wie Pfannen, Eiskratzern, Gartenhandschuhen und unsinnigem elektronischen Chinabilligkram. Gerade will ich schon etwas genervt nach draußen gehen und dem Verkäufer bei der Suche nach dem Schlauch helfen, als mein Blick auf einen kleinen Karton mit neongrünen Punkten fällt.

In aufdringlicher Schrift steht dort „Fireflies". Das englische Wort für Glühwürmchen lässt mein verstummtes Herz aufhorchen.

Vorsichtig ziehe ich den Karton aus dem Regal, bemüht, die darüber lagernden Weihnachtslichterketten nicht zu Boden zu stürzen. Dann öffne ich die Verpackung und ziehe eine Art Einmachglas heraus, in dem kleine weiße Lichter angebracht sind, die aussehen wie die Discoknicklichter der 90er Jahre. Ich greife hinein und tatsächlich lassen sich die Plastikstäbchen biegen und geben ein sehr spärliches, farbiges Licht ab.

„Das wirkt nur, wenn es dunkel ist. Ein Hit aus China, wollte hier leider keiner haben. Wenn Sie wollen, schenke ich es Ihnen." Der Junge im Blaumann ist zurück, einen Fahrradschlauch in der linken, einen kleinen Kompressor in der rechten Hand. „Ah, warten Sie mal." Er drückt auf einen Knopf neben der Kasse und fährt damit die Rollos nach unten.

Der Effekt ist absolut überwältigend. In dem Glas glühen im Dunkel des Raumes auf einmal täuschend echt mehrere Lichter und ich habe fast das Gefühl, ein ganzes Glas voll mit lebendigen Glühwürmchen in der Hand zu halten.

Eigentlich ist das purer Kitsch und es wundert mich nicht, dass das Teil ein Ladenhüter ist. Aber für mich ist es in diesem Moment perfekt. Es ist perfekt, um zu realisieren, dass ich nicht dagegen ankämpfen sollte. Warum denn auch? Mein Herz hatte so recht und ich habe so lange nicht darauf hören wollen. Es ist Zeit, endlich zu lauschen. Zeit, endlich die dummen Stimmen der Vernunft auszuschalten und das zu tun, wovon ich glaube, dass es mich glücklich macht. Ich werde mit diesen Glühwürmchen hier nach Hause fahren und ich werde Matt überzeugen, dass wir beide zusammengehören. Ich scheiße auf die Vergänglichkeit von Insekten!

„Ich nehme das Glas, aber ich möchte es bezahlen", sage ich.

Der junge Kerl nickt und strahlt.

Eine halbe Stunde später ist mein Fahrrad repariert, das Glas sicher in meinem Rucksack verpackt und ich setze mit völlig neuer Energie meinen Weg nach Hause fort.

Am Mittwochmittag bin ich wieder in München und obwohl ich das Gefühl habe, zusammenzubrechen und dass mein Hintern nicht schlimmer schmerzen könnte, fahre ich nicht auf direktem Weg zu meiner Wohnung, sondern mache einen Abstecher zu Matt. Ich muss ihm das Glas so schnell wie möglich geben und ihm sagen, dass ich ihn will! Ihn und nur ihn und niemanden sonst.

Der lange späte Sommer neigt sich dem Ende und die fallenden Temperaturen werden nun langsam auch in der Natur sichtbar. Das Grün wird blasser, die Bäume verlieren ihre ersten Blätter und Schmetterlinge sind keine mehr zu sehen. Draußen an der Straße nach dem alten Bahnwärterhäuschen ist alles ruhig. Matts Auto steht nicht auf dem Parkplatz und der Wagen des Pflegedienstes, für den er arbeitet, ebenfalls nicht. Die Hängematte ist verwaist und fast schon wirkt es, als sei es Monate her, nicht wenige Tage, dass Kati mit einem Bauhelm auf dem Kopf dort unter dem Apfelzweig gesessen hat. Es stehen ein paar alte gelbe Farbeimer herum, in denen grüne und halb rote Äpfel liegen, die meisten Früchte aber befinden sich noch auf dem Boden und sind bereits dabei zu verfaulen. Auch der Kräutergarten sieht irgendwie verwahrloster aus als in meiner Erinnerung, aber das kann genauso gut daran liegen, dass es Herbst wird und die Sonne kein so kräftiges Licht mehr auf alles wirft. Ohne Sonne wirkt das Häuschen alter, grauer und fahler, als es eigentlich ist. Ich lasse mich davon nicht entmutigen. Auch nicht davon, dass ich aussehen muss wie eine schlechte Kopie meiner selbst. Mein Gesicht ist ungeschminkt, rosig, die Haare hängen mir strähniger denn je ins Gesicht und der Haaransatz ist vom Tragen des Radhelmes plattgedrückt. Das muss ich nicht sehen, um es zu wissen. Ich bin verschwitzt und bräuchte dringend ein frisches T-Shirt und trotzdem fühle ich mich besser denn je.

Ich setze mich auf die Treppe und warte. Aber es kommt niemand. Möglicherweise arbeitet er. Bestimmt sogar. Wie dumm, einfach davon auszugehen, er sei hier.

Ich verfluche mich selbst dafür, nicht zuerst nach Hause gegangen zu sein und mein Handy aufzuladen. Was mache ich jetzt? Warten, bis er nach Hause kommt? Das Glas einfach hierlassen? Auf einmal kommt es mir unglaublich albern vor, ein billiges Chinaglas hier herzuschleppen und zu denken, es könnte ihn überzeugen, mit mir zusammen sein zu wollen.

„Sara? Sara, bist du das?"

Eine helle Stimme ruft aus der Richtung der Einfahrt. Ich stehe auf und sehe mich um, dort steht Kati.

„Kati!"

„Wartest du auf Matt?"

„Ja", gebe ich zu und versuche vergeblich, das Glas hinter meinem Rücken zu verstecken.

„Er ist nicht mehr da, Sara. Tut mir leid."

„Was heißt, er ist nicht mehr da? Ist ihm etwas passiert?" Mein dummes Herz meint, es hilft irgendjemandem, jetzt unkontrolliert zu rasen und sich selbst in halsbrecherischer Geschwindigkeit zu überschlagen.

„Nein, keine Sorge. Er ist nur weggefahren, für längere Zeit."

Wie kann er für längere Zeit weggefahren sein, wenn er mich am Samstag noch holen wollte? Bevor er wusste, dass ich mit Oliver in Österreich bin … „Oh", bringe ich heraus.

„Was ist das?", Kati greift nach dem Glas, auf dessen Deckel ein Zettel klebt, auf den ich „Ich brenne nur für dich" geschrieben habe. Es ist mir unendlich peinlich.

Kati lächelt. „Gib schon her. Ich hebe es für ihn auf."

Ich will mich wehren, aber sie hat schon nach den gefangenen Glühwürmchen gegriffen und ist dabei, die Haustür aufzuschließen.

„Ich kümmere mich um das Haus, solange er weg ist. Magst du mit reinkommen? Du siehst so aus, als könntest du was zu Trinken vertragen."

„Nein, danke. Lieber nicht." Ich könnte es nicht ertragen, da drinnen an die hässliche Szene zwischen uns erinnert zu werden, die das Ende von etwas war, was noch gar nicht richtig begonnen hatte.

„In Ordnung. Ich wollte dir noch sagen, dass es Matt inzwischen bestimmt furchtbar leidtut, dass er dich so böse angegangen ist, an meinem Geburtstag."

‚Bestimmt' – das heißt, sie weiß gar nicht, ob es ihm überhaupt leidtut.

„Weißt du, was unseren Vater betrifft, ist Matt total hilflos. Er pflegt all die alten Leute, aber unser Vater ist eben unser Vater. Wir haben immer zu ihm aufgesehen und jetzt sieht er uns manchmal an und erkennt uns nicht. Das ist schwer zu begreifen und schwer zu ertragen. Es gibt ihm nicht das Recht, dich zu verletzen, aber es ist eine Erklärung. Ich fand es übrigens toll, dass du mit Papa getanzt hast."

Da ich nicht weiß, was ich dazu sagen soll, sage ich nichts.

„Ja, das war es auch schon. Ich fand dich und Matt toll zusammen. Es ist schade, dass es so gekommen ist."

„Ja, das ist es", sage ich und drücke meine Augen zusammen, um nicht weinen zu müssen. „Okay. Ich geh' dann jetzt wieder. Danke, Kati! Mach's gut."

„Du auch, Sara. Alles Gute!"

Bonni und Clyde sind ein Verbrecherpaar. Gangster, Mörder. Und am Ende wurde jeder von ihnen beiden von fünfzig Bleikugeln durchbohrt. Das ist nicht romantisch, das ist tragisch.

Rhett und Scarlett sind auch nicht gerade das Vorzeigepaar. Sie stellt viel zu spät fest, dass sie ihn liebt, und da ist es schon zu spät. So wie bei Matt und Sahara. Mit dem Unterschied, dass es Matt und Sahara nicht in die Geschichte der Liebespaare schaffen werden. Wir sind Sara. Und Matthias. Mit einem Punkt dazwischen. Und eben einen solchen muss ich nun auch hinter meine dämlichen, unbegründeten Hoffnungen setzen.

Kapitel 26

Freitag, 23. September, 18 Uhr

„Manche Down-Syndrom-Kinder bekommen zuerst Backenzähne, dann Schneidezähne, wusstet ihr das?“, sagt Emma zwischen Vorspeise und Hauptgang.

„Ja, das habe ich gelesen. Manchen fehlen auch ganze Zähne oder sie haben keine zweiten Zähne angelegt“, stimme ich zu.

Emma nickt.

Unsere Mutter verzieht das Gesicht. „Müssen wir darüber beim Essen reden?“, sagt sie genervt.

„Ja. Es geht hier um mein Kind“, antwortet Emma.

„Um unser Kind“, pflichtet Stefan ihr bei.

„Ein Kind, das immer ein Kind bleiben wird“, zischt Mutter.

„Das ist Unsinn, Karoline!“, sagt mein Vater und legt das Besteck laut klappernd auf den Tisch.

„Alle sind anders normal. Normal sind alle anders“, erwidere ich und stochere in den Resten meines Salattellers herum.

„Wo hast du das denn her? Aus einem Infoheft vom Frauenarzt?“, fragt Mutter.

„Wo hast du dein Herz her? Aus der Gefriertruhe?“, kontert Lutz und alle grinsen. Alle bis auf Mutter. Sie verlässt beleidigt das Zimmer.

„Und jetzt?“, fragt Emma, der es als Lieblingskind unserer Mutter schwerfällt, mit deren Ablehnung und der regelrechten Entrüstung ihrer Entscheidung gegenüber, klarzukommen. Seit Emma im Krankenhaus war und die Angst um ihr Ungeborenes gespürt hat, will sie nichts mehr, als das Kind zu behalten. So einfach kann das Leben Entscheidungen für uns treffen, mit denen wir uns so schwer tun.

Manchmal müssen wir erst im Begriff sein, etwas für immer zu verlieren, bevor wir wissen, dass wir etwas für immer wollen.

„Jetzt essen wir“, sagt Papa, „die kommt wieder.“

Ausnahmsweise treffen wir uns gemeinsam an einem gewöhnlichen Freitag unter der Woche. Weil heute mein Geburtstag ist. Ich hatte nicht vor zu feiern. Mir ist absolut nicht danach. Ich träume von Einmachgläsern, in die ich Matt eingesperrt habe, ohne zu wissen, wie ich ihn wieder herausbekomme, ich denke ununterbrochen an all die Worte und Berührungen zwischen uns und daran, dass ich einen wichtigen Sinn dieser geschenkten zehn Tage meines Lebens so falsch eingeschätzt habe. Und ich habe Angst, dass dieses Gedankenkarussell niemals wieder stehen bleiben wird. Lutz hat auf einem kleinen Geburtstagsessen bestanden und so sitze ich also in Berg in meinem Elternhaus und wünsche mich einfach nur dorthin, wo Matt ist. Wo auch immer das sein mag. Mein Akku ist inzwischen geladen, ich trage mein Handy pausenlos bei mir, aber er hat sich nicht gemeldet. Sicher weiß er inzwischen von dem Glas und er lacht sich tot über meine dumme, dumme Idee.

„Machst du jetzt mal endlich mein Geschenk auf?“ Lutz schiebt mir einen kleinen Umschlag über den Tisch.

„Krieg ich auch ein Gesenk?“, fragt Klein-Anton.

„Nein, heute hat Sara Geburtstag, nicht du“, lacht Melanie.

„Wenn es sein muss“, sage ich und öffne seufzend den Umschlag.

Lutz und Melanie sehen mich mit erwartungsvollen Augen an. „Da du ja jetzt dreißig bist und so viel von der Welt noch nicht gesehen hast, dachten wir, wir zwingen dich einfach dazu. Dein Chef war so nett, uns bei der Überraschung zu helfen und deinen Urlaub um ein paar Tage zu verlängern. Du hast so hart geschuftet die letzten Wochen und Monate …“

„Was?“, frage ich verständnislos und blicke auf das Ticket in meinen Händen. Die Buchstaben darauf ergeben keinen Sinn. Die Zahlen schon gleich gar nicht.

„Was ist das?“, fragt Emma und beugt sich über den Tisch.

„Das, das ist … ein Flugticket“, stottere ich, „nach … Rom.“

„Wow, Lutz, da hast du dich ja in Unkosten gestürzt“, frotzelt Emma, während ich stumm bleibe.

Ich will da nicht hin. Nicht ausgerechnet nach Rom.

„Du brauchst ein bisschen frische Luft, also ich meine eine Luftveränderung. Morgen früh geht es los. Ich fahre dich persönlich zum Flughafen, damit du keine Chance hast, dich zu drücken!“

„Fliegt sie alleine?“, fragt Emma misstrauisch.

„Ja, klar. Oder willst du mit?“, antwortet Lutz, der bereits seit unserem Telefonat am Sonntagmorgen weiß, dass es zwischen mir und Oliver für immer vorbei ist.

„Ich? Bestimmt nicht!“, antwortet Emma und streicht über ihren Bauch.

„Ich bin im sechsten Monat noch geflogen. Weißt du noch, Lutz, Korsika?“ Melanie bemüht sich, ihrem kleinen Sohn wenigstens ein paar Bissen in den Mund zu stecken, die nachher nicht auf dem Fußboden landen. Lutz nickt.

„Fragt mich eigentlich jemand, ob ich überhaupt will?“, sage ich.

„Was ist das für eine Frage? Du bist dreißig und hast die ewige Stadt noch nicht gesehen. Da geht es nicht um Wollen, das ist ein Pflichtprogramm“, sagt Lutz amüsiert.

‚Die ewige Stadt und ein Mädchen, das auf die 90er steht‘, klingt es in meinen Ohren. Was soll’s, ich komme so und so nicht los. Ich kann ans Ende der Welt reisen und Drahtseile binden mich an einen Ort mit glühenden Käfern und fliegenden Insekten. Einen Ort, der aus einem einzigen Menschen besteht, dem nicht einmal der weite Pazifik das Wasser reichen kann. Ich hänge mit all meinen Gefühlen in diesen Seilen und fühle mich gefesselt. Mein Herz ist taubstumm geworden in den letzten zwei Tagen, es spricht nicht mehr mit mir, aber die Zeichensprache kann ich deuten: Sie redet unablässig von Schmerz und imaginären Löchern in der Brust.

Tausende von Kilometern vermögen es sicherlich nicht, die roten Fäden zu durchschneiden, die sich in jeder einzelnen Minute der Abwesenheit von Matt um mein lebenswichtigstes Organ gelegt haben, um es langsam zu erdrosseln. Wenn nur die Zeit solche Wunden heilt, dann wäre es besser, sie verginge schnell.

Es wäre auch Zeit, dass mein Interesse an einem gewissen Herrn in der ewigen Stadt endlich in die ewigen Jagdgründe eingeht.

„Schon gut, ich fliege ja. Vielen Dank, Lutz! Danke, Melanie!"

„Hast du alles?", fragt mein Bruder.

„Ja, ist ja keine Weltreise, Lutz." Es ist sechs Uhr morgens am Samstag und wir stehen tatsächlich am Münchner Flughafen und ich starre auf die riesige Flugtafel vor mir, die mir erklärt, dass die Allitalia-Maschine nach Rom-Fiumiciono planmäßig um 7:15 Uhr starten wird.

„Ja, aber mit so wenig Gepäck. Und so …", sagt mein Bruder.

„So ungeschminkt?", erwidere ich und blicke ihm in die Augen.

„Ja, so ungeschminkt habe ich dich noch nie irgendwo hingehen sehen."

„Tja, das ist die neue Sara."

„Gefällt mir. Du könntest nur ein wenig fröhlicher sein. Aber warte mal ab, bis du das Kolosseum siehst und das Pantheon und das Forum Romanum und …"

„Schon gut. Es wird sicher toll."

„Klar wird das toll."

Wenig später sitze ich im Flieger und fliege ausgerechnet in die Stadt, die ich – ohne sie bisher gesehen zu haben – für immer mit Lachgrübchen und dem besten Kuss meines Lebens verbinden werde. Optimale Voraussetzungen also, um eine hoffnungslose Liebe zu vergessen. Gut gemacht, Lutz! Er konnte es nicht wissen, aber fast schon habe ich das dumme Gefühl, dass er das absichtlich gemacht hat.

Neben mir im Flugzeug sitzt ein Geschäftsmann Mitte dreißig. Lutz würde sagen, er sieht aus wie Rowan Atkinson. Typisch britisch. Er versucht mir offenbar damit zu imponieren, dass er bereits wenige Minuten nach dem Start seinen Laptop auspackt und auf die Zahlen und Worte seiner englischsprachigen Präsentation starrt.

„Wichtigtuer", sage ich halblaut.

„Wichtigtuer aus Rosenheim“, antwortet er beleidigt und damit hat sich auch die Kommunikation für die nächsten eineinhalb Stunden erledigt.

Rom begrüßt mich mit 35 Grad Außentemperatur am Morgen und einer Stunde Wartezeit, bis der Bus mich und zahlreiche andere Touristen in die Stadt bringt. Der Blick aus dem Fenster lenkt mich ein wenig von Matt ab. Alles ist irgendwie romantisch und wunderschön und genau so, wie ich es mir vorgestellt habe. Wenn ich das von meinem Leben nur auch behaupten könnte.

Lutz hat mir ein Zimmer in einem Hostel im Vatikanstaat gebucht.

Ich steige am Hauptbahnhof aus dem Bus und suche mir ein Taxi, das mich in die Via della Giuliana bringt. Je mehr ich bereits vom Bus und Taxi aus von der Stadt sehe, desto überwältigter bin ich. Alles ist hier alt. Aber so schön alt. Keine Glaspaläste zwischen historischen Gebäuden, keine Architektenhäuser, die sich unverschämt an Altbauten drücken. Die fast durchgehend geschätzte zehn Stockwerke hohen Gebäude sehen sich so ähnlich, als wären sie alle am selben Tag erbaut worden.

Wir verlassen Rom, ohne dass es irgendwelche Grenzübergänge oder auffällige Schilder oder dergleichen gibt, und befahren den Vatikanstaat. Das Haus, vor dem das Taxi hält und mich um 22,80 Euro laut Taxameter bittet, gibt keinen Hinweis darauf, dass sich dort ein Hostel befindet. Der Taxifahrer deutet auf die Klingelleiste und da steht der Name meiner Unterkunft.

Dem Aufzug traue ich nicht, also steige ich die drei Stockwerke nach oben, lasse mir von dem netten jungen Kerl mit unzähligen Gesichtspiercings, der sich als Flavio vorstellt, mein hübsches kleines Einzelzimmer zeigen, verstaue meine wenigen mitgebrachten Sachen, knabbere am Begrüßungskeks und stecke eine Wasserflasche aus dem Miniaturkühlschrank in meine Handtasche. Los geht’s, ewige Stadt, ich komme! Der Entdeckungsdrang beginnt mich langsam zu packen. Ich bin noch nie alleine gereist, es ist für meine Verhältnisse ein kleines Abenteuer. Genau das, was Lutz sich für mich gewünscht hat.

Ich laufe die endlos lange Straße, in der meine Unterkunft liegt, entlang, biege am Ende links ab und lande nach zehn Minuten Gehweg in der längsten Schlange meines Lebens. Am Eingang zum Petersdom. Zahlreiche emsig herumwuselnde Italiener versuchen, mir Karten zu verkaufen, damit ich angeblich einfach an der Schlange vorbeispazieren kann und direkt zum berühmten Deckenfresco komme. Aber erstens traue ich ihnen nicht und zweitens ist es irgendwie beruhigend, hier zu stehen und zu warten. Es dauert nicht so lange, wie es aussieht, und so stehe ich schon bald in der Sixtinischen Kapelle unter Michelangelos Meisterwerk und komme mir verdammt klein vor. Und einsam, zwischen einem Wirrwarr an europäischen, asiatischen und amerikanischen Stimmen. Eine Weile lausche ich den Erklärungen einer deutschen Reiseführerin und mache mich dann auf den Weg zum Petersplatz, dessen Ausmaße mir nicht im Geringsten bewusst waren. Die Sicherheitsvorkehrungen sind gigantisch und genauso groß ist meine Sehnsucht nach jemandem, mit dem ich das hier gemeinsam erleben kann. Lutz hat es sicher gut gemeint, aber was sind Erinnerungen schon, wenn man sie mit niemandem teilen kann? Und einen Selfiestick kaufe ich mir ganz bestimmt nicht.

Am Abend habe ich drei Blasen am linken Fuß, zwei am rechten und die Erkenntnis gewonnen, dass Rom die schönste Stadt der Welt sein muss und dass ich das falsche Schuhwerk mitgenommen habe. Mit letzter Kraft dusche ich, laufe über die Straße und lasse mir dort in einer Pizzeria von einer dicken italienischen Mama Spaghetti mit Muscheln servieren. Dabei denke ich die ganze Zeit nur, dass mir gerade nicht ein einziges Spaghettinüdelchen Hoffnung mehr bleibt, dass Matt und ich das werden, was ich gerne hätte: Eins.

Den nächsten Tag verbringe ich im Forum Romanum, steige die frisch renovierten Stufen der Spanischen Treppe nach oben und widerstehe der Versuchung, ein paar sündhaft teure Schuhe bei Prada zu kaufen. Dann staune ich über das Pantheon und besichtige das Capitol. Nur das Kolosseum, da kann ich irgendwie nicht hin. Es ist das Sinnbild von Rom und ich habe irrwitziger Weise das Gefühl, es nur mit Matt sehen zu wollen. Was ziemlich dumm ist, weil das bedeutet, dass ich es vermutlich nie sehen werde.

Um halb neun am Samstagabend schleppe ich mich die Treppen zu meinem Zimmer hoch – ich hätte diesmal ja gerne den Aufzug genommen, aber an dem hängt ein großes weißes Pappschild mit der

Aufschrift „Out of order“. Das Schloss meiner Zimmertür, das eigentlich etwas schwergängig ist, springt sofort auf; vermutlich habe ich meiner Übermüdung vergessen abzuschließen. Und offensichtlich hat sich die Klimaanlage im Zimmer abgeschaltet, während die im Korridor einem das Gefühl gibt, einen Kühlschrank zu durchlaufen.

„Erschrick bitte nicht!“, sagt eine Stimme. Aus meinem Zimmer.

Ich schreie trotzdem auf und weiche drei Schritte zurück. Auf meinem Bett sitzt jemand, im Halbdunkeln.

Es ist nicht Matt. Es ist Emma. „Was machst du denn hier?“

„Ich wollte Danke sagen“, sagt sie.

Ich drücke fest auf den Lichtschalter, der so nah an den Türrahmen gepresst ist, dass der Kippmechanismus nur mit Kraftaufwendung zu betätigen ist. „Dafür reist du nach Rom?“ Ich bin sprachlos. Dort auf dem Bett in einem kleinen stickigen römischen Hotelzimmer sitzt meine schwangere Schwester und massiert sich selbst die nackten Füße. „Und wofür willst du überhaupt Danke sagen?“

„Dafür, dass du für mein Kind bist.“

Ich sage nichts. Eine Weile stehe ich mit hängenden Armen da, den Staub der römischen Straßen an meinen Füßen und die Augen klein vor Müdigkeit. Dann gehe ich auf sie zu und umarme sie. So fest und lange wie nie zuvor. Ich habe in wenigen Tagen so viele Dinge abgelegt, die ich über die Jahre angehäuft habe und die gar nicht zu mir gepasst haben. Übermäßige Angepasstheit, zu viel Make-up, den Stock im Hintern. Und in diesem Moment, in dem völlig unerwartet meine Schwester in einem vatikanischen Hotelzimmer vor mir sitzt, begreife ich etwas unheimlich Wichtiges, etwas Essentielles: Es sind immer die Menschen, die uns nahe sind, die uns glücklich machen, nichts Materielles, nichts was durch Erfolg, Ansehen oder Status entsteht.

„Da gibt es nichts zu danken!“, sage ich.

„Doch.“

„Das hättest du auch zu Hause machen können. Aber schön, dass du da bist!“

„Ich bin noch aus einem anderen Grund hier“, sagt Emma und kneift die Augen zusammen, als hätte sie Kopfschmerzen. Sie greift nach der

Tasche neben sich auf dem Boden. Und streckt mir eine Postkarte entgegen. Eine römische Karte, mit dem Kolosseum als Motiv.

„Hä?“

„Dreh sie mal um! Ich fand das so wichtig, dass ich dachte, du musst sie schnellstmöglich haben.“

Was kann so wichtig sein, dass Emma nach Rom fliegt, um mir eine Karte zu überbringen, die aus Rom kommt?

„Ich verstehe nicht“, sage ich, drehe die Karte und begreife mit einem Schlag alles.

Da steht alles, was mein Herz braucht. ‚Ich bin in Rom und wo bist du? Ich dachte, in einer so alten Stadt könnte ich etwas so Neues wie uns einfach vergessen. Aber ich habe mich getäuscht, überall hier habe ich deine Stimme im Ohr. Sag mir, Sahara, wenn du Glühwürmchen in Gläser sperren kannst, kannst du dann nicht auch einfach zu mir fliegen? Matt‘

Ich presse die Karte an mein geschundenes Herz und schon sitzen die Fäden nicht mehr so fest, Matts Worte nehmen mir den Druck und die Schmetterlinge schlüpfen aus ihrer schützenden Hülle.

„Und rufst du ihn jetzt an?“, fragt Emma und grinst.

„Du hast sie gelesen? Schon mal was von Briefgeheimnis gehört?“

„Brief, nicht Karte“, sagt sie. Das Grinsen steht ihr.

„Nein, ich kann ihn nicht anrufen.“

„Sag jetzt nicht, du hast seine Nummer nicht und ich bin völlig umsonst hier hergeflogen!“ Sie richtet ihren Zeigefinger warnend auf mich.

„Doch ich habe seine Nummer“, gebe ich zu. Ich habe sie aus der Liste der eingegangenen SMS gerettet.

„Worauf wartest du dann? Der Zufall hat euch beide hierhergeführt, also ruf ihn bitte sofort an!“

„Wenn das der Zufall war oder das Schicksal, dann kann ich ihn jetzt nicht einfach anrufen, dann muss uns auch der Zufall oder das Schicksal wieder zusammenführen!“

„Verstehe ich nicht. Willst du jetzt darauf warten, dass er dir in den nächsten Tagen einfach vor die Füße läuft? Weißt du, wie wahrscheinlich das in einer Riesenstadt wie Rom ist, die übervoll mit

Touristen ist?“ Sie blättert in meinem Reiseführer, deutet auf eine kleine weiße Infobox darin und liest vor: „10,5 Millionen Besucher kommen jährlich nach Rom“.

„Ich weiß, Emma. Ich habe da so eine Idee und ich brauche deine Hilfe.“

„Na, gut. Jetzt bin ich ja schon mal hier. Was kann ich tun?“

„Ich brauche weißes Papier“, sage ich bestimmt, „sehr viel weißes Papier!“

Kapitel 27

Freitag, 23. September, 23:30 Uhr

„Sara, wie viele sollen das noch werden, es ist schon halb zwölf."

„Es reicht noch nicht. Ich muss die überall aufhängen und nein, du schaust jetzt nicht nach, welche Quadratkilometerfläche Rom hat."

Emma dreht ihren Kopf nach links und rechts und streckt die Arme gähnend nach oben. Vor uns auf dem Bett liegen ungefähr dreihundert weiße Papierfalter.

„Du kannst mich mal, ich schlafe jetzt." Sie läuft auf nackten Zehenspitzen ins Bad und kommt kurz darauf mit einer weißen Schlafbrille zurück, deren schwarze Gummibänder sie akkurat auf ihren Haaren festsetzt, dann tippt sie noch eine Nachricht an Stef, schiebt die Papierfalter auf der linken Seite des Bettes zu mir rüber und sagt: „Gute Nacht!"

Ich seufze.

„Gute Nacht, Emma. Und …"

„Ja?", sie dreht sich herum und lugt unter der Schlafbrille zu mir herüber."

„Danke!"

„Mmmf", antwortet sie und ist zwei Minuten später tief und fest eingeschlafen. Sie schnarcht, wie ich. Und ich muss an Matt denken. Die kleinsten Dinge reichen aus, um das zu tun. Was für ein unglaublicher Zufall, was für ein unglaublicher Glücksfall, dass wir beide hier sind.

Seine Karte lese ich wieder und wieder und wieder. Ich kann mich nicht sattsehen an den Worten und dem, was sie bedeuten. Kati hat ihm von dem Glas erzählt. Er will mich sehen, so wie ich ihn. Ich habe wieder ein Spaghettinüdelchen Hoffnung. Ach was, es ist eine 500-Gramm-Packung Hoffnung!

Ich kann sowieso nicht schlafen, bevor wir uns nicht gefunden haben. Da kann ich genauso gut anfangen, die dreihundert Schmetterlinge und den einen, den ich halbfertig in der Hand halte, zu beschriften.

Auf jedes Papier schreibe ich etwas anderes. Songtexte; Worte von ihm an mich, an die ich mich exakt erinnern kann, als hätte ich mir jedes davon aufgeschrieben; ich schreibe Dopamin, Serotonin, Adrenalin und Oxytocin, Andorra, Rhett und Scarlett, Bonni und Clyde. Und auf jedem einzelnen Falter vermerke ich einen Ort und ein Datum: Kolosseum, dort wo sich Nord- und Südseite treffen, Samstagabend 19:00 Uhr.

Es ist ein Liebesbrief verteilt auf dreihundert Schmetterlinge. Ich hoffe, sie tragen ihn zu mir.

Als ich fertig bin, lege ich die Falter vorsichtig auf den Schreibtisch neben dem Bett und darunter, weil der Platz darauf nicht ausreichend ist.

„Hoffentlich regnet es nicht!“, sage ich laut.

„Im September sechs Mal im Monat“, flüstert Emma schlaftrunken.

„Schlaf weiter, du Klugscheißerin“, antworte ich lachend.

Dann lege ich mich neben sie, was irgendwie ein komisches Gefühl ist, weil ich mich nicht daran erinnern kann, das jemals getan zu haben.

Eigentlich liegen wir hier zu dritt, Emma, das Baby und ich.

Wenn diese ganze „Zeitzurückdrehsache“, die mir bereits jetzt im Abstand von einigen Tagen so surreal und komisch und wie aus einem anderen Leben vorkommt, ein weiteres Gutes hatte, dann, dass Emma und ich uns gefunden haben. Vielleicht hat es auch einen Babybauch zwischen uns gebraucht, um uns endlich zu finden, aber die Hauptsache ist, dass es passiert ist. Wir haben noch immer nicht diesen natürlichen, lässigen und unkomplizierten Umgang, den Lutz und ich teilen. Es fehlt uns an Leichtigkeit und manchmal auch an den richtigen Worten, aber es wird besser. Je größer Emmas Bauch wird, desto näher werden wir zueinander rücken. Da bin ich mir sicher. Ich bin unglaublich stolz auf sie, darauf, dass sie sich für ihr Kind entschieden hat.

Während ich versuche, in den Schlaf zu finden, denke ich an das Meer und sehe Matt und mich in dem alten Theater von Ostia sitzen, das ich in einem Flugzeugprospekt entdeckt habe, ich höre Gondoliere singen, obwohl wir sehr weit von Venedig entfernt sind. Ich stelle mir vor, mit Matt durch antike Gassen unter Olivenhainen hindurch zu schreiten, und mein Hirn spielt ausnahmslos romantisch verrückt. Auch dann noch, als ich einschlafe und sich die Tagträume mit den noch abwegigeren der Nacht mischen. Im Schlaf kommen die Ängste durch, die Vernunft. Denn auf einmal ist es nicht mehr Matt, der dort am Strand sitzt, sondern Oliver. Die Gondoliere schreien Lieder von Rammstein und statt Engel und Geigen am Himmel bricht ein Sturm los und lässt die Olivenhaine über uns einstürzen.

Die Realität ist zum Glück eine andere …

Jemand berührt mich sanft an der Schulter und ich brauche einen Moment, bis ich begreife, dass es Emma ist. Sie steht vollständig angezogen neben mir, mit perfekter Flechtfrisur und einem langen hellen Kleid, in dem sie wie eine antike Römerin mit sehr blasser Haut aussieht.

„Willst du jetzt endlich mal aufstehen?", fragt sie. „Wir haben schließlich einiges vor."

„Wie viel Uhr?", murmele ich. Es kommt mir so vor, als sei es noch stockdunkel da draußen, hinter dem dicken goldenen Vorhang, der das Licht ja doch nicht ganz aussperren kann.

„Es ist exakt sechs Uhr dreißig. Wenn du die bis heute Nachmittag verteilen willst und eine reelle Chance haben willst, dass Matt sie auch sieht, dann müssen wir jetzt los."

Manchmal kann Emmas Perfektionismus genau das sein, was ich brauche.

„Was ist das?", sage ich, blinzele und deute auf eine Plastiktüte in Emmas Hand.

„Klebeband, Croissants und Trinkwasser. Habe ich gerade besorgt. War gar nicht so einfach bei den Langschläfern hier."

„Oh, super! Danke!"

„Und du bist dir sicher, dass du ihn nicht einfach anrufen möchtest?"

„Ja, bin ich."

Am Anfang sind wir ein wenig ratlos, wie wir es anstellen sollen. Wir können schließlich nicht einfach an all den historischen Orten hier Schmetterlinge mit Klebeband anbringen. Wir nutzen die wenigen U-Bahnschilder und Haltestellen, aber da es in Rom nur zwei U-Bahnlinien gibt, ist das absolut nicht ausreichend.

Dann aber kommen uns die Händler zu Hilfe, die ab acht Uhr morgens ihre Stände aufbauen oder ihr angestammtes Quartier beziehen. Sie sind diejenigen, die über die ganze Stadt verteilt ihre Selfiesticks, Tücher, Fotos, Touristenandenken und Tickets verkaufen. Die meisten von ihnen sind wohl Romantiker, denn sie versprechen uns begeistert, die Schmetterlinge unter die Leute zu bringen. Ein kleiner Italiener, der an der Engelsbrücke Karten für Bootsfahrten verkauft, heftet sich einen der Schmetterlinge an seinen Hut und einen anderen auf sein Flipchart und beginnt sofort, unsere Geschichte unter den um diese Uhrzeit wenigen anwesenden Touristen zu verbreiten.

Wir kleben Schmetterlinge an Toilettenhäuschen, an Reklametafeln für Konzerte, an Eisdielen und für fünf Euro Trinkgeld an die Plastikhelme der vor dem Pantheon herumscharwenzelnden Kostümgladiatoren. Touristenführer, Kioskbesitzer, Klofrauen im Vittorianum, Taxifahrer, Promotionkellner für Pizzerien, Kutschfahrer und Verkehrspolizisten – am späten Nachmittag hat Emma das Gefühl, ganz Rom kenne nun meine Geschichte, und ich habe das Gefühl, dass das nicht funktionieren kann. Was, wenn Matt längst wieder abgereist ist? Was wenn er gerade am Meer sitzt und keine Ahnung davon hat, dass ich ihn suche? Was, wenn er das so albern findet, dass er nicht auftaucht? Je näher sieben Uhr rückt, desto unsicherer werde ich.

Und dann ist es soweit. Mit klopfendem, rasendem, pochendem und bangem Herzen stehe ich barfuß, meine beigen High Heels in der einen, einen einzelnen verblieben Papierschmetterling in der anderen Hand im Sonnenuntergang vor dem Kolosseum und warte. Unzählige Touristen laufen an mir vorbei. Zahllose Gesichter, die nicht das eine sind, das ich suche. Das Gesicht mit dem verschmitzten Lachen, den Grübchen, den tanzenden Locken drum herum.

Es vergehen zehn Minuten. Fünfzehn. Zwanzig. Es kommt mir wie eine unglaubliche Ewigkeit vor.

Er wird nicht kommen.

Ein junges Pärchen spaziert an mir vorbei, ihre Hand in der Gesäßtasche seiner Jeans. Eine Mutter mit einem schlafenden Kleinkind im Buggy stolpert über das unebene Pflaster und ein paar Meter entfernt steht irgendein Durchgeknallter mit einer Plastikgitarre, langen, bis zum Ellbogen reichenden strähnigen Haaren mit farbigen Akzenten, zahlreichen Tattoos und Bändern an beiden Armen und beginnt zu singen.

Er ist laut, obwohl er kein Mikrofon hat. Ich schüttele amüsiert den Kopf. Und stocke.

Das Lied? Das ist doch … *unser* Lied.

Gänsehaut. Überall. „Matt?“ Ich mache einen vorsichtigen Schritt, dann zwei, dann renne ich. Die High Heels fliegen durch die Luft, meine Tasche schleift auf dem Boden.

Der Typ singt und singt, als sähe er mich nicht. Jede Textzeile aus „Dream on“. Kurz bevor ich ihn erreiche, bevor ich in grüne Augen sehen kann, um mich endgültig zu vergewissern, reißt er sich die Perücke vom Kopf und streckt seine Arme aus.

Ich stürze mich hinein. Hier steht Matt. Wirklich Matt. Mein Matt. In einer zugegebenermaßen miserablen Stephen-Tyler-Kostümierung und lacht über das ganze Grübchengesicht, dass die Locken fliegen.

„Du bist da! Du bist wirklich da!“ Es fühlt sich so gut an, in seinen Armen zu liegen, dass es mir fast unwirklich erscheint.

„Natürlich bin ich da! Die ganze Stadt war auf der Suche …!“

Ich lasse ihn nicht ausreden, sondern küsse ihn. So wie damals. So wie in einem Hinterhof, der an Rom erinnert hat, küsse ich ihn in Rom und möchte gar nicht mehr aufhören damit.

Er erwidert den Kuss mindestens genauso leidenschaftlich und schiebt mich dann ein klein wenig von sich, so dass wir uns in die Augen sehen können.

Ich blicke auf seine Arme, sie sind mit zahlreichen Tätowierungen übersät.

„Sind die echt?“, frage ich etwas erschrocken.

„Ich wollte sie mir für dich stechen lassen – eigentlich – aber die Zeit hat nicht mehr gereicht. Das ist ein Tattoostrumpf."

„Du bist verrückt!", lache ich.

„Nur nach dir!", antwortet er.

„Für wie lange?", frage ich ängstlich. „Sind wir ein dünner Dürrenmattband oder doch Tolstoi?"

„Du denkst doch nicht, dass ich mich mit einem Reclamheft begnüge? Wir sind nicht nur Tolstoi, wir haben mindestens sieben Bände".

„So wie ‚Auf der Suche nach der verlorenen Zeit'?", frage ich.

„Ja, Proust könnte uns vielleicht das Wasser reichen", lacht Matt.

„Ich will dich nicht mehr verlieren, nicht ohne dich überhaupt ganz zu kennen. Von hinten bis vorne und wieder zurück. Und dann will ich dich auch nicht mehr verlieren, weil ich mir sicher bin, alles an dir zu lieben. Von hinten bis vorne und wieder zurück."

„Sahara-Bonni-Scarlett. Ich lasse dich ja auch gar nicht mehr los!"

Die Touristen, die Händler um uns herum und wer sich sonst noch hier auf dem Platz vor Roms größtem Wahrzeichen aufhält, klatschen gemeinsam. Manche rufen laut „Amore". Einer wirft lachend einen weißen Papierschmetterling in die Luft. Alles ist laut und fröhlich. So laut und fröhlich, wie mein Herz schlägt.

Es ist der Moment, in dem ich verstehe, dass das Leben einen einzigen, ganz einfachen Zweck erfüllt: Es gibt uns Zeit. Zeit zu lieben.

Epilog

Zwei Jahre später

„Ihre Taschen, bitte!“ Ich reiche dem Türsteher meinen Rucksack.

„Was will der Mann mit meiner Tasche?“, sagt Reiner und zupft an meinem Parka.

Er vergisst, dass er gar keine Tasche dabeihat. Schon lange tragen andere seine Sachen für ihn, bringen ihm sein Frühstück, helfen ihm dabei, Kleider anzuziehen, die dem Wetter angemessen sind, und erklären ihm manchmal geduldig, manchmal genervt, wer sie selbst sind. Seine Töchter, seine Frau, seine Enkel, sein Sohn.

„Die müssen aus Sicherheitsgründen durchleuchtet werden“, erkläre ich, während Matt seinen Vater sanft am Arm nimmt.

„Glaubst du, das war eine gute Idee?“ Matt runzelt die Stirn, während sein Vater stumm dasteht. Vater und Sohn wirken beide ein wenig überfordert. Dabei ist das hier der kleinstmögliche Rahmen, um ein Konzert zu erleben. Nicht das Olympiastadion, nicht irgendeine Konzerthalle, sondern ein kleiner privater Raum in einem Szeneklub.

„Natürlich. Schau doch mal!“ Ich deute auf Reiner, auf dessen Gesicht sich langsam ein breites Grinsen breitmacht. Er hat soeben das Plakat entdeckt, das in Überlebensgröße ein paar klapprig dürre alte Herren mit Sonnenbrillen und schwarzen Klamotten zeigt. Der gravierendste Unterschied zwischen meinem Schwiegervater und den gleichaltrigen Musikern ist nicht der des Kontostandes, sondern die Tatsache, dass bei ihnen das Feuer in den Augen brennt, während das von Reiner langsam erlischt. Trotzdem oder vielleicht gerade wegen des langsamen Zerfalls werden Menschen mit Alzheimer zu Kindern. Sie werden bockiger, aber sind auch einfacher glücklich zu machen. Sie lachen mit Kindern, als wären sie selbst welche und keine Greise auf dem Weg ins ewige Vergessen. Sie deuten auf Dinge und es fehlen ihnen die Worte. So auch jetzt. Das ist Reiners Lieblingsband, dort auf dem Banner, er weiß das noch, deswegen strahlt er die alten Herren von Aerosmith so an, aber er könnte uns den Namen der Gruppe nicht nennen.

Ich habe lange nach der richtigen Möglichkeit gesucht, ihm noch eine große Freude im Leben zu machen, auch wenn er sie wenig später vergessen haben wird. Über Reiners alte Kontakte beim Plattenlabel sind wir an die heißbegehrten Tickets für den Fan Gig gekommen und haben jetzt das Glück, die Band als drei von zweihundert ausgewählten Gästen zu erleben. In wenigen Wochen wird Matts Vater einen Platz in einem betreuten Wohnheim für Demenzkranke haben und ich habe Angst davor zu sehen, was es mit ihm macht und mit seinem Sohn, den ich über alles liebe. Ich wünsche mir ein wenig Zeit für Reiner und bin sehr dankbar, für die, die ich selbst vor mir habe.

Denn seit ich Matt dort vor dem Kolosseum wiedergetroffen habe und drei Monate später zu ihm aufs Land gezogen bin, seitdem habe ich mir nie mehr gewünscht, die Zeit zurückdrehen zu können. Ich habe meinen Job nicht gekündigt, sondern bin Abteilungsleiterin für eine ganz neue Unternehmenssparte meines Arbeitgebers geworden, die es sich zum Ziel setzt, Arbeitsplätze mit innovativen Ideen zu erhalten, statt sie abzubauen. Es geht mir gut damit. Morgens fahre ich mit dem Rad in die Stadt und an kalten Tagen hole ich den Mini aus der Garage neben dem kleinen Haus an der Bahnlinie, deren Güterzüge mich nachts schon lange nicht mehr aus dem Schlaf reißen. Ich habe mir keine Hühner gekauft und ich weiß immer noch nicht, wie man die Menge an Äpfeln im Garten am sinnvollsten einkocht, aber ich gewöhne mich langsam an ein Leben, von dem ich nie dachte, dass es genau das Richtige für mich ist. Alles ist geworden, wie es sein muss, und das ist mehr als gut so.

Matt und ich sind glücklich, sehr sogar. Da sind immer noch eine Menge Schmetterlinge und ich bin zuversichtlich, dass ich nie hungrig genug sein werde, sie zum Frühstück zu verzehren.

Alles was wir jetzt brauchen, ist ein wenig Zukunftszeit. So dass Matt und sein Vater sich weit genug annähern können, um einander ohne Reue loslassen zu können.

Ich lege meine Hände an die Stelle unter meinem Herzen, an der zwei weitere schlagen. Schnell und hektisch, so als könnten sie es nicht erwarten, zu uns zu kommen. Zwei Überraschungen auf einmal in meinem Leben, das, seit ich es gemeinsam mit Matt verbringe, bei Weitem nicht mehr so planmäßig und durchgetaktet ist wie zuvor.

Auch meine Schwester hat sich daran gewöhnt, dass es keinen Perfektionismus mehr gibt, wenn man Kinder hat. So wie wir uns alle mehr als daran gewöhnt haben, dass ihre Tochter Malena anders ist. Allen voran meine Mutter, die ihr Enkelkind auf eine Art und Weise liebt, die wir bei ihr nie für möglich gehalten hätten. Es steckt eine gehörige Portion schlechtes Gewissen in dieser Liebe, aber ich denke nicht, dass das schlimm ist.

Emma und ich haben das komplizierte Geflecht, das Schwestern zusammenhalten und gleichzeitig auseinander driften lassen kann, ganz gut im Griff. Manchmal überkommt es uns noch, das gegenseitige Unverständnis, aber wir sind meilenweit zueinander gerückt, während sich andere Menschen verloren haben. Unsere Eltern lassen sich nach über fünfunddreißig Ehejahren scheiden. Mein Vater hat eine Neue, sie heißt Selma, ist fünfundzwanzig Jahre alt, zehn Meter lang, drei Meter breit und segelt mit einer Knotenanzahl über den Atlantik, die ich vergessen habe, obwohl er bei jedem unserer wöchentlichen Skypegespräche wieder und wieder davon schwärmt. Er hat sie nach den Initialen seiner Kinder Sara, Emma und Lutz benannt und nach denen seiner Enkel Malena und Anton.

„Pass gut auf den Bauch auf, nicht, dass dich jemand anrempelt. Du hast wertvolle Fracht da drinnen“, sagt Matt neben mir etwas besorgt, nachdem wir die Sicherheitskontrolle passiert haben. Ich hoffe, unsere Kinder bekommen seine Locken, seine Grübchen und die Lebensfreude.

„Du hast wirklich zugenommen“, meint Reiner aus seiner ganz eigenen Stille heraus.

„Das liegt an den Babys“, antworte ich lächelnd und er nickt, ein wenig verständnislos. Damit müssen wir uns abfinden. Es macht Matt unglaublich traurig und noch immer hilflos, aber so ist das Leben. Geboren werden, aufwachsen und laufen lernen, um es irgendwann wieder zu verlernen.

„Kommt, wir suchen unsere Plätze!“, sage ich und denke: ‚Wie gut, dass ich meinen im Leben endlich gefunden habe.‘

Danksagung

Ich danke meiner Schwester Teresa, der dieses Buch gewidmet ist, dafür, dass sie alle meine Zeilen freudig, geduldig und aufmerksam liest (auch wenn ich sie deshalb zu Unzeiten aus dem Bett schmeiße). Ich liebe dich und bewundere dich für deinen Mut und deine Stärke. Du fehlst mir hier. Ständig.

Ich danke meiner Familie, meinen Kindern, meinem Mann, die mich jeden Tag zum Lachen bringen und mein Lebensmittelpunkt sind. Ein besonderer Dank an meine Zwillinge, die mit drei Jahren endlich verstanden haben, wie das mit dem Durchschlafen geht – ihr erleichtert mein Leben (und Schreiben) damit ungemein.

Ich danke meiner wunderbaren Testleserin Christiane Blos für deine Zeit, deine lieben Worte und unsere guten Gespräche. Ein herzliches Dankeschön auch an meine liebe Testleserin Carina Gehrsitz.

Vielen, vielen Dank an Tim Rohrer und Julie Hübner vom Feuerwerkeverlag für euren Einsatz für meine Geschichte, eure tollen Ratschläge und letztlich dafür, dass dieses Buch tatsächlich ein Buch geworden ist. Vielen Dank auch an Judith Jünemann für das – wie ich finde – wunderschöne Cover, das du gezaubert hast.

Ein ganz besonderes Dankeschön geht an meine Lektorin Ulrike Jonack für all die hilfreichen Kommentare, dein (Adler)Auge fürs kleinste Detail – das einfach hervorragende Lektorat.

Eine kleine Bitte zum Schluss…

Wir hoffen, Ihnen hat dieses Buch um die Geschichte von Sara und Matt gefallen …

Der schnellste Weg, andere Leser da draußen an Ihren Erfahrungen mit diesem Roman teilhaben zu lassen, ist eine Rezension im Online-Buch-Shop. Ihr Feedback hilft nicht nur anderen Lesern, Neues zu entdecken, sondern auch dem Autor, zu verstehen, was aus Lesersicht in diesem Buch gut und weniger gut ist. Nur so kann sich der Autor weiterentwickeln und Ihnen sowie anderen Lesern in Zukunft noch schönere Geschichten präsentieren. Außerdem sind Ihre Erfahrungen, Erkenntnisse und Eindrücke als ehrliches Leser-Feedback eine enorme Wertschätzung vieler liebevoller Arbeitsstunden, die in dieses Buch geflossen sind.

Danke also schon im Voraus, wenn Sie sich zwei bis drei Minuten Zeit nehmen und eine kleine Bewertung zum Buch veröffentlichen.

Mehr zur Autorin finden Sie auf
www.kristina-moninger.de,
www.facebook.com/InaMon85/,
www.instagram.com/moningerkristina/ und
www.feuerwerkeverlag.de/moninger/

Abonnieren Sie auch unseren Verlags- und Autoren-Newsletter und erfahren Sie so als Erster von unseren **Neuerscheinungen**, **Autorennews** und exklusiven **Buch-Gewinnspielen**:
www.feuerwerkeverlag.de/newsletter/

Weitere Bücher des Verlages

Nur eine Ewigkeit mit Dir

Kristina Moninger

Lilly ist müde, lebensmüde. Jonas lebt nicht, zumindest nicht richtig.
Als die beiden aufeinander treffen, handelt es sich um einen Glücks-, aber keinen Zufall. Denn Jonas kennt Lilly bereits aus einem anderen, einem längst vergangenen Leben. Während Lilly Tag für Tag neuen Lebensmut schöpft, muss sich Jonas seiner Vergangenheit stellen - und damit auch einer Entscheidung, die die Grenze zwischen den Zeiten immer brüchiger werden lässt ...
Eine wundervolle Geschichte über die grenzenlose Macht einer Liebe, die alle Zeiten überdauert.

Dem Horizont so nah

Jessica Koch

Jessica ist jung, liebt das unkomplizierte Leben und hat Aussichten auf eine vielversprechende Zukunft. Als sie eines Abends das Haus verlässt, ahnt sie nicht, dass sie ihrer großen Liebe begegnen wird. Sie ahnt nicht, dass diese Begegnung ihr gesamtes Weltbild verändern wird. Und vor allem ahnt sie nicht, dass sie schon bald vor der schwerwiegendsten Entscheidung ihres Lebens stehen wird ...
Die Geschichte einer großen Liebe. Eine Geschichte über Vertrauen, Mut, Schmerz, Verzweiflung und die Kraft loszulassen. Eine wahre Geschichte.

Vergiss nicht, dass wir uns lieben

Barbara Leciejewski

Ohne die geringste Erinnerung an ihre Vergangenheit oder Identität treffen Paula und Johannes aufeinander – im einzigen Haus einer wunderschönen, aber menschenleeren Gegend am Meer. Sie sind einander fremd, aber auf irgendeine Weise auch unendlich vertraut. Aus Angst, Unsicherheit und Verzweiflung wird innerhalb weniger Tage Liebe – eine unerklärliche Liebe. Doch was geschieht, wenn eines Tages alle Rätsel gelöst werden, wenn die Vergangenheit zurückkehrt und wenn nur noch eine einzige Frage bleibt: Wie stark ist die Macht der Liebe wirklich?

Telefonseelsorge – Liebe hat eine lange Leitung

Emma Lots

Jessies Leben verläuft so gar nicht wie geplant. Anstatt beruflich an der Seite ihres Freundes durchzustarten und die Familienplanung voranzutreiben, arbeitet sie als schlecht bezahlte Praktikantin in einer Werbeagentur, wohnt in einem winzigen Loch und wird von ihrem Freund betrogen.

Was tun, wenn man sich von der Familie und den Freunden ein „Das hab ich dir doch gleich gesagt!“ nicht anhören will? Genau! Man wählt nachts betrunken einfach irgendeine Nummer und heult sich aus. Dumm nur, wenn man dabei gar nicht die Telefonseelsorge, sondern einen fremden Mann an die Leitung bekommt, der überraschenderweise auch noch ein paar wirklich kluge Ratschläge zu haben scheint …